Leonie Lastella

So leise wie ein Sommerregen

LEONIE LASTELLA

SO LEISE WIE EIN Sommerregen

ROMAN

dtv

Ausführliche Informationen über unsere Autorinnen und Autoren und ihre Bücher unter www.dtv.de

Von Leonie Lastella sind bei dtv junior außerdem lieferbar:
Das Licht von tausend Sternen
Wenn Liebe eine Farbe hätte

MIX
Papier aus verantwortungsvollen Quellen
FSC® C083411

Originalausgabe

Dieses Werk wurde vermittelt durch die
Michael Meller Literary Agency GmbH, München.
Umschlaggestaltung: Katharina Netolitzky
Satz: Fotosatz Amann, Memmingen
Gesetzt aus der Sabon
Druck und Bindung: CPI books GmbH, Leck
Printed in Germany · ISBN 978-3-423-74069-2

Für Mama und Papa.
Ihr habt mich mutig gemacht.
Mutig genug, um zu träumen
und ich selbst zu sein.

Prolog

Die Bilder an der Wand meines Zimmers vibrieren, als mehrere Kampfjets tief über das Dach unseres Hauses auf der Militärbasis hinwegdonnern. Die Typen im Cockpit ziehen mal wieder eine Show über Cherry Point ab. Da ihr Auftrag wohl kaum lautet, den Normalsterblichen, die auf der Basis wohnen, das Trommelfell mit einem Tiefflug zu zerfetzen, tippe ich auf ausgewachsene Egoprobleme.

Seufzend schnappe ich mir meinen Rucksack, in dem ich Kleidung, eine Zahnbürste und mein Kissen verstaut habe, und hüpfe die Treppenstufen hinab. Zumindest brauche ich mein Partyoutfit für heute Abend nicht unter einem schlichten Pullover zu verstecken. Mom ist nicht da. Sie arbeitet eine Doppelschicht im Krankenhaus. Ich öffne den Kühlschrank, schnappe mir den Orangensaft und trinke direkt aus der Verpackung. Mom würde einen Anfall bekommen. Auf dem Küchentisch liegt eine Nachricht von ihr. Natürlich.

Vergiss nicht abzuschließen, wenn du gehst, und lass dich von Ivy nicht zu irgendwelchem Blödsinn überreden. Und keine Partys, Pumpkin. Viel Spaß, Mom.

Ich verdrehe die Augen und stelle den Saft zurück. Pumpkin. Sie nennt mich immer noch so. Nur weil ich mich im Kindergarten drei Jahre hintereinander an Halloween als Kürbis verkleidet habe und das Kostüm auch dazwischen kaum ausziehen wollte. Ich hasse diesen Spitznamen. Nur bei Dad stört er mich nicht. Ich vermisse ihn, aber es ist noch zu früh, um ihn per Skype zu erwischen. In Kandahar ist es noch mitten in der Nacht.

Das Wochenende werde ich bei den Johnsons verbringen. Wie immer, wenn Mom arbeiten muss. Etwas, worauf ich mich im Grunde freue, auch wenn es mich ärgert, dass Mom nur deswegen darauf besteht, weil sie nicht will, dass ich allein zu Hause bin. Frustriert knülle ich die Nachricht zusammen. Ich bin achtzehn. Viele meiner Freunde ziehen jetzt nach unserem Highschool-Abschluss auf den Campus, in andere Bundesstaaten, ans andere Ende des Landes. Ivy ist eine von ihnen. Mir traut Mom nicht mal zu, zwei Tage allein zu bleiben.

Ich schultere den Rucksack, nehme die Schlüssel für meinen Wagen und will gerade die Haustür hinter mir zuziehen, als ein schwarzer SUV in die Einfahrt einbiegt und mich zuparkt.

Ein ungutes Gefühl umschlingt augenblicklich meine Eingeweide und wird zu einem heißen Brennen, als zwei Männer in Uniform aussteigen. Es gibt nur einen Grund, warum Militärs in Uniform, mit unbeweglichem Gesichtsausdruck und im Gleichschritt, Privatgrundstücke betreten. Es muss etwas mit Dad sein. Das darf nicht … Ein Stöhnen verkantet sich in meiner Kehle. Die beiden Männer erreichen die Veranda und bleiben vor mir stehen. Den einen kenne ich. Jake. Er war in derselben Einheit wie Dad und hat uns ein paarmal besucht. Seitdem er im Einsatz verletzt wurde, arbeitet er für den Casualty Notification Sevice. Die Männer, die niemand sehen will. Sie überbringen die schlimmsten aller schlimmen Nachrichten. Jake darf nicht hier sein. Mir ist eiskalt, obwohl die Sonne unbeirrt meine Haut wärmt.

»Miss Miller?«, spricht mich sein Kollege an.

Ich sehe nicht auf. Mein Blick bleibt an den Abzeichen auf Jakes Brust hängen. Sie sind schief. Einige Millimeter nur, aber ich habe den irrationalen Wunsch, sie gerade zu richten.

»Miss Miller?«, wiederholt sich Jakes Kollege und endlich gelingt es mir zu nicken, den Blick noch immer auf das schiefe Metall gerichtet.

»Ist Ihre Mutter zu Hause?«

Meine Beine sind wachsweich, als ich den Kopf schüttle. »Was ist mit Dad?«, bringe ich krächzend hervor. Vielleicht wird er nur vermisst. Ich klammere mich an dieser Hoffnung fest.

»Hope.« Jake wechselt wie selbstverständlich zu meinem Vornamen und sieht mich mitfühlend an. Dieser Blick zerkleinert meine löchrige Zuversicht. Seine Hand auf meiner Schulter vernichtet sie. »Was ist mit ihm?«, wiederhole ich mit wackliger Stimme. Ich weiß nicht, wieso ich hören muss, was längst klar ist.

»Wir sollten das zusammen mit deiner Mom besprechen. Ohne sie dürfen wir nicht mit dir reden.«

»Sag mir, was mit Dad ist.« Meine Stimme ist zu schwach. Da ist keine Substanz in den Worten. Kein Nachdruck. »Ist er …?« Tränen verschleiern meinen Blick. »Sonst wärt ihr nicht hier, oder?«, bringe ich schließlich hervor. Ich will, dass sie mir widersprechen, mir sagen, dass er nur vermisst wird oder verletzt ist. Schwer verletzt. Das wäre schlimm, aber nicht endgültig.

Jake wechselt einen Blick mit seinem Begleiter, bevor er sich wieder mir zuwendet. »Hope, seine Einheit wurde in der Nähe der Basis während einer Patrouillenfahrt angegriffen.«

»Jake, das ist gegen die Regeln. Sie ist noch keine einundzwanzig«, mahnt ihn sein Kollege. »Nicht ohne ihre Mom.«

Jake bringt ihn mit einer Handbewegung zum Schweigen, ohne mich aus den Augen zu lassen. »Ich kenne die Regeln«, murmelt er. »Aber ihr Dad war mein Freund.« Er sieht mich unverwandt an. »Es tut mir unendlich leid, Hope. Paul ist getötet worden.«

Die Worte dringen wie Chloroform in meine Synapsen. Verlangsamen alles. Die Welt wird unscharf. Ich nicke, fühle mich unendlich weit entfernt. Von allem. Vor allem von mir selbst. »Wie?«, ist das einzige Wort, das ich hervorbringe. Ich bekomme keine Luft. Mein ganzer Körper tut weh.

»Wo ist deine Mom?«, fragt Jake sanft. »Wir bringen dich erst mal zu ihr. Dann beantworten wir alle eure Fragen. So gut, wie es uns möglich ist.«

Jake hat recht, ich brauche Mom, egal wie oft wir sonst aneinandergeraten, gerade wünsche ich mir nichts mehr als ihre Nähe. Ihre Finger, die durch mein Haar streichen, als wäre ich noch immer ein kleines Mädchen, und das Versprechen, das sie mir damit gibt, alles würde wieder gut werden. Einfach, weil sie da ist. Sie darf mich sogar Pumpkin nennen, wenn das bedeutet, dass sie diesen Albtraum beendet. »Sie arbeitet. Im Newport General«, flüstere ich.

»In Ordnung. Dann fahren wir jetzt alle gemeinsam zu ihr.«

Mit einem Kopfschütteln trete ich einen Schritt zurück. Ich kann nicht. Alles in mir sträubt sich dagegen, mein Zuhause zu verlassen. Mom soll herkommen. »Kann ich nicht hier warten? Bitte.«

Jake berührt meinen Arm, drückt ihn leicht. »Du solltest jetzt auf keinen Fall allein sein, Hope.«

»Ivy.« Ich ziehe mein Handy aus der Hosentasche. »Meine Freundin, ich kann sie anrufen.« Ivy ist neben Mom überhaupt der einzige Mensch, den ich jetzt sehen will. »Bitte«, flehe ich und versuche die Fassung zu wahren. »Ich kann hier auf sie warten. Ich komme klar.«

»Sie ist ihre beste Freundin«, erklärt Jake seinem Kollegen.

»Sie könnte auf Hope aufpassen, bis wir mit ihrer Mom zurück sind.« Er zieht die Schultern nach oben und lässt sie wieder fallen. »Paul hätte sicher nicht gewollt, dass ich seine Tochter in dieser Situation zu irgendetwas zwinge.« Er seufzt und deutet dann auf das Telefon in meiner Hand. »Also gut, ruf sie an. Wir kümmern uns darum, dass deine Mom so schnell wie möglich nach Hause kommt.«

»Okay«, sage ich mit einigermaßen fester Stimme, während mein Herz mit jedem Schlag in der Nähe der Soldaten die Gewissheit verteilt, dass Dad nicht mehr wiederkommt. »Ich gehe rein und rufe sie an.«

Ich möchte ihnen keine Möglichkeit geben, sich das Ganze anders zu überlegen. Eilig laufe ich ins Innere des Hauses. Die Fliegentür schwingt mit einem lauten Klappen hinter mir zu. Ein endgültiges Geräusch. Mit angehaltenem Atem, die Hand auf den Mund gepresst, warte ich, bis sich Sekunden später Schritte vom Haus entfernen und kurz darauf ein Motor aufheult. Erst dann lasse ich die Luft schluchzend entweichen. Ich sinke an der Wand hinab, meine Beine seltsam verdreht. Ich zittere. Aber ich fühle nichts. Da ist kein Boden mehr. Kein Halt. Nur ein völlig fremdes Universum. Eines ohne Dad. Keine Ahnung, wie lange ich einfach nur dasitze. Starr. Unbeweglich. Tränenblind. Still bis in die letzten Winkel meiner Zellen. Erst das Vibrieren meines Handys reißt mich zurück in diese Welt. Wie betäubt taste ich nach dem Gerät, das neben mir auf dem Parkett liegt.

Ivy. Ihr Name blinkt mir entgegen. Ich wische nach rechts und presse das Telefon gegen mein Ohr.

»Hi, Butternut.« Irgendwann hat Ivy angefangen, mich so zu nennen, und damit Moms Spitznamen erweitert. Butternut Pumpkin ist wirklich der grausamste Spitzname der Welt. »Wo bleibst du denn? Du wolltest schon vor einer Ewigkeit hier sein?

Bist du bereit für die Party heute Abend?«, überhäuft mich Ivy mit der für sie so typischen Flut aus Fragen.

Ihre Stimme sickert durch einen zähen Filter. Als würde uns eine ganze Welt trennen. Nicht nur ein paar Meilen. Ihre Eltern leben. Mein Dad ist tot. Anstatt zu antworten, schluchze ich.

»Hope?«, fragt sie alarmiert. »Was ist passiert?«

»Dad«, bringe ich hervor. Mehr brauche ich nicht zu sagen. Ivys Dad war auch beim Militär. Bevor er seinen Dienst quittiert hat, um bei seiner Familie zu sein. Sie versteht sofort. Ich bin in den Abgrund gestürzt, vor dem ich mich mein Leben lang gefürchtet habe.

»Bleib, wo du bist. Bin in zwei Minuten bei dir.«

Sie braucht selbst bei ihrem Fahrstil mindestens zwanzig, aber ich bin trotzdem dankbar, als ich höre, wie sie bereits den Schlüssel der Johnson-Familienkutsche aus der Schale neben der Tür fischt.

»Iv, ich muss auflegen.« Mir fehlt die Kraft, Worte zu formen. Das Telefon ans Ohr zu pressen. Mich aufrecht zu halten.

»Okay. Ich bin gleich da.« Bevor Ivy das Gespräch beendet, fügt sie hinzu. »Hope, egal wie schlimm es ist, wir schaffen das. Zusammen.«

Stumm presse ich mir die Hand vor den Mund. Ich kann ihr nicht zustimmen.

Kraftlos drücke ich meine beste Freundin weg und zucke zusammen, als das Telefon direkt wieder zu brummen beginnt. Eine unbekannte Nummer. Vielleicht ist es Mom. Von einem der Diensttelefone. Ich gehe ran.

»Hope, hier ist noch mal Jake«, meldet sich Dads Freund. Er muss die Nummer vom Notification Service haben. Moms und meine Kontaktdaten sind dort für den Notfall hinterlegt. Er macht eine kurze Pause. »Wir sind jetzt im Newport General. Bist du sicher, dass deine Mom heute arbeitet?«

Natürlich bin ich sicher. Mom ist nervtötend verlässlich. Wenn sie sagt, sie arbeitet, dann tut sie genau das. »Sie ist das ganze Wochenende dort«, bestätige ich tonlos.

»Das Problem ist, sie ist nicht hier und laut Dienstplan hat sie ihre Schicht getauscht und dieses Wochenende frei. Erreichen können wir sie auch nicht.«

Er muss sich irren.

»Hope, es ist wichtig, dass wir sie finden.« Ich höre ihn gepresst die Luft ausstoßen. Dann wendet er sich wieder an mich. Die Stimme so ruhig und glatt, als würde alles nach Plan verlaufen. »Hast du eine Idee, wo wir sie sonst finden könnten? Freundinnen? Lieblingsplätze?«

Ich weiß es nicht. Es fällt mir schwer, meine Gedanken zu ordnen. Wenn Mom nicht arbeitet, ist sie hier. Ihre Form von Vergnügen ist, eine doppelte Portion Mikrowellenpopcorn und literweise Diet Coke mit mir auf dem Sofa zu vernichten, während wir uns eine kitschige Liebesschnulze ansehen. »Sie muss dort sein«, erwidere ich mit kindlichem Trotz.

»In Ordnung, wir werden sie schon finden. Ist Ivy mittlerweile bei dir?«

Im Haus ist es totenstill. Staub steht unbeweglich im einfallenden Sonnenlicht. Unbeweglich wie meine Welt. Ich bin allein, aber wenn ich das zugebe, würden Jake und sein Begleiter mich abholen kommen.

»Hope?« Jakes Stimme erinnert mich daran, dass er auf eine Antwort wartet.

»Sie ist hier«, beeile ich mich zu sagen. Ich lüge selten. Und normalerweise bin ich schlecht darin. Aber jetzt kommen mir die Worte leicht über die Lippen. Die Nachricht von Dads Tod hat sowieso sämtliche Regeln außer Kraft gesetzt.

»Kannst du sie mir geben?«

»Sie ist gerade in der Küche und macht mir einen Tee. Ich

habe mich oben hingelegt.« Das ist meine Stimme, aber die Person am Telefon fühlt sich nicht an wie ich.

»Okay, sag ihr, sie soll bei dir bleiben, bis wir da sind. Ich melde mich wieder. Wir beeilen uns, in Ordnung?«

»Okay.« Nachdem ich mich bedankt habe, lege ich auf, bevor Jake sich wundern kann, dass Ivy noch nicht mit dem Tee aufgetaucht ist.

Dann versuche ich Mom zu erreichen. Das Freizeichen ertönt. Aber die Mailbox schaltet sich ein. Mom stellt ihr Handy lautlos, wenn sie bei der Arbeit nicht gestört werden will. Nur arbeitet sie nicht. Also wo, zum Henker, steckt sie? Und wieso hat sie mir gesagt, sie würde arbeiten, wenn sie ihre Schicht getauscht hat?

Es gibt Dinge, die würde Mom nie tun. Vom Plan abweichen. Ausgelassen sein. Mich belügen. Ich schiebe die Erinnerungen weg, die mir beharrlich das Gegenteil beweisen. Zumindest, was den letzten Punkt angeht. Das war ein Mal. Ein einziges Mal. Und es ist Jahre her.

Verzweifelt versuche ich es weiter unter Moms Nummer. Einmal. Zweimal. Dreimal. Jedes Mal lande ich auf der Mailbox.

Was wenn ihr etwas zugestoßen ist? Das wäre die einzige logische Erklärung, warum ich sie nicht erreichen kann. Panik breitet sich in mir aus, überschwemmt mich. Nicht auch noch Mom.

Tränen verwischen die Farben meines Handydisplays. Ich blinzle das Bild wieder scharf und bleibe an der Tracking-App hängen. Mom hat sie auf unseren Geräten installiert und sich auch nicht durch meinen Wutanfall davon abbringen lassen. Das ist so grenzüberschreitend. So überbehütend. So typisch für sie. Sie ist ein echter Kontrollfreak. Das treibt mich in den Wahnsinn. Aber gerade bin ich heilfroh, dass sie sich damals durchgesetzt hat. Denn über die App kann nicht nur Mom mich orten. Das Ganze funktioniert auch andersherum.

Ich öffne die App. Es dauert einige Sekunden, bis mir eine Adresse auf den Outer Banks, den vorgelagerten Inseln vor North Carolinas Küste, angezeigt wird. Etwas außerhalb von Port Haven, wo Ivy mit ihrer Familie wohnt. Ihr Standort liegt mitten im Nirgendwo. Dort gibt es nichts außer einer Straße und einigen verstreuten Häusern. Niemand, den wir kennen, wohnt in dieser Gegend. Vielleicht wollte Mom vor dem Dienst laufen gehen und hat sich verletzt.

Wahrscheinlich sollte ich warten, bis Ivy hier ist. Es wäre sicher gut, nicht allein nach Mom zu suchen. Wer weiß, was mich dort erwartet. Andererseits braucht Ivy noch eine halbe Ewigkeit und wir müssen sowieso zurück auf die Outer Banks. Ich schreibe ihr eine Nachricht, dass wir uns auf der Insel treffen, und hänge die Adresse an, die die App ausgespuckt hat.

Ihre Antwort warte ich nicht ab, sondern renne aus dem Haus zu meinem Auto, schiebe mich hinter das Lenkrad des alten Minis und setze den Kleinwagen hart zurück. Er protestiert mit einem Ächzen des Getriebes, als ich genauso gefühllos den Vorwärtsgang einlege und die Straße der Militärbasis hinaufjage. Dad hat bei jedem Heimaturlaub mit mir an der alten Kiste herumgeschraubt. Auch wenn er nie verstanden hat, wieso ich mein Herz ausgerechnet an einen Schuhkarton auf Rädern verlieren musste, war das Auto unser gemeinsames Projekt. Dad. Mein Atem schlingert und verteilt einen dumpfen Schmerz in meinem Brustkorb. Ich zwinge mich dazu, mich aufs Fahren zu konzentrieren. Auf die Aufgabe, Mom zu finden. Trotzdem rinnen mir Tränen die Wangen hinab. Mit dem Ärmel meines Shirts wische ich sie weg, bis die Haut um meine Augen rau ist. Aufgerieben wie der Rest von mir.

Die Geschwindigkeitsbegrenzung auf der Atlantic Beach Bridge, über die ich die Outer Banks erreiche, ignoriere ich.

Wasseradern durchziehen die Landschaft. Es ist wunderschön auf der Insel, aber dafür habe ich gerade keinen Blick, denn wenige Meilen hinter Port Haven erreiche ich mein Ziel.

Ich bremse den Wagen vor einem weißen Holzhaus. Eine Veranda zieht sich um das Gebäude und ist überladen mit Topfpflanzen und Blumenampeln, die von den Balken hängen. Moms Wagen steht in der Auffahrt. Und ein zweites Auto. Ein hässlicher Prius.

Vielleicht besucht Mom hier nur eine Freundin, die ich nicht kenne. Erleichterung schwappt durch meinen Körper und mischt sich mit Wut. Am liebsten würde ich sie anbrüllen, weil ich mir Sorgen gemacht habe. Ausgerechnet heute. Eine von Moms obersten Regeln ist, dass wir einander immer sagen, wohin wir gehen. Verdammt. Sie sollte nicht ihre eigenen Vorschriften brechen.

Ivy ist noch nicht hier und ein Blick auf mein Telefon zeigt, dass sie meine Nachricht noch gar nicht gelesen hat. Das bedeutet, sie wird bald in Cherry Point ankommen und noch mal so lang für den Rückweg brauchen. So lange kann ich nicht warten. Also steige ich aus und starre, auf der Auffahrt stehend, sekundenlang in den Himmel. So wie ich es immer getan habe, wenn ich mit Dad auf den Ellis Lake hinausgefahren bin und wir stundenlang geredet haben. Dann stoße ich die Luft aus meinen Lungen und laufe zur Haustür. In meinem Kopf krame ich nach Worten, mit denen ich Mom das Unaussprechliche schonend beibringen kann. Dabei gibt es keinen Weg, so etwas behutsam zu sagen. Es wird wehtun.

Auf mein Klopfen reagiert niemand. Ungeduldig versuche ich es wieder, und als sich nichts rührt, umrunde ich das Haus.

Der Teil des Gartens, der zum Wasser hin abfällt, liegt in der Sonne. Mom sitzt auf einem Deckchair unter einer riesigen Eiche. In der Hand ein Glas Wein. Den Blick aufs Wasser gerichtet. Sie lacht. Ich habe sie lange nicht mehr so ausgelassen gesehen.

Das sollte etwas Gutes sein, aber ich friere mitten in der Bewegung ein.

Denn ihre andere Hand ist fest mit der eines Mannes verschlungen. Er berührt sie, wie es nur Dad tun sollte. Wie er es nie wieder tun wird. Und das Schlimmste ist, ich kenne den Mann. Ich habe ihn schon einmal gesehen. Vor fünf Jahren. Mom hat uns belogen. Die ganze Zeit über. Lautlos drehe ich mich um, flüchte, während zum zweiten Mal an diesem Tag meine Welt zerbricht.

KAPITEL 1

Hope

Es ist unfassbar, dass Dad bereits zwei Wochen tot ist. Noch immer denke ich, er wird irgendwann nach Hause kommen. Wie stets mit einem breiten Lächeln auf dem Gesicht, während er im Eingangsbereich seine Sachen fallen lässt und mich in seine Arme schließt. Ich beiße mir von innen auf die Wange, um nicht loszuheulen.

Die militärische Beisetzung vor zwei Stunden habe ich überstanden. Da werde ich die Trauerfeier auch irgendwie bewältigen. Würde Mom nur aufhören, geschäftig trauernd durch die Räume des weißen Holzhauses zu rennen, wäre es bedeutend einfacher. Es ist das Haus, in dem ich sie mit dem Prius-Mann erwischt habe. Bis heute weiß sie nicht, dass ich hier war. Dass Ivy aufgetaucht ist, als ich den Mini gerade hart zurücksetzte, und es nur meiner besten Freundin zu verdanken ist, dass ich nicht längst durchgedreht bin. Allerdings könnte sich das heute ändern.

Denn aus jedem gemütlich hergerichteten Zimmer quillt der Verrat an Dad hervor. Trotzdem musste Mom darauf bestehen, seine Trauerfeier ausgerechnet hier stattfinden zu lassen. Und nicht nur das. Wir werden hierherziehen – wir beide. Morgen schon. Jetzt, wo Dad nicht mehr lebt, können wir nicht länger auf der Basis wohnen.

Mir ist übel. Ich stehe inmitten von Menschen, die ich nicht kenne oder nicht sehen will. In einem Haus, das ich verabscheue. Alle sind in solidarisches Schwarz gehüllt, als könnten sie meinen Verlust nachempfinden. Aber sie lachen, erzählen sich belanglosen Kram und essen. Ich habe seit Dads Tod kaum einen Bissen hinunterbekommen.

»Hey, Butternut, kommst du einigermaßen klar?« Ivy stupst mich an und reicht mir einen Becher mit tiefschwarzem Kaffee, bevor sie ihren Kopf gegen meine Schulter legt und ihre Arme um mich schlingt.

»Ich muss hier raus«, murmle ich. Dringend. Das Atmen fällt mir schwer. Und ich fürchte, ich bin kurz davor, Mom eine Szene zu machen. Vor allen versammelten Trauergästen.

In diesem Moment stellt sie sich auch noch auf die unterste Stufe der Treppe und lässt ihren Ehering klingend gegen das Glas schnellen. Die Gäste drehen sich zu ihr um und hängen an ihren Lippen, als sie beginnt, von Dad zu erzählen, unserer Familie, der Liebe, die sie mit ihm verbunden hat. Mom ist eine hervorragende Lügnerin.

Mit Nachdruck stelle ich den Becher auf die Kommode neben mir und will zu ihr gehen, sie anschreien, aber Ivy hält mich zurück. Sie weiß Bescheid über das, was ich vor zwei Wochen gesehen habe. Über das, was ich vor fünf Jahren beobachtet habe.

Als ich Mom damals mit einem anderen Mann gesehen habe, dachte ich, es wäre ein Ausrutscher gewesen. Ich war mir sicher, dass sie die Sache beendet hat. Und ich wollte ihr so sehr glauben, dass sie diesen Fehler bereut hat. Ich dachte, sie würde Dad lieben. Sie wäre glücklich. Sie hätte diesen Typen nie wiedergesehen.

Ich habe mich geirrt. Ivy lenkt meine Aufmerksamkeit auf sich.

»Lass uns einen Moment vor die Tür gehen«, flüstert sie und zieht mich hinter sich her. Ivy weiß genau, was in mir vorgeht, und sie weiß, dass es mir im Nachhinein das Herz brechen würde, Dads Trauerfeier durch einen offenen Streit mit Mom zu entweihen. Das hier ist nicht der richtige Ort. Nicht der richtige Zeitpunkt.

Auf der Veranda legt sich der schwere Geruch der Blumen zwischen uns und beschwört die Bilder dieses Nachmittags herauf. Als ich genau hier stand und Mom mit diesem Typen gesehen habe. Ich kann das nicht vergessen.

»Hope, du musst hier weg, bevor du etwas tust, was du später bereust.«

Damit könnte Ivy richtigliegen. »Okay«, murmle ich schwach. Aber wohin? In unserem alten Haus würde Mom mich als Erstes suchen. Und sie wird mich suchen, sobald sie bemerkt, dass ich fort bin. Als Nächstes würde sie zu Ivy nach Hause fahren.

Meine beste Freundin zupft mein Handy aus meiner Hosentasche und reicht mir im Gegenzug einen Ausweis. Mein Bild. Ein fremder Name. Holly Adams.

»Wir wollten doch zusammen auf dieses Konzert im Blue Taps. Den habe ich von so einem Typen aus der Elften. Damit solltest du reinkommen. Tanz dir den Kopf frei. Trink was. Egal, aber denk für ein paar Stunden nicht an diese Scheiße hier.«

Ich habe keine Lust auf das Konzert, aber es ist die beste Alternative und hierbleiben keine Option. »Du kommst nicht mit?« Diesen Abend überstehe ich auf keinen Fall ohne Ivy.

»Irgendjemand muss deine Mom ablenken und dafür sorgen, dass sie dich nicht helikoptern kann.« Mit einer bedeutungsvollen Miene legt sie das trackingapp-verseuchte Handy auf die Verandabrüstung, als wäre es eine instabile Bombe. »Ich sage ihr, dass du einen Spaziergang machst, weil du eine Weile allein sein willst. Sobald ich kann, komme ich nach.«

Sekundenlang schließe ich die Arme um Ivy, bevor ich mich

losmache und an den vielen geparkten Autos vorbei bis zu meinem altersschwachen Mini laufe. Als hätte ich es geahnt, habe ich ihn an der Straße abgestellt, nicht in der Auffahrt, wo er jetzt zugeparkt wäre. Mit einem tröstlichen Husten springt der Motor an. Ich lege den Gang ein und fahre aufs Festland. Zum Blue Taps, einer Bar ganz in der Nähe der Militärbasis. Ivy liebt die Location, weil all die schnuckeligen Anwärter hier abhängen und oft Livemusik gespielt wird. Den gefälschten Ausweis drehe ich unbestimmt zwischen meinen Fingern. Bisher brauchten wir so etwas nicht, weil wir immer mit Ivys Bruder hineingekommen sind. Aber Lyle arbeitet nicht mehr hier. Er studiert jetzt in Boston und kann mir nicht helfen. Ich hoffe, das Ding erfüllt seinen Zweck, denn außer dem Blue Taps habe ich keinen Anlaufpunkt, an dem Mom mich nicht aufspüren würde.

KAPITEL 2

Cooper

Ich bin müde. Im Grunde zu müde, um Mac heute Abend noch gegenüberzutreten. Zwischen uns liegt so viel Ungesagtes. Ein ganzes Jahr, in dem wir uns kaum gesehen haben. Zwölf Monate, in denen ich bei meinem leiblichen Dad gelebt habe. Weil ich es wollte. So dringend, als hätte Chase die Antworten auf all die offenen Fragen in meinem Leben. Natürlich hatte er die nicht. Stattdessen hat sich Macs Prophezeiung erfüllt. Chase hat mich mit in den Dreck gezogen. So tief, dass Macs Angebot, zu ihm zu ziehen, meine letzte Rettung ist.

Vor mir taucht eine Bar auf. Neben einer Militärbasis, an der ich vor ein paar Meilen vorbeigekommen bin, ist das der erste Anhaltspunkt auf Zivilisation in dieser Einöde. Ich bremse den Pick-up ab und lenke ihn in eine der freien Parkbuchten hinter dem Gebäude. Mir ist klar, dass ich das unvermeidliche Aufeinandertreffen mit Mac nur hinauszögere, aber ich brauche eine Pause, bevor ich die restliche Strecke bis zu seinem neuen Haus zurücklege. Eine Ranch etwas außerhalb von Newport, nahe dem Croatan National Forest. Ich lache trocken. Mac ist ein hervorragender Arzt, aber bei jedem Handwerk, das außerhalb eines OP-Saals gefragt ist, scheitert er auf ganzer Linie. Ich verstehe nicht, wieso er sich nicht ein Strandhaus oder eine stylische Stadtwohnung gekauft hat statt einer Ranch, auf der er ständig mit seinen fehlenden Fähigkeiten konfrontiert sein dürfte. Das ist mindestens so idiotisch, wie wegen einer Frau ans andere Ende des Landes zu ziehen. Oder sich aus lauter Pflichtbewusstsein einen Menschen ans Bein zu binden, der nicht mal dieselben Gene besitzt.

Ich fahre mir mit der Hand über das Gesicht und steige aus. Der Kies knirscht unter meinen Schuhen. Aus der Bar quillt ein wilder, hitziger Mischmasch aus Südstaatenmusik, Lachen und Gläserklirren. Zielstrebig laufe ich auf den Eingang zu, als mich plötzlich eine Bewegung links von mir innehalten lässt.

Ein Mädchen lehnt gekrümmt an der Hauswand. Obwohl ich sie nur von hinten sehe, macht das Zittern ihres Körpers klar, dass es ihr nicht gut geht. Vielleicht hat sie zu viel getrunken. Auf jeden Fall scheint es, als bräuchte sie Hilfe. Wahrscheinlich sollte es mich nicht kümmern. Immerhin bin ich nicht für die Probleme wildfremder Menschen zuständig, aber irgendetwas hindert mich daran, einfach in die Bar zu gehen und sie ihrem Schicksal zu überlassen. Vielleicht ist es die Art, wie sie ungeduldig den Kies wegkickt. Etwas daran berührt mich. Vielleicht hat Mac aber auch recht und ich muss einfach jedes gottverdammte Problem auf diesem Planeten zu meinem machen. Er ist der Meinung, ich ziehe den Ärger bewusst an. Ich glaube, es ist eine Mischung aus genetischer Veranlagung, die ich Chase, meinem Erzeuger, zu verdanken habe, und guter Erziehung, die ich dann wohl von Mac habe und die es mir einfach verbietet, Menschen sich selbst zu überlassen.

Langsam nähere ich mich dem Mädchen und berühre sie an der Schulter. Vorsichtig, damit sie sich zu mir umdreht und ich sie fragen kann, ob sie Hilfe braucht. Aber so weit komme ich gar nicht. Im selben Moment, in dem ich sie berühre, wirbelt sie herum.

Bäm. Eine Millisekunde später fliegt mir fast der Schädel weg. Ich lande auf meinen Knien. Blut rinnt aus meiner Nase. Mein

Jochbein fühlt sich an, als hätte sie es in Nanopartikel zerlegt. Sie hat mir ernsthaft eine reingehauen. Benommen lasse ich mich gegen die Wand sinken, lege den Kopf in den Nacken und schäle mich aus meiner Sweatshirtjacke, die ich mir gegen die Nase presse. »Bist du wahnsinnig?«, nuschle ich durch den Stoff.

Erst jetzt gibt sie ihre Terminator-Kampfpose auf und schüttelt Beine und Arme aus. »Dasselbe könnte ich dich fragen«, knallt sie mir an den Kopf. Ihr Blick zeigt, dass es ihr leidtut, mich geschlagen zu haben, aber anstatt sich zu entschuldigen, knurrt sie: »Du hast mich zu Tode erschreckt.«

»Ich wollte nur helfen. Scheint im Bundesstaat North Carolina nicht gut anzukommen.«

»Kommt nirgendwo gut an, ein Mädchen anzufassen, das allein im Dunkeln steht.« Sie beißt sich auf die Unterlippe und scharrt Kies mit dem Fuß beiseite.

Ihre Haare sind dunkel und fallen ihr in Wellen bis über die Schultern. Sie ist hübsch. Hat sanfte Gesichtszüge, die einen glatt in Sicherheit wiegen könnten. Ich weiß es besser. Vielmehr mein Jochbein weiß es besser. Wie kann jemand so Kleines, Zierliches so einen krassen Haken haben? Ich starre sie an. Dabei sollte ich wohl besser verschwinden. Sonst verpasst sie mir am Ende noch eine. Aber stattdessen frage ich: »Kannst du mir vielleicht etwas Eis aus dem Laden holen, damit ich das hier kühlen kann?« Sonst muss ich Mac am Ende erklären, warum ich aussehe, als hätte ich mich geprügelt. Und ich wollte unseren Neustart nicht unbedingt so beginnen, wie unser letztes Treffen in Los Angeles aufgehört hat.

»Das geht nicht.« Sie tritt unruhig von einem Fuß auf den anderen und setzt sich wider Erwarten neben mich.

Kein Eis. Ich seufze und löse den Stoff von meiner Nase. Die Blutung hat scheinbar aufgehört. Immerhin.

»Verdammte Scheiße«, flüstert sie, als sie das viele Blut auf dem Stoff meiner Jacke sieht, und klingt dabei so verzweifelt, dass ich lächeln muss.

»Halb so schlimm. Ich habe nicht vor, dich zu verklagen. Alles, was ich will, ist Eis zum Kühlen.«

»Gut zu wissen.« Sie seufzt. »Aber sie lassen mich nicht in die Bar.«

Klingt, als wäre das keine große Sache. Aber ihr Blick sagte etwas anderes.

»Hab's versucht, aber dieses Teil ist absoluter Schrott.« Mit einem verächtlichen Schnauben schnipst sie einen Ausweis auf den Boden.

Er landet so, dass ich ihren Namen erkennen kann. Holly Adams. Und sie hat recht. Wer immer diesen Ausweis gefälscht hat, hatte definitiv keine Ahnung. Kein Wunder, dass man sie nicht in die Bar gelassen hat.

Wankend rapple ich mich auf. Holly setzt meinem Kreislauf definitiv zu, und ich bin nicht ganz sicher, ob das allein auf den Schlag zurückzuführen ist.

Sie steht ebenfalls auf und will gehen, aber ich halte sie zurück, indem ich die Hand hebe. Den Fehler, sie noch mal zu berühren, mache ich nicht. »Warte. Ich hole Eis für mein Gesicht und was zu trinken für uns. Du siehst aus, als könntest du einen Drink gerade genauso gut vertragen wie ich. Außerdem ist es bestimmt sicherer, das Kriegsbeil zwischen uns mit einem Shot zu begraben.« Ich versuche mich an einem schiefen Lächeln.

Sie zögert, nickt aber. Entweder aus Mangel an Alternativen oder ich sehe tatsächlich so übel aus, dass sie aus Schuldbewusstsein bleibt.

KAPITEL 3

Hope

Ich sitze hinter dem Blue Taps und warte auf einen wildfremden Typen, dem ich einen Drink schulde, weil ich ihn niedergeschlagen habe. Wirklich katastrophal ist jedoch, dass dieser Tag nicht deswegen der schrecklichste in meinem Leben ist. Ich sollte vermutlich verschwinden und mich in meinem Zimmer einschließen, bevor es noch schlimmer werden kann. Selbst wenn Mom mich dort finden wird.

»Ich bin übrigens Cooper«, durchbricht eine dunkle Stimme plötzlich meine Fluchtgedanken. Die Lichter der Bar verwaschen den Anblick meines Opfers zu einer dunklen Silhouette. Er ist groß, schlank und in seinen Bewegungen steckt diese verdammte Lässigkeit, die Typen seines Schlags haben. Kerle, bei denen das Selbstbewusstsein die Größe einer Gebirgskette hat.

Er setzt sich neben mich und hält triumphierend eine Flasche in die Luft. Eine braune Papiertüte verdeckt das Etikett, aber egal, was es ist, Hauptsache, es enthält Alkohol.

Er reicht mir die Flasche und ich nehme einen tiefen Schluck. Wodka, der mir fast die Speiseröhre wegätzt, nur um Sekunden später eine dumpfe Wärme durch meinen Körper zu schicken. Dahin, wo seit der Nachricht von Dads Tod nur Kälte war. Zur Sicherheit nehme ich zwei weitere Schlucke, bevor ich Cooper die Tüte samt Inhalt zurückgebe.

»Also dann, auf dich und deinen rechten Haken, Holly?«

Holly. Der Name steht auf dem gefälschten Ausweis, der noch immer am Boden liegt. Ich nicke. Ein fremder Name. Ein anderes Leben. Heute Abend bin ich Holly. Nicht Hope, deren Leben pulverisiert wurde.

Cooper nippt nur an der Flasche, anstatt richtig zu trinken, und sieht mich unverwandt an. Als würde ihn der Alkohol nicht halb so sehr interessieren wie ich. Dafür, dass noch immer Blut an seiner Nase klebt und sein Jochbein dunkel schimmert, sieht er verdammt gut aus. Wirres blondes Haar. Bartstoppeln, die einen Schatten auf sein markantes Gesicht werfen. Kluge, unergründliche Augen und ein Lächeln, das mir im Normalfall gefährlich werden könnte. Aber nichts ist mehr normal. Trotzdem lächle ich zurück. Keine Ahnung, warum ich das tue.

Als Cooper mir erneut die Flasche reicht, berührt sein Knie sanft meines. Sekundenlang starre ich auf unsere Beine, auf seine blaue und meine schwarze Jeans. Und ich denke, dass sie irgendwie zusammenpassen. Warum denke ich so etwas? Ich sollte nach Hause fahren und trauern, wie es sich gehört – und nicht mit irgendeinem Typen hinter einer Bar trinken. Am Tag von Dads Beerdigung.

Und dennoch nehme ich einen tiefen Schluck, bevor ich Cooper die Flasche zurückgebe. Meinen Kopf lege ich auf die angezogenen Knie und sehe ihn an. Und er mich.

Fühlt sich an, als würde mich sein Blick in das Auge eines Hurrikans befördern. Die dunklen Emotionen, die in mir rotieren, stehen still. Er ist die kurze Atempause, die ich so dringend benötige.

»Wie geht es dir?«, frage ich leise, weil ich das Gefühl habe, etwas sagen zu müssen, damit er nicht aufsteht, geht und dieses Gefühl mitnimmt. Egal, ob es angebracht ist oder nicht.

Er sieht mich fragend an und deutet dann auf sein Gesicht. »Du meinst wegen deiner Kriegserklärung?« Und da ist es wieder, dieses halbe Lächeln, das seine Augen flutet und meine Taubheit durchbricht. Kurz nur. Wie ein Rettungssignal.

»Ich bin peinlich berührt, aber sonst okay, denke ich«, fügt er grinsend hinzu. »Aber sie hatten kein Eis in diesem komischen Schuppen. Man wird morgen sehen, dass ich mit dir zusammengestoßen bin.«

Ich schließe die Augen, zähle die Sekunden, bis er aufstehen und verschwinden wird, weil ich dafür verantwortlich bin. Es wird mich zurück in den Sturm katapultieren.

Aber anstatt zu gehen, fragt er leise: »Was ist passiert?«

Wie kann er überhaupt sicher sein, dass es da etwas gibt? Ich zögere. Es fällt mir schwer, Dads Tod in Worte zu fassen, und ich verstehe nicht, wieso ich es trotzdem will. Vielleicht, weil ich Cooper nicht kenne und vermutlich auch nie wiedersehen werde. Und weil ich daran ersticke. »Mein Dad ist gestorben«, flüstere ich. Fast erwarte ich, dass diese Aussage eine Detonation erzeugt, die der Luft den Sauerstoff und Cooper die Fähigkeit nimmt, mich normal zu behandeln. So ist es immer. Und ich hasse es. Aber er zuckt nicht einmal mit der Wimper.

Er nickt nur, füllt etwas Alkohol in den Deckel der Flasche, bevor er sie mir reicht. Dann stößt er vorsichtig mit mir an. »Auf deinen Dad«, sagt er ruhig.

Dann kippt er den Inhalt des Deckels hinunter und wartet, bis auch ich einen tiefen Schluck genommen habe.

»Er ist im Einsatz getötet worden. Army.« Ich atme zitternd ein. Verdränge die Bilder, die Jakes Schilderungen von Dads letzten Minuten in mir heraufbeschwören. »Und genau jetzt sollte ich auf seiner Trauerfeier sein«, fahre ich fort und stöhne. »Ich bin ein schlechter Mensch.«

Cooper lehnt den Kopf gegen die Wand und sieht in den sternenverhangenen Nachthimmel. »Es gibt keine schlechten Menschen. Wenn überhaupt, schlechte Entscheidungen. Und selbst die haben meistens einen guten Grund. Also, warum bist du abgehauen?« Seine Stimme ist dunkel, als er im selben Moment seine Hand über meine legt. Wie selbstverständlich. Sie ist groß und warm. Und ich lasse es geschehen.

Vielleicht ist es der Alkohol. Vielleicht die Ruhe, die er ausstrahlt, oder aber das leise Prickeln, mit dem er mein Innerstes füllt und das die Leere vertreibt. »Ich war dort.« Ich starre auf unsere Hände. »Aber ich musste weg. Sonst wäre ich hundertprozentig mit meiner Mom aneinandergeraten.« Ich atme tief durch. »Und wenn du nicht noch ein blaues Auge willst, frag lieber nicht, wieso, okay?« Ich lächle schief.

Zwei Wagen biegen auf den Parkplatz ein. Die Scheiben heruntergelassen. Die Musik voll aufgedreht, sodass ganz North Carolina etwas von dem Gangsterrap hat, der aus den Boxen der getunten Karren quillt.

»Okay.« Er deutet auf die Autos. »Dann frage ich lieber, wie die allgemeine Meinung zu der Musik von 6ix9ine ist?«, wechselt er mühelos das Thema.

»Du weißt, wer den Dreck singt?« Ich gucke skeptisch von ihm zu den Autos.

Er lacht. »Das ist auf jeden Fall eine klare Meinung.« Zögernd löst er seine Hand von meiner und mustert mich. »Du stehst bestimmt eher auf Country?«

Ich verziehe das Gesicht und deute über meine Schulter. »Ist keine große Kunst, das zu erraten. Du wusstest, dass ich in die Bar wollte. Und die Livebands des Blue Taps spielen nur Country in allen Variationen. Das weiß jeder.«

»Eigentlich komme ich aus Los Angeles. Ist mein erster Tag hier.« Er reibt sich übers Kinn. »Hätte also auch Zufall sein können, dass sie heute ’ne Bluegrassband dahaben.«

Ich kneife ein Auge halb zu und betrachte Cooper von oben bis unten. Er ist braun gebrannt. Seine Haare sind an den Spitzen ausgeblichen. Ich kann mir gut vorstellen, wie er, ein Surfboard unter dem Arm, am Strand steht und sich dann in die Wellen stürzt. »Und was hört ein echter California-Surfboy für Musik?« Ich nehme die Wodkaflasche und stelle sie wieder ab, ohne zu trinken. Ich hatte definitiv genug. Sonst würde ich so etwas nicht fragen. Nicht ihn. Nicht hier. Nicht jetzt.

»Vielleicht bin ich ein echter Californiaboy, aber ich surfe nicht«, berichtigt er mich.

Natürlich surft nicht jeder Mensch in Los Angeles. Das ist mir klar. Trotzdem habe ich ihn in diese Schublade geworfen. »Also kein Surfer«, rudere ich zurück. »Was tust du dann?«

»Ich mag es, Dinge zu bauen.« Er bewegt seine Hände und sieht sie eine Weile gedankenverloren an. Wie etwas, das er verloren hat. »Und jetzt bin ich hier.«

»Warum?« Ich beiße mir auf die Lippe. So etwas Privates sollte ich ihn nicht fragen. Andererseits habe ich ihm erzählt, dass mein Dad gestorben ist. Er ist neben Ivy überhaupt der Einzige, mit dem ich freiwillig darüber gesprochen habe.

Er zögert kurz. »Familiäre Gründe. Hauptsächlich.« Er räuspert sich. »Ich brauchte dringend einen Tapetenwechsel und mein Dad lebt hier. Also bin ich hergekommen.«

Hoffentlich wird er noch mehr sagen. Mit mir gleichziehen und mir etwas ebenso Intimes erzählen wie ich ihm, aber Cooper bleibt stumm.

»Allmählich sollte ich wohl los«, seufze ich unsicher, als sich das Schweigen ausdehnt. Umständlich stehe ich auf und falle nur deswegen nicht, weil ich mich mit einer Hand an der Wand abstütze und mit der anderen – an Coopers Brust. Ich spüre die Wärme seiner Haut unter seinem Shirt und den Alkohol in meinem Blut. Hastig löse ich meine Hand von seinem Oberkörper. »Entschuldige. Ich trinke normalerweise nicht«, suche ich nach einer Erklärung für mein Verhalten und gleichzeitig nach meinem Gleichgewicht und Abstand.

Aber er lässt nicht zu, dass ich mich zurückziehe, und verringert den Raum zwischen uns noch, als er mir seinen Arm um die Taille legt, um mich zu stützen. Ein angenehmer Duft nach Holz, Sonne und Meer gemischt mit einer schwachen Nuance Wodka steigt mir in die Nase. Und wirft mich aus der Bahn.

»Vielleicht bringe ich dich besser nach Hause. Wenn du allein gehst, fällst du noch hin und siehst am Ende so aus wie ich.« Er verzieht sein ramponiertes Gesicht. Ein gedämpftes Lachen schüttelt seinen Körper und meine Empfindungen durcheinander.

»Ist es weit? Ich denke, keiner von uns beiden sollte noch fahren.«

Natürlich hat er recht. Damit scheidet wohl aus, zu Mom zurückzukehren oder bei Ivy zu übernachten. Zu Fuß würden wir ewig brauchen. Im Grunde gibt es aber sowieso nur einen Ort, an dem ich heute Nacht sein will. Unser altes Haus auf der Basis. Mein Zuhause. »Ist nur rund eine Meile in die Richtung«, murmle ich. Normalerweise würde ich Cooper sagen, dass ich durchaus in der Lage bin, den Weg allein zu bewältigen. Egal, wie viel ich getrunken habe. Ich kann gut auf mich selbst aufpassen. Aber ich mag, dass meine Gedanken stillstehen, solange er mir nah ist. Deswegen nicke ich und bin erleichtert, dass er mich begleitet. Und obwohl ich ihn eigentlich nicht kenne und zwischen mir und Cooper im Grunde nichts passiert ist, fühle ich mich das erste Mal, seitdem meine Welt implodiert ist, wieder annähernd wie ein ganzer Mensch.

KAPITEL 4

Cooper

Mac erwartet mich seit einer gefühlten Ewigkeit. Er macht sich sicher längst Sorgen. Ich sollte den Bogen nicht überspannen, sondern umdrehen, in meinen Wagen steigen und endlich zu ihm fahren. Noch bewegt sich die Verspätung in einem Rahmen, den ich durch Stau und zu viel Verkehr erklären könnte.

Aber ich bin angetrunken und sollte nicht mehr fahren. Und ich kann Holly nicht allein lassen. Das scheidet aus mehreren Gründen aus. Ihr Dad ist tot. Sie hatte am Tag seiner Trauerfeier einen so heftigen Streit mit ihrer Mom, dass sie abgehauen ist. Und sie ist betrunken. Durch meinen Wodka. Das Mindeste ist also, dafür zu sorgen, dass sie heil nach Hause kommt. Mein Akku ist so gut wie tot, also schicke ich Mac nur eine kurze Nachricht, dass ich mich verspäten werde und er nicht auf mich warten soll. Das Handy stopfe ich zurück in meine Hosentasche und laufe dann weiter neben Holly her. Feine, dunkle Haare kräuseln sich in ihrem Nacken. Als wir den Parkplatz verlassen haben, hat sie sie unordentlich hochgebunden. Und ich kann nicht anders, als die zarte Haut ihres Halses anzustarren und mir vorzustellen, wie es wäre, sie genau dort zu küssen. Falsche Richtung, Cooper Oak Hayes. Die falscheste Abzweigung überhaupt, die meine Gedanken da einschlagen.

Sie ist traurig und betrunken. Und ich sollte nicht einmal daran denken, ihr näherzukommen. Nicht nach allem, was passiert ist.

Wenig später hält Holly vor einem kleinen, einladenden Haus der Cherry-Point-Family-Housing-Siedlung auf der Militärbasis. »Da wären wir«, sagt sie leise und geht den schmalen Weg hinauf, der von Blumenbeeten gesäumt ist. Das Gras des Vorgartens ist sattgrün und dicht, nicht verdurstet und braun wie bei den Nachbarn. Auch wenn sich die Häuser ähneln, sind sie nicht vergleichbar. Hollys Zuhause ist ein liebevoll hergerichtetes Heim. Das Nachbarhaus daneben hingegen ist farblos, verlassen, kalt. Es erinnert mich an Chase' und Ambers Bude.

Ich folge Holly auf die vordere Veranda, die gerade genug Platz für zwei Deckchairs und eine Fußmatte hat, was uns zwingt, eng beieinanderzustehen. Ihre Haare riechen wie eine verfluchte Wildblumenwiese, was zumindest Chase und Amber aus meinen Gedanken löscht. Gut so. Sie haben nichts darin verloren.

Holly versucht die Tür aufzuschließen und lässt dabei die Schlüssel fallen. In der Stille der Nacht ist das Geräusch ohrenbetäubend laut. Ich beuge mich vor, um sie aufzuheben, und flüstere ihr zu, leise zu sein, damit wir ihre Mutter nicht wecken. Sie dürfte nach dem heutigen Tag vollkommen erledigt sein und sicher nicht erfreut, wenn sie sieht, dass ihre Tochter betrunken mit einem wildfremden Typen nach Hause kommt.

»Keine Angst, Mom ist nicht zu Hause«, erwidert Holly und nimmt mir die Schlüssel ab.

Ich mache einen Schritt nach vorn, um ihr zu helfen, aber das Einzige, was ich damit erreiche, ist, dass ihr Rücken meinen Oberkörper berührt.

Aber anstatt durch die Tür zu gehen, die sie längst einen Spalt geöffnet hat, und den Abend zu beenden, dreht sie sich zu mir um. Ohne die Distanz zu verringern. Ihr Atem ist hektisch. Als würde sie rennen. Ich bin mir nicht sicher, ob sie auf mich zu oder vor etwas davonrennt. Aber bevor ich mir darüber klar werden kann, stellt sie sich auf die Zehenspitzen und küsst mich.

Meine Muskeln spannen sich an. Sekundenlang kämpfe ich mit meinem Gewissen, das mir verbietet, sie betrunken und emotional angeschlagen zu küssen, aber dann bringt ihr Mund meine Selbstbeherrschung zum Einstürzen. Ich vergrabe meine Hände in ihrem Haar und erwidere den Druck ihrer Lippen, ziehe sie noch enger an mich. Gemeinsam taumeln wir ins Innere des Hauses. Die Tür schließe ich mit einem sanften Tritt. Ich verliere mich in unserem Kuss. Bis sich plötzlich salzige Tränen daruntermischen.

»Entschuldige«, murmelt sie und löst sich von mir. »Du solltest besser gehen.«

Ich strecke die Hand nach ihr aus, will verhindern, dass sie sich noch weiter zurückzieht. Nicht, weil ich mehr will. Obwohl dieser Kuss der Wahnsinn war. Ich will für sie da sein. Sie nicht mit der Traurigkeit allein lassen, die ihre Augen überschwemmt. Aber sie dreht sich um und ich höre nur ihre erstickten Worte, die von Tränen verwässert werden.

Ich lasse die Hand wieder sinken, überlege, ihren Wunsch zu respektieren und einfach zu gehen. Aber es fühlt sich falsch an. »Holly?«, frage ich sanft. Keine Ahnung, was ich mir erhoffe, aber sie reagiert nicht. Doch ihre Schultern zucken kaum merklich. Wegen eines Schmerzes, der so tief sitzt, dass er lautlos hervorbricht. Ich wünschte, ich könnte die Situation für sie besser machen. Dieses Scheißmitgefühl hat mir schon mal fast das Genick gebrochen. Aber Holly ist nicht Amber. Das spüre ich. Auch wenn ich sie kaum kenne.

Zögernd mache ich einen Schritt auf sie zu und berühre ihre Schulter. Sie zuckt zusammen, lässt aber zu, dass ich noch näher komme und sie dann wortlos in meine Arme ziehe. Ihr ganzer Körper ist angespannt. Sie wehrt sich dagegen, die Fassung zu verlieren.

»Wenn du das wirklich willst, gehe ich«, flüstere ich in ihr Haar. »Aber ich …« Ich beende den Satz nicht, denn nichts zu sagen, ist vielleicht genau richtig. Und tatsächlich verkrallt Holly ihre Hände Sekunden später in meinem Shirt. Schluchzer lassen ihren Körper beben, als sie sich verzweifelt an mich presst. Ich stehe so lange einfach mit ihr da, bis sie sich etwas beruhigt hat. Erst dann ziehe ich sie sanft zu der Couch und warte, bis sie unter die graue Wolldecke kriecht, die zerwühlt auf dem Möbel liegt. Sie weint noch immer. Still, aber nicht weniger heftig. Ich denke nicht groß darüber nach und schiebe mich hinter sie, tue einfach, was mein Gefühl mir sagt. Es fühlt sich richtig an, sie zu halten. Ich lasse sie nicht los.

Sekundenlang.

Minuten.

Stunden.

Erst als die Morgendämmerung bereits über die Siedlung von Cherry Point kriecht, fällt Holly in einen unruhigen Schlaf. Eine Weile liege ich noch neben ihr, wünschte, ich könnte bleiben, um sicherzugehen, dass es ihr wirklich besser geht, aber ich muss los.

Also schlüpfe ich vorsichtig unter der Decke hervor und schleiche mich aus dem Haus. Draußen atme ich tief durch, ziehe mein Handy aus meiner Hosentasche. Der Akku ist leer. Wahrscheinlich schon seit Stunden. Mac hat mittlerweile vermutlich die Nationalgarde alarmiert. Er hat die Verantwortung für mich übernommen. Vor Jahren schon und er ist tödlich pflichtbewusst.

Ich bin ziemlich sicher, dass er es sich zweimal überlegt hätte, etwas mit meiner Mom anzufangen, hätte er damals schon gewusst, was ihm das einbringen würde. Nämlich mich. Und jede Menge Ärger.

Obwohl mein Kopf dröhnt, als hätte mich ein Truck angefahren, jogge ich die knappe Meile bis zu meinem Pick-up. Dort angekommen, schiebe ich mich eilig hinters Lenkrad und schließe mein Telefon an die Powerbank, die im Handschuhfach liegt. Erst als es wieder zum Leben erwacht, kann ich die Navigationsapp aufrufen, die mich auf schnellstem Weg zu Mac bringen wird. Seine acht verpassten Anrufe ignoriere ich vorerst. Sie sind alle vom Vorabend. Mit etwas Glück ist er schlafen gegangen, nachdem er meine Nachricht erhalten hat, und liegt noch im Bett. Dann hätte ich eine Chance, mich reinzuschleichen, ohne dass er bemerkt, wie viel zu spät ich die Ranch erreiche. Ich sollte zusehen, dass ich losfahre, aber gerade als ich den Motor starten will, fällt mein Blick auf den einzigen anderen Wagen auf dem Parkplatz. Ein hundert Jahre alter Mini, aufgemotzt, mit einem verwegenen Ralleystreifen, der sich über Kühlerhaube, Dach und Heck des Winz-Autos zieht. Hollys Wagen. Sie hat ihn abgeschlossen, bevor wir gestern Abend losgegangen sind. Den Schlüssel lasse ich im Zündschloss stecken, springe auf den Schotter und zerre meinen Rucksack von der Rückbank. Aus den Untiefen befördere ich einen Block zutage. Das Papier ist zerknittert, weil ich ihn in Los Angeles in aller Eile in die Tasche geschmissen habe. Normalerweise notiere ich Upcycling-Ideen darauf. Skizziere Projekte. Jetzt reiße ich eine Ecke ab und schreibe eine Nachricht auf den Fetzen Papier.

Solltest du die Hoffnung verlieren und reden wollen, ruf mich an. Ich bringe Wodka mit. Cooper

Darunter notiere ich meine Nummer und schiebe den Zettel dann durch den Fensterschlitz. Er bleibt gut sichtbar auf dem Fahrersitz liegen. Zeit, abzuhauen und bei Mac um Vergebung für das missglückte Wiedersehen zu bitten.

KAPITEL 5

Hope

Die Sonne blendet mich, als ich aufwache. Das Erste, was ich spüre, ist, dass ich alleine bin. Cooper ist fort. Mich umgibt nur noch meine graue Lieblingsdecke. Nicht mehr seine Arme. Und obwohl der Alkohol nicht länger durch meine Blutbahn torkelt und damit als Ausrede für dieses bescheuerte Gefühl ausscheidet, wünschte ich, er wäre geblieben. Aber wer weiß, vermutlich ist es besser, wenn wir uns nie wiedersehen. Immerhin habe ich ihm all diese viel zu persönlichen Sachen erzählt, war total betrunken und habe ihn geküsst, nur um im nächsten Moment in Tränen auszubrechen. Er muss denken, ich wäre eine emotional gestörte Irre. Kein Wunder, dass er verschwunden ist.

Mein Verhalten war total daneben. Und trotzdem war er die halbe Nacht hier und hat mich in seinen Armen gehalten. Das lässt nur einen Schluss zu – er ist ein guter Kerl. Einer der wenigen, die das Richtige tun und weinende, betrunkene Menschen nicht sich selbst überlassen. Nicht mehr und nicht weniger.

Ich stöhne unterdrückt. Meine Gedanken sollten nicht um einen Typen kreisen. Alles, was derzeit zählen sollte, ist Dad. Schuldbewusst ziehe ich die Decke fester um mich und atme den Geruch des Stoffs ein, den er mir von einem seiner Auslandsaufenthalte mitgebracht hat. Da war ich gerade drei Jahre alt. Er meinte immer, solange ich mich in den groben Strickstoff wickeln würde, könnte ich ihn fühlen. Er wäre so immer bei mir und könnte auf mich aufpassen. Selbst wenn er am anderen Ende der Welt wäre. Ich frage mich, ob das noch immer gilt. Jetzt, wo er nicht mehr am anderen Ende der Welt ist, sondern ganz fort. Wohl kaum. Aber es ist das Einzige, was mir von ihm geblieben ist. All seine Bilder hat Mom in die Umzugskartons geräumt, die an der Wand gestapelt stehen, und ich bezweifle, dass sie die Fotos, die sie selbst geschossen und gerahmt hat, im neuen Haus aufhängen wird. Nicht einmal die Erinnerung an Dad kann ich mit ihr teilen. Jedes Mal, wenn ich wünschte, ich könnte es, ist sie so unnahbar und durchorganisiert, dass ich mich lieber zurückziehe. Und dann taucht das Bild von ihr mit dem Prius-Mann vor meinem inneren Auge auf und tiefschwarze Wut legt sich über alles. Tränen rollen mir über die Wangen und versickern in dem grauen Stoff.

Kurz darauf öffnet sich die Haustür. Es ist Mom, das höre ich an ihren Schritten, daran, wie sie im Eingangsbereich stehen bleibt und den Raum bereits von der Haustür aus mit Vorwürfen flutet, ohne etwas zu sagen.

Mühsam rapple ich mich auf, wische mir über die Augen und versuche mich für den Streit zu wappnen, der gleich folgen wird. Vor zwei Wochen hätte ich Mom nach meiner Aktion gestern jedes Recht eingeräumt, sauer zu sein. Ich hätte mich entschuldigt und die Konsequenzen, die so etwas nach sich zieht, einfach hingenommen. Aber das war in einem anderen Leben.

Mom kommt ins Wohnzimmer, schiebt ihre Schlüssel in die Tasche ihrer Shorts und bleibt vor dem Sofa stehen. Wartend.

Vermutlich darauf, dass ich den ersten Schritt mache und mich dafür entschuldige, einfach abgehauen zu sein, ohne ihr zu sagen, wo ich war. Ich bleibe stumm.

»Willst du mir das hier vielleicht erklären?«, knickt Mom schließlich starre Minuten später ein und hält mir mein Handy unter die Nase. Sie deutet auf mich, das Haus, und legt das Telefon dann als Beweismittel auf den Wohnzimmertisch.

»Eigentlich nicht«, murmle ich und versuche das Wundsein aus meiner Stimme zu frosten. Ich recke das Kinn in die Luft und starre sie an. Zwischen uns liegen sechs Fuß. Eine ganze Welt. Und ausgerechnet jetzt breitet sich der irrationale Wunsch in mir aus, Mom würde einfach die Distanz überwinden und mich in den Arm nehmen.

»Ich habe dich gesucht.« Auch wenn sie betont ruhig spricht, höre ich die Wut, die in ihr schwelt. Und die Enttäuschung.

Gut so. Dann fühlen wir uns wenigstens gleich beschissen. »Vielleicht wollte ich nicht gefunden werden. Nur einen Abend lang«, sage ich knapp.

Sie fährt sich durch die langen blonden Haare und stößt die Luft aus. »Gestern war nicht irgendein Abend.«

Will sie mir jetzt allen Ernstes ein schlechtes Gewissen machen, weil ich Dad am Tag seiner Trauerfeier nicht geehrt habe? Sie hat ihn verraten. All die Jahre. Und jetzt ist er tot. Ich presse die Lippen aufeinander, um sie nicht anzuschreien. Bohre die Nägel in meine Handflächen. Atme.

»Ich habe mir Sorgen um dich gemacht. Verdammt noch mal, Hope. Ich habe dich überall gesucht. Ich verstehe ja, dass du durcheinander bist, traurig, und vielleicht war die Feier auch einfach zu viel für dich. Aber du hättest mit mir reden müssen. Es wäre kein Problem gewesen, wenn du dich in dein Zimmer zurückgezogen hättest.«

»Mein Zimmer ist hier.« Ich kralle meine Finger in die Decke.

»Du hättest die letzte Nacht vorm Umzug auch in Cherry Point schlafen können. Ich hätte dir erlaubt, mit Ivy hierzubleiben und Abschied zu nehmen. Aber du kannst nicht einfach verschwinden. Und da ist noch etwas.« Sie atmet tief durch.

»Dein Wagen steht vor dem Blue Taps.« Sie zieht die Augenbrauen hoch und verschränkt die Arme vor der Brust.

Mom hat wahnsinnige Angst, dass ich in einer Bar, in der ich mit gerade achtzehn absolut nichts verloren habe, einen Typen aufreiße, mich verliebe und mit neunzehn bereits verheiratet und wie sie schwanger sein werde. Ich habe eine Neuigkeit für sie. Ich bin kein Stück wie sie. Zum Beispiel hätte ich nie meine Familie belogen und ihr erzählt, dass ich glücklich mit ihnen wäre, und gleichzeitig meine Flucht aus diesem Leben vorbereitet. Ein Haus gekauft. Dad ins Ausland geschickt. Den Prius-Mann gefickt.

»Dir hätte sonst was zustoßen können, in so einem Laden. Was hast du dir nur dabei gedacht?«, fragt sie vorwurfsvoll.

»Dasselbe könnte ich wohl dich fragen.« Ich stehe auf und drehe Mom den Rücken zu. Wenn ich sie weiter ansehe, wird alles aus mir herausbrechen und ich bin sicher, das würde auch noch den letzten Rest widerspenstiger Liebe zwischen uns auflösen. Denn obwohl das absolut bescheuert ist, liebe ich sie. Egal, was sie getan hat. Ich kann sie nicht hassen. Sie ist alles, was ich noch habe.

»Was soll das heißen?« Sie versucht mich an der Schulter zu sich zu drehen, aber ich mache mich unwirsch los und klemme mir die Wolldecke unter den Arm.

»Vergiss es. Ich werde jetzt gehen.«

Aber da habe ich die Rechnung ohne Mom gemacht, die alles ausdiskutiert. Immer. Bis zum bitteren Ende, selbst wenn das nur verbrannte Erde hinterlässt.

Sie stellt sich mir in den Weg und stemmt die Hände in die Hüften. »Du gehst nirgendwohin. Nicht nach dem, was du da gestern abgezogen hast. Außerdem ist heute der Umzug und du hast versprochen zu helfen.«

Ich will nicht mal in dieses bescheuerte Haus und ich habe

auch nichts versprochen. Ich habe lediglich nicht widersprochen. Ganz sicher werde ich nicht den ganzen Tag mit Mom Sachen schleppen und eingequetscht mit ihr in einem Wagen hocken.

»Und wenn das erledigt ist, reden wir über das, was offensichtlich zwischen uns steht. Über alles, was dich beschäftigt.« Sie stößt die Luft aus und ihre Stimme ist jetzt sanfter. »Ich habe uns Eis besorgt. Chocolate Mint.«

Meine Lieblingssorte.

Ihre Miene wird weich. »Mach es uns doch nicht so schwer, Pumpkin. Das alles ist schlimm genug. Wenn du mich von dir stößt, wird alles noch härter.«

Störrisch blinzle ich die Tränen weg, ignoriere den Wunsch, mich in ihre Arme zu werfen, und baue die einzige Barriere auf, die mir noch bleibt. »Ich will diesen Umzug ja nicht mal.« Ich will nicht in dem Verräterhaus wohnen.

»Aber du weißt, dass er nötig ist«, erwidert Mom ruhig. »Wir können nicht länger auf der Basis leben, jetzt wo …«

Sie bricht ab und Trauer gräbt tiefe Falten in ihr Gesicht. Ein Theater, das meine Wut zurück an ihren Platz befördert. Mitten in mein Zentrum. »Hör auf damit«, stoße ich hervor.

Mom sieht irritiert aus, weicht vor meiner Wut zurück.

Ich sollte gehen, aber die Worte strömen aus meinem Mund. »Tu, verdammt noch mal, nicht so, als käme dir Dads Tod nicht gelegen.«

»Hope.« Moms Stimme zittert, aber ihre Gesichtszüge frieren ein und nehmen diesen Du-hast-Stubenarrest-bis-du-fünfundvierzig-bist-Ausdruck an. »Ich weiß, wie sehr dich Pauls Tod getroffen hat, deswegen werde ich dir verzeihen, was du gerade gesagt hast.« Sekundenlang schließt sie die Augen.

Sie hat unrecht. Das hier wird für immer zwischen uns stehen. Meine Worte. Ihre Lügen.

»Aber sag so etwas nie wieder. Nie wieder, hörst du?« Ihre Stimme ist fest, aber die Art, wie sie sich durch die Haare fährt und verzweifelt die aufsteigenden Tränen wegblinzelt, zeigt, wie angegriffen sie ist. »Ich muss jetzt stark sein. Für uns zwei, und alles regeln. Ich kann es mir nicht erlauben, einfach zusammenzubrechen. Vielleicht zeige ich es deshalb zu wenig, aber ich bin genauso traurig wie du. Es ist nicht fair, deswegen sauer auf mich zu sein.«

Sie soll endlich aufhören zu lügen. Aus den Ritzen meiner Selbstbeherrschung quillt blanker Zorn. »Wenn es doch aber die beschissene Wahrheit ist«, brülle ich sie an. »Dad ist tot. Darauf hast du doch nur gewartet. Jetzt kannst du endlich in dieses bescheuerte Haus ziehen. Ein neues Leben anfangen. Ohne Dad.« Meine Kehle tut weh. Mein Herz tut es. »Mit diesem anderen Mann«, zische ich. »Aber erwarte nicht, dass ich da so einfach mitmache.«

Mom starrt mich an.

Ich sehe, wie sie nach Worten ringt. Ihr Blick zeigt, dass sie dachte, ich wüsste nichts von dem Prius-Mann. Sie dachte, sie würde als tapfere Witwe und Supermom aus dieser Sache herauskommen. Das kann sie vergessen.

»Lass uns darüber reden«, flüstert sie schließlich tonlos. »Das alles ist nicht so, wie du denkst.«

Der Satz entlockt mir ein dumpfes Schnauben. »Ernsthaft? Eine klischeehaftere Ausrede konntest du nicht finden? Ich habe euch zusammen gesehen! In diesem verfluchten neuen Haus! Am selben Abend, als ich von Dads Tod erfahren habe. Verdammt! Ich muss hier raus, sonst …« Ich führe nicht aus, was in dem Fall passieren würde. Ich will es gar nicht wissen.

»Warte!«, stößt Mom aus, aber das Zittern in ihrer Stimme nimmt der Aufforderung jegliche Autorität.

»Ich gehe zu Ivy.« Das Handy nehme ich an mich und halte

es auf meinem Weg zur Haustür sekundenlang vor Moms Gesicht. »Keine Sorge, dein kleines Überwachungsinstrument nehme ich mit. Dann kannst du kontrollieren, ob ich wirklich bei den Johnsons bin oder mich in irgendeiner Bar rumtreibe.«

Mom weint, lautlos, aber sie versucht nicht mich aufzuhalten, als ich nach draußen stürme und den Weg zum Blue Taps einschlage.

KAPITEL 6

Cooper

Mac und ich haben kaum ein Wort gesprochen, seitdem ich heute Morgen bei ihm angekommen bin. Er hat nichts zu den Verletzungen in meinem Gesicht gesagt, nichts zu meiner Ankunftszeit, die ihm natürlich nicht verborgen geblieben ist. Er hat mich auf der Veranda sitzend erwartet. Wahrscheinlich saß er die ganze gottverdammte Nacht dort. Aber anstatt einer Standpauke hat er mich nur in seine Arme gezogen, mir einen Kuss auf die Schläfe gedrückt und mich dann hereingebeten, als wäre alles wie geplant verlaufen. Als würde er sich wirklich freuen. Egal, wie holprig unser Widersehen auch war.

Er ist in die Küche gegangen und hat uns Frühstück gemacht. Pancakes, Rührei und Speck. Dazu gebutterten Toast, der auf Macs Teller kalt geworden ist, genau wie sein übriges Frühstück.

Der einzige Anhaltspunkt, dass er sich Sorgen macht und auf der Frage herumkaut, wie er diese Sorge in Worte fassen soll, ohne wieder an dem Punkt zu landen, an dem wir schon einmal standen. Damals in Los Angeles, als die Fronten hart wie Granit wurden und ich irgendwann mit einem gepackten Rucksack und meiner Sporttasche voller Klamotten in der Küche vor ihm stand, um zu Chase zu ziehen. Was folgte, war ein wortloser Abschied.

Ich stecke mir etwas Rührei in den Mund. Wortlos wie dieses Frühstück.

Während meiner Zeit bei Chase haben wir uns nur gesehen, wenn er zu meinen Spielen kam. Einmal stand er mittags vor meiner Highschool und hat mir von seinen Plänen erzählt, nach North Carolina zu ziehen. Er hat mich gebeten, mit ihm zu kommen. Ich wusste längst, dass es eine Schnapsidee gewesen war, mit Chase zusammenzuwohnen, aber ich war, verflucht noch mal, zu stolz, es zuzugeben. Und ich konnte Amber unmöglich allein lassen. Nicht mit ihren Eltern. Und schon gar nicht mit Chase. Auch wenn sie ihn als Ersatz-Dad vergötterte. Er ist kein Vater. Niemand, zu dem man aufblicken kann. Niemand, der sie beschützen würde.

Ich konnte Mac gegenüber nicht zugeben, dass er mit allem, was Chase betraf, recht hatte. Ich wollte es mir selbst gegenüber nicht eingestehen. Einfach aufgeben war nicht drin. Ich weiß nicht, ob ich zu stur, zu verbohrt oder zu blöd war, um zu sehen, was kommen würde.

Die Beziehung zu Amber war nicht nur ungesund. Sie hat mir selbst dann noch das Genick gebrochen, als wir schon lange kein Paar mehr waren. Und Chase hat mich so tief in seinen Dreck hineingezogen, dass ich Mac das nächste Mal in einer Arrestzelle auf der Polizeitstation 18 in South Los Angeles wiedersah.

Er ist gekommen, um mich rauszuhauen. Chase, der für die ganze Scheiße verantwortlich war, hat sich nicht blicken lassen. Er hat sich bis jetzt einen Scheißdreck darum gekümmert. Mac hingegen ist extra aus Port Haven an die Westküste geflogen und hat mich rausgeboxt, sein Angebot wiederholt. Eindringlicher dieses Mal und mit dem Zusatz, dass er mir das fehlende Geld für mein Upcycling-Business geben würde, wenn ich zu ihm ziehen und erst einen Abschluss an der hiesigen Uni machen würde. Weit weg von Chase und seinem negativen Einfluss. Weit genug weg von Amber, für die ich mich so dermaßen verantwortlich fühle, obwohl sie das schon lange nicht mehr ist – meine Verantwortung.

Und hier sind wir nun. Vielleicht ist es nur natürlich, dass Mac mir misstraut. Insbesondere, da mein Gesicht dank Holly ähnlich lädiert aussieht wie an diesem Tag in der Zelle.

»Wegen gestern«, beginne ich und lege die Gabel beiseite. »Ich wollte wirklich rechtzeitig hier sein.« Ich reibe mir übers Kinn. »Der Verkehr war tödlich, deswegen habe ich kurz Pause gemacht. Ich wollte nur etwas trinken, mir die Beine vertreten, um nicht völlig gerädert bei dir anzukommen. Und dann war da dieses Mädchen.«

Mac hebt seine Hand, um mir zu bedeuten, dass es okay ist.

Es ist nicht okay. Wird es nie sein. Ich bin Mac so viel schuldig, dass unsere Beziehung für immer in Schräglage hängen wird. Ihm gegenüber ehrlich zu sein, ist das Mindeste.

»Du bist mir keine Rechenschaft schuldig«, behauptet er trotzdem. Der Anflug eines Lächelns gleitet über sein Gesicht, bevor er es wieder in Sorge taucht.

»Ich denke schon.« Mit dem Daumen mache ich eine kreisförmige Bewegung, die das Haus, das Grundstück und Mac einschließt und hoffentlich zeigt, dass ich weiß, was für eine Chance er mir hier bietet. Ob es mir nun gefällt, in North Carolina festzuhängen, oder nicht. »Ich wollte wirklich direkt weiterfahren. Aber dann habe ich dieses Mädchen vor dem Laden stehen sehen. Sie war echt fertig.« Ich zucke mit den Schultern. »Ich konnte sie nicht einfach sich selbst überlassen, also habe ich mich zu ihr gesetzt und sie irgendwann nach Hause gebracht.«

»Und da bist du dann mit ihrem Freund zusammengestoßen? Oder mit ihrem Dad?« Er zögert, überlegt sich die folgende Formulierung genau. »Ich weiß, dass Chase dich in die Sache in Los Angeles hineingezogen hat und du Amber nur beschützen wolltest. Du bist ein guter Junge, Cooper. Aber Tatsache ist, dass du jetzt vorbestraft bist. Wenn du dir noch mal Ärger einhandelst, riskierst du deine Bewährung.« Er fährt sich mit der flachen Hand über seinen sauber gestutzten Bart. »Tu dir selbst einen Gefallen und konzentrier dich auf dein Studium. Mach deinen Abschluss und einen weiten Bogen um jede Form von Ärger.«

Kein Ärger. Das war der Deal. Und ich habe angenommen.

»Hatte sowieso nicht vor, das zu wiederholen«, sage ich und lächle schwach. »Hat verflucht wehgetan.«

Bevor Mac nachfragen kann, was genau passiert ist, klingelt sein Handy. Er zieht es aus der Tasche seiner Weste und geht ran. Der Ausdruck auf seinem Gesicht weicht sich auf, als er ein liebevolles »Guten Morgen« murmelt.

Das muss Ava sein. Seine Neue. Ich habe sie noch nicht kennengelernt und verspüre auch kein gesteigertes Interesse, das allzu bald nachzuholen. Leise stehe ich auf und räume den Tisch ab. Es ist nicht fair, etwas gegen die neue Frau an Macs Seite zu haben. Sie macht ihn glücklich. Trotzdem keimt jedes Mal, wenn ich an sie denke, das Gefühl in meinem Inneren auf, dass er für sie bis nach North Carolina gezogen ist, während er Mom einfach hat gehen lassen. Er hat nicht einmal den Versuch unternommen, sie zurückzuhalten, als sie sich von ihm getrennt hat. Als sie mich bei ihm zurückgelassen hat. Mac hat es einfach geschehen lassen. Genauso wie er es hingenommen hat, dass sie ihm ihr Kind aufs Auge gedrückt hat.

Macs Hand auf meiner Schulter lässt mich zusammenzucken.

»Das war Ava.«

Ich drehe mich zu ihm um. »Hab ich mir gedacht«, quetsche ich an einem schiefen Grinsen vorbei. »Wenn du so mit deiner Sekretärin reden würdest, wärst du derjenige, der sich Ärger einhandelt.«

Mac rückt das schmale Brillengestell auf seiner Nase zurecht und nickt lächelnd. »Wahrscheinlich. Hör zu, Ava hat ein Problem und …«

»Und du würdest gern den edlen Ritter in silberner Rüstung für sie spielen?«, frage ich.

Er zuckt die Schultern. »Ich habe ihr gesagt, dass ich deinen ersten Tag in Port Haven mit dir verbringen, dir alles zeigen will.«

Ich winke ab. »Uns bleibt in den nächsten Monaten noch genug Zeit. Bin sowieso todmüde. Geh ruhig, dann kann ich ein bisschen Schlaf nachholen.« Und dieses Nest später selbst erkunden. Mac und ich schätzen nicht unbedingt dieselben Dinge. Vielleicht kann ich so der mit Sicherheit fest eingeplanten Mac-Stadtführung entgehen, die auf jeden Fall aus historisch relevanten Sehenswürdigkeiten und kulturellen Hotspots von Port Haven bestehen würde.

»Bist du sicher?« Er sieht mich prüfend an. »Ava würde verstehen, wenn ich ihr absage.«

»Jetzt fahr schon. Ich haue mich hin.« Wie um meine Worte zu unterstreichen, verlasse ich die Küche und werfe mich der Länge nach auf die Couch im angrenzenden Wohnzimmer. Die Räume sind groß und hell, modern, aber nicht ungemütlich.

Mac geht zu einem Filzkorb und holt eine Wolldecke heraus, die er mir reicht. »Der Fernseher ist internetfähig und ich habe einige Streaming-Abos abgeschlossen. Ava meinte, so guckt man heutzutage Fernsehen.« Er sieht aus, als verstünde er kein Stück, was daran gut sein soll. Vermutlich ist er der einzige Mensch in den ganzen Staaten, der noch nie einen Film im Internet gestreamt hat. Aber Mac zieht einen guten Rotwein der Glotze nun mal vor.

»Allerdings ist das hier der einzige Fernseher im ganzen Haus, also … Die Couch ist recht bequem oder du suchst dir oben dein Zimmer aus und legst dich dorthin.« Er nickt unbestimmt.

Er will, dass es mir gut geht. Es sollte mich vermutlich nicht so sehr freuen. Mac ist pflichtbewusst und ich bin nun mal seine Verpflichtung, seitdem Mom abgehauen ist. Dazu gehört in Macs Welt, es mir so angenehm wie möglich zu machen, damit ich nicht noch einmal vom Weg abkomme und mein Leben gegen die Wand fahre. »Danke«, murmle ich und genieße trotz allem die Ruhe und das Gefühl eines Zuhauses, das Mac so einfach erzeugt wie Chase innerhalb von Sekunden das Gegenteil.

»Ich bin in ein paar Stunden zurück und bringe was zum Abendessen mit.« Er lächelt. »Was hältst du von Steaks vom Grill? Jetzt, wo du hier bist, könnten wir das riesige Ding einweihen, das ich mit dem Haus gekauft habe. Bislang hatte ich zu viel Angst, die Ranch abzufackeln, wenn ich ihn benutze, aber jetzt bist du ja hier.«

Ich nicke schläfrig. »Gern. Hört sich toll an.«

Mac berührt meine Schulter. »Bis später dann. Schön, dass du hier bist, Cooper.« Er zögert, als wollte er noch etwas sagen, dreht sich dann aber um und kurz darauf höre ich die Haustür klappen.

Ich seufze und schnappe mir die Fernbedienung, zappe durch die Kanäle des regulären Kabelanschlusses, bis ich an einem Baseballspiel hängen bleibe. Der Kommentator hat eine herrlich sonore Stimme, die perfekt dazu geeignet ist, mich in den Schlaf zu begleiten.

Als ich wach werde, ist die Sonne ein gutes Stück weitergewandert. Es muss bereits Nachmittag sein. Mühsam rapple ich mich auf, stelle den Fernseher aus und strecke mich. Dann schlurfe ich durch das Haus und sehe mir in Ruhe mein neues Heim an. Das Erdgeschoss wird von dem großzügigen Wohn- und Essbereich dominiert. Daneben gibt es noch ein kleines Bad, ein Arbeitszimmer, das mit Macs Fachliteratur vollgestopft ist, und einen Hauswirtschaftsraum. Im Keller hat er sich einen Weinkeller einbauen lassen.

Im Obergeschoss verteilen sich vier Schlafzimmer. Das größte mit angrenzendem Bad ist Macs. Die drei anderen sind Gästezimmer. Mac hat mir gesagt, ich könnte mir aussuchen, welches ich beziehe. Ich nehme das, was am weitesten von seinem entfernt ist, um ihm und Ava so viel Privatsphäre wie möglich zu lassen.

Meine Klamotten räume ich in den kleinen begehbaren Kleiderschrank und greife mir eine frische Shorts, ein einfarbiges Shirt und einen Hoodie, bevor ich in das andere Bad auf dieser Ebene gehe, dusche und die lange Fahrt von meinem Körper spüle.

Keine fünf Minuten später trete ich mit noch nassen Haaren vom Wohnzimmer auf die breite Veranda und schreibe Mac eine Nachricht, dass ich ihm das Einkaufen abnehmen werde.

Von der Farm sind es etwas mehr als zehn Minuten bis Newport, wo ich einen Walmart finde. Ich kaufe für das Barbecue ein. Dazu ein Sixpack Bier, als Alternative zu Macs Rotwein. Und meine heiß geliebten Fruit Loops für den nächsten Morgen. Die Einkäufe verstaue ich in der Kühlbox auf der Ladefläche.

Ich könnte direkt wieder nach Hause fahren, aber es zieht mich nicht zurück auf die Farm. Die Interstate 70 führt von Newport aus zur Küste und über eine Brücke auf die Outer Banks. Erst als das Wasser des Sunds rechts und links von der Brücke glitzert, gleitet ein Lächeln über meine Lippen. Keine fünf Minuten später parke ich den Pick-up auf einem Parkplatz direkt an den Dünen. In meinem Rücken liegt die Insel und dahinter der Bogue-Sund mit seinen vielen Wasseradern, die sich in die Westseite der Insel fressen. Vor mir feiner weißer Strand und der Ozean. Auch wenn das hier nicht der Pazifik ist, fühle ich mich das erste Mal zu Hause, seitdem ich Port Haven erreicht habe. Ich ziehe mir den Hoodie über und steige aus. Sturm zerrt an meiner Kleidung. Er trägt den Geruch nach der Weite des Ozeans in sich. An der Spitze der höchsten Sanddüne bleibe ich stehen und atme tief durch.

Ein paar Häuser liegen unterhalb der Dünen direkt am Strand. Wahrscheinlich Ferienhäuser. Vielleicht leben auch ein paar Einheimische dort, die sich den Luxus erlauben, ihre Bude nicht an Touristen zu vermieten.

Vor einem der Häuser steht eine junge Frau. Eingehüllt in eine Decke trotzt sie dem Wind und sieht über das Wasser. Meine Muskeln spannen sich an. Auf die Entfernung ist es schwer, mehr zu erkennen. Aber da ist dieselbe Traurigkeit, die Holly schon vor dem Blue Taps versucht hat zu verbergen, indem sie den Rücken durchdrückt und das Gesicht in den Himmel reckt. Kann das wirklich sie sein? Ich will nachsehen. Sichergehen, dass ich nicht halluziniere. Keine Ahnung, was ich ihr sagen soll, wenn es nicht Holly ist. Keine Ahnung, was ich tun soll, wenn sie es ist.

Wahrscheinlich bleibe ich deswegen, wo ich bin, und starre sie an. Versuche durch zusammengekniffene Augen Details auszumachen.

Als würde sie meinen Blick auf sich spüren, dreht sich das Mädchen plötzlich zu mir um und schirmt ihre Augen gegen die tief stehende Sonne ab. Kein Zweifel. Das ist tatsächlich Holly.

Ich hebe die Hand, aber sie reagiert nicht. Ich will die Kapuze, die ich zum Schutz vor dem Sturm trage, hinunterziehen, damit sie mich erkennt, aber das Klingeln meines Telefons funkt mir dazwischen. Fluchend ziehe ich es hervor. Mac. Ich kann ihn nicht ignorieren, also drehe ich mich aus dem Wind und gehe ran. Er will wissen, ob ich einverstanden wäre, wenn Ava auch zum Essen käme. Sie wäre noch unentschlossen, aber er würde sie gern einladen, wenn es für mich okay wäre. Den ersten Impuls, ihm zu sagen, dass ich zu gerädert bin und seine Freundin kennenzulernen nicht gerade weit oben auf meiner Prioritätenliste rangiert, schlucke ich herunter. Es gibt nichts Wichtigeres als Familie. Das hat Mac mir mein Leben lang eingetrichtert.

»Klar, wieso nicht?«, sage ich also. »Ich habe sowieso zu viel Fleisch gekauft. Sag ihr, ich würde mich freuen, sie kennenzulernen. Wann würdet ihr kommen?«

Ich richte meinen Blick auf den Punkt, an dem vor wenigen Sekunden noch Holly gestanden hat, aber der Strand ist jetzt menschenleer.

»Cooper?«

»Entschuldige«, murmle ich. »Ich bin am Strand. Der Wind. Du bist schlecht zu verstehen.«

»Ich wollte nur wissen, ob es dir in einer Stunde passt? Ava stößt dann eventuell später dazu. Bis dahin haben wir etwas Zeit zu zweit.«

Holly ist einfach weg. Und ich versuche es als Wink des Schicksals zu verstehen. So hat sie wenigstens keine Chance, mir noch eine runterzuhauen. Und ich keine, mich, kaum in North Carolina, in etwas zu verrennen. Sollte sie jemanden zum Reden brauchen, hat sie meine Nummer. »Eine Stunde hört sich gut an. Und diese Zu-zweit-Sache auch«, murmle ich, verabschiede mich und lege auf. Mit einem letzten Blick auf den Strand wende ich mich um und gehe zurück zum Wagen.

KAPITEL 7

Hope

Der Wind zerrt an der Decke, die ich eng um meine Schultern geschlungen habe. Meine Haare verwirbeln vor meinem Gesicht und legen Streifen aus Braun über das Bild des aufgerauten Ozeans. Der Sand unter meinen Füßen ist im Gegensatz zu der sturmkalten Luft sommerwarm. Ich spüre das Wegbrechen der einzelnen Körner, während ich versuche im steten Rollen der Wellen Ruhe zu finden.

Das Haus der Johnsons liegt in meinem Rücken, direkt hinter den Dünen. Ich habe weder Ivy noch ihrer Familie Bescheid gesagt, dass ich hier bin. Seit Stunden schon. Meinen Wagen habe ich ein Stück die Straße hinauf geparkt und bin am Strand entlang bis auf die Höhe ihres Hauses gelaufen, damit es für Mom und ihre bescheuerte Tracking-App so aussieht, als wäre ich bei meiner besten Freundin. Im Grunde ist das nicht mal eine Lüge. Sobald ich das Gefühl habe, nicht mehr mit meiner katastrophalen Stimmung allein sein zu müssen, werde ich zu ihnen gehen.

Ich atme tief durch und recke das Gesicht in die Sonne. Der Streit mit Mom war heftig. Ich hatte erwartet, dass es mir besser gehen würde, wenn ich ihr alles an den Kopf knalle, was mich seit Dads Tod vergiftet. Aber das Gegenteil ist der Fall. Es geht mir schlecht. Mein Magen fühlt sich an wie mit Teer gefüllt. Schwer und schwarz leckt er an meinem Herzen, fasert in jede meiner Zellen aus.

Ein Pelikan schwingt sich über den Wellenkämmen auf, lässt sich vom Wind über die Dünen tragen und verschwindet dann hinter dem Aussichtspunkt auf der höchsten Düne.

Dort oben steht jemand und starrt zu mir herunter. Ein Typ, der sich die Kapuze seines Hoodies tief in die Stirn gezogen hat, um dem Sturm zu trotzen. Trotzdem ist er hier, wollte dem Meer nah sein. Damit sind wir die einzigen zwei, und ich fühle eine irrationale Verbundenheit mit dieser fremden Person.

»Hey, Butternut«, höre ich plötzlich meine beste Freundin hinter mir.

Ich drehe mich zu ihr um und lasse zu, dass sie mich fest an sich drückt. Eine Umarmung, die guttut und die ich schon vor Stunden hätte zulassen sollen.

»Geduld ist nicht meine Stärke. Hab versucht dir Zeit zu lassen.« Sie verzieht das Gesicht zu einer schiefen Grimasse. »Aber ich finde, du solltest jetzt einfach nicht allein sein. Und bei dem Sturm hilft nicht einmal die Dad-Decke.« Sie zupft an dem Stoff. »Komm mit rein. Mom und Dad kochen schon wieder irgendwas Komisches, was bedeutet, ich bestelle uns Pizza und die Kleinen streiten sich, wer unsere Reste bekommt.« Sie verdreht die Augen. Die Kleinen sind Ivys Geschwister Beckham und Zoe. Und zumindest Beckham fällt mit seinen vierzehn Jahren und seiner schlaksigen Größe nicht mehr in die Kategorie klein. Aber Ivy weiß, wie sehr es ihn ärgert, wenn sie das sagt. Also tut sie es, wann immer sie kann.

»Lass dich einfach von dem alltäglichen Johnson-Wahnsinn ablenken, okay?«

Ivy erwartet nicht, dass ich auf ihren Wortschwall antworte. Ein Nicken reicht und sie zieht mich hinter sich her, den Trampelpfad hinauf, der zum Haus ihrer Eltern führt. Ich werfe einen letzten Blick auf die Person, die noch immer auf der Aussichtsplattform steht. Er hat uns jetzt den Rücken zugedreht und es fällt mir aus einem vollkommen irrationalen Grund schwer, den Blick von ihm loszureißen. Wahrscheinlich werde ich langsam, aber sicher irre.

Bevor die Dünen Ivy und mich verschlucken, fotografiere ich aus einem Impuls heraus den Unbekannten. Nur ein Umriss vor dem zornigen Himmel und wogenden Dünengras.

Dann sperre ich das Handy, zwinge mich, mich auf Ivy zu konzentrieren, und folge ihr zur Veranda. Sie umgibt das gesamte Haus und ist Lebensmittelpunkt der Familie. Ich weiß nicht, wie oft Ivy und ich mitten in der Nacht aus dem Fenster geklettert sind, auf der Schaukel gesessen und bei Kerzenlicht die halbe Nacht gequatscht haben.

Ivy schiebt die Terrassentür auf und wir treten ein. Mitten in ein Gewirr aus Geschwisterstreit, dem Klappern von Kochtöpfen, fremdländischen Aromen und wilder Südstaatenmusik, die aus der Musikanlage quillt.

»Hi, Hope«, begrüßt mich Ivys Mom Kim liebevoll, drückt mich etwas länger als sonst an sich und platziert einen Kuss in meinem Haar, nur um im nächsten Atemzug ihre Kinder zu bändigen. »Becks, Zoe, hört endlich auf zu streiten. Versucht euch nur ein Mal zu benehmen, als wärt ihr nicht von Wölfen großgezogen worden«, ruft sie und kehrt dann an ihren Platz hinter dem Herd neben Hale zurück.

»Was kocht ihr denn heute?«, frage ich mit einem vorsichtigen Blick in den Topf. Sieht matschig aus. Kim und Hales liebstes Hobby ist es, gemeinsam ausgefallene Gerichte zu zaubern und ihre Kinder mit den Resultaten zu quälen. Ivy beschwert sich ständig, dass es in ihrem Zuhause nie normales Essen gebe, und stopft sich regelmäßig im Shake Shacks mit Burgern und Pommes voll.

»Marokkanischer Eintopf. Und wir essen in fünf Minuten«,

sagt Kim, als sie sieht, dass Ivy mich aus dem Raum bugsieren will.

»Ernsthaft, Mom«, sie verdreht die Augen. »Meinst du nicht, dass Hope im Moment genug auszustehen hat?« Sie ruft die Internetseite des Pizzaservice auf und hält ihrer Mom demonstrativ das Display vor die Nase. »Wir versorgen uns lieber selbst.« Sie gibt ihrer Mom einen Kuss auf die Wange und sieht sie erwartungsvoll an, bis Kim ergeben nickt.

Ich kann Ivy nicht einmal böse sein, dass sie meine Situation als Ausrede benutzt, um dem Eintopf zu entgehen. Er riecht wirklich fies.

Hale lacht und verstummt erst, als seine Frau ihn strafend ansieht. Mit einem liebevollen Kuss macht er es wieder gut. Ivy verdreht die Augen und seufzt theatralisch. Dass ihre Eltern auch nach vier Kindern und fast zwanzig Jahren Ehe immer noch so verliebt sind, dass sie die Finger nicht voneinander lassen können, ist laut Ivy echt ekelhaft.

Ich für meinen Teil liebe genau diese tiefe Verbundenheit an Kim und Hale. Und ich liebe den alltäglichen Wahnsinn in der Familie, der tatsächlich einen Teil meiner Traurigkeit wegspült.

»Wieso dürfen Hope und Ivy Pizza essen?«, mault Becks. Zoe stimmt in seinen Protest mit ein, aber Kim füllt ungerührt Eintopf auf ihre Teller, gibt ihnen einen Kuss auf die Stirn und erstickt mit Liebe und Selbstverständlichkeit jegliches Aufbegehren.

»Komm, bevor sie uns auch noch was von dem Mus andreht.« Ivy zieht mich in ihr Zimmer und setzt sich auf den Boden. Den Rücken an das Bett gelehnt. Mit wenigen Klicks bestellt sie uns eine extragroße Pizza mit viel Käse. Erst dann konzentriert sie sich ganz auf mich.

»Wie geht es dir? Du siehst echt fertig aus.«

Bevor ich zum Antworten komme, spricht Ivy schon weiter. »Deine Mom hat dich gestern Nacht gesucht. Sie hat mindestens eine Million Mal hier angerufen. Dann ist sie auch noch vorbeigekommen und hat mich verhört, als wäre sie ein Cop. Und als ich mich endlich wegschleichen konnte und beim Blue Taps ankam, warst du nicht mehr da. Wo hast du gesteckt?«

Ich atme tief durch. »Sie haben mich nicht reingelassen.«

»Du warst gar nicht dort?«

»Schon.« Aber nicht im Blue Taps, sondern dahinter. Mit einem Typen. Ivy ist die Einzige, der ich davon erzählen kann. Trotzdem zögere ich. »Aber der Ausweis war ein Witz. Den hätte Becks mit eurem alten Drucker besser hinbekommen.« Ich zucke mit den Schultern. »Keine Chance, damit am Türsteher vorbeizukommen. Nach Hause wollte ich nicht. Da hätte Mom mich zuerst gesucht. Zu euch konnte ich aus demselben Grund nicht. Also wusste ich nicht, wohin. Und ich war echt durch den Wind.«

»Das hört sich an wie der Beginn eines Mordgeständnisses«, bemerkt Ivy trocken.

»Fast.« Ich beiße mir auf die Lippen. »Ich stand hinterm Blue Taps und habe überlegt, was ich tun soll. Und dann war da plötzlich so ein Typ, der mich fast zu Tode erschreckt hat, als er mir seine Hand auf die Schulter gelegt hat. Ich habe nicht nachgedacht, nur reagiert und …« Ich stocke. »Ich habe ihm eine reingehauen, Iv.«

Ivy sieht mich überrascht an, zieht aber anerkennend die Augenbrauen hoch. »Verdammt richtig so. Was wollte der Idiot denn, um Himmels willen, von dir? Ich meine, egal, er darf dich nicht anfassen. Also wenn du ein Alibi brauchst, sage ich selbstverständlich für dich aus.«

Ivy verwechselt mein Leben ganz offensichtlich mit einer ihrer heiß geliebten Crime-Serien. »Er wollte wirklich nur helfen und ich habe ihn so fest geschlagen, dass er sogar geblutet hat«, gestehe ich und vergrabe mein Gesicht in den Händen.

»Du hast nur getan, was dein Dad dir beigebracht hat.« Ivy nickt grimmig und schlingt ihre Arme um mich, als ihr bewusst wird, dass sie Dad erwähnt hat. »Es tut mir leid. Ich wollte nicht …« Sie bricht ab und gibt mir einen Kuss auf die Wange. Tränen glitzern in ihren Augen, bevor sie sie wegblinzelt und sich die Haare aus der Stirn pustet. »Und jetzt? Macht dieser Mistkerl etwa Stress deswegen, oder was?«

»Ich denke nicht.« Und er ist kein Mistkerl. »Er war eigentlich sehr nett dafür, dass ich ihm fast die Nase gebrochen habe.« Das umreißt nicht einmal im Ansatz, was zwischen Cooper und mir passiert ist. »Er hat uns beiden was zum Trinken besorgt und dann haben wir uns ziemlich lange unterhalten.« Das hört sich vollkommen irre an. »Ich habe ihm von Dad erzählt. Und von Mom«, sage ich leise. »Und es hat irgendwie gutgetan. Ich meine, ich werde den Typen nie wiedersehen. Es einfach laut auszusprechen, hat geholfen. Und er hat nicht irgendwelchen Quatsch von sich gegeben, nur um etwas zu sagen. Er war wirklich toll. Die perfekte Ablenkung.«

Ivy sieht mich erwartungsvoll an.

Ich weiß nicht, warum, aber es fällt mir schwer, die nächsten Worte auszusprechen. »Irgendwann haben wir uns dann geküsst«, gestehe ich leise.

Ivy streckt beide Hände nach oben, als hätte sie einen Touchdown gemacht. »Mit einem heißen Typen rumzuknutschen, ist definitiv die beste Ablenkung.« Sie ist eine Spur zu begeistert.

»Es war nur ein Kuss. Nicht mehr.« Meine Zellen vibrieren beim Gedanken daran, wie es sich angefühlt hat, als Coopers Lippen meine berührt haben. Aber genauso detailliert erinnere ich mich auch an den Moment, als ich in Tränen ausgebrochen bin.

»Und was ist dann passiert?«, fragt Ivy nach, weil ich nicht weitererzähle. »Ich will jedes noch so schmutzige Detail hören.«

Ich schlucke schwer. »Es gibt keine schmutzigen Details. Ich habe losgeheult. Und ich glaube, es reicht schon, weniger emotional angeschlagen und irre zu sein, um einen Typen wie ihn zu verjagen.« Ich verziehe das Gesicht zu einer Grimasse.

»Wenn er dich deswegen nicht will, gehört er eindeutig in den Club der Typen, die wir ab sofort hassen.«

In dem Club befinden sich laut Ivy meine beiden Ex-Freunde, von denen Mom bis heute nichts weiß, und Ivys lange Riege an Verflossenen, denen sie allesamt das Herz gebrochen hat. Cooper hat nichts mit diesen Typen gemein.

»Allerdings spricht für ihn, dass er dich abgelenkt hat und du dich für einen Moment nicht mit deiner Mom und dem ganzen Mist rumschlagen musstest.«

Es klingelt an der Tür und Ivy verlässt das Zimmer, um die Pizza zu holen.

Als sie zurückkommt, fehlen bereits vier Stücke, die sie nicht gegen ihre Geschwister verteidigen konnte. Trotzdem ist genug für uns beide da. Ivy kennt das Spiel schon und hat deswegen extra die Große bestellt.

Sie reicht mir ein Stück, nimmt sich dann selbst eins, beißt hinein und verdreht genüsslich die Augen, bevor sie wieder ernst wird. »Du hast ihn also geküsst, und als du zusammengebrochen bist, ist er abgehauen?«

Ich lege mein Stück Pizza unberührt zurück in die Schachtel. »Nicht ganz.« Ich atme geräuschvoll aus, weil das alles rückblickend in etwa das Peinlichste ist, was mir je passiert ist. »Ich habe ihm gesagt, dass er gehen soll.«

»Und das hat er gemacht?« Ivy ist bereits beim zweiten Stück

Pizza angelangt und ist vollkommen gefesselt von meiner Geschichte.

»Nein, er ist nicht abgehauen. Keine Ahnung, warum. Vielleicht hat er sich verpflichtet gefühlt. Auf jeden Fall ist er geblieben, bis ich mich beruhigt habe und in seinen Armen eingeschlafen bin.« Und allein deshalb gehört er nicht in Ivys Wir-hassen-Club.

Ivy seufzt schmachtend, wie sie es sonst nur bei Filmen mit Channing Tatum tut. »Das ist so süß«, fasst sie kauend zusammen.

»Als Mom morgens kam, war er aber weg.« Was definitiv gut war, denn wenn sie mich mit ihm auf der Couch erwischt hätte, wäre die Hölle losgebrochen. Trotzdem fühlt es sich wie eine Abfuhr an. Eine, die mich nicht treffen dürfte. »Er ist einfach abgehauen«, sage ich trotzdem und lasse die Enttäuschung zu, die meine Worte färbt. Dabei entspricht das nicht der ganzen Wahrheit. Die presst sich nämlich als zusammengefalteter Zettel von innen gegen meine Hosentasche. Er hat mir eine Notiz im Auto hinterlassen. Eine wirklich süße Nachricht.

Ivy lutscht sich die fettigen Finger ab und streicht sich das Haar aus dem Gesicht. »Okay, das gibt Abzüge in der B-Note, dich mit deiner Drachen-Mom allein zu lassen, aber ansonsten hört er sich echt brauchbar an.«

»Ich werde ihn nicht wiedersehen«, erwidere ich seufzend. »Ist besser so. Nach allem, was in den letzten Wochen passiert ist … Ich kann das gerade einfach nicht.« Ich kann ihm nicht mehr unter die Augen treten. Immerhin habe ich ihn erst geschlagen, dann geküsst und hatte dann einen emotionalen Meltdown in seinen Armen. Außerdem ist es falsch, gerade jetzt überhaupt über so etwas nachzudenken. »Im Übrigen ist er nicht mein größtes Problem.« Ich stöhne unterdrückt. »Iv, Mom und ich haben uns so dermaßen gestritten.« Die Beine ziehe ich eng an den Körper und schlinge meine Arme darum. »Das war nicht wie sonst. Es war schlimm. Richtig schlimm. Ich habe ihr alles an den Kopf geworfen. Das mit Dad und dem Prius-Mann und dass sie jetzt bestimmt glücklich ist, da er ihrem Neuanfang nicht mehr im Weg steht.«

Ivy sagt gar nichts. Und damit mehr als sonst.

»Egal wie sauer ich auf sie bin, das hätte ich nicht tun dürfen«, flüstere ich und zupfe etwas Käse von meinem unberührten Pizzastück. »Sie hat geweint, als ich gegangen bin. Ich hätte mit ihr reden müssen. Ihr die Möglichkeit geben sollen, sich zu erklären.« Ich vermisse sie, verdammt noch mal. Egal, was war. Ich brauche sie. So sehr wie noch nie. Aber ich weiß einfach nicht, wie ich den Canyon zwischen uns überwinden soll. »Ist es bescheuert, dass ich sie trotz allem noch liebe?«, frage ich kleinlaut. Fühlt sich an, als würde ich Dad dadurch verraten.

»Sie ist deine Mom.« Ivy verzieht das Gesicht. »Eine Tracking-App nutzende Helikopter-Drachen-Mom, aber Eltern sind nun mal nicht perfekt. Meine kochen marokkanische Eintöpfe und stecken sich ständig die Zunge in den Hals.«

Aber Ivys Mom würde Hale nie betrügen. Dasselbe habe ich von Mom gedacht. Ich habe geglaubt, sie wäre mit Dad glücklich gewesen und hätte diese unsägliche Sache deswegen im Keim erstickt. Ihn nie wiedergesehen. Ich habe mich geirrt, und seitdem ich das weiß, frage ich mich immer wieder, wieso sie das getan hat. Seit wann sie uns belogen hat. Ich brauche Antworten. Und ich brauche Mom. »Ich muss nach Hause fahren und mit ihr reden, Iv.«

Ivy nickt. »Dann komme ich mit.«

Ich ziehe sie in meine Arme. »Ich liebe dich dafür, dass du sogar Pizza mit Extrakäse liegen lässt, um das zu tun.« Keine Ahnung, wie ich in den kommenden Monaten, die sie an der

MU in Montana verbringen wird, ohne sie auskommen soll. Mir wird flau im Magen, wenn ich nur daran denke, dass sie schon in weniger als zwei Wochen aus meinem Leben verschwindet. »Aber das muss ich, glaube ich, allein machen.«

KAPITEL 8

Cooper

Die Steaks sind gut. Wirklich gut. Das ist aber auch das einzig Positive, das man über das Essen mit Mac und seiner Freundin Ava sagen kann.

Die beiden halten gezwungenen Abstand und berühren sich nur, wenn sie denken, ich würde es nicht mitbekommen, was mir das Gefühl gibt, das fünfte, sechste und siebte Rad gleichzeitig am Wagen zu sein. Ich wünschte, sie würden sich einfach normal verhalten.

»Mac hat mir erzählt, dass du deinen Abschluss neben deiner Arbeit nachgeholt hast, um deine College-Berechtigung zu bekommen?« Ava scheint ehrlich interessiert zu sein und nippt an ihrem Rotwein.

Ich nicke und frage mich, was Mac ihr noch alles erzählt hat. Die ganze traurige Geschichte meiner Fehlentscheidungen? Ich muss aufhören, so zu denken. Das ist allerdings ganz schön schwer, wenn man so fertig ist wie ich gerade. Die lange Fahrt und die gestrige Nacht stecken mir in den Knochen.

»Das stelle ich mir herausfordernd vor«, durchbricht Avas Stimme meine Gedanken.

Herausfordernd war eher Chase, der ein echter Drecksack ist. Und Amber, die fordernder war als Chase, was eine wirkliche Leistung ist. »Es war machbar«, sage ich. Nicht mehr.

Macs hochgezogene Augenbraue zeigt, dass ich unangebracht wortkarg bin. Wir wissen beide, dass ich das Eis brechen könnte, wenn ich wollte.

»Cooper arbeitet gern handwerklich. Er ist kein Mann der großen Worte«, versucht er das Gespräch zu retten.

Ich war nie so eloquent wie er. Weil ich nicht sein Kind bin. Und ich hasse es, wenn er das so deutlich hervorhebt. Auch wenn es die verdammte Wahrheit ist.

»Warum erzählst du Ava nicht, was du so tust?«, fragt er mich.

Weil das zu unserem Zerwürfnis geführt hat. Ich schüttle kaum merklich den Kopf. »Wisst ihr, ich bin ziemlich kaputt und würde mich lieber hinlegen, wenn das okay ist?«

Ava legt mir ihre Hand auf den Arm. »Aber sicher. Mac sagte, du bist die ganze Strecke allein gefahren, mit nur wenigen Pausen, und hast kaum geschlafen. Da tut ein wenig Ruhe sicher gut. Ich werde auch bald aufbrechen.« Sie lacht unsicher und entfernt ihre Hand wieder, als sie sieht, wie ich darauf starre.

Nachdem ich aufgestanden bin, räume ich die Teller in den Geschirrspüler und stelle die Reste in den Kühlschrank.

»Ach, Coop«, hält mich Mac zurück, als ich schon an der Treppe bin.

Ich atme tief durch und drehe mich mit dem letzten Rest eines Lächelns um, das ich hinbekomme. Es fühlt sich steif an. »Ja?«

»Ich weiß nicht, ob du schon Gelegenheit hattest, dich auf dem Grundstück umzusehen, aber hinter dem kleinen Wäldchen liegen die ehemaligen Scheunen. Vielleicht hast du Lust, dir da eine Werkstatt einzurichten. Ist sicher nichts Besonderes, aber es liegt jede Menge Werkzeug herum. Was fehlt, könnten wir besorgen. So hättest du die Möglichkeit, in der Freizeit neben deinem Studium dein Ding zu machen. Tob dich darin aus, wie du willst. Sie gehört ganz dir.«

Ich bin ein Arschloch. Mac war immer für mich da. Er hat mich aus dem verfluchten Knast geholt, hierhergebeten, obwohl er allen Grund gehabt hätte, mich nicht mehr sehen zu wollen. Ihm lag etwas an diesem Abend. Ihm liegt etwas an dieser Frau. Und ich versaue alles. Aber anstatt deswegen sauer zu sein, überlässt er mir ein Gebäude, damit ich tun kann, womit er nicht einverstanden ist.

Auf dem Weg zurück zum Tisch überlege ich, was ich tun, was ich sagen könnte. Außer einem belegten Danke, fällt mir jedoch nichts ein. »Tut mir echt leid wegen heute Abend. Ich bin ziemlich durch«, quetsche ich hohl hinterher.

Dabei sehe ich vor allem Ava an und versuche sie so zu sehen, wie Mac es tut. Sie ist hübsch. Lange Haare, ein schönes, ebenmäßiges Gesicht. Sie trägt Jeans, ein lässiges Shirt und dazu dezenten Schmuck. Dadurch wirkt sie deutlich jünger als Mac mit seinem dunklen, von grauen Strähnen durchsetzten Haar, dem ebenfalls grau melierten Bart, seiner distinguierten Art und den Professorenklamotten, die er selbst zu Hause trägt. Aber das alles ist zweitrangig. Entscheidend ist, dass sie Mac glücklich macht. Das tut sie. Das sieht selbst ein Blinder. Und er hat das mehr als verdient.

KAPITEL 9

Hope

Der Weg von den Johnsons bis nach Hause ist jetzt, nach unserem Umzug, deutlich kürzer. Trotzdem fühlt es sich wie Verrat an, Moms weißes Haus auf den Outer Banks als mein Zuhause zu bezeichnen. Es weiter das Verräter-Haus zu nennen, ist allerdings auch keine Dauerlösung. Vielleicht könnte ich es zukünftig einfach als das Haus bezeichnen. Neutral ist gut. Nur leider keine meiner Kernkompetenzen.

Ich lenke den Mini in die Auffahrt und bin überrascht, dass nur ein schwaches Licht auf der Veranda brennt. Sonst ist alles dunkel, dabei steht Moms Wagen in der Auffahrt.

Mein Auto parke ich direkt hinter ihrem.

Vielleicht hat sie sich hingelegt. Sie bekommt oft Kopfschmerzen, wenn sie gestresst ist. Sofort schlägt mir das schlechte Gewissen von hinten in die Kniekehlen. Ich steige aus dem Auto und schließe die Haustür auf. Drinnen ist alles gespenstisch still.

»Mom?«, rufe ich leise, bekomme aber keine Antwort. Es riecht fremd. Die Wand, an der ich mich entlangtaste, ist mir fremd. Selbst die Stille hört sich fremd an.

Im Dunkeln stoße ich gegen Umzugskartons und finde schließlich einen Lichtschalter. Im offen gehaltenen Erdgeschoss ist niemand. Trotzdem rufe ich noch mal nach Mom. Keine Reaktion. Dann suche ich die Räume im ersten Stock ab. Sie ist nicht da.

Wütend knicke ich die Stängel einiger Lilien, Callas und Rosen um. Kondolenzgeschenke, die zeigen, wie wenig die Menschen Dad kannten. Er mochte Wildblumen. Der Geruch erinnerte ihn an unsere Angeltouren am Ellis Lake im Croatan Forest. Danach haben wir immer ewig auf einer der Wiesen rund um den See gelegen und geredet. Ich konnte Dad einfach alles erzählen. Und er hat mir vertraut. Etwas, das Mom nie auch nur in Erwägung ziehen würde.

Ich mache sämtliche Lichter an, um die Dunkelheit zu vertreiben. Und um mich von der Wut abzulenken, die in mir emporsteigt. Während ich mir Sorgen um Mom gemacht und mir den Kopf darüber zerbrochen habe, ob und wie ich das Gespräch mit ihr suchen sollte, ist sie einfach ausgegangen. Mit Sicherheit nicht allein. Denn ihr Auto steht noch in der Auffahrt und in der Küche stehen zwei benutzte Weingläser neben all den Blumen. Zwei. Ich könnte kotzen. Denn das kann nur eins bedeuten: Der Prius-Mann war hier.

Mein Blick bleibt an einem Zettel hängen, der auf der Ecke der Kücheninsel liegt. Es ist keine Beileidskarte, sondern ein Stück Papier, achtlos herausgerissen aus einem Notizblock, handbeschrieben. Es ist Moms Handschrift.

Pumpkin, solltest du vor mir nach Hause kommen: Es steht noch Essen für vermutlich drei Monate im Kühlschrank. Nimm dir einfach, was du magst. Und lass uns bitte reden, sobald ich zurück bin. Ich musste kurz raus, der Stille entkommen.

Ich vermisse dich, meine Kleine.

Mom

Tränen treten mir in die Augen, weil ich sie auch vermisse. So sehr. Dennoch fege ich die Nachricht vom Tisch. Sie segelt zu Boden. Mom hat nicht einmal den Anstand, ein wenig Zeit nach Dads Tod verstreichen zu lassen, bevor sie sich wieder mit diesem Kerl trifft. »Ich hasse dich!«, brülle ich. So laut ich kann. »Ich hasse dich! Ich hasse dich!« Aber niemand hört meine Wut außer der neuen, senfgelben Couch, unter der die Nachricht liegen bleibt.

Die Mühe, den Zettel wieder aufzuheben, mache ich mir nicht. Den Kopf gesenkt, die Arme auf den Oberschenkeln abgestützt, stehe ich mitten im Wohnzimmer, ringe nach Atem und würde mich am liebsten zusammenrollen, nie wieder aufstehen. Aber dann würde mich Mom auf dem Fußboden finden und meinen Geisteszustand diskutieren wollen. Ich könnte zu Ivy zurückfahren, aber von da bin ich gerade erst gekommen.

Mein Blick fällt auf die Umzugskartons, die Mom ordentlich an der Wand zur Treppe gestapelt hat. Irgendwann muss ich mich diesem neuen Leben stellen. Also warum nicht gleich? Und was könnte besser dabei helfen, sich weniger fremd zu fühlen, als meine Sachen auszupacken? Es dauert nicht lange, bis ich die Kartons mit meinem Namen darauf finde. Einen nach dem anderen schleppe ich sie in das Zimmer im ersten Stock, das Mom als meins bestimmt hat.

Es ist groß und hell mit einem tollen Blick über das Grundstück und die unzähligen Wasseradern des Sunds, die das Haus umgeben. Am Tag und bei guter Sicht kann man sogar die Dünen und einen Streifen des Atlantiks ausmachen. Auch wenn ich mir vorgenommen hatte, nichts an dem Haus zu mögen, gefällt mir der Raum. Er wird mein Zufluchtsort sein, wenn Ivy erst fort ist, also ist das vermutlich gut so.

In den nächsten Stunden räume ich die Kartons aus. Außer dem Boxspringbett ist noch keines der neuen Möbelstücke aufgebaut, was mich dazu zwingt, meine Klamotten vorerst auf dem Boden zu stapeln. Die Kartons will ich nicht mehr sehen und stelle sie im Flur an die Wand, sobald sie leer sind. Ich verstehe nicht, wieso wir die alten Möbel nicht mitnehmen konnten. Ich mochte die alte Couch. Mein Bett. Sogar den zerschrammten Kleiderschrank, der in meinem Zimmer stand. Mom hat gesagt, sie wollte uns mit der neuen Einrichtung die Eingewöhnung so schön und so leicht wie möglich machen. Ich glaube, sie verbannt für ihren Neuanfang einfach alles aus ihrem Leben, was sie an Dad erinnern könnte. Ich beiße mir auf die Unterlippe, um nicht zu weinen, und bringe den Lichtervorhang über dem Bett an. Schon im alten Haus hat er die Wand über meinem Schlafplatz zu einem fließenden Lichtermeer gemacht. Zwischen den einzelnen Leuchten klemme ich Fotos fest. Bilder von Ivy und mir. Von jeder Station unserer Freundschaft. Dazwischen hänge ich die unzähligen Fotos von Dad. Wir beide auf dem See beim Angeln. Dann ein Selfie im Gras liegend, bei einem Footballspiel und eines, als er mir auf der Veranda in Cherry Point sitzend einen Kuss auf die Wange presst. Wir zwei zusammen mit Ivy in Sportklamotten, als Dad uns die Grundlagen der Selbstverteidigung beibrachte, und Dad und ich beim Schrauben an meinem Wagen, ölverschmiert und lachend.

Einige wenige Bilder zeigen Mom und mich. Ich lege sie zurück in die Box und verschließe sie. Mit einem Fußtritt befördere ich sie neben meine Klamotten auf dem Boden. Meine Kamera, die auch in der Box war, lege ich auf den Boden.

Dann lösche ich das Licht, sodass nur noch die Lichterkette den Raum erhellt, und ziehe mich aus. Als ich die Jeans beiseitelege, rutscht die Nachricht von Cooper halb aus der Tasche. Ich ziehe sie ganz heraus, starre auf die Worte und will den Zettel bereits zerknüllen. Aber irgendetwas hält mich ab. Nur mit Unterwäsche und Shirt bekleidet schlüpfe ich unter die Decke und klemme seine Nachricht neben ein Foto von mir inmitten eines Wildblumenmeers. Mom hat es aufgenommen. Einen Abzug dieses Fotos hatte Dad immer dabei, wenn er von zu Hause fortmusste. Er sagte, es würde ihm Glück bringen. So würde ich ihn immer wieder sicher nach Hause leiten. Das habe ich nicht.

Mit dem Handy schieße ich ein paar Bilder von meinem halb eingerichteten Zimmer, bevor ich es neben mich lege und die Decke fest um meinen Körper schlinge. Ich will mir die Fotos an der Wand ansehen, die die Erinnerungen an Dad wachhalten. Aber immer wieder bleibt mein Blick stattdessen an den leeren Stellen hängen, wo Moms Fotos fehlen. Das ist so verdammt sinnbildlich, dass es mir die Tränen in die Augen treibt. Ich schluchze und schiebe die eben geschossenen Bilder in den Ordner in meiner iCloud, den ein tiefschwarzes Titelbild ziert. Darin liegen alle Bilder, die ich seit Dads Tod gemacht habe. Sie werden mich immer an die Leere erinnern, die seitdem in meiner Brust wohnt. Ein Gefühl, das ich lieber vergessen würde, aber nicht kann. Denn das würde bedeuten, Dad zu vergessen.

Irgendwann höre ich Mom nach Hause kommen und kontrolliere meinen Atem, zwinge mich zur Ruhe. Als sie leise klopft und das Zimmer Sekunden später betritt, tue ich so, als würde ich schlafen.

Ich habe ihr den Rücken zugedreht. Die Augen halte ich fest geschlossen und erwarte, dass sie wieder gehen wird.

Aber wider Erwarten setzt sie sich auf die Bettkante hinter mich. Die Matratze gibt ein Stück unter ihrem Gewicht nach. Sie streicht mir übers Haar und beginnt, leise die Melodie von Thompson Squares *Masterpiece* zu summen. Dads Lieblingssong. Er hat ihn mir ständig vorgesungen. Die Augen kneife ich so fest zusammen, dass die Tränen brechen, die unter meinen Lidern hervorquellen. Die Emotionen, die sich in meinem Oberkörper verkanten, halte ich zurück, bis Mom aufsteht und die Tür hinter sich zuzieht. Erst dann presse ich mir die Hand vor den Mund und schluchze leise.

KAPITEL 10

Cooper

Bis das Semester beginnt, werde ich auf jeden Fall genug zu tun haben. Ich verschränke die Hände im Nacken und stoße die Luft aus. Auch wenn es ein Berg an Arbeit ist, Macs Scheune auf Vordermann zu bringen, freue ich mich darauf. Das Ding ist ein Traum. Ein ziemlich abgerockter Traum. Aber es steckt Potenzial in dem Kasten.

Die Werkstatt im unteren Bereich ist groß genug, um darin zu arbeiten. Ein Teil der Werkzeuge ist durchaus brauchbar. Zusammen mit dem Kram, den ich aus Los Angeles mitgebracht habe, wird es für den Anfang reichen. Das Highlight ist aber die zweite Ebene unter dem Dach, die man über eine breite Holztreppe erreicht und die nur durch eine Galerie vom Rest der Scheune getrennt ist.

Derzeit steht die gesamte Fläche voller Gerümpel, aber wenn ich das erst einmal beseitigt und einige Schönheitsreparaturen gemacht habe, kann ich mir hier sicher einen Rückzugsort einrichten. Es gibt sogar ein kleines Bad. Kein Plan, ob die Wasserleitungen noch intakt sind, aber wenn nicht, wäre es kein Ding, das Bad im Haupthaus mitzubenutzen. Hauptsache, ich kann hier abhängen und arbeiten, ohne ständig über Mac und Ava zu stolpern und sie durch meine Anwesenheit zu stören.

Ein schlichtes Ping kündigt eine Nachricht an. Ich ziehe das

Handy aus der Tasche. Amber. *Hi, was geht? Langweilt dich das Landleben schon? Melde dich! Ambs*

Eine Weile starre ich auf das Display, überlege, was ich antworten könnte. Oder ob ich überhaupt antworten soll. Ob ich es will. Beim letzten Mal, als wir uns gesehen haben, rann Blut über mein Gesicht und ein Polizist kniete auf meinem Rücken, um mich zu fixieren. Irgendwie hätte ich erwartet, dass sie nicht so tun würde, als wäre nichts passiert.

Seufzend stecke ich das Telefon wieder in die Hosentasche, ohne auf ihre Nachricht zu reagieren. Ich habe einen ganzen Kontinent zwischen uns gelegt, um mich nicht länger für Ambers Entscheidungen verantwortlich zu fühlen. Jetzt wieder den Kontakt zuzulassen wäre kontraproduktiv, auch wenn ich besorgt bin, dass sie allein nicht klarkommt. Das ist wohl auch der Grund, aus dem ich sie noch nicht blockiert habe. Das erscheint mir irgendwie zu radikal. Ich bin ein Idiot. Nach dem, was sie abgezogen hat, wäre radikal genau richtig.

Ich schiebe die Scheunentore auf, um nicht länger an Amber zu denken, fahre den Pick-up ins Innere und werfe nicht mehr brauchbare Möbel, altes Holz und kaputtes Werkzeug auf die Ladefläche. Als der Wagen voll ist, fahre ich den Schrott hinter das Haus auf eine freie Fläche, wo ich es später verbrennen kann. Dinge, die ich vielleicht noch für meine Projekte gebrauchen kann, staple ich in einer Ecke der Werkstatt. Nach fünf Stunden bin ich vollkommen fertig und mache für heute Schluss, auch wenn ich das Gefühl habe, nur langsam voranzukommen.

Verstaubt und verschwitzt schlendere ich zum nahen Seeufer und ziehe mir auf den letzten Metern erst Shirt, dann Shorts und schließlich die Schuhe aus. Ein altersschwacher Steg ragt rund sechs Fuß in den See hinein. Ich nehme Anlauf und laufe über die alten Bohlen bis zum Ende. Als ich abspringe, wankt die Konstruktion etwas.

Das Wasser ist herrlich kühl und spült den Dreck der Arbeit von meinem Körper. Ich schwimme bis zur Mitte des Sees, wo ich mich eine ganze Weile treiben lasse. Den Blick richte ich in den wolkenlosen Himmel über mir. Und plötzlich, wie aus dem Nichts, taucht der Gedanke auf, dass ich Holly diesen Ort zeigen möchte. Er würde ihr gefallen.

Das ist bescheuert. Immerhin habe ich keine Ahnung, was ihr gefällt oder nicht. Und sie hat sich noch immer nicht gemeldet, was bedeutet, ich werde es wohl auch nie herausfinden. Wir haben uns einfach zum ungünstigsten Zeitpunkt der Welt getroffen. Ich sollte mich jetzt nur auf mich konzentrieren. Und sie hat gerade erst ihren Dad verloren. Das sollte ich akzeptieren und sie vergessen. Es bringt nichts, sich den Kopf darüber zu zermartern, was hätte sein können.

Seufzend tauche ich unter und lasse das kühle Seewasser die Gedanken an Holly vertreiben. Dann schwimme ich zum Ufer zurück, ziehe mir die Klamotten über und beschließe, mit dem Pick-up in die Stadt zu fahren, um etwas zu essen. Mac arbeitet heute den ganzen Tag und ich habe keine Lust, für mich allein zu kochen.

Der Weg nach Newport verläuft über eine unbefestigte Landstraße bis zur Lake Road, die nördlich zur Militärbasis Cherry Point führt und südlich an die Küste. Ich weiß, die Wohnsiedlung der Militärbasis anzusteuern, fällt nicht unbedingt unter Holly-Vergessen. Vermutlich will sie nicht an diesen Abend erinnert werden und hat deswegen nicht angerufen. Das war unmissverständlich, aber ich muss einfach sichergehen, dass es ihr gut geht. Also lenke ich meinen Pick-up in Richtung Norden, weg von Newport, und biege wenig später in die Wohnsiedlung ein.

Es fällt mir nicht schwer, das Haus wiederzufinden, auf dessen Veranda Holly mich geküsst hat. Sieht nicht aus, als wäre jemand da. Trotzdem parke ich, steige aus und klingle.

»Da wohnt keiner mehr«, dringt im selben Moment eine raue Stimme aus dem Nachbargarten. Dem verdorrten Äquivalent zu Hollys Grundstück.

Um den Typen sehen zu können, mache ich einen Schritt rückwärts. Er ist durchtrainiert, raubeinig, trägt nur Shorts, ein eng anliegendes Muskelshirt und dazu ein sympathisches Lächeln. Trotzdem hat er keine Ahnung. Ich war erst vor zwei Tagen hier. Zugegeben, in einem Haus voller Umzugskartons und einem nur noch spärlich möblierten Wohnzimmer. Ich dachte, Holly wäre gerade erst hergezogen, aber natürlich macht das Gegenteil Sinn. Ihr Dad ist gestorben und sie und ihre Mom dürften damit den Anspruch auf ein Haus auf der Basis verloren haben.

Die Hand hebe ich kurz zum Gruß und deute dann mit dem Daumen hinter mich. »Wann sind Ihre Nachbarn ausgezogen?«

Der Typ zuckt die Schultern. »Keine Ahnung.«

»Aber vielleicht wissen Sie, wo sie hingezogen sind?«

»Nee, aber wenn ich raten soll, würde ich sagen, auf eine andere Basis.« Er prostet mir mit seinem Bud Light zu. Auf der untersten Stufe seiner Veranda sitzend, fügt er hinzu. »Tut mir leid, dass ich dir nicht helfen kann, aber ich wohne selbst erst seit ein paar Tagen hier. Hab nur die Tochter am Tag meines Umzugs kurz kennengelernt.« Er schiebt sich einen Grashalm zwischen die Zähne. »Verstehe, warum du sie suchst. Ist ein wirklich nettes Mädchen.« Er grinst wissend. Dabei weiß er rein gar nichts.

Ich nicke, murmle ein »Danke« und gehe zurück zum Wagen. Genauso plötzlich, wie Holly in mein Leben geplatzt ist, ist sie also wieder daraus verschwunden. Scheiße. Ich knalle die Autotür zu und lasse den Motor aufheulen, nur um den Pick-up Sekunden später hart zu beschleunigen. Zu hart.

Dabei ist, verflucht noch mal, alles gut. So wie es sein soll.

Holly ist weg. Ich kann mich auf mein Studium konzentrieren und darauf, Mac keinen Ärger zu machen. Sie nicht wiederzusehen, ist nach Mac in meinem Leben vermutlich der erste nette Tritt, den das Schicksal für mich übrighat.

KAPITEL 11

Hope

Ich bin Mom die letzten Tage, so gut es geht, aus dem Weg gegangen. Und entgegen ihrer sonstigen Gewohnheit, alles klären zu wollen, hat sie mich in Ruhe gelassen. Vielleicht um mich in Sicherheit zu wiegen. Und mich jetzt zu überrumpeln. Während ich an der Kücheninsel stehe und meine Müdigkeit in einer Kaffeetasse ertränke.

»Können wir reden?«, kommt sie direkt zum Punkt.

Ich will den Kopf schütteln und flüchten, aber die Frage ist, wohin und was das für einen Sinn hätte. Irgendwann werden wir darüber reden müssen, was Mom getan hat, über das, was ich gesehen habe und was seitdem zwischen uns steht.

Sie berührt meine Hand, streicht zärtlich darüber. »Du hast mich also gesehen. Mit einem anderen Mann«, beginnt sie das Gespräch und atmet geräuschvoll aus. Mit der Hand fährt sie sich über die Stirn. Wahrscheinlich erwartet sie, dass ich etwas sage, etwas tue, das ihr das Ganze erleichtert, aber ich habe nicht vor, diese Brücke zu schlagen.

»Okay.« Sie nickt. »Ich wollte nicht, dass du es so erfährst.«

»Dann hättest du vielleicht keine Tracking-App auf unseren Handys installieren sollen«, fahre ich dazwischen.

Sie nickt. »Dazu stehe ich. Es geht darum, dich zu beschützen. Aber ich würde dir gern erklären, was du gesehen hast.«

Wenn ich vor irgendetwas Schutz brauche, dann vor Moms

Entscheidungen. Und das wird keine App schaffen. »Wie konntest du Dad betrügen?«, platze ich tonlos hervor.

»Ich habe deinen Dad nicht betrogen«, erwidert sie ruhig. »Das könnte ich nie. Dafür habe ich Paul viel zu sehr geliebt. Aber manchmal reicht Liebe nicht aus, um für immer glücklich zu bleiben, Pumpkin.«

Ich glaube kaum, dass Dad diese Einschätzung teilen würde. Er hat Mom genug geliebt, um alles für sie zu tun. Er ist in den verdammten Krieg gezogen, um ihr das Studium zu finanzieren. Und ist dann beim Militär geblieben, weil das nach all den Jahren das Einzige war, worin er gut war.

Immer wenn ich ihn angebettelt habe zu bleiben, weil er wieder in den Einsatz musste, hat er mich in seinen Armen gehalten und gesagt, dass jeder eine bestimmte Aufgabe im Leben habe. Aber Tatsache ist, er hat es für Mom getan. Und irgendwann vermutlich wegen ihr. Um nicht sehen zu müssen, wie sie mit dem Prius-Mann vögelt?

»Ist er wegen dieser Sache in den letzten Einsatz gegangen?«

Mom schüttelt den Kopf. »Nein, o Gott, Hope. Nein.« Sie macht einen Schritt auf mich zu, bleibt aber stehen, als ich zurückweiche und die Arme vor der Brust verschränke.

»Du weißt, dass die Jungs seiner Einheit wie eine zweite Familie für ihn waren. Deswegen ist er nach Afghanistan gegangen. Nicht weil wir Probleme in unserer Ehe hatten. Nicht wegen eines anderen Mannes. Das musst du mir glauben.« Tränen sammeln sich in ihren Augen.

Mom lügt. Das weiß ich so sicher, wie ich weiß, dass das Getriebe meines Mini Coopers hinüber ist. Wie kann eine fünf Jahre andauernde Affäre nicht der Todesstoß für die Ehe meiner Eltern gewesen sein?

Meine Gedanken trudeln zurück zu diesem heißen Nachmittag, als ich mit Ivy die Schule schwänzte. Meine beste

Freundin wollte sich unbedingt mit irgendwelchen Jungs im Park treffen. Und ich konnte ihr schon vor fünf Jahren nichts abschlagen.

Irgendwann bin ich zu dem Café am Rand des Parks gegangen, um mir eine Coke zu holen.

Und da saßen sie. Mom und der Prius-Mann. An einem Ecktisch. Viel zu nah beieinander. So fixiert auf den jeweils anderen, dass Mom mich nicht einmal bemerkte. Ich wollte wegsehen. So tun, als hätte ich sie nicht wahrgenommen, und ignorieren, was sie taten. Aber ich konnte mich nicht umdrehen. Nicht gehen. Wie festgefroren stand ich mitten auf dem Gehweg und starrte sie an. Sah, wie der Prius-Mann sie an sich zog und küsste.

Mein Atem stockte und mir war klar, dass sich gerade alles verschob. Hiernach würde nichts mehr so sein wie zuvor. Und das machte mir eine Scheißangst.

Aber dann schob sie ihn plötzlich von sich.

»Das ist falsch.« Sie schüttelte den Kopf. »Ich werde meine Familie verlieren, wenn wir so weitermachen. Ich kann das nicht.« Sie stand auf, wollte gehen, das Richtige tun. Mein Herz schöpfte damals Hoffnung und verkrampfte sich, als er sie zurückhielt, in seine Arme zog und sagte: »Tu das nicht.« Er umfasste ihr Gesicht und sah sie eindringlich an, bevor er seine Worte wiederholte. Flehend diesmal. »Tu das nicht. Bitte.«

»Es tut mir leid. Ich kann einfach nicht. Ruf mich nicht mehr an.« Mom löste sich von ihm und ließ ihn allein im Café zurück.

Ich wollte glauben, dass sie es ernst gemeint hatte. Ich habe ihr geglaubt, dass sie sich gegen ihn entschieden hat. Immerhin war sie Mom. Mom, die sich immer an alle Regeln hielt. Mom, die Dad liebte.

Fünf Jahre habe ich mir eingeredet, dass der Prius-Mann nur

ein Ausrutscher war. Ein Fehler, den sie kein zweites Mal begehen würde. Immerhin hatte sie sich doch für uns entschieden. Das Vertrauen zu ihr hat an diesem Nachmittag einen Riss bekommen. Sichtbar, wenn man unsere Beziehung genau unter die Lupe nahm, aber nicht tödlich.

Aber das war, bevor ich sie vor drei Wochen im Garten dieses Hauses gesehen hatte. Mit ihm. Von da an wusste ich, dass die letzten fünf Jahre eine einzige Lüge gewesen waren.

»Wie lange?«, platzt es aus mir heraus. Tränen verschleiern meinen Blick. Wenn sie wenigstens jetzt ehrlich ist, könnten wir vielleicht noch einige Bruchstücke zusammenfügen.

»Das ist doch nicht wichtig.« Sie beißt sich auf die Unterlippe. »Aber du musst wissen, ich habe das ganz bestimmt nicht so geplant, Hope. Ich wünschte, du hättest mehr Zeit gehabt, Pauls Tod zu verarbeiten, bevor du von uns erfährst. Aber jetzt weißt du es und ich möchte, dass du verstehst, dass die Liebe manchmal nach anderen Regeln spielt, als wir uns das wünschen.«

Was für eine Scheiße. »Wie lange genau?«, wiederhole ich scharf. Für mich ist ihre Antwort überaus wichtig. Es ist ihre letzte Chance, wenigstens jetzt ehrlich zu sein.

»Ein paar Monate«, murmelt Mom unsicher.

Ich hole bereits Luft, um ihr an den Kopf zu knallen, dass ich sie gesehen habe. Damals. Dass ich weiß, dass sie lügt, wenn sie sagt, sie ist erst seit Kurzem mit dem Prius-Mann zusammen. Aber Mom spricht weiter, bevor ich etwas sagen kann.

»Es gibt da noch etwas, das du wissen musst. Dein Dad und ich …« Sie zögert, leckt sich nervös über die Lippe. »Wir haben uns vor etwa einem Jahr getrennt. Lange bevor ich mich neu verliebt habe.«

Ich stütze mich schwer auf der Arbeitsplatte ab, starre sie fassungslos an. Das kann sie nicht tun. Dads und ihre Ehe als beendet bezeichnen, um ihr beschissenes Fremdgehen im Nachhinein zu legitimieren. Dad hat immer um ihre Beziehung gekämpft. Er hat jeden ihrer Streits beendet, hat immer den ersten Schritt gemacht und sie abgöttisch geliebt. Er hätte niemals zugelassen, dass sie sich trennen. Mom ist die Einzige, die schon vor fünf Jahren aufgegeben hat. Alles, was ich ihr sagen, womit ich sie konfrontieren wollte, bleibt mir im Hals stecken. Ein Meter Küchentresen zwischen uns wird zu einer ganzen Galaxie.

»Ich wollte es dir längst sagen, wir wollten es. Aber dann haben wir beschlossen, bis nach deinem Abschluss damit zu warten. Und schließlich kam Pauls Einsatz dazwischen. Er hat mich gebeten, nicht allein mit dir zu sprechen, sondern zu warten, bis er wieder zu Hause ist. Er wollte, dass wir es dir gemeinsam erklären. Mit genügend Zeit, um es dir schonend beizubringen.«

Bei der Version kommt sie ziemlich gut weg. Nur leider ist das alles eine verdammte Lüge. Ich weiß es. Auch wenn ich wünschte, ich würde mich irren. Mom hat Dad betrogen. Fünf Jahre lang. Fünf Jahre, in denen sie nichts gesagt hat. Fünf Jahre, in denen sie sich für ihre Familie und gegen diesen Idioten hätte entscheiden können. Und es nicht getan hat. Sie hat aufgegeben, diese Beziehung beendet. Nicht Dad. Und das werde ich ihr nie vergeben. Denn alles, was daraus entstanden ist, hat sie zu verantworten. Auch seinen Tod.

KAPITEL 12

Cooper

Die letzten zwei Wochen habe ich damit verbracht, die Scheune herzurichten, am See an ersten Upcycling-Ideen zu arbeiten, oder bin auf die Outer Banks ans Meer gefahren. Mit Mac läuft es ganz gut. Er macht sich zwar immer noch Sorgen um mich, aber mit jedem Tag, den ich hier bin, wird er gelassener. Zumindest, was seine Angst betrifft, ich könnte in ähnlichen Ärger stolpern wie in Los Angeles. Jedoch macht er sich immer noch Sorgen, dass ich die Uni hinschmeißen könnte. Er weiß, dass ich ihm zuliebe auf die Mount Olive gehe und weil es sinnvoll ist, einen Abschluss vorweisen zu können. Aber mein Herz schlägt nicht für das Studentenleben. Seufzend sehe ich auf meinen Seminarplan und versuche den Raum meines nächsten Kurses zu finden. Viel lieber wäre ich jetzt in der Werkstatt, statt mir den Schädel mit trockenem Wissen vollzustopfen. Die Mount Olive ist eine kleine Universität. Trotzdem habe ich es geschafft, mich in dem mehrstöckigen Glas-Beton-Bau zu verlaufen.

»Hey, Mann«, spreche ich den einzigen Typen an, der gerade in der Nähe ist. Ein schlaksiger Kerl, der sich mit Sicherheit besser in diesem Bunker auskennt als ich. Er sieht aus wie die afroamerikanische Version von Howard Wolowitz. Chase hat mich immer gezwungen, *The Big Bang Theorie* mit ihm zu sehen, und sich dabei totgelacht.

»Meinst du mich?«, fragt er überrascht und sieht aus, als wollte er am liebsten flüchten.

»Äh, ja.« Ich deute auf den leeren Flur. »Ist keiner da außer uns.«

»Korrekt. Also womit kann ich dir helfen?«

»Ich suche den Kursraum von Professor Audige.«

»Wirtschaftslehre eins.« Er nickt wissend, zeigt mir aber nicht den Weg.

»Also, wo muss ich hin?«, erinnere ich ihn daran, dass ich nach dem Weg suche.

Er fährt sich durch die dichten, schwarzen Locken. »Wir sind wohl im selben Kurs. Du kannst mir also folgen. Ich bin übrigens Quentin.«

»Cooper«, stelle ich mich vor und mustere sein Yoda-Shirt, das aussieht, als hätte er es einem Zehnjährigen geklaut. Als er meinen Blick bemerkt, zupft er mit einem unsicheren Lächeln daran und setzt sich in Bewegung. »Ich stehe auf Star Wars«, bemerkt er zweifelnd »Das wolltest du zwar mit Sicherheit nicht wissen, aber ich rede zu viel, wenn ich nervös bin.« Er lässt seine Hände gegen die Oberschenkel fallen und zuckt mit den Schultern.

Ich schließe zu ihm auf. »Warum bist du nervös?«

Anstatt einer Antwort lacht er gezwungen und läuft schweigend und stur auf den Boden starrend weiter.

Der Typ ist so schräg, dass der Kurs wenigstens nicht langweilig werden dürfte.

»Da vorne ist es«, sagt Quentin kurze Zeit später und deutet auf die geöffnete Tür eines Seminarraums. Ich gehe voraus, höre, wie Quentin mir folgt, und habe den Seminarraum fast erreicht, als ich abrupt stehen bleibe und wie paralysiert über den Gang starre. Quentin prallt in mich hinein und entschuldigt sich wortreich.

Mit einer knappen Handbewegung gebe ich ihm zu verstehen, dass er still sein soll. Den Blick starr auf Holly gerichtet, die über den Flur auf uns zukommt. Ich dachte, ich würde sie nie wiedersehen. Nie hätte ich damit gerechnet, ihr ausgerechnet hier an der Uni zu begegnen. Und noch weniger habe ich mit einem Synapsen-Blackout deswegen gerechnet.

Als sie mich bemerkt, bleibt sie mitten in der Bewegung stehen – und lächelt mich an. Aber nur kurz. Zu kurz. Dann legt sich sofort wieder ein dunkler Schatten über ihre Gesichtszüge. Ich wünschte, ich könnte sie in meine Arme ziehen, aber uns trennen fünf Yards. Fünf zu viel.

Trotzdem nähere ich mich ihr nicht. Ihr Dad ist gerade erst gestorben. Sie hat mich nicht angerufen. Sicher, weil sie trauert und andere Sorgen hat, als sich mit mir auseinanderzusetzen. Und auf meinem Handy befinden sich dreiundzwanzig Nachrichten meiner Ex, die mich daran erinnern, dass ich ein beschissenes Händchen bei Frauen habe und mich ganz sicher nicht in etwas Neues stürzen sollte. Trotzdem lasse ich Holly nicht aus den Augen. Sekundenlang tauchen unsere Blicke ineinander, bevor sie sich abwendet, um dem Typen mit dem Klemmbrett, der in der Tür zu ihrem Kursraum steht, ihren Namen zu nennen.

»Hope Miller«, sagt sie, und der Typ vor ihr hakt ihn auf der Anwesenheitsliste ab.

Zwei Dinge werden mir in diesem Moment klar. Erstens: Sie hat mir ihren richtigen Namen verschwiegen. Vermutlich, weil sie nie vorhatte, mich wiederzusehen. Zweitens: Ich will sie trotzdem kennenlernen.

Holly-Hope wirft mir einen knappen Blick zu, bevor sie im Seminarraum verschwindet. Ich könnte es dabei belassen. Das wäre vernünftig, aber das tue ich nicht.

Bevor der Professor die Tür zuziehen kann, schlüpfe ich hindurch und ignoriere Quentin, der mir zuruft, das wäre der falsche Kurs.

Ich denke, ich bin hier absolut richtig. Und das zum ersten Mal, seitdem ich den Campus heute Morgen betreten habe.

Hope hat sich in die letzte Reihe gesetzt. Sie sieht erschöpft aus, als hätte sie zu viel geweint und zu wenig geschlafen. Wahrscheinlich sollte ich sie in Ruhe lassen, aber da ist etwas zwischen uns, das ich nicht ignorieren kann.

Meinen Rucksack stelle ich unter den Tisch und lasse mich auf den freien Stuhl neben ihr fallen. Dann drehe ich mich zu ihr. Dem Professor, der vorn seine Unterlagen sortiert und den Projektor hochfährt, schenke ich keine Beachtung. »Cooper«, stelle ich mich vor, obwohl sie meinen Namen bereits kennt. »Cooper Oak Hayes.« Ich halte ihr meine Hand entgegen und warte. So lange, dass es peinlich wäre, würde ich etwas darauf geben.

Sie blinzelt mich durch ihre Haare hindurch an. »Hope. Miller«, sagt sie. »Aber das hast du vermutlich bereits gehört.« Sie schüttelt meine Hand. Distanziert, als wäre das hier ein Geschäftsabschluss, und sieht mir nicht in die Augen. Als hätte sie Angst, ich könnte sehen, wie angeschlagen sie wirklich ist.

Ich lasse sie nicht los, sondern drehe unsere Hände nachdenklich, gebe der Berührung dadurch mehr Tiefe. »Wie geht es dir?«, frage ich leise.

Ein Flackern in ihren Augen gibt mir die Antwort, die sie nur Sekunden später nicht zugibt.

»Gut.« Mit einem Schnauben löst sie ihre Hand aus meiner. »Ich muss mich konzentrieren«, murmelt sie. »Und ich wette, das hier ist nicht mal dein Kurs.«

»Vielleicht doch.«

Sie schüttelt den Kopf und deutet nach vorn, wo der Professor noch mit der Technik kämpft. Aber das ist nicht, was sie meint. Quentin steht hinter der Scheibe und wedelt verzweifelt mit den Armen, als würde es das Raum-Zeit-Kontinuum verschieben, wenn ich im falschen Kurs sitze. Und als wäre das seine Scheißverantwortung.

»Okay, erwischt«, gebe ich zu und lächle sie an. Es zu leugnen, würde kaum etwas nützen. Also schultere ich seufzend meinen Rucksack und stehe auf. Aber bevor ich gehe, beuge ich mich zu Hope hinunter.

»Du hast mich nicht angerufen. Du weißt schon, dass das mehr wehtut als deine überaus beeindruckende Rechte.« Ein zaghaftes Lächeln breitet sich auf ihrem Gesicht aus. Und mein Gott, sie sollte viel öfter lächeln. »Aber wir sehen uns. Okay?«

»Okay«, murmelt sie und senkt den Blick. Unmöglich zu erkennen, ob sie sich darüber freut oder mich an den Nordpol wünscht. Ich richte mich auf und klopfe zum Abschied sachte auf ihren Tisch. »Bis bald, Hope.«

KAPITEL 13

Hope

Auf dem Weg zur Mensa ziehe ich mein Handy aus der Hosentasche und wähle Ivys Nummer. Ich vermisse sie. Sie ist erst seit drei Tagen weg und ich drehe jetzt schon durch. Wieso musste sie ausgerechnet an der Montana State angenommen werden? Missoula ist so weit weg, dass sie ebenso gut auf dem Mond studieren könnte.

Nach dem sechsten Klingeln geht sie endlich ran und meldet sich mit einem schlafzerquetschten »Hi, Butternut, alles okay?«.

Ob sie sich je wieder unbeschwert melden wird oder ob ab jetzt stets die besorgte Frage, wie es mir geht, am Anfang jedes Telefonats stehen wird. »Ja, ich bin in Ordnung«, beruhige ich Ivy. Ein Lächeln gleitet über meine Lippen. Sie hört sich nicht halb so fit an wie ich. »Ich habe dich doch nicht etwa geweckt?«

»Es ist mitten in der Nacht. Natürlich hast du mich geweckt.«

Lachend blinzle ich in die hoch stehende Sonne.

Ivy hingegen stöhnt und das Geraschel zeigt, dass sie sich wahrscheinlich gerade die Decke über den Kopf zieht. »Aber so, wie es sich anhört, zum Glück grundlos.«

»Keine weiteren Katastrophen«, bestätige ich ihre Vermutung. Jedenfalls nicht die Art, die sie meint. Zwischen Mom und mir herrscht bitteres Schweigen, das ich nicht vorhabe zu brechen. Ich will nicht mit ihr reden. Es gibt kein Wort, das ihren Verrat besser machen würde. Nichts, was sie sagen könnte, würde die Tatsachen weniger scharfkantig machen. Und ich bin es einfach leid, mir ihre Lügen anzuhören. »Und nur zu deiner Information, es ist Mittag«, konzentriere ich mich wieder auf Ivy. In Montana ist es Mittag. In New Bern sogar schon früher Nachmittag, weswegen ich auf dem Weg in die Mensa bin, um zwischen meinen Kursen etwas zu essen. Ivy hätte vielleicht doch die ein oder andere Willkommensparty für die Erstsemester auslassen sollen.

»Ich trinke nie wieder Alkohol«, jammert sie und ich fühle mich ein bisschen besser, weil sich einige Dinge nie ändern werden, egal wie viele Tausend Meilen uns trennen. Egal, was passiert.

»Also, was gibt es so Brandeiliges, dass du mich mittags schon aus dem Bett schmeißt?« Sie lacht. »Hast du nicht irgendwelche Kurse und bist gerade so fleißig, dass es für uns beide reicht? Das wäre nämlich gut, weil von mir heute nicht mehr zu erwarten ist als Atmen.«

Es gibt so viele Dinge, die ich Ivy erzählen will. Zum Beispiel, dass mich schon die ersten Kurse meines Physiotherapiestudiums darin bestärken, die richtige Wahl getroffen zu haben. Nicht nur, weil ich Dad damit stolz machen würde, später auch für verletzte Soldaten während ihrer Rehabilitation da zu sein. Es fühlt sich einfach richtig an. Ich sollte Ivy vom Campus erzählen. Von meinen Professoren und dem pulsierenden Leben an der Mount Olive, das ich bereits in gut einem Dutzend Bildern auf meiner Kamera festgehalten habe. »Es geht um Cooper«, platzt stattdessen der einzige Grund aus mir heraus, der gerade keinen Platz in meinen Gedanken haben sollte.

»Cooper?«, fragt Ivy. »Wer zum Henker ist Cooper?«

Gegen die Steinmauer der Mensa gelehnt, reibe ich mir über die Stirn. »Der Typ, den ich erst geschlagen und dann geküsst habe.« Ich habe ihr nie erzählt, wie er hieß. Vielleicht dachte ich, so wäre es einfacher, ihn zu vergessen.

»Ah«, bemerkt Ivy bedeutungsvoll. »Süßer Name, aber ich dachte, er ist abgehauen und damit in die heiligen Hallen unseres Wir-hassen-Clubs eingezogen? Wie kommst du jetzt auf ihn?«

Ich atme tief durch. »Wir hassen ihn nicht.« Wie kann man jemanden hassen, der sich einen Haken von mir eingefangen hat, weil er sichergehen wollte, dass es mir gut geht? *Wir sehen uns. Bis bald, Hope.* Ein schwaches Prickeln durchläuft meinen Körper bei dem Gedanken, dass die Wahrscheinlichkeit tatsächlich hoch ist, dass wir uns ab jetzt regelmäßig über den Weg laufen. Der Campus ist klein. »Ich habe ihn wiedergesehen.«

»Aber du hattest gehofft, du müsstest dir nach dieser katastrophalen Nacht keine Gedanken darüber machen, was du wirklich für ihn empfindest, weil du ihm nie wieder über den Weg laufen würdest. Das ist wohl ziemlich schiefgelaufen.«

»Wie es aussieht, studiert er auch an der Mount Olive«, sage ich und reibe mir über die Stirn. »Muss er von all den Universitäten ausgerechnet auf diese gehen?« Und mich damit vollkommen aus dem Konzept bringen. Wenn ich eins im Moment nicht gebrauchen kann, ist das jemand, der mein Leben noch chaotischer macht. Ich kann kein Gefühl von Sehnen brauchen, wo nur Trauer sein sollte. Wo hat das Schicksal eigentlich seinen miesen Humor her? »Iv, das ist nicht fair. Könntest du nicht einfach den Studienplatz mit ihm tauschen?« Dann wäre Ivy bei mir. Und 2512 Meilen wären in etwa der Abstand zu Cooper, der mir ein Gefühl von Sicherheit geben würde. Sicherheit, dem Impuls, ihn küssen zu wollen, nicht noch einmal nachzugeben. Ich sollte das nicht wollen. Nicht jetzt. Zwei Wochen nach Dads Beerdigung. Das ist einfach nicht richtig. Ich fühle mich schuldig. Wenn ich in seiner Nähe lächle. Wenn ich meine Traurigkeit für einige Herzschläge vergesse. Wenn ich kurz denke, alles wäre in Ordnung. Denn das ist es nicht. Und das wird es auch nie wieder sein. Ich sollte mir, verdammt noch mal, nicht wünschen, zu vergessen. Denn den Schmerz zu vergessen, bedeutet auch, Dad zu vergessen.

»Hope?« Ivys Stimme macht mir klar, dass sie nicht zum ersten Mal versucht durch meine Cooper-verklebten Gedanken zu dringen.

»Bin noch hier«, murmle ich.

»Okay, dann hör mir jetzt zu: Versuch nur einmal nicht so verdammt verkopft zu sein. Wenn der Typ noch immer in deinem Hirn rumspukt und jetzt sogar an derselben Uni studiert, ist das vielleicht eine Chance. Er könnte dich ablenken, bis ich am Labour Day nach Hause komme und mich um dich kümmern kann.«

»Ich kann nicht.« Frustriert atme ich aus und fahre mir durch die Haare. »Schon vergessen, ich habe ihn geküsst und bin dann heulend zusammengebrochen. Das ist so peinlich. Er muss denken, ich wäre irre.« Was wohl auch der Grund ist, aus dem er morgens verschwunden war. Wer könnte es ihm verdenken? »Ich wünschte, ich müsste ihn nie wiedersehen.«

Ivy schnaubt. »Also gut. Ich würde es ja auf einen zweiten Versuch ankommen lassen, denn irgendetwas war da zwischen euch, sonst hättet ihr euch nicht geküsst. Aber wenn du Mister Sexy nicht anrühren willst, such dir etwas anderes, was dich ablenkt. Fest steht, du musst dich beschäftigen. Sonst drehst du durch, bis ich zurück bin.«

Mir fällt tatsächlich wenig ein, das dazu führen würde, nicht an Dad und die katastrophale Situation zwischen Mom und mir zu denken – außer Cooper. Wenn ich auch ihn aus der Gleichung nehme, wird es trostlos. Aber ich bleibe dabei. Ich sollte ihm aus dem Weg gehen. Meine Gefühlswelt befindet sich so in

Schräglage, dass Cooper mich mit Leichtigkeit zum Kentern bringen könnte. Von dem moralischen Desaster, in das ich mich begebe, wann immer er auftaucht, will ich gar nicht anfangen.

Gedankenverloren streiche ich über die kakifarbene Umhängetasche, die Ivy mir vor ihrer Abreise geschenkt und mit lauter Kram verziert hat. Glitzer, rosafarbene Federn, Patches. Ein echter Albtraum. Laut Ivy ist es vollkommen okay, dass sie mir nicht gefällt, denn die Tasche soll mich an sie erinnern. Nicht an mich. Das ist bestechende Ivy-Logik.

Im Inneren spüre ich tröstlich die Umrisse meiner Kamera. »Vielleicht habe ich eine Idee«, murmle ich.

»Und? Was ist es? Sag schon, Butternut.«

»Wenn alles klappt, bist du die Erste, die es erfährt.« Ich will erst sehen, ob meine Idee Substanz hat, bevor ich darüber spreche.

Ivy seufzt theatralisch. »Du bist echt sadistisch unkommunikativ.«

»Und trotzdem liebst du mich«, bemerke ich unbeeindruckt. »Und jetzt erzähl mir endlich von Missoula.«

Ich höre Ivy eine Weile zu, wie sie von ihrem Start an der Uni erzählt, der bisher hauptsächlich aus Partys bestand, von ihrem Zimmer im Studentenwohnheim und den Problemen, all ihre Sachen auf den wenigen Quadratmetern, die vorübergehend ihr gehören, zu verstauen. Ivy zuzuhören fühlt sich vertraut an und glättet mein durcheinandergewürfeltes Inneres. Nachdem wir uns verabschiedet und aufgelegt haben, hole ich mir statt eines ausgiebigen Lunches nur ein Sandwich aus der Mensa, das ich auf dem Weg zurück zum Hauptgebäude esse.

Die Redaktion der Mount-Olive-Unizeitung liegt im Erdgeschoss und ist leicht zu finden. Gerahmte Artikel weisen mir den Weg zu einem ehemaligen Seminarraum, in dem die Redaktion eingerichtet wurde. Tische stehen kreuz und quer verstreut in dem Raum. Das Chaos darauf erfüllt jedes Klischee einer Zeitungsredaktion, während die derzeitige Ruhe das genaue Gegenteil tut. An einem der hinteren Tische arbeitet eine junge Frau an ihrem Laptop. Sie hat Kopfhörer auf und ist ganz in ihre Arbeit versunken. Außer ihr ist nur noch eine andere Person anwesend. Ein dürrer Typ, der hinter dem Tisch der Redaktionsleitung sitzt und aufhört, an seinem Bleistift herumzukauen, als ich eintrete.

Ich habe ihn heute schon einmal gesehen. Da hat er allerdings vor meinem Seminarraum panisch mit den Armen gewedelt. Um Coopers Aufmerksamkeit auf sich zu ziehen. Das darf doch nicht wahr sein. Ich drehe mich um. Der Plan, mich als Fotografin für die Studentenzeitung abzulenken, ist damit wohl gescheitert. Aber bevor ich die Tür erreichen kann, schneidet mir Coopers Freund den Fluchtweg ab. Er begrüßt mich, indem er die Finger nur zwischen Ring- und Mittelfinger spreizt und so ein V formt. Der vulkanische Gruß – ernsthaft?

Mit hochgezogenen Augenbrauen sehe ich ihn an.

»Hi, ich bin Quentin. Quentin Bradbury.« Er lächelt mich entschuldigend an und lässt die Hand sinken. »Du bist bestimmt wegen unseres Aushangs hier, mit dem wir Verstärkung für unsere Crew suchen. Dean Caroll leitet die Zeitung, ist aber heute nicht da. Solange bin ich seine Vertretung, was zwar jede Menge mehr Arbeit bedeutet, aber trotzdem hört kein Mensch auf mich.« Er lacht ergeben, als wäre das eben so in seinem Leben.

»Hope Miller.« Mein Blick huscht zur Tür, als würde ich erwarten, dass Cooper jeden Moment hier auftaucht, um seinen Kumpel zu besuchen.

»Du bist das Mädchen von heute Morgen. Wie es aussieht, haben wir einen gemeinsamen Bekannten«, sagt Quentin, nachdem er mich sekundenlang gemustert hat.

»Eigentlich kenne ich ihn gar nicht.« Mein Blick gleitet erneut zur Tür.

»Ich auch nicht.« Quentins Stimme bringt mich dazu, mich wieder auf ihn zu konzentrieren.

»Nicht?«

Er schüttelt den Kopf. »Er hat mich nur nach dem Weg gefragt.«

Es ist also eher unwahrscheinlich, dass Cooper hier auftaucht. Das ist gut. Ich entspanne mich. Damit dürfte die Redaktion sicheres Terrain sein. »Ich bin tatsächlich wegen des Aushangs hier. Zwar habe ich noch keine Erfahrungen, fotografiere aber gern, und ich hatte kreatives Schreiben in der Highschool.« Ich bin nicht sicher, ob das hier eine gute Idee ist. Es stimmt, ich fotografiere wirklich gern, aber ich tue das normalerweise nur für mich und bin nicht sicher, wie es sein wird, wenn andere über meine Bilder urteilen. Und ein Kurs für kreatives Schreiben an der Highschool reicht sicher nicht aus, um für die Mount-Olive-Gazette Artikel zu verfassen. Am liebsten würde ich wieder gehen, aber ein störrischer Teil von mir stemmt sich gegen das Anti-Spontaneitäts-Gen, das ich von Mom geerbt habe. Unsicher ziehe ich die Nikon ein Stück aus der Tasche, bevor ich sie wieder zurückgleiten lasse. »Ich dachte, ich versuche es mal.«

»Dann sage ich mal im Namen von Dean herzlich willkommen.« Quentin nimmt sich keine zwei Sekunden Bedenkzeit und deutet auf einen der leeren Tische. »Das wäre dein Arbeitsplatz.«

»Willst du nicht erst mal sehen, ob ich euren Ansprüchen genüge? Oder mit diesem Dean sprechen?« Ich hatte zumindest mit einer Art Vorstellungsgespräch gerechnet. Oder damit, dass er sich Fotos von mir ansehen würde.

Quentin lächelt. »Du hast eine Kamera. Damit bist du die Erste, die nicht nur ein paar Schnappschüsse mit dem Handy macht und einen Filter draufpackt. Was ziemlich cool ist, nebenbei bemerkt. Wie es mit den Artikeln läuft, sehen wir dann. Aber ich bin da sehr zuversichtlich.« Er senkt den Blick und hält mir seine Hand hin. »Außerdem sind wir notorisch unterbesetzt, weswegen mir Dean den Kopf abreißt, sollte ich dich gehen lassen. Also, was sagst du?«

Zwischen zwei Kursen und einem Sandwich kurz Reporterin für die Unizeitung zu werden, passt null zu mir. Trotzdem nicke ich und schüttle Quentins noch immer ausgestreckte Hand.

KAPITEL 14

Cooper

Die Wirtschaftskurse, die ich belegt habe, sind anspruchsvoll, aber zu schaffen, wären sie nur nicht so verflucht staubtrocken. Ich habe mich den kompletten Tag in die Scheune gewünscht, hinter die Werkbank, mit dem Geruch nach frisch gehobeltem Holz in der Nase und Dingen in meinen Händen, denen ich eine neue Funktion gebe. Die Kreativität dieser Arbeit und dass ich am Ende etwas Nützliches erschaffe, gefällt mir. Ist tausendmal besser, als sich mehr oder minder unnützes Wissen in den Schädel zu quetschen.

Für heute bin ich zum Glück fertig und schlendere zu meinem Pick-up. Ich habe ihn unter einem Ahornbaum am äußersten Ende des Parkplatzes geparkt. Angestaute Hitze schwappt mir entgegen, als ich die Tür aufziehe. Meinen Rucksack werfe ich in den Fußraum des Beifahrersitzes und will gerade einsteigen, als ich Quentin sehe. Er geht in Richtung Stadtzentrum.

Ich werfe den Motor an, parke aus und beschleunige bis ich mit ihm auf einer Höhe bin. »Hey, Q.« Den Wagen lasse ich neben ihm herrollen.

»Hi.« Quentin hebt die Hand und es sieht fast so aus, als würde er die Finger zu einem Star-Trek-Gruß formen, aber dann versteckt er sie eilig hinter seinem Rücken.

»Ich dachte, du stehst auf Star Wars«, bemerke ich und lache leise.

Ertappt presst er die Lippen aufeinander und bleibt stehen. »Ich bin einer der wenigen Bi-Universer«, erklärt er dann.

»Bitte was?« Ich öffne die Beifahrertür, damit er einsteigen kann und wir das Gespräch bei frischem Fahrtwind weiterführen können. Aber Quentin bleibt auf dem Gehweg stehen.

»Nerds, die sich sowohl im Star-Wars-, als auch im Star-Trek-Universum zu Hause fühlen«, klärt er mich knapp auf und macht Anstalten, weiter durch die Bruthitze zu rennen. Der Sturm der letzten Tage ist abgeklungen und hat flirrenden Südstaatentemperaturen Platz gemacht.

»Ist eine Affenhitze. Steig ein, dann bringe ich dich nach Hause.«

Er sieht mich skeptisch an, dann die Gehwegplatten, über denen die Hitze flirrt. Da ist kein Schatten weit und breit, der ihn auf seinem Weg schützen würde. Er fährt sich über den Afro.

»Ist doch Quatsch, dass du auf dem Gehweg zerfließt. So wie es aussieht, müssen wir in dieselbe Richtung.«

Seufzend gibt Quentin nach und steigt ein. Als er sitzt, fächelt er sich mit dem Polohemd Luft zu und starrt durch die Windschutzscheibe. Als würde er mir nicht über den Weg trauen.

Was denkt er, dass ich ein Axtmörder bin, der dürre Nerds ins Auto lockt und bei der erstbesten Gelegenheit umbringt? Ich werde aus dem Typen nicht schlau. Trotzdem mag ich ihn – irgendwie. Als mein Handy vibriert, werfe ich es gleichgültig zwischen Scheibe und Armaturenbrett, sodass die neue Nachricht von Amber in den blassblauen Himmel North Carolinas zeigt. Ich brauche sie nicht zu lesen, um zu wissen, was drinsteht: *Ruf mich zurück, wenn du das liest. Es ist wichtig. Ich brauche dringend deine Hilfe. Verdammt, ghostest du mich jetzt? Cooper? Ich brauche dich. Du weißt, dass ich ohne dich nicht klarkomme. Das kannst du nicht bringen.*

Damit unterscheidet sie sich nicht wesentlich von den fünfundzwanzig der letzten Wochen. Oder von denen, die Chase mir in regelmäßigen Abständen schickt. Seine sind knapper. Der Inhalt aber ist derselbe. Ich soll mich melden und den beiden aus der Scheiße helfen. Das letzte Mal, als ich das getan habe, bin ich im Knast gelandet. Dabei war Chase nie ein Vater für mich. Und Amber ist schon längst nicht mehr meine Freundin. Ich war ihnen nichts schuldig. Ich bin ihnen nichts schuldig.

Im Radio wird der neueste Hit von Dua Lipa gespielt, als Quentin die Tür schließt und ich anfahre. Er weist mir den Weg, sagt ansonsten aber nichts. Und auch ich schweige und versuche meine Gedanken von Los Angeles fernzuhalten, indem ich den Takt des Songs auf das Lenkrad trommle.

Keine zehn Minuten später halten wir vor einem hellblauen Holzhaus. Auf der Veranda hängt eine US-Fahne schlapp in der Mittagshitze. Der Rasensprenger versucht zu verhindern, dass der Vorgarten verdurstet. Die Jalousien sind runtergezogen und sperren die Wärme aus.

»Also dann, danke«, murmelt Quentin. »Das war wirklich nett.«

Hörte sich an, als hätte er nicht erwartet, dass ich nett sein kann. Ich halte ihn am Arm zurück. »Kannst du mir mal erklären, wieso dich das so überrascht? Du hast dafür gesorgt, dass ich im richtigen Kurs lande, und ich revanchier mich dafür. Ist das nicht ziemlich selbstverständlich?«

Er zuckt mit den Schultern. »Normalerweise wollen Typen wie du nun mal nichts mit Typen wie mir zu tun haben.«

»Typen wie ich?« Ich lache, weil er keinen Schimmer hat, wer zum Henker ich bin.

Er nickt. »Sportler. Jungs, auf die die Mädchen fliegen, weil sie geheimnisvoll und gefährlich sind. Ehemalige Highschool-

Superstars eben.« Er sieht aus, als wollte er noch etwas sagen, schluckt die Worte aber hinunter.

»Ich bin Handwerker, weder gefährlich noch besonders geheimnisvoll. Die Highschool habe ich abgebrochen und den Abschluss dann in ätzenden Abendkursen nachgemacht, während ich tagsüber auf dem Bau gearbeitet habe. Ich bin kein Sportler, und wie du vielleicht gesehen hast, war Hope nicht gerade begeistert, mich zu sehen, was die Sache mit den Mädchen relativiert.«

»Du kannst mit einem Ball umgehen«, beharrt Quentin und zeigt auf den Basketball, der zusammen mit jeder Menge anderem Kram auf der Ladefläche des Pick-ups herumrutscht. Als wäre das ein Trumpf, der mich von seiner Theorie überzeugen wird. »Während der Highschool habe ich im Team gespielt. Jetzt werfe ich nur noch ab und an ein paar Körbe.«

»Damit bist du in meiner Welt ein Sportler.«

»Du bist also allen Ernstes so merkwürdig, weil ich einen Basketball besitze?« Deswegen misstraut er mir? Quentin ist definitiv schräg, aber es reizt mich, ihn vom Gegenteil zu überzeugen. Vielleicht suche ich auch nur jemanden, mit dem ich die Zeit totschlagen kann, die ich nicht in der Scheune verbringe. Außer Quentin und Hope kenne ich bisher nur Mac und Ava in North Carolina. Und denen will ich nicht auf die Nerven fallen. Ich stoße ihn leicht mit dem Ellbogen an. »Du solltest wissen, dass ich kein Arschloch bin. Also wenn du willst, bring ich es dir bei. Basketball, meine ich.«

Quentin schüttelt den Kopf und steigt aus. »Ich denke, lieber nicht. Ich habe noch was Wichtiges vor. Aber danke für das Angebot und fürs Bringen. Wir sehen uns dann morgen in der Uni.«

KAPITEL 15

Hope

Als ich den Raum betrete, sitzt Cooper an genau demselben Platz wie vor einer Woche. In meinem Kurs über die Grundlagen der menschlichen Anatomie. Und der einzig freie Platz im gesamten Seminarraum ist der neben ihm. Von Quentin weiß ich, dass Cooper genau wie er Wirtschaft studiert und dieser Kurs ganz sicher keine seiner Pflichtveranstaltungen ist.

Fest entschlossen, mich nicht von ihm ablenken zu lassen, setze ich mich neben ihn und packe meine Bücher aus.

Ich erwarte es, aber Cooper spricht mich nicht an. Er sitzt nur da und konzentriert sich auf Professor Carter, der sich vorn auf das Seminar vorbereitet. Auch verschwindet er nicht, bevor der Kurs beginnt, wie letztes Mal. Und ich bin absolut nicht in der Lage, Cooper zu ignorieren, so wie ich es mir vorgenommen hatte. Das ärgert mich. Genug, um irgendwann eine Nachricht für ihn auf meinen Notizblock zu kritzeln:

Was zum Teufel machst du hier?

Er grinst, als hätte er gewusst, dass es nur eine Frage der Zeit ist, bevor ich ihm Beachtung schenke. Er schreibt eine Antwort unter meine Frage und gibt mir den Block zurück.

Psst, ich muss mich konzentrieren. Ist das hier überhaupt dein Kurs? Langsam glaube ich, du verfolgst mich.

Unwillkürlich muss ich lächeln, beiße mir aber im selben Moment auf die Lippe. Wie kann ich lächeln? Dad ist tot. Ich sollte traurig sein. Ich bin traurig. Aber in Coopers Nähe wird hell, was sonst schwarz ist. Ich fühle mich leichter, lebendig, ein bisschen so wie die alte Hope. Das ist falsch und gleichzeitig unfassbar reizvoll.

Er zieht den Block wieder zu sich heran, obwohl ich eigentlich mit einer Antwort dran gewesen wäre, und schreibt etwas darauf, bevor er ihn mir zurückgibt.

Der einzige Typ, den ich an dieser Uni kenne, hat die verquere Vorstellung, ich wäre ein Mafiakiller oder so etwas in der Art. Ich wäre also vorsichtig, solltest du es auf mich abgesehen haben.

Und dann beginnt er, einen irren Messerstecher zu mimen. Ich presse mir die Hand vor den Mund und verberge so mein Lachen, das sich anfühlt, als würde ich nach zwei Wochen Luftanhalten endlich Sauerstoff in meine Lunge spülen. Der Professor bekommt Coopers Gezappel natürlich mit und steuert durch die Reihen auf uns zu.

»Vielleicht mögen Sie uns an Ihrem Gespräch teilhaben lassen?«, fragt er herausfordernd.

Ich suche hektisch nach einer Entschuldigung, die mich davor bewahrt, auf Professor Carters Abschussliste zu landen.

Cooper hingegen lehnt sich lässig in seinem Stuhl zurück und sieht den Professor unschuldig an. »Ich habe nur aspiriert und Hope hat mich gerettet. Meine Epiglottis hatte wohl eine erhebliche Fehlfunktion«, sagt er todernst und deutet auf die Anatomie des Rachens, die uns der Professor gerade erklärt hat. Ich habe kaum aufgepasst worum es aktuell geht. Cooper muss jedoch zumindest genug mitbekommen haben, um Professor Carter ein anerkennendes Augenzwinkern zu entlocken.

»Bei so viel Süßholzraspeln kann man sich schon mal verschlucken. Das verstehe ich natürlich.« Mit den Worten dreht er sich wieder um und geht nach vorn.

Am liebsten würde ich in einem Loch versinken, aber da diese Alternative nicht zur Wahl steht, schnappe ich mir den Block, auf dem unsere Nachrichten stehen, und setze eine neue darunter.

Ich verstehe nicht, was das hier wird. Unser Treffen war eine Katastrophe. Bist du nicht deshalb am nächsten Morgen einfach abgehauen? Den Block lege ich so hin, dass Cooper die Sätze lesen kann.

Er lacht leise, schreibt aber keine neue Nachricht. Er sieht mich nur an. Unverwandt. So intensiv, dass ich keine Chance habe, mich zu konzentrieren. Egal, wie sehr ich es versuche.

Sieh mich nicht so an, schmiere ich schließlich quer über die Seite meines Notizblocks und setze ein Ausrufezeichen dahinter. Gleichzeitig wünsche ich mir, er wird nicht damit aufhören. Egal, ob es richtig ist. Egal, was das hier ist. Denn sobald er mich nicht mehr ansieht, wird das Vakuum in meine Brust zurückkehren, das er vertreibt.

Das ist nicht so leicht, wie du vielleicht glaubst. Du solltest wissen, ich wäre neulich Morgen nicht gegangen, hätte ich nicht gemusst.

Ich puste mir die Haare aus dem Gesicht und überspiele meine körperliche Reaktion auf seine Worte. Ich bin angeschlagen genug, dass ich schleunigst das Weite suchen sollte.

Der Stift in meiner Hand schwebt über dem Papier, aber ich schaffe es nicht, einen klaren Schlussstrich zu formulieren. Und ehe ich mir darüber klar werde, was ich sonst schreiben könnte, entwendet mir Cooper den Block ein weiteres Mal.

Unruhe entsteht um uns herum. Der Kurs ist zu Ende und ich habe nicht mal ein Drittel davon mitbekommen. Die anderen Studenten stehen auf, reden durcheinander und verlassen nach und nach den Raum.

Cooper rappelt sich ebenfalls auf, aber bevor er geht, gibt er mir den Notizblock zurück. Er wartet nicht, bis ich seine Worte gelesen habe, sondern lässt sich vom Strom der Studenten aus dem Raum treiben.

Ich konnte meinen Dad nicht länger warten lassen. Deshalb bin ich gegangen. Deshalb habe ich dich nicht noch einmal geküsst. Das war der einzige Grund. Also ruf mich endlich an, sonst kriege ich am Ende noch Komplexe.

KAPITEL 16

Cooper

Ich weiß nicht, was in mich gefahren ist, Hope meine Gefühle zu offenbaren und sie zu drängen, sich bei mir zu melden. Die Trauerfeier ihres Dads ist gerade ein paar Wochen her. Sie wird nicht bereit sein, sich auf jemanden einzulassen. Und ganz sicher wird sie das nicht mit dem Typ tun, der sie immer an diesen Tag erinnern wird.

Ich sitze in meinem Pick-up und warte auf Q, der erst in einer halben Stunde aus der Redaktion der Mount-Olive-Gazette kommen wird. Mittlerweile nehme ich ihn jeden Tag mit nach Hause. Selbst wenn das bedeutet, dass ich warten muss. Ich weiß selbst nicht genau, wieso. Irgendwie mag ich den Vogel. Und ich mag es, während der Fahrt nicht allein zu sein.

Aber anstelle von Q reißt Minuten später Hope die Beifahrertür auf. Ich bin ziemlich irritiert, dass sie einfach so zu mir in den Wagen steigt, aber ich werde sie ganz sicher nicht bitten, wieder auszusteigen. Ihre Hände sind ölverschmiert, ihre Wangen gerötet und das Haar wirr. Sie sieht, verflucht noch mal, perfekt aus.

»Diese Scheißkarre«, schimpft sie vor sich hin, rutscht auf den Beifahrersitz und starrt durch die staubige Windschutzscheibe auf den Parkplatz.

»Ist alles in Ordnung?«

Sie runzelt die Stirn und stößt dann die Luft aus. »Nichts ist in Ordnung. Mein Auto ist gerade verreckt. Was echt zum Kotzen ist.« Sie fährt sich über die Nase und hinterlässt einen schmalen Streifen Öl auf ihrer Haut, was sie noch schöner macht.

»Aber deshalb bin ich nicht hier.«

»Warum genau bist du dann hier? In meinem Auto?«

»Weil …« Sie schnaubt und sieht mich dann herausfordernd an.

Ich verkneife mir mühsam ein Lächeln, weil sie wütend zwar echt süß aussieht, aber ich bestimmt nicht noch mal den Fehler mache, sie zu unterschätzen. Das kann schmerzhaft enden.

»Um dir zu sagen, dass du nicht mehr in meinem Kurs auftauchen sollst. Oder dass du, verdammt noch mal, nicht so etwas sagen und dann einfach gehen kannst«, stößt sie schließlich hervor und pustet sich die Haare aus der Stirn.

»So etwas?«, frage ich und ziehe die Brauen hoch.

Sie verdreht die Augen. »Du weißt genau, wovon ich rede.«

Natürlich weiß ich, wovon sie redet. »Wäre es dir lieber gewesen, ich hätte ganz teeniemäßig so getan, als wärst du mir egal?«

»Ja.« Sie schüttelt den Kopf. »Ich meine, nein. Aber du kannst nicht einfach sagen, dass du mich küssen wolltest.«

»Wieso nicht?« Vielleicht, weil es Selbstmord ist, mich kopfüber in etwas zu stürzen, obwohl ich mich derzeit nur um mich und die Scheiße kümmern sollte, die mir an den Hacken hängt.

Sie verdreht die Augen und stößt die Luft aus. »Weil es dein Gegenüber verschrecken könnte, wenn du so direkt bist.«

Sie sieht kein Stück abgeschreckt aus. Ich lächle. »Dann ist das Risiko vermutlich hoch, dich komplett zu verjagen, wenn ich dir jetzt sage, dass ich dich ziemlich episch finde und dich unbedingt näher kennenlernen will, Hope Miller?«

Sie errötet und schluckt den Anflug eines Lächelns hinunter, das für den Bruchteil einer Sekunde über ihre Lippen huscht. »Vielleicht bist du auch ganz okay. Und normalerweise könnte ich bestimmt damit leben, wenn du mich ab und an verschreckst, aber …« Sie nickt, schüttelt den Kopf und schließt sekundenlang die Augen. »Ich sollte jetzt gehen.« Sie öffnet die Tür, steigt aber nicht aus. »Eigentlich hatte ich mir einen besonders coolen Abgang vorgenommen, aber da ist noch die Sache mit meinem Auto.«

»Das nicht mehr anspringt«, führe ich ihren Satz weiter und danke ihrer altersschwachen Kiste.

Sie nickt und wirkt verzweifelt.

»Ich könnte dich fahren, wenn du irgendwohin musst?«, biete ich an. Nichts würde ich lieber tun, als die Zeit, bis Q auftaucht, mit ihr in der Fahrerkabine meines Pick-ups zu sitzen, mich mit ihr zu unterhalten und sie dann nach Hause zu bringen.

Sie nickt, schnallt sich an und richtet dann erwartungsvoll ihren Blick auf mich.

»Oh, du willst jetzt sofort los?«

»Ich dachte …« Sie deutet auf mich und dann auf die Tür. »Wenn das ein Problem ist. Ich finde sicher jemand anders, der mich mitnehmen kann.«

Eher unwahrscheinlich. Der Parkplatz ist so gut wie leer. Außerdem ist das Letzte, was ich will, dass sie jetzt geht und sich wieder auf die Dinge konzentriert, die sie traurig und uns unmöglich machen. »Nein, schon gut. Gib mir zwei Sekunden.« Ich schreibe Q eine knappe Nachricht, dass ich leider früher losmuss. Bis vor Kurzem ist er jeden Tag ohne meinen Fahrservice ausgekommen und hat es überlebt. Ich lasse mein schlechtes Gewissen verstummen und starte den Motor, bevor ich Hope ansehe. »Fertig. Also wohin soll es gehen?«

Sie zuckt mit den Schultern. »Egal. Hauptsache, du bringst mich so schnell wie möglich hier weg.«

»Es ist dir egal, wohin ich dich fahre?« Ich sehe sie zweifelnd an. »Wo wohnst du?«

»Auf den Outer Banks. Port Haven. Aber du musst mich nicht ganz bis dorthin fahren. Es reicht, wenn du mich einfach nur vom Campus wegbringst.«

Ich erwidere nichts darauf. Natürlich werde ich sie nicht irgendwo absetzen, sondern nach Hause fahren.

Als wir den Parkplatz in Richtung Interstate 70 verlassen, zieht Hope ihr Telefon aus der Tasche, schreibt eine kurze Nachricht und stellt dann das Handy aus. Nicht auf Standby, sondern ganz aus. Ich kenne niemanden in unserem Alter, der freiwillig darauf verzichtet, immer erreichbar zu sein. Es irritiert mich.

»Verrätst du mir, vor wem wir flüchten?« Ansonsten würde sie sich wohl kaum aufführen, als wäre sie eine Doppelagentin, deren Tarnung aufgeflogen ist.

Sie zögert eine Weile, bevor sie antwortet. »Erinnerst du dich, dass ich sagte, ich wäre beinahe mit meiner Mom aneinandergeraten, wenn ich an dem Abend neulich nicht abgehauen wäre?«

Ich nicke.

»Es ist echt schwierig zwischen uns. Sie dreht durch, sobald ich mich nicht an ihre Ansagen halte. Wobei die nur einseitig gelten.« Die Dunkelheit in ihrer Stimme zeigt, dass der Graben zwischen ihr und ihrer Mom riesig sein muss. »Heute sollte ich mit ihr irgendwelche Möbel in unserem neuen Haus aufbauen. Eine teambildende Maßnahme. Das Auto hat mir im Grunde einen Gefallen getan, als es nicht angesprungen ist.«

Sie spielt also nicht im selben Team wie ihre Mom.

»Das Problem ist, Mom wird nicht einfach sauer, wenn ich zu unserer Verabredung nicht auftauche. Sie wird zu einem Kontroll-Godzilla. In den letzten zwei Stunden hat sie mir zig Nachrichten geschrieben und rund ein Dutzend Mal angerufen.

Die nächste Stufe ist, dass sie mir mitten auf dem Campus eine Szene gemacht und mich dann nach Hause geschleift hätte. Und das, obwohl sie es gar nicht mag, Möbel aufzubauen. Und ich hasse es auch.«

»Woher kann sie wissen, wo du steckst?«

»Kontroll-Godzilla«, erinnert mich Hope und hält das ausgeschaltete Handy hoch. »Sie hat eine Tracking-App auf meinem Handy installiert, mit der sie mich immer und überall orten kann.«

»Das ist echt …« Mir fehlen die Worte. Mit Mac war auch nicht alles eitel Sonnenschein, aber so etwas hätte er nie getan. Obwohl er vermutlich weit mehr Grund dazu gehabt hätte als Hopes Mom.

»Übergriffig? Grenzüberschreitend? Kontrollsüchtig?«, bietet Hope mir ein passendes Ende meines Satzes an. Sie nickt und sieht dann aus dem Fenster, an dem grüne Wiesen vorbeifliegen. »Sie vertraut mir nicht.«

Was meistens ein Zeichen des eigenen Charakters ist. Chase hat mir auch nie vertraut. Weil man ihm nicht trauen kann. Von Amber fange ich gar nicht erst an. »Dann bringe ich dich wohl besser direkt nach Hause?« Auch wenn ich gern mehr Zeit mit Hope verbringen würde, will ich nicht riskieren, dass ihre Mom ihr am Ende noch wegen mir den Kopf abreißt.

Hope lehnt sich ein Stück aus dem geöffneten Fenster, sodass der Wind ihre Haare verwirbelt, und schüttelt den Kopf. »Könnten wir einfach noch ein wenig herumfahren?«

Nichts würde ich in diesem Augenblick lieber tun, was wohl auch der Grund ist, aus dem ich nicke, anstatt vernünftig zu sein und ihr zu widersprechen. Ich schalte das Radio an und betätige den Sendersuchlauf. Erst als ein ruhiger Countrysong aus den Boxen quillt, drehe ich die Musik voll auf. Es entlockt Hope ein stilles Lächeln.

Ich versuche mich auf die Straße zu konzentrieren, während ich jede Nuance dieses Moments tief in meinem Inneren abspeichere. Die Wärme im Wageninneren. Den Song, der den Raum zwischen uns mit Melancholie füllt. Den Fahrtwind, der Hopes zarten Geruch nach Wildblumen im Wagen verteilt. Es ist perfekt. Obwohl wahrscheinlich nichts an der Situation zwischen uns einfach ist.

KAPITEL 17

Hope

Die Sonne wärmt mein Gesicht und der Fahrtwind vertreibt die Gedanken an Mom und den Streit, der unausweichlich auf mein Abtauchen folgen wird.

Ich mag es, dass Cooper die Stille nicht krampfhaft mit Worten füllt. Mein Herz wird mit ihm leichter. Einfach, weil er da ist. Vielleicht hilft auch, dass er von Zeit zu Zeit herrlich falsch die Songs im Radio mitsingt.

»Hast du zufällig Hunger?«, frage ich ihn, als wir die Atlantic Beach Bridge erreichen, die auf die Outer Banks führt. Von hier wären es nur noch wenige Meilen bis zum Haus, aber ich bin noch nicht bereit, mich von Cooper und dem unbeständig guten Gefühl zu trennen, das er in mir hervorruft. Ich deute auf das Schild, das den Weg zum Shake Shacks weist, sobald wir auf der Insel sind.

»Bin am Verhungern«, stimmt er lächelnd zu und nimmt die Abzweigung zum Diner.

Als er den Pick-up vor dem Restaurant anhält, spüre ich, dass mein Magen knurrt. Seit Dads Tod ist es das erste Mal, dass ich wieder Appetit habe.

»Bist du oft hier?« Cooper deutet auf die Fassade des Shake Shacks, die wie ein Airstream-Wohnwagen aus den Fünfzigern aussieht, das Sonnenlicht reflektiert und es auf die Wasseroberfläche des Sunds zurückwirft.

Ich nicke. »Ivy, meine beste Freundin, und ich waren ständig hier. Aber jetzt ist sie in Montana, um zu studieren. Und allein ist es nicht dasselbe.« Ich puste mir eine Haarsträhne aus dem Gesicht. »Ohne diesen Laden hätte sie vermutlich die letzten Jahre nicht überlebt.«

Cooper zieht fragend eine Augenbraue nach oben.

»Ihre Eltern kochen sehr leidenschaftlich. Und sehr schlecht. Ohne das Shake Shacks und den Pizzaservice wäre sie vermutlich verhungert.«

Er lacht, öffnet seine Tür und springt auf den sandigen Boden.

Ich schnalle mich ab, nehme meine Tasche und will ebenfalls aussteigen. Aber bevor ich dazukomme, hat Cooper den Wagen umrundet und hält mir die Tür auf. Ich rutsche vom Beifahrersitz und komme unmittelbar vor ihm zum Stehen. Zum ersten Mal, seitdem wir uns geküsst haben, sind wir einander wieder nah. So nah, dass sich dasselbe Kribbeln in mir ausbreitet wie an diesem Abend auf unserer Veranda.

Sein Blick fixiert meine Lippen, während seine Kiefer mahlen, als würde es ihn all seine Selbstbeherrschung kosten, mich nicht zu küssen. Ich denke, er verliert diesen Kampf, denn er kommt ganz langsam näher. Sein Atem streift meine Haut, erzeugt dieses statische Kribbeln, das meinen gesamten Körper erfasst. Mein Mund ist staubtrocken. Der Puls rast. Nervosität legt meinen Verstand lahm. Mein Atem schlingert.

Aber Cooper gibt dem Sturm, der uns beide erfasst, nicht nach. Er beißt sich auf die Unterlippe und macht einen halben Schritt rückwärts. Dann noch einen. Seine Hand gleitet an meinem Arm hinab, bis er meine Finger umschlingt. »Lass uns reingehen.« Seine Stimme ist dunkel und rau, aber entschlossen.

Und ich nicke, obwohl ich lieber mit ihm genau hier stehen bleiben würde. Genau so. Aber anstatt ihm das zu sagen, folge ich ihm. Benommen von dem, was gerade fast passiert wäre. Von dem Gefühl, das der warme Druck seiner Hand in mir auslöst.

Die Terrasse des Shake Shacks liegt direkt am Wasser. Ein paar Boote und zwei Stand-up-Paddle-Boards sind am Steg vertäut. Wir suchen uns einen Platz im hinteren Teil der Terrasse, wo wir ungestört sind.

Cooper setzt sich nicht auf den Stuhl mir gegenüber, sondern zieht ihn um den Tisch herum, sodass wir direkt nebeneinandersitzen. Ich mag die Selbstverständlichkeit, mit der er das tut.

Lässig klopft er den Takt der Musik mit, die aus den Boxen des Diners dringt – James Bays *Need The Sun To Break*. Wie hypnotisiert starre ich auf seine Finger, die noch immer auf meinen liegen und den Rhythmus auf meinen Handrücken übertragen. Bei jeder Berührung zieht ein Prickeln durch meinen Körper, das alles andere in den Hintergrund rücken lässt. Ich könnte süchtig danach werden, so zu empfinden. Der Schmerz pocht nur noch vage in einer dunklen Ecke meines Inneren. Und ich will, dass er genau dort bleibt. »Du magst den Song?«, frage ich. »Stehst du nicht eher auf 6ix9ine?«

»Ich sagte, ich kenne die Musik. Nicht, dass ich sie mag.« Cooper lehnt sich zurück und atmet tief ein. »Ich habe eine Weile bei jemandem gewohnt, der total auf den Kram stand. Da gab es kein Entkommen.«

Sieht nicht so aus, als würde er gute Erinnerungen an diese Zeit haben.

»Die Songs sind nicht schön, aber manchmal ganz brauchbar. Wenn man zum Beispiel Aggressionen loswerden will.« Er rappt einige Rhymes, und sein gesamter Körper steigt in die Darbietung ein. Dann entspannt er sich wieder und lächelt mich an.

Es ist schwer, mir das Grinsen zu verkneifen. Die Kellnerin kommt, um unsere Bestellung aufzunehmen, und ich warte, bis sie gegangen ist, bevor ich etwas dazu sage. »Du kennst die Lyrics auswendig?«

»Ein paar.« Er zuckt die Schultern.

»Wieso hast du eine Zeit lang nicht bei deinem Dad gelebt?«

Cooper antwortet nicht sofort. Und als er es tut, wirkt er distanziert. »Es war so verfahren zwischen ihm und mir, dass ich dachte, es wäre eine gute Idee auszuziehen.«

»Und war sie es?«

Er streicht sanft mit dem Daumen über meine Haut. »Nein. Genau genommen war es eine Scheißidee.«

Ich mag die Offenheit, mit der er falsche Entscheidungen zugibt. Er kann es. Im Gegensatz zu Mom.

»Wie läuft es bei dir und deiner Mom?«, fragt er leise und ich werde das Gefühl nicht los, dass er meine Gedanken liest, was gleichzeitig faszinierend und unheimlich ist. »War es mit ihr schon immer so schwierig oder erst, seitdem das mit deinem Dad passiert ist?«

Ich starre auf Coopers Daumen, der über meine Haut kreist. Stetig. Beruhigend. »Sie war schon immer überbehütend, aber seitdem ...« Ich schlucke trocken. »Seit Dads Tod ist es schlimmer geworden. Und ich komme immer weniger damit klar.«

»Sie versucht dich zu beschützen. Jetzt, wo ihr nur noch zu zweit seid. Klingt, als würde sie dich lieben.«

»Vielleicht.« Ich weiche seinem Blick aus. Denn es stimmt nicht. Mom hat nicht nur mich. Sie hat den Prius-Mann. Aber das ist etwas, das ich nicht einmal vor mir selbst laut aussprechen kann. Und ganz bestimmt werde ich es nicht vor Cooper tun.

Die Kellnerin bringt unser Essen und wir warten schweigend, bis sie wieder gegangen ist.

Cooper tunkt eine Pommes in seinen Milchshake, isst sie aber nicht. »Abgesehen von deiner Mom, wie geht es dir mit allem?«

»Ganz okay, denke ich.« Ich lache unsicher. Wie schlimm ich Dad vermisse, ist ein weiteres Thema, über das ich nicht reden möchte. Aber gleichzeitig will ich ehrlich sein. Cooper erzählen, was in mir vorgeht. »Es ist ätzend. Aber es wird besser«, flüstere ich. »Es sind erst ein paar Wochen, also …« Das ist nichts, was man in Tagen, Wochen oder Monaten wegsteckt. Fühlt sich eher nach einer Lebensaufgabe an. »Aber immerhin drehe ich nicht durch wie meine Mom und streiche sechsmal das Bad um.«

»Sechsmal?« Cooper zieht anerkennend die Augenbrauen nach oben und beißt endlich von seiner Pommes ab.

Ich nicke. Mom gehört ganz offensichtlich zu den Menschen, die nicht gut mit Schuld umgehen können. Dass sie aus Trauer so durchdreht, ist eher unwahrscheinlich. »In zwei Tagen. Sie war vollkommen manisch und hat die einzelnen Farbschichten nicht mal trocknen lassen. Jetzt sieht ihr Badezimmer aus wie ein Achtzigerjahre-Batikshirt.« Mit einem grimmigen Lächeln nehme ich Cooper die angebissene Pommes aus der Hand. »Vielleicht ist es nicht besonders erwachsen, aber ich gönne ihr, dass sie damit offiziell das hässlichste Badezimmer in ganz North Carolina besitzt.«

Er grinst und stößt mit einer neuen Pommes gegen meine, bevor er sie in seinem Mund verschwinden lässt. »Du besitzt also ein gesundes Maß an Schadenfreude, stehst auf Countrymusik und kannst einen mühelos zu Boden strecken.« Er lacht. »Deine Lehrbücher haben mehr Post-its als Seiten. Also bist du definitiv disziplinierter als ich, was das Lernen betrifft. Und du fährst einen altersschwachen Schuhkarton, der heute das Zeitliche gesegnet hat. Was sollte ich sonst noch über dich wissen?«

Das ehrliche Interesse in seinem Blick wärmt mich. Wie eine hauchzarte Berührung.

»Das Auto ist nicht unwiderruflich kaputt«, entgegne ich. »Es ist nur sehr eigen.« Gedankenverloren rühre ich in meinem Milchshake herum. »Trotzdem würde ich den Wagen nie aufgeben. Dad und ich haben ihn gemeinsam fit gemacht.«

Cooper nickt. »Verstehe.«

Es ist kein Wort, das er einfach so in den Raum schmeißt. Seine Stimme zeigt, dass er wirklich sieht, was mich mit dem Wagen verbindet.

»Dein Dad mochte also englische Schuhkartons?«

»Ihr hättet euch gut verstanden.« Ich lache leise. »Dad hat das Auto gehasst und es immer als Winzkiste beschimpft.«

»Was sollte ich noch wissen?«

»Damit weißt du bisher deutlich mehr über mich als ich über dich«, bremse ich ihn. »Ich tausche nur gegen harte Währung, bestehend aus Informationen. Eine Frage du. Eine ich.«

Cooper verzieht amüsiert das Gesicht. »Okay, aber ich warne dich. Im Grunde bin ich todlangweilig.«

Ich ignoriere seinen lahmen Versuch, von sich abzulenken. »Was vermisst du am meisten, wenn du an Los Angeles denkst?«

»Den Ozean«, erwidert er, ohne eine Sekunde zu zögern.

»Auf dieser Seite des Landes gibt es auch einen.«

Er nickt und wiegt dann den Kopf hin und her. »Der Atlantik ist nicht der Pazifik. Aber es ist ein Anfang.«

»Was hat es mit dieser komischen Tasche auf sich?«, formuliert er seine nächste Frage.

»Wer sagt, dass ich nicht auf ein kleines bisschen Glitzer und Kitsch in meinem Leben stehe?« Ich seufze, weil es offensichtlich ist, dass die von Ivy gestaltete Tasche null zu mir passt. »Sie erinnert mich an meine beste Freundin«, gebe ich zu. »Ohne sie fehlt der Glamour in meinem Leben. Sie studiert in Montana Design und dieses grässliche Ding soll verhindern, dass ich sie vergesse.« Ich schiebe den Teller von mir. Ich bin mehr als satt. Cooper hingegen deutet fragend auf die Reste meines Burgers und lässt sie auf mein Nicken hin in seinem Mund verschwinden.

»Hast du ernsthaft noch Hunger nach dem Monsterding?« Sein Burger war doppelt so groß wie meiner.

»Ich habe immer Hunger. Und ich bin extrem futterneidisch. Also sieh dich vor.« Er lächelt und kaut mit einem genießerischen Augenverdrehen.

»Du fotografierst?« Er deutet auf die Kamera, die halb aus der Tasche ragt.

»Ich glaube, du bist gar nicht dran.«

»Und ob. Du hast gefragt, ob ich allen Ernstes immer noch Hunger habe. Und meine Antwort war ein klares Ja.«

Ich stoße ihm leicht gegen den Oberarm. »Die Frage war nicht Teil des Spiels.«

»Du kannst die Spielregeln nicht einfach ändern, nur weil du eine langweilige Frage gestellt hast. Also, du fotografierst? Was gefällt dir daran?«, beharrt er.

Ich überlege eine Weile. Das hat mich noch nie jemand gefragt. Ivy hat sich immer für meine Fotos interessiert. Wir haben uns über die Motive unterhalten. Darüber, wie ich die Verschlusszeit anpassen oder den ISO-Wert verändern könnte, um den gewünschten Effekt für das Bild zu schaffen. Aber wir haben nie darüber gesprochen, warum ich angefangen habe, meine Welt in Fotos zu bannen. »Es hilft mir, Dinge festzuhalten und sie physisch in eine Schublade oder einen Karton zu legen«, sage ich nachdenklich. »Dann kreisen sie nicht mehr in meinem Kopf herum. Oft benutze ich einfach mein Handy. Manchmal nehme ich auch Moms alte Kamera. Die Fotos haben damit mehr Seele.«

»Sie fotografiert auch?« Cooper stupst mein Knie an und lässt die Hand dort liegen. »Entschuldige, du bist dran.« Er bewegt sanft seinen Daumen über den Stoff meiner Jeans. Hitze flammt von dieser Berührung aus durch meinen Körper.

Ich verstecke meine Reaktion, indem ich meinen Milchshake austrinke. »Was tust du, wenn du mir nicht gerade in der Uni auflauerst?«, frage ich, als ich fertig bin, und stelle das Glas vor mich.

»Das ist schon eine meiner Hauptbeschäftigungen. Lass mich mal nachdenken. Gibt es da überhaupt noch etwas anderes?« Er überlegt. »Ich baue Dinge«, sagt er schließlich.

»Was für Dinge?«

Er hebt die Schultern und lässt sie wieder fallen. »Neue Dinge. Aus alten Sachen. Sachen, die sonst im Müll landen.« Er schnappt sich eine der Servietten, bittet mich um einen Stift und skizziert dann etwas auf der Papierserviette. Bücherrücken, eng aneinandergedrängt. »Man muss das ordentlich verleimen. Die Sache zusätzlich mit einem Seil fixieren. Er zeichnet die einzelnen Schritte in das Bild ein. That's it – ein Messerblock«, präsentiert er Sekunden später seine Idee und hält mir die Serviette hin.

Ich nehme sie ihm ab und sehe mir die Zeichnung genau an. »So was machst du in deiner Freizeit?« Ich bin echt beeindruckt von der Kreativität, die dahintersteckt.

»Selten mit Büchern. Eigentlich lieber mit Holz – alte Möbel, Türen, Bretter und so weiter. Aber ja. Das ist, was ich tue. Und es ist mehr als ein Hobby. Das ist, womit ich mein Geld verdienen will. Aber bevor ich meine eigene Firma gründe, brauche ich einen Abschluss. Deswegen studiere ich an der Mount Olive.«

»Das ist ziemlich cool.«

»Ja.« Er streicht mir eine verirrte Haarsträhne aus dem Gesicht und sieht mich fest an. »Ist es.«

Die genauen Vorstellungen, die er für seine berufliche Zukunft hat, und seine künstlerische Ader, machen ihn verdammt attraktiv, aber ich habe das Gefühl, dass er mit seinen Worten mich meint. »Woher hast du dieses Talent fürs Bauen?« Meine Frage legt Abstand zwischen uns, den ich sofort bedaure.

Er lehnt sich zurück und fährt sich durch die Haare. »Eigentlich bist du gar nicht mehr dran.« Es vergeht eine ganze Weile, bevor Cooper leise die Stille bricht. Er atmet tief durch. »Aber ich denke, das habe ich wohl von meinem Vater.« Und in jedem seiner Worte schwebt der Wunsch mit, diese Seite von ihm würde er nicht mit seinem Dad teilen.

KAPITEL 18

Cooper

Die Sonne über dem Wasser geht langsam unter und taucht alles in einen kitschig orangefarbenen Farbton. Selbst die Erinnerungen an Chase und mich in seiner Werkstatt, die Hope mit ihrer Frage heraufbeschworen hat. Damals war ich noch so klein, dass ich Probleme hatte, Chase das Werkzeug zu reichen. Trotzdem wollte ich unbedingt dabei sein, wann immer er an etwas herumbaute. Ich weiß noch, wie er mich stets auf die Werkbank gehoben hat, damit ich ihm helfen konnte.

Sein Hemd roch nach Holz und Leim. Das sind die einzig guten Erinnerungen, die ich an ihn habe. In der Werkstatt hat er nie herumgeschrien. Nie falsche Entscheidungen getroffen. Ist nicht ausgerastet und hat damit Mom und mir das Leben schwer gemacht. Ich habe mich oft gefragt, ob Mom geblieben wäre, wenn Chase ihren Glauben an Familie, Liebe und Beziehungen nicht zerstört hätte.

In Sachen Elternliebe habe ich gleich doppelt ins Klo gegriffen. Hope nicht. Und ich sollte die Beziehung zu ihrer Mom nicht noch mehr strapazieren, nur weil ich gern ewig mit ihr hier sitzen würde. »Vielleicht sollten wir langsam los«, bemerke ich nach einem schuldbewussten Blick auf die Uhr. Wenn ihre Mom wirklich so überbehütend ist, wie Hope sagt, dürfte sie mittlerweile außer sich sein vor Sorge.

Sie stößt die Luft aus. »Irgendwann muss ich mich Kontrollzilla wohl stellen.« Seufzend holt sie ihr Handy aus der Hosentasche, löst die Silikonhülle halb ab und zieht mehrere Dollarscheine hervor.

Ich stoppe ihre Bewegung. »Ich lade dich ein.«

»Hält da etwa jemand an antiquierten Rollenbildern fest?« Sie lächelt mich an, schüttelt meine Hand ab und legt die Scheine auf den Tisch.

»Nein.« Ich schiebe das Geld zurück. »Ist reine Taktik.«

Sie runzelt die Stirn und sieht mich fragend an.

»Wenn ich heute zahle, fühlst du dich verpflichtet, dich zu revanchieren.« Ich grinse. »Was bedeutet, ich bekomme ein weiteres Date. Unser erstes Treffen hinterm Blue Taps ist nicht gerade optimal verlaufen.« Man könnte auch behaupten, es war das mieseste und schmerzhafteste Date, das ich je hatte. Und gleichzeitig will ich keine einzige Sekunde davon missen. »Aber wir steigern uns. Vielleicht schaffen wir es, irgendwann das weltbeste Date aller Zeiten hinzulegen, wenn wir noch ein bisschen üben.« Auch wenn das hier schon verteufelt nah dran ist.

Sie lacht, steckt das Geld aber tatsächlich wieder ein und sieht mich entwaffnend an. »Ich wäre auch ohne deine super ausgefeilte Taktik auf ein weiteres Date mit dir gegangen«, gibt sie leise zu. Und bevor ich etwas dazu sagen kann, schiebt sie den Stuhl nach hinten und steht auf.

Ich komme ebenfalls auf die Beine und ihr damit ganz nah. »Das ist gut«, murmle ich. Mehr als gut. Ich berühre eine ihrer Haarsträhnen mit einer halbherzigen Bewegung und atme geräuschvoll aus. Nichts, was ich in Bezug auf Hope tue, sollte, verflucht noch mal, halbherzig sein. Sie verdient hundert Prozent. Allerdings habe ich Sorge, sie am Ende zu verschrecken, denn was Hope angeht, bin ich eher bei fünfhundert Prozent. Tendenz steigend.

Ich fahre mir durch die Haare und warte, bis sie sich an mir vorbeischiebt. Dann folge ich ihr zu meinem Pick-up, schließe hinter ihr die Beifahrertür, umrunde den Wagen und steige ebenfalls ein.

Hope lotst mich durch die einbrechende Nacht. Obwohl es erst kurz nach acht ist, sind die Straßen auf den Outer Banks menschenleer. Nur wenige Autos kommen uns entgegen, und je weiter wir uns vom Stadtzentrum Port Havens entfernen, desto ruhiger wird es.

Knappe zehn Minuten später bittet mich Hope anzuhalten. Wir befinden uns auf einer schmalen Straße, die sich quer durch die ozeanabgewandte Seite der Outer Banks schlängelt. Um uns herum nur Wildnis, Wasseradern des Sunds und stockdunkle Nacht. Ich beuge mich über das Lenkrad und schaue zweifelnd nach draußen, mitten ins schwarze Nichts. Hope deutet nach links, als sie mein fragender Blick trifft. Dort verliert sich eine Abzweigung der Straße zwischen hohen Zypressen.

»Von hier ist es nicht mehr weit.« Sie schnallt sich ab und öffnet die Beifahrertür. »Wenn ich heute Abend überleben will, ist es besser, ich laufe von hier aus zu Fuß.« Sie rutscht von ihrem Sitz und das Geräusch der zuschlagenden Tür zerreißt die Stille.

Hope spricht es nicht aus, aber mir ist trotzdem klar, warum ich sie nicht bis vor die Tür fahren soll. Ihre Mom soll uns nicht zusammen sehen. Vermutlich ist sie nicht nur überbehütend, was Absprachen und Uhrzeiten angeht, sondern auch, was Männer in Hopes Leben betrifft.

Ich lasse den Motor laufen und steige aus dem Auto, um mich von ihr zu verabschieden.

Sie taucht im Lichtkegel der Scheinwerfer auf und steht Sekunden später vor mir, zögert, schließt dann aber ihre Arme um meine Mitte. »Danke für den unerwartet schönen Rest des

Tages«, murmelt sie. Die Bewegung ihrer Lippen an meinem Shirt verrückt mein Herz. Und scheiße, das ist das beste Gefühl aller Zeiten.

Lange stehen wir, den Pick-up im Rücken, fest aneinandergepresst da. Sie lässt mich nicht los. Oder vielleicht lasse auch ich sie nicht los. Ich weiß es nicht.

Hopes Hände raffen mein Shirt ein winziges Stück zusammen. Gerade so viel, dass die lauwarme Sommerluft meine Haut streift. Mein Atem beschleunigt sich. Meine Hände gleiten wie von allein in ihr Haar. Unsere Lippen nähern sich. Unser Atem legt Geschichten zwischen uns. Geschichten von uns.

»Cooper«, flüstert sie und zieht die Luft ein. Luft, die sie mir nimmt. Ich schlucke trocken, meine Hände umrahmen ihr Gesicht. Meinen Atem zwinge ich zur Ruhe. Mein Herz in einen stilleren Rhythmus, während ich meine Stirn gegen ihre lege. »Ich will dich küssen«, flüstere ich.

»Aber …?«, fragt sie leise.

»Wenn wir uns das nächste Mal küssen, sollte es dabei um uns gehen. Nur um uns.« Nicht darum, sie von der Trauer um ihren Dad abzulenken oder von dem Ärger mit ihrer Mom.

Sie weicht ein Stück zurück, aber ich lasse nicht zu, dass sie sich ganz von mir entfernt. »Ich will uns nur genug Zeit geben. Damit es richtig ist.«

Sie nickt. »Okay.«

»Okay«, wiederhole ich leise, aber keiner von uns macht den ersten Schritt, sich zu lösen. »Du schuldest mir ein zweites Date«, murmle ich.

Ein unwiderstehliches Lächeln umspielt ihre Lippen. »Morgen früh um halb acht hier?« Sie verbirgt nicht, dass sie es nicht abwarten kann, mich wiederzusehen. »Das Frühstück im Shake Shacks ist legendär«, fügt sie hinzu, als müsste sie mich überzeugen.

»Sie könnten auch Hundefutter servieren. Ich werde pünktlich sein.«

Sie lacht und sieht mich mit einer Intensität an, die Verlangen durch meinen Körper jagt.

»Du solltest jetzt Kontrollzilla bekämpfen gehen«, quetsche ich hervor. Sonst setze ich mich gleich über unseren Vorsatz hinweg, es langsam angehen zu lassen.

Aber Hope fällt es offenbar genauso schwer wie mir, den Abend zu beenden. Sie legt mir ihre Hand in den Nacken und haucht einen verboten züchtigen Kuss auf meine Wange.

»Hope, bitte!« Die Handflächen presse ich gegen die Karosserie des Dodge. »Ich versuche echt anständig zu sein.«

Sie lacht und entfernt sich schließlich widerstrebend, ohne den Blick von mir zu lösen. Erst als sich die Nacht zwischen uns legt, dreht sie sich um und verschwindet hinter den Bäumen.

KAPITEL 19

Hope

Mein Herz fühlt sich an, als wollte es vor Glück platzen. Dabei ist das unmittelbar nach Dads Tod ein absolut verwerfliches Gefühl. Aber das ist meinem Gefühlsleben scheißegal.

Auf dem Weg nach Hause drehe ich mich mehrmals um die eigene Achse und mir entweicht ein leises Quietschen. Einige Meter vor der Veranda halte ich inne, sammle mich und bemühe mich um ein Pokergesicht. Ich will nicht, dass Mom mich ausfragt, weil ich mit einem Grand-Canyon-breiten Grinsen herumlaufe. Sie würde das zwischen Cooper und mir in Nanopartikel zerlegen, alles hinterfragen. Mich. Cooper. Seine Absichten. Meine. Ich kann das nicht. Ich will es nicht. Diese Sache zwischen uns gehört nur mir. Cooper ist meine Insel.

Ich atme tief durch, straffe die Schultern und steige gerade die unterste Verandastufe hinauf, als plötzlich die Außenbeleuchtung angeht und Mom die Tür aufreißt. Barfuß läuft sie die wenigen Schritte bis zu mir und schließt mich fest in die Arme. »Hope«, ist alles, was sie sagt. Erleichterung ummantelt jeden Buchstaben.

Die unerwartete Nähe erinnert mich an die Liebe, die mich ebenso mit Mom verbindet wie die Wut und Enttäuschung, die jetzt ständig zwischen uns schwelt. Aber gerade, als mein Widerstand bröckelt und ich mich in ihre Umarmung schmiegen will, schiebt sie mich auf Armeslänge von sich weg und ihr Gesichtsausdruck wird hart. »Komm rein, wir müssen reden.«

Ich versuche das Gefühl festzuhalten, das Cooper in meine Brust gepflanzt hat und das Moms Tonfall genauso plötzlich verschwinden lässt. Wie eine Gewitterfront die Sonne.

Am liebsten würde ich einfach in mein Zimmer verschwinden, aber ich weiß, Mom wird nicht aufgeben. Im Wohnzimmer angekommen, werfe ich deswegen die Tasche auf die senfgelbe Couch und setze mich daneben. Ich hasse die Farbe Gelb.

»Wo zum Teufel warst du den ganzen Tag, Hope?«

Als ginge sie das etwas an. Meine Finger finden die hellrosa Feder, die Ivy auf die Tasche geklebt hat, und streichen darüber. »In der Uni«, entgegne ich knapp und starre auf den Boden.

»Dein letzter Kurs war gegen sechzehn Uhr zu Ende.«

Sie kennt meinen Stundenplan auswendig. Den Kommentar deswegen verkneife ich mir.

»Jetzt ist es nach acht. Und falls du es vergessen haben solltest, waren wir heute direkt nach der Uni verabredet, um zusammen einige der Sachen aufzubauen.«

»Sind doch nur ein paar dämliche Möbel.« Sieht sie denn nicht, dass ich gerade Abstand brauche und ganz sicher keine Lust habe, mit ihr über unverständlichen Aufbauanleitungen zu brüten?

»Es sind unsere Möbel. Unser Neuanfang hier.« Moms Stimme vibriert, so sehr versucht sie sich zu beherrschen. »Wir müssen uns zusammenraufen, Hope. Aber das funktioniert nur, wenn wir uns beide bemühen. Ich kann das nicht allein.«

Die Feder knickt zwischen meinen Fingern, während ich meine Stimme zur Ruhe zwinge. Sie kann nicht ernsthaft glauben, dass wir einfach weitermachen, als wäre nichts passiert. Aber wahrscheinlich denkt sie wirklich, alles wäre in Ordnung, seitdem sie mir erklärt hat, sie und Dad wären bereits getrennt gewesen, als sie sich auf etwas Neues eingelassen hat. Ich stoße die Luft aus und schüttle den Kopf. Selbst wenn alles gut wäre, käme ich mit ihrer Art, mich einzuengen, nicht mehr klar. Ich habe ihr das viel zu lange erlaubt. Weil Dad fort war und ich dachte, sie hätte niemanden außer mir. Und weil mir nach all den Jahren mit Mom kaum noch aufgefallen ist, wie verquer die Dinge sind, die sie tut. Aber ich kann das nicht mehr.

Außerdem bin ich wütend und enttäuscht, und diese Gefühle vertreiben jegliches Verständnis, das jemals für Mom in mir war. »Wieso fällt es dir eigentlich so schwer, dir vorzustellen, dass es in meinem Leben auch noch andere Dinge gibt, wichtigere als dich oder irgendwelche Möbel?« Ich starre sie an. »Lass mir Luft zum Atmen, verdammt. Ich muss dir nicht über jeden Schritt, den ich mache, Rechenschaft ablegen.« Das ausgeschaltete Telefon werfe ich auf das Sofa neben mich. »Ich bin achtzehn und du tust so, als könnte ich ohne dich nicht einmal meine Schnürsenkel binden.«

»Du bist gerade achtzehn und damit nur bedingt volljährig«, berichtigt mich Mom. »Was bedeutet, ich trage die Verantwortung für dich. Dazu gehört nun einmal auch, dass ich weiß, wo du bist. Ob dir das nun passt oder nicht.« Sie atmet tief durch. »Im Übrigen tendieren Eltern nicht dazu, plötzlich damit aufzuhören, sich Sorgen zu machen, nur weil die Kinder erwachsen werden.« Sie macht einen vorsichtigen Schritt auf mich zu. »Ich verstehe, dass du trauerst, Hope. Und dass du jemanden brauchst, dem du die Schuld für Dads Tod geben kannst, weil es einfach nur ungerecht und furchtbar ist. Und wenn es sein muss, bin ich diese Person, bis es besser wird, aber in dieser einen Sache mache ich keine Kompromisse. Wenn dir etwas dazwischenkommt, rufst du mich an.«

Ich kann ein Schnauben nicht unterdrücken. »Ich hab dir eine Nachricht geschrieben«, sage ich knapp.

Mom lässt sich neben mich auf die Couch sinken. »Du meinst die kryptische Zweizeilennachricht, in der du mir mitgeteilt hast, dass du etwas später kommst und bei irgendeinem Typen mitfährst, den du maximal seit Semesterbeginn kennst, weil dein Auto liegen geblieben ist? Meine Güte, Hope. Seit wann fährst du bei Wildfremden mit?« Sie legt mir ihre Hand auf den Arm, aber ich ziehe ihn weg. »Ich kann dich nicht auch noch verlieren.«

Es fühlt sich an, als hätte sie das schon, und es tut fast genauso weh wie der Verlust von Dad. »Mein Akku war leer«, weiche ich aus und verscheuche den Gedanken, dass ich Mom schon wieder belüge. Etwas, was ich früher nie getan habe. »Und wie du siehst, bin ich heil wieder da.«

»Vier Stunden zu spät«, bemerkt Mom knapp. »Vier Stunden, in denen ich fast wahnsinnig geworden bin vor Sorge, aber vermutlich hältst du mich deswegen für verrückt. Ich muss wohl schon froh sein, dass du wenigstens nicht per Anhalter gefahren bist.«

»Hör auf zu übertreiben, Mom!« Sie tut ja gerade so, als würde ich so etwas regelmäßig tun, einfach nur, um sie zu ärgern.

»Ich hoffe, was auch immer du die letzten Stunden getan hast, war es wenigstens wert.«

Die Zeit mit Cooper war wie das Luftholen, nachdem man zu lange unter Wasser war. Tiefschwarzem Wasser. Ich will kein schlechtes Gewissen deswegen haben, aber Mom schafft es mühelos, diese Empfindung auszulösen, die sowieso schon viel zu dicht unter der Oberfläche liegt. Ich presse die Lippen aufeinander und starre auf meine Knie. Auf die Stelle meiner Jeans, an der ich noch immer Coopers Daumen spüren kann, wenn ich mich darauf konzentriere.

»Es ist mein Job als Mom, auf dich aufzupassen, Hope. Ich

habe nur noch dich«, sagt sie mit so viel Nachdruck, als würde sie diese Lüge wirklich glauben.

Sie hat den Prius-Mann und sie hat in dem Moment aufgehört, auf mich aufzupassen, als sie sich entschlossen hat, ihn zu vögeln und unsere Familie damit zu zerstören. »Hm«, mache ich unbestimmt. »Jetzt bin ich ja hier. Kannst dich also entspannen.«

»Ich entspanne mich erst, wenn du dich an die Regeln hältst«, erwidert sie so ruhig, dass es mich rasend macht.

Meint sie die Regel, dass wir uns immer sagen, wohin wir gehen? Und wann wir zurück sind? Die Regel, dass Familie immer an erster Stelle kommt? Und dass man Dinge beredet, anstatt feige zu schweigen und durch die Hintertür zu verschwinden? Sie hat alle davon missachtet. Die Faust fest um die Feder geschlossen, die sich unter dem Druck meiner Finger von der Tasche gelöst hat, stehe ich auf.

Ich trete ganz nah an Mom heran. Die Wahrheit verkantet sich bereits in meinem Mund, aber dann erinnere ich mich daran, dass ich Dad versprochen habe, nicht ständig mit ihr aneinanderzugeraten. Ich habe ihm geschworen, mich zu bemühen, bevor er gefahren ist. Und egal, auf was für grausame Art Mom die Spielregeln geändert hat, ich kann dieses letzte Versprechen, das ich Dad gegeben habe, nicht brechen. Nicht einmal jetzt. Mein Kampfgeist geht in die Knie. »Es tut mir leid«, würge ich tonlos hervor, drehe mich um und schnappe mir Tasche und Handy. Wütend und vollkommen aufgewühlt laufe ich in mein Zimmer. Die Tür knalle ich zu, werfe mich auf das Bett. Ich brauche Dad. So sehr, dass es wehtut. Er würde jetzt mit einem seiner albernen Witze dafür sorgen, dass es mir besser geht. Er hätte mit Sicherheit einen supernützlichen Dad-Tipp parat, wie das mit Mom und mir weiterlaufen soll. Und ich könnte ihm von Cooper erzählen. Aber ich werde nie wieder mit ihm sprechen können. Ihm nie wieder mein Herz ausschütten. Nie wieder wird er mir einen bescheuerten Ratschlag geben. Oder über seine Witze lachen, über die außer uns nie jemand gelacht hat.

Wann wird mein Herz endlich begreifen, dass ich ihn verloren habe? Wie lange wird es dauern, bevor die irrationale Hoffnung, er wäre noch da, nicht mehr urplötzlich durch meinen Körper flammt und verbrannte Erde hinterlässt? Wann werde ich aufgeben, immer als Erstes ihn anrufen zu wollen, wenn mir etwas auf der Seele liegt?

Ich rolle mich auf dem Bett zusammen und liege lange Zeit bewegungslos da. Mom rumort im Erdgeschoss. Sie putzt. Ihr Rezept für jede Art von emotionaler Bodenwelle. Unser Haus ist immer klinisch sauber. Ivy ist der Meinung, es hätte eigentlich meinem Immunsystem schaden müssen, so keimfrei aufzuwachsen. Ivy. Wir wollten heute Abend telefonieren. Ich taste nach dem Handy und schalte es an. Da sind zig Mitteilungen von Mom, die ich allesamt lösche, ohne sie zu lesen. Ivy hat zwei Nachrichten geschickt. In der ersten fragt sie, ob ich Zeit zum Telefonieren hätte. In der nächsten bittet sie mich um meine Meinung zu potenziellen Partyoutfits. Obwohl sie mittlerweile vermutlich längst irgendwelchen Typen auf der Party mit einem der Vorschläge den Kopf verdreht, schicke ich ihr eine Antwort und wünsche ihr viel Spaß. Gerade als ich die Nachricht absenden will, ploppt eine Mitteilung auf. Cooper Oak Hayes will mir auf Instagram folgen.

Unwillkürlich muss ich lächeln. Natürlich nehme ich die Anfrage an und will mir gerade sein Profil ansehen, als ich bereits eine private Nachricht von ihm erhalte.

Hi.

Nur ein Wort, aber es reicht aus, um die Gewitterfront aufzuklaren. Ich tippe ein »Hi« zurück und prompt zeigen die drei Punkte an, dass Cooper eine Antwort verfasst.

Wie schlimm war es?

Ich will nicht über Mom sprechen und halte die Antwort kurz, aber es schickt ein warmes Gefühl durch meinen Körper, dass er nachfragt.

Der Tag hatte eindeutig andere Highlights.

Er schickt einen lachenden Smiley. *Hatte einer dieser Glanzpunkte mit mir zu tun? Du warst nämlich definitiv mein absolutes Highlight.*

Ich drehe mich auf den Rücken und presse das Handy sekundenlang gegen meine Brust.

Sieht so etwa dein Plan aus, mich nicht zu verschrecken?

Es dauert etwas, bis er antwortet.

Du bist in etwa die unerschrockenste Person, die ich kenne. Bis morgen, Hope. Ich freue mich auf unser Frühstück. Schlaf gut.

KAPITEL 20

Cooper

Es ist früh. Zu früh, wenn man wie ich kaum geschlafen hat. Ich frage mich, wieso Mac so verdammt fit aussieht. Immerhin war Ava die halbe Nacht hier.

Sie ist spätabends gekommen. Es war offensichtlich, dass ihr etwas auf dem Herzen lag. Also habe ich mich ziemlich bald verabschiedet, mir schon auf dem Weg nach oben die Bluetooth-Kopfhörer aufgesetzt und das neue Album der *Strokes* voll aufgedreht. Das hat mich zwar meinen Schlaf gekostet, aber so hatten die beiden wenigstens etwas Privatsphäre.

»Du bist schon wach?« Mac legt mir im Vorbeigehen die Hand auf den Rücken. »Hast du heute nicht erst am späten Vormittag Uni?«

Vor dem ersten Kaffee schaffe ich keine ganzen Sätze, also brumme ich nur zustimmend und nehme dann den Kampf mit dem chromglänzenden Monsterding von Kaffeevollautomat auf. Als ich kurz davor bin aufzugeben, erbarmt Mac sich. Mit einigen wenigen Handgriffen bedient er die Maschine und der rettende Duft nach Kaffee breitet sich in der Küche aus.

»Danke«, ist alles, was ich sage. Als die Maschine fertig ist, setze ich mich mit meinem Becher zu Mac an den Tisch und trinke gierig.

»Möchtest du auch was essen?« Mac deutet auf Toast, Rührei und einen schiefen Stapel Pancakes.

Ich schüttle den Kopf. »Danke, aber: zu früh. Zu müde. Kaffee reicht.«

Mac nickt wissend. Er weiß, dass ich morgens meine Zeit brauche, und respektiert das. Chase hat das bis heute nicht gerafft.

Als ich den Kaffee ausgetrunken habe, setze ich den Becher vor mir ab und fahre mir über das Gesicht. »Ich bin vor der Uni noch verabredet.«

Mac zieht fragend eine Augenbraue nach oben.

»Du hattest gefragt, warum ich schon wach bin«, erkläre ich, auch wenn mir klar ist, dass er wissen wollte, mit wem ich essen gehe. »Und danach wollte ich noch in die Bibliothek und ein bisschen lernen.« Vielleicht schluckt Mac den Köder und ist so begeistert, dass ich mich zum Musterstudenten entwickle, dass er vergisst nachzubohren.

»Du hast also schon Freunde gefunden?«

Das Ablenkungsmanöver hat nicht funktioniert. Freunde. Ein Wort, das nicht passend ist für das zwischen Hope und mir. Trotzdem nicke ich. »Sind alle ziemlich offen hier. Hatte es mir schwieriger vorgestellt, Fuß zu fassen.« Ich starre auf die Tischplatte. Das ist alles, was ich dazu sagen kann, ohne Mac direkt von Hope zu erzählen. Er würde sich bestimmt Sorgen machen, wüsste er, dass ich mich ausgerechnet auf das Mädchen eingelassen habe, das mir an meinem ersten Tag in North Carolina das Veilchen verpasst hat. Würde ich ihm erzählen, dass ich trotzdem genau wie bei Amber das dringende Bedürfnis habe, sie zu beschützen, würde die Falte auf seiner Stirn vermutlich dem Andreas-Graben Konkurrenz machen. Dabei ist Hope kein Stück wie Amber. Und ich bin nicht mehr derselbe Cooper.

»Ich wollte dich noch etwas fragen«, wechsle ich das Thema.

Mac faltet die Zeitung zusammen, die neben ihm auf dem Tisch liegt, ohne den Blick von mir zu lösen. »Um was geht es?«

»Um die Scheune.«

»Ich habe mir neulich mal angesehen, was du schon geschafft hast. Wirklich beeindruckend.«

»Danke. Im Grunde musste ich nur jede Menge Gerümpel entsorgen. Die Werkstatt an sich ist in einem guten Zustand und ziemlich cool. Aber um die Werkstatt geht es eigentlich nicht.« Ich drehe ein Stück gebratenen Speck um die eigene Achse, ohne das Essen vom Servierteller zu nehmen. »Was würdest du sagen, wenn ich mir die obere Etage der Scheune ausbaue, um dort zu wohnen? Es gibt sogar ein Bad, das voll funktionstüchtig ist. Dann hättest du das Haupthaus wieder für dich.«

Mac mustert mich eindringlich. »Ehrlich?«

Er stellt solche Fragen nie nur rhetorisch, also nicke ich.

Einen Augenblick überlegt er. »Ich halte das für keine gute Idee«, sagt er schließlich. Nicht mehr.

Er hat Sorge, dass ich ihm entgleite, wenn wir nicht mehr unter einem Dach leben. So wie letztes Mal. Sowohl Mac als auch mir ist allzu bewusst, wohin mich das geführt hat. In eine gottverdammte Zelle. »Es ist einfach komisch, wieder so eng zusammenzuwohnen. Drüben hätte ich etwas mehr Freiraum und wir würden uns trotzdem sehen.« Ich wäre weder allein, noch müsste ich mich mit Chase' Dreck oder Ambers Dramen rumschlagen.

Mac denkt darüber nach und ich liebe ihn dafür, dass er meine Gedanken nicht einfach als Unsinn abtut und seine Meinung nicht von vornherein unumstößlich ist.

»Ich habe dir gesagt, dass du mit der Scheune tun kannst, was immer du möchtest. Wenn es dein Wunsch ist, dort zu wohnen, werde ich das akzeptieren, aber ich möchte, dass du eins weißt, Cooper.« Er fährt sich über den sauber gestutzten Bart. »Ich hätte dich lieber hier bei mir. Im Haus. Vermutlich willst du Ava und mir Privatsphäre zugestehen und deswegen in die

Scheune ziehen, aber ich sage dir, das ist Unsinn. Du störst uns nicht. Im Gegenteil.«

»Okay.« Ich knibble an der Tischkante herum und frage mich, wie er das macht. Er weiß einfach immer, was meine Beweggründe sind. Oft nervt es, aber es zeigt auch unsere Verbindung. Ob nun verquer oder nicht. »Wärst du sauer, wenn ich es trotzdem möchte? Nicht wegen euch zwei Turteltauben, sondern einfach, weil ich mich wohler fühlen würde, wenn ich meine eigenen vier Wände hätte?«

»Nein, ich wäre nicht sauer.« Er lächelt mich an. »Höchstens etwas besorgt, aber du bist ja nicht aus der Welt. Uns trennt nur ein Stück Garten.«

Nicht mehr ein ganzer Kontinent, der es ihm unmöglich macht, mir unter die Arme zu greifen. Ich schnappe mir das Stück Speck und sehe auf mein Handy. Zwei Nachrichten von Chase zerteilen das Display und meine Laune. Ich verschiebe sie in den Papierkorb, ohne sie zu lesen.

»Alles okay?« Mac sieht mich besorgt an und macht keinen Hehl daraus, dass er gesehen hat, wer mich kontaktiert hat.

»Ja, klar.« Ich lächle gezwungen. »Bin nur verdammt spät dran, wie es aussieht.« In Wahrheit habe ich noch jede Menge Zeit, bis ich losmuss. Aber wenn ich noch länger an diesem Tisch sitze, wird Mac aus mir herauskitzeln, dass das nicht Chase' erster Versuch war, mich zu kontaktieren. Und dann wird er sich Sorgen machen. Scheiße, ich mache mir Sorgen. Denn zeitgleich hat Amber aufgehört, mir Nachrichten zu schicken. Und obwohl es das war, was ich wollte, habe ich ein schlechtes Gefühl. »Ich muss los.« Die Berge an Essen hätte ich selbst ausgehungert und ohne Verabredung niemals geschafft. Mit einer vagen Handbewegung umfasse ich Mac, den Tisch und die Lebensmittel. »Kann ich dich mit dem ganzen Kram allein lassen?«

Mac nickt. »Die Reste nehme ich mit in die Klinik. Da finden sich immer dankbare Abnehmer.« Er nickt, als müsste er sich selbst überzeugen, dass alles gut wird. Und bei dieser Geste geht es nicht nur um das Essen. »Pass auf dich auf, Cooper.«

Ich weiß, er würde mir gern noch mehr sagen. Zum Beispiel, dass ich mit all meinen Problemen zu ihm kommen kann. Das ist nicht bloß irgendeine Floskel. Mac meint so etwas ernst. Aber er weiß, dass ich damit nicht umgehen kann und dichtmache. Nicht weil ich Macs Hilfe nicht will. Sondern weil Chase mein gottverdammtes Problem ist. Nicht seins.

KAPITEL 21

Hope

Wir gehen nur frühstücken, und da mein Auto ein illoyales Stück Altmetall ist, nimmt Cooper mich danach mit in die Uni. Aber er hat es als Date bezeichnet und deswegen drehe ich gerade hochoffiziell durch.

Anders ist nicht zu erklären, warum der komplette Inhalt meines nicht vorhandenen Kleiderschranks auf dem Bett verteilt liegt, während ich zum x-ten Mal die Oberteile durchwühle. Ich bin nicht so, verdammt. Sonst mache ich mir nie groß Gedanken darüber, was ich anziehe. Ich mag alle meine Klamotten und jede Kombination ist okay. Normalerweise.

Wenigstens amüsiere ich Ivy, die per Facetime live dem Klamottenmassaker beiwohnt und die ich in Windeseile auf Stand gebracht habe.

»Du hast es echt ernst gemeint, als du sagtest, wir hassen ihn nicht?« Sie lacht und schüttelt den Kopf, als ich eine hellblaue Bluse vor die Handykamera halte.

»Du bist keine Hilfe«, bemerke ich und schnaube frustriert.

Sie wirft einen Blick über ihre Schulter, wo ein Ausschnitt ihres Bettes zu sehen ist. Ein Ausschnitt, der einen Wust aus Bettdecke zeigt, unter dem ein Bein hervorlugt.

»Wer ist das da?«, frage ich und vergrößere den Ausschnitt. Eine durchtrainierte Wade. Sportler vermutlich. Ivy hat eine Schwäche für Footballer.

»Nimm das coole rosa Shirt, das wir letztes Jahr zusammen in Jacksonville gekauft haben«, erwidert sie anstatt einer Antwort und dreht sich so, dass das Bett nicht mehr zu sehen ist. »Aber er wird dich so oder so Hammer finden, egal, was du zu eurem Date anziehst.«

Wahrscheinlich komme ich in die Hölle, weil ich in meiner jetzigen Situation überhaupt an ein Date denke und mich mit der absolut dämlichen Frage nach den richtigen Klamotten herumschlage. Als gäbe es nichts Wichtigeres im Leben.

Ich schnaube frustriert, weil sich die Verabredung tatsächlich so anfühlt. Wichtig. Als würde sie mich vor dem Ertrinken retten. Und weil ich gleichzeitig weiß, dass ich mit solchen Gedanken zu viel Erwartungen an etwas stelle, das sich gerade erst entwickelt.

»Du hast meine Frage nicht beantwortet«, erinnere ich sie, dass ich die Sportlerwade in ihrem Bett nicht vergessen habe.

»Evan«, sagt sie knapp. »Aber du kannst seinen Namen wieder vergessen. Ich werde es tun, sobald ich ihn aus dem Tiefschlaf bekommen und rausgeschmissen habe.« Sie guckt grimmig, als wären bereits einige Versuche, das zu bewerkstelligen, fehlgeschlagen.

»Sei nett zu ihm.« Ich werfe das Handy aufs Bett, ziehe mir eine kurze Jeans im Used-Look über und schlüpfe in meine Flip-Flops. »Bin sofort wieder da«, rufe ich Ivy zu und gehe über den Flur in Moms Zimmer. Das Bett anzusehen, vermeide ich. Das kann ich nicht, ohne mir vorzustellen, wie Mom mit dem Prius-Mann darin gelegen hat. Während Dad starb. Und ich sie gesucht habe.

Ich reiße den Kleiderschrank auf und wühle ihre Shirts durch, werfe auf den Boden, was nicht meins ist. Und tatsächlich werde ich in der Mitte des Stapels fündig. Das rosa Shirt, zu dem Ivy mir geraten hat. Das könnte tatsächlich gehen. Es steht mir und ist schlicht, aber sexy.

Mom muss es sich ausgeliehen haben. Wir tauschen oft unsere Kleidung. Das war nie ein Problem für mich, aber jetzt macht es mich unsagbar wütend, dass sie Dinge von mir nimmt, ohne mich zu fragen. Ich stecke gerade zur Hälfte in dem Oberteil, als sie plötzlich das Zimmer betritt.

»Was machst du hier, Hope?«

»Mir mein Shirt zurückholen«, nuschle ich durch den Stoff, ziehe mich fertig an und sehe ihr herausfordernd entgegen.

Ihr Blick fällt auf die Kleidung am Boden. Sie nickt. »Okay. Aber räum das wieder auf, bevor du runterkommst. Frühstück ist fertig.« Ihre Stimme ist kontrolliert, dabei weiß ich, wie sehr sie es hasst, wenn ich Chaos in ihrem Kleiderschrank verursache. Sie wartet meine Antwort, ob ich im Gegensatz zu den letzten Tagen vorhabe, mit ihr zu frühstücken, nicht ab. Und ich sage nichts, obwohl ich lieber mit Eiskrabben baden gehen würde, als mit ihr an einem Tisch zu sitzen. Außerdem wartet Cooper auf mich. Die Shirts stopfe ich zurück in den Schrank und schleudere beim Hinausgehen eines der Zierkissen quer übers Bett. Zum Teufel mit Moms Ordnung.

Zurück in meinem Zimmer lasse ich mich rücklings auf das Bett fallen und nehme das Handy vom Bettüberwurf. Der Bildschirm dreht sich mitsamt Ivy ins Querformat.

»Wo warst du denn, Butternut?« Sie löffelt Früchte und Müsli, die sie sich zubereitet haben muss, während ich weg war, und es sieht aus, als würde sie auf dem Flur hocken. »Sieht mega aus.« Sie gibt ihrer Handykamera einen High Five und ich erwidere die Geste lahm. »Cooper werden die Augen aus dem Kopf fallen«, fügt sie zufrieden hinzu.

Darüber will ich jetzt nicht nachdenken, sonst fange ich wieder an zu zweifeln und das Anziehdrama findet nie ein Ende.

»Ich muss los, sonst komme ich zu spät und er denkt, ich wäre eine Diva, die nicht weiß, was sie anziehen soll.«

Sie lacht laut.

»Bye, Süße«, verabschiede ich mich und gebe dem Display und damit Ivy einen Kuss. »Ach, und Iv«, sage ich, bevor ich auflege. »Wenn du dein Müsli im Zimmer isst, könntest du den Typen von letzter Nacht vielleicht wach crunchen.«

Sie streckt mir die Zunge raus und im selben Moment wird der Bildschirm schwarz.

Ich nehme mir zwei Minuten Zeit, um mir einen Schlachtplan zurechtzulegen. Mom weiß, dass mein Wagen noch an der Uni steht. Sie wird mich fahren wollen. Sie will mit mir frühstücken. Entweder ich verschwinde, bevor wir das thematisieren können, oder ich muss es ihr irgendwie ausreden.

Ich versuche Variante A, stecke das Handy in meine Hosentasche, schultere meinen Rucksack und springe die Stufen ins Erdgeschoss hinab.

»Bis heute Abend«, rufe ich und öffne eilig die Tür. Eine Sekunde vergeht. Zwei. Drei. Ich habe es bis auf die Veranda geschafft, als Mom doch noch hinter mir auftaucht.

»Du hast nichts gegessen.« Sie sieht auf die Uhr. »Und wie willst du ohne Auto in die Uni kommen? Ich dachte, ich fahre dich.«

»Das ist nett, Mom.« Ist es. Auch wenn es das nicht einfacher macht. »Aber ich wollte vor der Uni noch ins Shake Shacks. Ivy hat Heimweh und ich habe ihr versprochen, dass ich sie von dort aus anrufe und ihr bis ins letzte Detail beschreibe, wie genial der Erdbeermilchshake schmeckt. Ich treffe mich dort mit ein paar Leuten von der Uni. Die nehmen mich dann mit.« Ich blicke zu Boden. »Und wegen des Wagens habe ich heute Morgen Larry angerufen. Er sieht sich den Mini an, sobald er Zeit findet.«

Larry ist einer von Dads besten Freunden. Er hat eine eigene Werkstatt und war mehr als einmal unsere Rettung. Jetzt, wo Dad nicht mehr lebt, hat er sofort seine Hilfe angeboten, als ich ihn angerufen und ihm erzählt habe, dass der Wagen rumzickt. Aber er muss sehen, wann er Zeit findet, den Transport des Minis in seine Werkstatt in seinen vollen Terminkalender zu quetschen.

»Dann lass mich dich wenigstens bis zum Shake Shacks bringen.« Mom streckt ihre Hand nach mir aus, aber bevor sie mir die Haare hinters Ohr streichen kann, weiche ich zurück.

Ich schüttle den Kopf. »Lass mich bitte, okay?«

Sie nickt, als würde sie sich an meine Bitte erinnern, mir Luft zum Atmen zu lassen. Dann macht sie einen Schritt zurück ins Innere des Hauses.

Das war einfacher als erwartet. Tief atme ich die ozeangeschwängerte Luft ein. Dann mache ich mich auf den Weg. Die Nebenstraße hinauf, vorbei an den vier anderen Häusern, die noch in unserer Straße stehen. Dann um zwei seichte Kurven. Jetzt umgibt mich nur noch Grün. Vor mir liegt die Baumreihe, die die kleine Siedlung von der Landstraße trennt. Coopers Wagen steht bereits an genau demselben Platz wie gestern Abend. Die Sonne spiegelt sich in dem Lack seines Autos und mein Herz macht einen Salto, weil er tatsächlich da ist. Fünf Minuten vor der vereinbarten Zeit.

Ein Lächeln liegt auf seinem Gesicht, als er sich über den Beifahrersitz lehnt und mir die Tür öffnet. Ich ziehe sie ganz auf und rutsche auf den Sitz.

»Hi«, sagt Cooper. Wie jedes Mal, wenn wir uns sehen. Nur dieses eine Wort. Ein perfektes Hi, das mein Herz in Aufruhr versetzt.

»Hi«, erwidere ich leise und schnalle mich an. Der Raum zwischen uns fühlt sich an, als hätte jemand eine Starkstromleitung durch die Fahrerkabine des Pick-ups gezogen. Mein ganzer Körper reagiert auf Cooper. Mein Hirn ist wie leer gefegt und ich verliere mich in dem Gefühl, dass in seiner Nähe all die kaputten Teile in mir an ihren Platz rücken.

Cooper startet den Wagen und das Motorengeräusch zerbricht die Stille zwischen uns. Stumm schlägt er den Weg zum Shake Shacks ein, aber anstatt beide Hände ans Lenkrad zu legen, verflicht er wie selbstverständlich seine Finger mit meinen und ein halbes Lächeln zupft an seinen Mundwinkeln. »Ich hoffe, offensives Händchenhalten verschreckt dich nicht allzu sehr? Aber wenn wir daran arbeiten wollen, unsere Dates zu perfektionieren, werden wir nicht drum herumkommen.«

Ich schüttle den Kopf, lächle. Vielleicht sollte es mich verschrecken, aber nichts hieran fühlt sich falsch an.

***

Unser Frühstücksdate war alles andere als perfekt. Die Musik war grauenhaft, die Tische auf der Terrasse alle besetzt, weswegen wir trotz der Affenhitze drinnen sitzen mussten. Die Klimaanlage des Shake Shacks hat lediglich die feuchtheiße Luft umverteilt, aber ansonsten gestreikt. Auf dem Selfie, das ich mitsamt Erdbeermilchshake für Ivy aufgenommen habe, sehen Cooper und ich gruselig unvorteilhaft aus. Aber trotz allem habe ich es unendlich genossen. Mit Cooper zu reden ist so einfach. Er gibt mir Ruhe. In seiner Nähe fühle ich mich stärker, weniger angreifbar. Und ich habe so viel Spaß mit ihm, dass ich immer öfter denke, ich bin ein schlechter Mensch, weil ich glücklich bin, während Dad gar nichts mehr fühlen kann.

Nach dem Frühstück hat Cooper mich zur Uni gefahren. Als ich aus dem Wagen sprang, um rechtzeitig zu meinem ersten

Kurs zu kommen, hat er mir hinterhergerufen, ob wir uns später sehen würden? Als könnte er nicht genug Momente mit mir in einen einzigen Tag quetschen. Er sagte, er hätte Quentin irgendwie dazu überredet, nach den Kursen eine Runde Basketball mit ihm zu spielen, und sie bräuchten noch einen Cheerleader.

Ich habe nur gelacht, mich umgedreht und bin zum Hauptgebäude gelaufen, anstatt zuzusagen. Dabei wusste ich bereits in der Sekunde, dass ich kommen würde.

Eine Weile habe ich mich noch in der Redaktion der Mount-Olive-Gazette mit meinem aktuellen Artikel abgelenkt. Aber nachdem ich die finale Fassung samt Fotos an Dean geschickt hatte, bin ich doch zum Basketballplatz gelaufen, der am Rande des Campus liegt. Jetzt stehe ich neben dem Feld wie ein Cheerleader oder wie ein verdammtes Groupie, das Cooper anschmachtet, während der Quentin das Spiel erklärt.

Die Art von Mädchen war ich nie und will ich auch nicht sein. Entschlossen stoße ich die Luft aus, werfe meine Tasche und die Strickjacke neben Coopers Rucksack und überquere den Betonplatz. Erst als ich die Jungs an der Dreipunktelinie erreiche, stoppe ich. Sieht aus, als würde Quentin versuchen Coopers Ausführungen in eine mathematische Gleichung zu packen, die es ihm eventuell ermöglicht, einen Korb zu werfen. Für so viel Theorie habe ich keine Zeit.

Ich entwende Cooper den Ball und tippe Quentin damit an. »Du und ich, gegen ihn.« Cooper sehe ich nicht an, sondern halte Quentin in seinem perfekten Sportoutfit aus Segelschuhen, Chino-Hose und frisch gebügeltem Hemd die Hand zum High Five hin.

Zögerlich schlägt er ein. »Ich kann aber gar nicht spielen«, erinnert er mich. »Und ich glaube kaum, dass du Cooper allein etwas entgegenzusetzen hast.«

»Glaub mir, sie kann es hundertpro mit mir aufnehmen«, sagt Cooper und grinst breit, während er sich über die Stelle fährt, an der ihn damals hinter dem Blue Taps mein Ellbogen getroffen hat.

Blut schießt mir in die Wangen. Ich wende mich lieber Quentin zu, damit Cooper es nicht sieht. »Wetten, du bist ein Naturtalent.« Ich werfe ihm den Ball zu und nicke zufrieden, als er ihn fängt. Erste Hürde genommen.

Bevor er das Spiel allerdings offiziell durch den ersten Wurf auf den Korb eröffnet, tritt Cooper von hinten ganz nah an mich heran.

»Sollte ich irgendetwas wissen?« Sein Atem streift meinen Nacken, als er meine Haare sanft nach vorn über meine Schultern schiebt. »Zum Beispiel, dass du nicht nur ein Ninja bist, sondern auch Reservespielerin bei der NBA?« Seine Worte schicken eine Gänsehaut über meinen Körper. Als wäre er die kühle Brise, nach der mein Körper lechzt.

Ich drehe mich zu ihm um, bringe etwas Abstand zwischen uns. Ich möchte nicht, dass Cooper gezwungen ist, Quentin zu erklären, was da zwischen uns läuft, bevor wir beide uns darüber im Klaren sind. »Ich habe früher ab und an ein paar Körbe mit Dad geworfen«, sage ich und verschweige, dass wir tatsächlich ziemlich gut waren. Eine gute Erinnerung. »Er hat es mir beigebracht, genau wie Krav Maga. Liegt bei dir, ob du jetzt Angst bekommst.« Mit einem diabolischen Grinsen auf dem Gesicht drehe ich mich zu Quentin. »Drei Schritte, dann wirfst du auf den Korb oder zu mir.«

Quentin nickt, wirkt aber hilflos. Unsicher macht er einen Schritt auf den Korb zu, dann einen zweiten. Cooper steuert bereits auf ihn zu, um ihn zu blocken. Damit bleiben mir genau zwei Möglichkeiten. Ich kann mich freilaufen und Quentin dazu bringen, mir den Ball rechtzeitig zuzuspielen, bevor Cooper ihn vollständig abschirmt, oder ich blocke Cooper, sodass Quentin freies Spiel auf den Korb hat.

Ich entscheide mich für Variante zwei. Aus rein spielrelevanten Gründen natürlich. »Los, Q, wirf auf den Korb«, rufe ich meinem Teampartner zu.

Quentin sieht mich an und schüttelt verzweifelt den Kopf, während ich mit vollem Körpereinsatz dafür sorge, dass Cooper nicht an ihn herankommt.

»Die Wahrscheinlichkeit, den Korb zu treffen, liegt in meinem Fall höchstens bei zehn Prozent.« Unschlüssig steht Quentin mit dem Ball da.

Ich lache.

Cooper löst den Körperkontakt zu mir und wirft die Hände in die Luft. »Jetzt spiel einfach, Q.« Er schiebt eine Hand unter sein Shirt und imitiert seinen Herzschlag. »Schalt den Kopf aus und fühl das Spiel.«

Quentin sieht nicht überzeugt aus. »Man kann doch ein Spiel nicht fühlen.«

Und wie man kann. Ich spüre jeden Zentimeter Abstand zu meinem Gegner. Jeden Millimeter, den Cooper sich mir nähert. Jeden bittersüßen Körperkontakt, der meine Synapsen überfordert. »Jetzt komm schon«, feure ich Quentin an. Ein verzweifelter Versuch, nicht auf Cooper zu reagieren, der die Bezeichnung Kontaktsport sehr wörtlich nimmt, um sich den Weg zu Quentin freizukämpfen.

Der gibt sich tatsächlich einen Ruck und wirft. Kein perfekter Wurf, aber deutlich besser, als ich erwartet hatte. Der Ball dreht sich zwei träge Runden auf dem Korbrand, bevor er durch das Netz gleitet. Quentin entfährt ein Jubelschrei, gefolgt von einer Siegerfaust, die er in den Himmel reckt, bevor er sich umsieht und die Hand abrupt sinken lässt. Dabei ist die einzige Person, die seine Siegerpose gesehen haben könnte, Mia. Sie sitzt auf einer Mauer in der Nähe. Ich kenne sie aus der Redaktion der Mount-Olive-Gazette. Allerdings ist sie so in ihren Lernstoff vertieft, dass ich bezweifle, dass sie irgendetwas um sich herum mitbekommt. Trotzdem reibt Quentin sich verschämt über den Arm.

»Das war super«, lobe ich ihn. »Zwei zu null für uns.«

Cooper nickt und nimmt den Ball an sich.

»Und jetzt verhindern wir mit allen Mitteln, dass Cooper in die Nähe des Korbs kommt, und nehmen ihm den Ball ab. Verstanden?«

Quentin nickt, scheint aber unschlüssig, wie er das anstellen soll, ohne Körperkontakt einzugehen. Den Part übernehme dann wohl ich. Als Cooper die drei Schritte geschafft hat und den Ball auf den Boden prallen lässt, bringe ich ihn durch einen Bodycheck so weit aus dem Gleichgewicht, dass ich den Basketball zurückerobern kann. Bevor er sich berappelt, platziere ich bereits einen Distanzwurf und treffe. »Fünf Punkte«, bemerke ich betont trocken und klatsche mich mit Quentin ab, der langsam Gefallen an unserer Gewinnstrecke findet.

»Okay, du hast es nicht anders gewollt – die Schonzeit ist vorbei«, bemerkt Cooper augenzwinkernd und baut sich vor mir auf.

Keine Chance, an ihm vorbeizukommen. Auch wenn ich es versuche. Sein Körper steht wie eine Mauer zwischen mir und dem Korb. Ich dränge mich gegen ihn, bemühe mich, eine Lücke in seinem Abwehrspiel zu finden, aber er ist wirklich gut und seine Nähe zerfasert meine Konzentration. Als ich an Quentin abspielen will, fängt er den Ball ab, nutzt den Schwung aus, dreht sich, springt ab und versenkt seinen ersten Treffer. Ich sollte mich vermutlich ärgern, dass er Punkte macht, aber ich bin zu sehr damit beschäftigt, seine Bauchmuskeln anzustarren, als sein Shirt beim Sprung ein Stück nach oben rutscht. Mit einem einnehmenden Lachen reicht er Quentin den Ball und blockt ihn bei seinem nächsten Angriff deutlich nachlässiger als mich.

Wir spielen so lange, bis Quentin sich mitten während eines Angriffs auf den Boden fallen lässt und kapitulierend die Arme hebt.

»Ich kann nicht mehr.« Er fächelt sich mit seinem Hemd Luft zu und bläst die Wangen auf. Die Ärmel hat er schon vor geraumer Zeit hochgekrempelt, genau wie seine Hosenbeine. Der lässige Look steht ihm.

Cooper stoppt seinen Lauf in Richtung Korb und hält den Ball fest, als würde er selbst jetzt noch Sorge haben, ich könnte ihm das Ding abnehmen, sobald er eine Sekunde unaufmerksam ist. »Dann habt ihr mich hiermit offiziell besiegt.« Es scheint ihm nichts auszumachen. Entspannt und total zufrieden schlendert er auf mich zu. »Das schreit nach einer Revanche«, richtet er sich an mich und Quentin. Sein Blick aber ruht nur auf mir und erzeugt Schwerelosigkeit in all meinen Zellen.

Und bevor ich mich davon erholen kann, ergreift er plötzlich meine Hand. Einfach so. Mitten auf dem Campus. Und ich lasse es geschehen.

Quentin sieht uns irritiert an. Wahrscheinlich erinnert er sich daran, dass ich Cooper noch vor wenigen Tagen um jeden Preis aus dem Weg gehen wollte. Und jetzt halte ich Händchen mit ihm. Natürlich versteht er das nicht. Ich verstehe es ja selbst nicht.

Die freie Hand ballt Cooper zur Faust und hält sie Quentin hin. »Gutes Spiel, Q.« Er wartet geduldig, bis Quentin ihm eine wacklige Gettofaust gibt.

»Es hat tatsächlich ziemlichen Spaß gebracht«, gibt er zu. »Aber jetzt muss ich dringend los«, bemerkt er mit einem Blick auf sein Handydisplay. »Ist echt schon spät.«

»Okay.« Cooper hilft mir, meine Sachen vom Boden aufzusammeln. »Dann bringe ich dich nach Hause.«

Cooper macht Anstalten, erneut meine Hand zu nehmen, aber ich weiche ihm aus und presse stattdessen meine Tasche und die Strickjacke vor meine Brust. Wenn er so weitermacht, wird Quentin wissen wollen, was zwischen uns läuft, und es in Worte zu fassen, würde eine Verbindlichkeit schaffen, für die es definitiv zu früh ist, auch wenn mir mein Herz etwas anderes einreden will.

Stirnrunzelnd sieht er mich an. »Ist alles okay?«

»Klar. Was sollte denn nicht in Ordnung sein?« Ich straffe meine Schultern und deute in Richtung Parkplatz. »Wir sollten aber gehen, Q hat es eilig.«

Er kommt mir ganz nah und blendet Quentin aus, der bereits einige Schritte in Richtung Parkplatz gelaufen ist und ungeduldig stehen bleibt. Seine Hände legt er auf meine Schultern und sein Daumen kreist sanft über die Haut oberhalb meines Schlüsselbeins. »Keine Ahnung, aber ich habe das Gefühl, als würde etwas nicht stimmen zwischen uns. Du blockst plötzlich.«

»Das ist mein Job.« Ich sehe auf den Boden. Dann wieder ihn an. »Wir sind in gegnerischen Teams.«

Cooper fährt sich durch die Haare. »Ich spreche nicht von Basketball.« Er stößt die Luft aus. »Ich verstehe, warum deine Mom besser nichts hiervon weiß, aber warum Quentin nichts von uns mitbekommen soll, kapiere ich nicht. Er ist mein Freund.«

»Ich dachte …« Unschlüssig zucke ich die Schultern. »… das würde es irgendwie offiziell machen. Und es jetzt schon in Worte pressen zu müssen, wäre etwas, was du vielleicht nicht willst.«

Cooper drückt sanft meine Schultern, sucht meinen Blick. »Mich hat nicht mal dein rechter Haken abgeschreckt. Nicht der Fakt, dass wir uns zum beschissensten Zeitpunkt überhaupt begegnet sind. Keines unserer Katastrophendates. Nicht mal Kontrollzilla und ihre Spionage-App haben das geschafft. Offizieller geht es, glaube ich, nicht. Verdammt, ich will mit dir zusammen sein, Hope.«

»Okay«, sage ich leise und nicke, während seine Worte alles in mir durcheinanderwerfen. Mein Herz verdrehen.

»Okay«, murmelt Cooper und zieht mich in seine Arme.

»Vielleicht könnt ihr mit dem Gefühlskram im Auto weitermachen? Ich muss echt los und …« Quentin beendet den Satz mit einer Grimasse anstatt mit Worten. Als wäre das alles echt eklig, lacht dann aber. »Sportler und doch ein Mädchenmagnet. Ich wusste es.«

Damit entlockt er auch Cooper ein Lachen. Ein tiefes, das unsere Körper erfasst. Ich weiß nicht, worum es geht. Alles, was ich weiß, ist, dass dieser Tag der beste seit Dads Tod ist. Vielleicht sogar der beste überhaupt. Und das, obwohl ich dachte, ich würde nie wieder einen besten Tag erleben.

KAPITEL 22

Cooper

Seitdem Hopes Wagen kaputtgegangen ist, sind sechs Tage vergangen und ich bin dem Schuhschachtel-Auto sehr dankbar. Denn seitdem hole ich sie morgens auf den Outer Banks ab und bringe sie abends zurück. Und ich liebe jede verdammte Sekunde, die wir dadurch an Extrazeit miteinander haben.

Aber damit könnte es vorbei sein, sollte sie den Mini heute reanimiert bekommen. Mit verschränkten Beinen lehne ich an der Kühlerhaube meines Pick-ups und sehe Hope zu, die bereits seit geraumer Zeit gemeinsam mit einem Freund ihres Dads namens Larry kopfüber im Motorraum ihres Minis hängt und versucht den Motor wieder zum Laufen zu bringen.

Ihr ist, glaube ich, nicht bewusst, wie verdammt sexy sie dabei aussieht. Zugegebenermaßen habe ich keine Ahnung, was genau sie da eigentlich tun. Larry und sie schmeißen, seitdem ich meinen Pick-up gegenüber dem Mini abgestellt habe, mit Fachbegriffen um sich. Ich kann nicht mal herausfiltern, ob das Winzauto noch eine Überlebenschance hat. Für Hope hoffe ich es, denn ich weiß, was ihr der Wagen bedeutet. Auch wenn ich sie lieber weiter fahren würde.

Hopes düsterer Blick, während sie sich umdreht und einen Schraubenschlüssel auf den Boden pfeffert, verheißt jedoch nichts Gutes.

»Wie schlimm ist es?« Ich stoße mich von meinem Wagen

ab, ziehe sie aber nicht in meine Arme. Dabei ist es Folter, das nicht zu tun. Aber Larry kennt ihre Mom und ich will Kontrollzilla keinen Grund geben, Hope zusätzlichen Stress zu machen.

»Schlimm.« Sie seufzt. »Larry wird ihn mit in die Werkstatt nehmen müssen, um dort zu sehen, ob man noch was retten kann oder ob das Ding ein komplett neues Getriebe braucht. Der Motor könnte auch was abbekommen haben.«

Was dann wohl das Aus für die Schuhschachtel wäre.

»Ich lade ihn eben auf. Soll ich dich dann mitnehmen?« Larry wischt sich die Finger an einem Tuch ab, das so aussieht, als würde es das Öldesaster auf seiner Haut schlimmer und nicht besser machen.

»Ich fahre dich gern nach Hause«, biete ich an und verscheuche das egoistische Hochgefühl, das sich bei der Aussicht in mir ausbreitet.

»Dann bräuchtest du nicht ganz bis raus auf die Outer Banks fahren, Larry.« Hope nickt. »Ich bin dir hierfür sowieso was schuldig.«

Larry winkt ab. »Hab's deinem Dad versprochen.« Er dreht uns den Rücken zu und wischt sich unwillig über die Augen. Dann beginnt er mit routinierten Handgriffen, den Mini auf seinen Abschlepper zu laden. Hope und ich helfen ihm, so gut wir können.

»Ich melde mich, sobald ich dir was sagen kann, okay?« Larry erwartet keine Antwort. Er schwingt sich bereits in den Pick-up und startet den Motor.

Sekundenlang legt Hope ihre Hand auf den Kotflügel des Autos. »Mach nicht schlapp«, flüstert sie und dann fährt Larry auch schon an.

Erst als er um die Kurve verschwunden ist, rührt Hope sich und wir steigen in meinen Pick-up. Als ich den Wagen aus der

Parklücke manövriert habe und meinen Dodge Richtung Highway lenke, suche ich ihre Hand.

Hope schaltet das Radio an und ich mag die Selbstverständlichkeit, mit der sie das tut. So als wären wir schon ewig ein Paar. Auf dem Weg an die Küste singt sie leise die Songs im Radio mit. Dazwischen erzählt sie mir von Ivy und deren Geschwistern und ich ihr von meinen Kumpels aus der Highschool. Ich habe sie aus den Augen verloren, als ich zu Chase zog. Es lagen Welten zwischen South Los Angeles und Orange County, wo ich vorher mit Mac in einem Haus in unmittelbarer Strandnähe gelebt hatte. Irgendwie habe ich meinen Freunden nicht zugetraut, damit umgehen zu können. Ich wollte nicht vermischen, was nicht zusammengehört, aber während ich Hope von Jesper, Blake und Coors erzähle, wird mir klar, dass ich es vielleicht hätte versuchen sollen.

»Die Leute sind solche Dreckschweine«, reißt mich Hopes Stimme plötzlich aus den Gedanken. Neben der Straße hat irgendein Idiot seinen Hausrat entsorgt. Die Sachen sind halb im Schlamm einer der Wasseradern des nahen Sunds versunken.

Ich bremse hart ab, halte den Wagen auf dem Seitenstreifen an und steige aus.

»Was machst du?« Hope rutscht ebenfalls von ihrem Sitz auf den rissigen Asphalt, während ich bereits den Abhang hinabklettere. Aber anstatt dort auf mich zu warten, folgt sie mir.

Der Boden ist glitschig, sodass ich ihr meine Hand reiche, damit sie nicht stürzt. Trotzdem geraten wir ins Schlingern und rutschen die restlichen fünf Fuß ungebremst die Böschung hinab. Meine Klamotten, meine Haut. Alles ist voller Schlamm. Und Hope sieht nicht besser aus.

»Bist du okay?«, frage ich atemlos und lachend.

Sie nickt und beginnt ebenfalls zu lachen, während sie versucht den Schlamm durch wildes Gezappel loszuwerden.

Ich betrachte meine Hand, die voller Morast ist, sehe sie an, dann wieder meine Hand.

»Wage es nicht!«, prustet sie und ich mag die Ausgelassenheit, die ihre Augen leuchten lässt wie einen verdammt perfekten Sommertag.

»Sonst was?« Und noch während ich spreche, verschmiere ich Matsch auf ihrem Gesicht.

»Na, warte«, stößt sie prustend hervor und revanchiert sich, indem sie mir ihre komplette Hand aufs Gesicht legt und den Dreck großflächig verteilt.

Damit startet sie einen Schlammkrieg, der keine Gewinner hervorbringt und mich trotzdem total glücklich macht. Es ist die Form von Glück, die keine Fragen zurücklässt.

Schwer atmend liegen wir nach dem Kampf auf der Uferböschung. Unsere Blicke verhaken sich. Zärtlich streiche ich Hope eine schlammverkrustete Haarsträhne aus dem Gesicht und schlucke schwer bei dem Versuch, sie nicht hier und auf der Stelle zu küssen.

Wir liegen neben einem Highway im Dreck und stinken nach Sumpf. Das ist nicht die Erinnerung, die Hope an unseren ersten richtigen Kuss haben sollte. Also beiße ich mir auf die Lippen, kratze den letzten Rest Selbstbeherrschung zusammen und richte mich auf.

»Wir sind wirklich ziemlich gut darin, unsere Verabredungen in den Sand, oder besser Schlamm zu setzen.«

Sie nickt, scheint aber keine Sekunde dieses Tages oder der letzten fünf Minuten zu bereuen. Nicht mal die Tatsache, dass wir beide aussehen wie Sumpfmonster.

»Was willst du eigentlich hier unten?«

Ich deute auf ein altes Küchenbüfett, das dem Stil nach zu urteilen aus den Zwanzigern stammt. Ein schönes Stück, das die Banausen für immer zerstört haben, indem sie es in diesem

Schlammloch entsorgt haben. »Die Schubladen sind noch brauchbar, denke ich.« Sie sind nicht vom Wasser in Mitleidenschaft gezogen worden.

»Du hast ernsthaft deinen Hals beim Abstieg hier runter riskiert, nur um ein Paar Schubladen vor der Schrottpresse zu retten?«

»Sie sind ziemlich cool«, verteidige ich mich. Umständlich stehe ich auf und wate das restliche Stück bis zu dem Möbelstück. Die Schubladen sind wirklich speziell. Echte Handarbeit vermutlich. Unikate, und sie lassen sich trotz des aufgequollenen Holzes leicht herausziehen. »Ich habe auch schon eine Idee, was ich daraus machen will. Also ...«

»Okay.« Anstatt mich deswegen für verrückt zu erklären, scheint Hope Feuer und Flamme zu sein. »Gib mir zwei. Damit müsste ich es zurück nach oben schaffen.« Ich reiche ihr zwei der kleineren Schubladen und hieve selbst vier Stück den Abhang hinauf. Danach steige ich noch einmal hinab und hole die restlichen. Hope verzurrt in der Zeit alle Teile auf der Ladefläche des Pick-ups.

»Hast du eine Plastikplane für die Sitze, sonst sauen wir dein Auto komplett ein?«, fragt sie mich, als wir fertig sind.

»Der hat schon Schlimmeres mitgemacht.« Unbeeindruckt öffne ich die Beifahrertür und bedeute ihr einzusteigen. Dann umrunde ich den Wagen und schiebe mich hinters Lenkrad. »Ich hätte besser aufpassen sollen. Deine Mom wird dir wohl kaum abnehmen, dass du mitten in Larrys Werkstatt in den Sumpf gefallen bist.« Zögerlich sehe ich sie an. »Was hältst du davon, wenn du erst mit zu mir kommst, bevor ich dich nach Hause fahre? Du kannst duschen und wir waschen deine Klamotten durch?«

Sie kämpft mit sich. »Falls es dir unangenehm ist, meinem Dad so zu begegnen.« Oder ihn überhaupt jetzt schon kennenzulernen. »Er müsste demnächst zur Arbeit aufbrechen. Außerdem wohne ich zwar auf seinem Grundstück, aber nicht im selben Haus. Wir werden ihm also nicht über den Weg laufen.«

»Duschen wäre wahrscheinlich nicht die schlechteste Idee«, sagt sie mit gerümpfter Nase, weil sich der Geruch nach Sumpf, Schlamm und nasser Kleidung in der Fahrerkabine fängt. »Also, gern, ja.«

Ich öffne die Fenster ein Stück und versuche die gesamte Fahrt das Bild von Hope und mir allein in der Scheune auszublenden. Von ihr in meiner Dusche. Aber mein Hirn ist selten störrisch, wenn es um Hope geht.

KAPITEL 23

Hope

Etwa zehn Meilen südlich von Cherry Point biegt Cooper von der Landstraße in einen unbefestigten Feldweg ein.

»Da vorn ist die Auffahrt zum Haus meines Dads«, sagt er und deutet unbestimmt die Straße hinauf. Ich kann weder die Auffahrt noch das Gebäude selbst ausmachen, nicke aber.

Es beruhigt mich, dass seine Unterkunft tatsächlich abgelegen liegt und eine eigene Zufahrt hat, sodass wir seinem Dad wie versprochen nicht in die Arme laufen werden.

Wir befinden uns hier ganz in der Nähe des Croatan National Forest. Sattgrüne Salzwiesen erstrecken sich links und rechts des Wegs. Zwischen den breiten Stämmen der Kiefern und Sumpfzypressen blitzt das unnatürliche Blau eines Sees hindurch, als Cooper nach einer Weile hinter eine weiße Scheune einbiegt. Er umrundet das Gebäude und lässt den Wagen davor ausrollen.

»Home Sweet Home«, sagt er in die Stille, die entsteht, als er den Motor ausstellt.

Wir steigen aus und ich richte meinen Blick unverwandt auf das breite Scheunentor. Das hier ist Coopers Zuhause. Ich bin total gespannt, wie er wohnt. Cooper ist nicht der Typ, der seine Erwartungen über die Bedürfnisse von jemand anderem stellt. Deswegen mache ich mir auch keine Sorgen, dass er etwas tun wird, wozu ich nicht bereit bin.

Er öffnet einen der beiden Torflügel und wir treten ein. Meine Augen gewöhnen sich nur langsam an das Halbdunkel im Inneren, aber nach und nach werden die Umrisse einer Werkbank, von jeder Menge Werkzeug und diversen ausrangierten Möbeln sichtbar. Es riecht angenehm nach Holz und frischen Sägespänen. Ein Geruch, den ich seit unserer ersten Begegnung vor dem Blue Taps mit Cooper verbinde.

»Das ist die Werkstatt«, erklärt er das Offensichtliche und legt mir seine Hand auf den Rücken, um mich zu der Treppe zu dirigieren, die in die obere Etage führt.

Seine Berührung durchdringt nicht nur den Schlamm, der langsam trocknet, sondern auch mein Shirt und schickt eine prickelnde Hitze durch meine Adern. Als wir den Wohnbereich erreichen, entferne ich mich von ihm. Denn ihm so nahe zu sein, lässt meine Selbstbeherrschung Richtung Nulllinie sinken. Aber ich bin mir nicht sicher, ob ich schon bereit dazu bin, unsere Es-langsam-angehen-lassen-Idee zum Teufel zu jagen. Um mich abzulenken und weil ich wirklich neugierig bin, wie er lebt, sehe ich mich in dem Raum um. Jedes Detail auf dieser Ebene zeigt Coopers Kreativität, seine Persönlichkeit.

Der Raum unter dem Dach der Scheune ist riesig. Ein Bett, gefertigt aus Paletten, steht an der linken Wand. Miteinander verschraubte Weinkisten dienen als Kleiderschrank und gleichzeitig als Raumteiler. Geradeaus befindet sich eine winzige Küchenzeile. Darüber hat Cooper zwei lange, antike Bretter angebracht, auf denen Teller, Kaffeebecher und Pfannen gestapelt stehen. Seine Messer stecken in den *Abenteuern des Tom Sawyer*, einer Ausgabe vom *Knallkopf Wilson* und dem *Leben auf dem Mississippi*. Das ist der Messerblock, den er mir im Shake Shacks skizziert hat. Ein Twain-Messerblock.

Cooper öffnet die bodentiefen Türen für den Strohabwurf, sodass frische Luft und Sonnenlicht in den Raum fluten.

»Willst du dich setzen?« Er deutet auf zwei in die Jahre gekommene Sessel, die vor der Öffnung stehen und einen spektakulären Blick über die umliegenden Wiesen und Seen erlauben.

Ich kann mir vorstellen, ewig hier zu sitzen. Mit Cooper. Und einfach nur in den blassblauen Himmel zu sehen. Dennoch schüttle ich den Kopf. »Ich sollte erst duschen. Vielleicht kannst du mir Sachen von dir leihen? Sonst ruiniere ich deine Sessel.«

»Du hast recht«, bemerkt er mit einem Blick auf sich. »Wir sehen echt übel aus.«

Mit der Nikon aus meiner Tasche mache ich ein Foto von ihm. Verschlammt, mit diesem Lachen, das seine Augen zum Leuchten bringt, und einer Hand, die er in Richtung Kamera streckt und die sein Gesicht halb verdeckt.

»Das ist nicht fair«, stößt er hervor und bringt mich dazu, die Kamera zu senken.

»Tut mir leid.« Manchmal vergesse ich, dass nicht jeder darauf steht, fotografiert zu werden, nur weil ich mein Leben gern auf Bilder banne.

Er lacht. »Es ist nicht fair, wenn du nur mich in diesem Aufzug fotografierst.« Er tritt hinter mich, umschlingt meine Taille und presst seine Wange an meine. Seine Bartstoppeln erzeugen winzige Flächenbrände. Sein Körper so dicht an meinem ein raues Kribbeln. Kurzerhand nimmt Cooper mir die Kamera ab, dreht sie um und macht eine schiefe Aufnahme von uns. Eingehüllt in Schlamm.

Seine Lippen streifen meine Schläfe, als er sich von mir löst, den Fotoapparat auf einen der Sessel legt und mich ins Bad schiebt. Es ist durch Buntglassteine und eine alte Scheunentür vom Rest des offenen Wohnraums abgetrennt. Die Grundfläche ist winzig. Den meisten Platz nimmt die Dusche ein. Das Waschbecken ist dafür umso kleiner und die Toilette ist hinter einen halbhohen Sichtschutz aus verwittertem Blech gequetscht.

Ich lege den Kopf schief und versuche zu entziffern, was früher darauf stand. Eine alte Reklametafel für *Coors Beer*. Unwillkürlich frage ich mich, ob es Zufall ist, dass er ein Stück Metall mit dem Namen seines Freundes aus Los Angeles verarbeitet hat.

»Du kannst zuerst duschen. Leg mir die Klamotten einfach vor die Tür, dann werfe ich sie drüben ins Kurzwaschprogramm und danach in den Trockner.« Er reicht mir ein Handtuch von einem Regalbrett, das dem in der Küche ähnelt. Dann dreht er sich um und verlässt das Badezimmer, kommt aber nur Sekunden später mit einer kurze Sweatshorts und einem schlichten Shirt von sich wieder. Beides legt er mir auf das Waschbecken.

»Die Sachen sind natürlich zu groß, aber ich denke, es sollte gehen.« Kurz zögert er. Bleibt vor mir stehen. Die Luft in dem kleinen Raum vibriert und lässt Bilder in meinem Kopf entstehen. Von uns. Wie wir uns küssen. Einander ausziehen und gemeinsam den Schlamm von unseren Körpern waschen. Wie Cooper mich unter dem Strahl des Wassers liebkost, jeden Zentimeter gesäuberter Haut küsst. Ich erzittere, beiße mir auf die Lippen und zucke zusammen, als er die Tür hinter sich zuzieht und das Bild zerplatzt. Seine Schritte entfernen sich.

Verdammt, hoffentlich war es nicht zu offensichtlich, woran ich gerade gedacht habe. Ich seufze frustriert und schäle mich, darauf bedacht, nicht allzu viele Placken Schmutz zu verlieren, aus meinen verdreckten Klamotten. Nur in Unterwäsche öffne ich die Tür einen Spalt und schiebe Jeans und Shirt davor. Dann schlüpfe ich aus Slip und BH und stelle die Dusche an. Herrlich kühles Wasser prasselt auf mich hinab, massiert meine Haut, aber anstatt mich abzukühlen, elektrisieren mich die Tropfen. Grob schrubbe ich den Schmutz von meiner Haut und versuche das Flirren meiner Zellen damit abzutöten. Erst als ich das Gefühl habe, wieder klar denken zu können, stelle ich das Wasser ab, rubble mich trocken und ziehe Coopers Sachen über. Sie riechen nach ihm. Und dieser Umstand legt all meine Bemühungen erneut in Schutt und Asche.

KAPITEL 24

Cooper

Hinter den Buntglassteinen kann ich Hopes Silhouette ausmachen. Und mein Hirn ist ziemlich kreativ darin, die Lücken dieses Bildes zu füllen. Holy Shit. Wenn ich hier sitzen bleibe, wird sich unser Vorsatz, es langsam angehen zu lassen, ziemlich schnell erledigt haben.

Ich schließe die Augen, konzentriere mich auf meinen Herzschlag, der Five-Finger-Death-Punk-mäßig Lust durch meine Adern treibt. Leise gehe ich zur Badezimmertür, lege sekundenlang meine Stirn an die Schiebetür und reiß mich dann von der Vorstellung los, wie es wohl wäre, genau diese Tür aufzuschieben und zu Hope unter die Dusche zu schlüpfen. Stattdessen hebe ich rasch ihre Kleidung vom Boden auf, drehe mich um und gehe nach draußen. Die Luft ist schwer und heiß. Trotzdem sauge ich sie gierig in meine Lunge. Durch den Kiefernhain, der nur ab und an ein Stück des Schieferdaches zwischen seinen Wipfeln aufblitzen lässt, jogge ich zum Haupthaus hinüber.

Ich schreibe Hope eine kurze Nachricht, dass ich im Haus meines Dads dusche und auch gleich die Wäsche anstelle. Sie soll sich solange in der Scheune wie zu Hause fühlen.

Und ich versuche währenddessen mein Verlangen unter einer eiskalten Dusche schockzugefrieren.

Die hintere Verandatür ist wie immer nicht verschlossen. »Mac«, rufe ich, als ich das Wohnzimmer betrete. Er sollte bereits zur Arbeit aufgebrochen sein, aber ich will mich bemerkbar machen, sollte er doch hier sein.

Niemand antwortet. Nur die Stille eines leeren Hauses empfängt mich. Ich steige die Treppe hinauf und betrete das kleinere der Bäder, in dem sich auch Waschmaschine und Trockner befinden. Hopes Sachen werfe ich in die Trommel und meine Klamotten dazu, sobald ich sie ausgezogen habe. Erst als die Maschine dröhnend ihren Dienst antritt, stelle ich mich unter die Dusche und drehe den Hahn auf. Schlamm rinnt an meinem Körper hinab und verschwindet im Ausguss. Aber die Sehnsucht nach Hope bleibt. Egal, wie kalt ich das Wasser auch stelle. Während der gesamten Zeit unter der Dusche. Beim Abtrocknen. Selbst dann noch, als ich eine Viertelstunde später die Wäsche in den Trockner werfe und zurück zur Scheune laufe.

Hope steht in meinen viel zu weiten Klamotten neben dem Bett. Sie sieht wunderschön aus, so versunken wie sie ihren Blick auf eine der Postkarten richtet, die ich kreuz und quer an die Seitenwände der Weinkisten geheftet habe.

»2013 Velha Goa«, sage ich und schnipse leicht gegen die Karte, die ihr Interesse fesselt.

Mom hat sie geschickt. Die zweite von acht in zehn Jahren. Rechtzeitig zu meinem dreizehnten Geburtstag. Darauf schwärmte sie von den Sandstränden Goas, ihren Seelentieren, den Elefanten, und ihrer Reise zu sich selbst. Meinen Geburtstag erwähnte sie mit keinem Wort.

»Warst du dort?« Hope sieht beeindruckt aus. »In Indien, meine ich? Sieht aus, als hättest du ein Faible für das Land. Sie sind alle von da.«

Das stimmt. Trotzdem schüttle ich den Kopf. »Meine Mom lebt schon ziemlich lange dort.«

»Wie spannend. Wo genau?«

Normalerweise rede ich nicht gern darüber. Keine Ahnung,

warum ich ihr antworte. »Überall und nirgends.« Ich zucke die Schultern. »Sie schickt Karten, wann immer sie an einen neuen Ort zieht.« Und ich bin nostalgisch genug, die Dinger quer durchs Land von Los Angeles bis hierher zu schleppen und aufzuhängen. Dabei hat sie mir nie einen Grund geliefert, irgendetwas von ihr aufzubewahren. »Anjuna, Trivandrum, Rajasthan, Varanasi, Agra.« Ich deute auf die jeweiligen Karten.

»Hast du sie mal besucht?«

Ich schüttle den Kopf. Spüre, wie ich dichtmache. Es ist nicht so, dass ich Hope nicht von Mom erzählen will. Aber Ellen Hayes oder Shakti, wie sie sich jetzt nennt, ist wie ein schwarzes Loch. Wenn ich sie in mein Leben lasse, verschwindet alles, was ich mir ohne sie aufgebaut habe, in diesem beschissenen Gefühl, sie verloren zu haben.

Ich nehme Hopes Hand in meine und ziehe sie zur Küchenzeile hinüber. »Was hältst du davon, wenn wir was kochen?«, wechsle ich das Thema. »Nach unserem unfreiwilligen Schlammbad bin ich am Verhungern. Meinst du Kontrollzilla lässt dir so lange Zeit?«

»Sie denkt, ich kümmere mich mit Larry um das Auto. Und sie weiß, das kann dauern.«

»Gut.« Ich lächle.

Und Hope lächelt zurück. Für den Bruchteil einer Sekunde gräbt sie ihre Zähne dabei in die Unterlippe. Wie hypnotisiert sehe ich ihr dabei zu und stelle mir vor, wie es wäre, sie erneut zu küssen. Wie ich mich in ihr verliere. Widerstrebend reiße ich meinen Blick von ihr los. Wenn ich mich nicht ganz schnell darauf konzentriere, in den Schränken nach Lebensmitteln zu suchen, werde ich genau das tun. Dann wird sie vermutlich denken, ich habe sie nur aus diesem Grund hierhergebracht, und das ist das Letzte, was ich will. Ich habe ihr gesagt, dass ich ihr Zeit lassen will. Und ich habe es so gemeint.

»Und? Was machst du? Eine Konservendose auf?« Hope lacht und kommt mir so nah, dass mich ihre Haarspitzen kitzeln.

Ich traue meiner Stimme nicht, also baue ich stumm Nudeln, Olivenöl, Tomaten, Salz, Pfeffer und frischen Knoblauch vor ihr auf der Arbeitsfläche auf. Dann befördere ich noch Scampi und eine Mischung aus verschiedenen Kräutern aus dem Gefrierfach des alten Kühlschranks.

»Du meinst das wirklich ernst mit dem Kochen?«

»Du hast mich herausgefordert.« Ich reiche ihr ein Messer und Schneidebrett. »Außerdem hat mein Dad noch nie in seinem Leben eine Konservendose geöffnet«, bemerke ich augenzwinkernd. »Und er würde mich wahrscheinlich enterben, wenn ich jetzt damit anfange.«

Hope schnappt sich eine Tomate und beginnt, sie in perfekt gleich große Würfel zu schneiden. Sieht aus, als würde sie das nicht das erste Mal machen.

Ich koche zwar gern, bin aber eher der chaotische Typ. Bei mir werden die Tomatenstücke nicht nur unterschiedlich groß, sie sind auch definitiv nicht als Würfel erkennbar. Und mein Arbeitsplatz sieht nicht annähernd so sauber aus wie Hopes. Aber auch wenn ich kein Profi bin, mag ich die Kreativität, die man beim Kochen einbringen kann. Und meistens schmeckt, was ich so fabriziere.

»Hast du irgendwie ein Rezept?« Hope sieht sich ein wenig hilflos um. Als wüsste sie nicht, wohin mit ihren perfekten Tomatenwürfeln.

»Hab etwas Mut zur Anarchie«, fordere ich sie heraus und halte ihr den Topf hin, damit sie ihre Tomaten hineinschütten kann. Rezepte ersticken die Grundidee von Kreativität. Ich weiß nie, was genau am Ende bei meinen Kochaktionen herauskommt. »Wir schmeißen einfach alles zusammen, was uns in den Kopf kommt«, erkläre ich und schütte meine Tomatenstücke zu ihren. Dabei komme ich ihr so nah, dass sich unsere Hüften für den Bruchteil einer Sekunde berühren. Ich atme geräuschvoll aus und suche Distanz, indem ich beginne, die Zwiebel zu zerkleinern. »Kochst du oft?« Eine idiotische Frage, aber sie ist unverfänglich. Und alles, was Hope nicht noch mehr Tiefe gibt, ist gut. Es bewahrt mich davor, mich noch hoffnungsloser in sie zu verknallen. Ich werfe ihr einen kurzen Blick zu. Sie schneidet noch immer mit einer geradezu beängstigenden Präzision Tomaten klein und nickt.

»Mom mag es sehr, wenn wir so Mutter-Tochter-Qualitätszeit verbringen«, murmelt sie und schiebt sich mit dem Unterarm eine Haarsträhne aus dem Gesicht. »Allerdings empfindet sie Kochen ohne Rezept als Blasphemie.«

Hope hat anscheinend nicht übertrieben, was den Kontrollzwang ihrer Mom angeht, wenn sich diese Macke sogar auf Pastasoße erstreckt. »Und du?« Ich höre auf, die Zwiebel zu zerkleinern, obwohl das Öl in der Pfanne bereits erhitzt ist und feine Blasen schlägt.

»Ich würde dich deswegen nicht zu einer Teufelsaustreibung schleifen.« Sie zuckt lächelnd mit den Schultern.

»Das meinte ich nicht.« Ich werfe die Zwiebeln in die Pfanne und stütze mich mit den Armen auf der Arbeitsfläche auf, um ihr besser zusehen zu können. Hope gibt die letzten Tomaten in den Topf und stellt dann Brett und Messer in die Spüle. »Ich meinte, ob du gern kochst?«

Hope wiegt den Kopf hin und her, versenkt aber zunächst die Nudeln im kochenden Wasser, anstatt mir zu antworten. Dann setzt sie sich auf das winzige Stück Arbeitsfläche neben dem Herd und sieht mir zu, wie ich Zwiebeln, Kräuter und Gewürze in die Soße werfe, während ich nebenher die Scampi anbrate. »Kommt drauf an«, sagt sie schließlich unbestimmt.

»Worauf?« Ich wende ihr den Rücken zu, um auch meine Arbeitsutensilien in die Spüle zu legen und alles abzuwaschen.

Als ich damit fertig bin, hat sie noch immer nicht geantwortet. Im Topf blubbert die angesetzte Tomatensoße. Die Scampi habe ich vom Herd genommen. Die Spaghetti brauchen noch gute fünf Minuten. Ich drehe mich wieder zu Hope um, klammere mich an der Spüle fest. Als wäre das Stück Keramik der einzige Anker, der verhindert, dass ich unaufhaltsam auf sie zutreibe.

Unsere Blicke treffen sich. Ihr Atem zittert. Ihr Blick verhakt sich mit meinem. Ich kann nicht anders. Meine Hände lösen sich von der Spüle. Ich treibe. Unaufhaltsam. Auf Hope zu.

»Worauf kommt es an?«, wiederhole ich rau meine Frage.

Mein Bauch streift ihr Knie. Eine Berührung, die sie dazu bringt, ihre Schenkel zu öffnen, sodass ich dazwischentreten kann. Ich umfasse ihre Knie und streiche über ihre warme, sonnengebräunte Haut. Eine Gänsehaut breitet sich von dort aus. In etwa derselben Geschwindigkeit, wie ihre Nähe meine Zellen in Brand setzt.

»Darauf, mit wem ich koche. Bis eben hätte ich geschworen, dass ich es hasse.« Ihre Stimme ist belegt.

Ich ziehe sie noch etwas näher an mich. Bis wir eine perfekte Einheit bilden. Ein Ganzes. Einen Atem. Ich atme Hope. Und sie mich.

Ganz langsam bewege ich meine Hände an ihrem Hals hinauf, bis ich ihr Gesicht umfasse, ohne sie auch nur eine Sekunde aus den Augen zu lassen.

Und sie erwidert meinen Blick, sieht mich an. Sieht mich. Alles von mir. Das sollte mir vermutlich Angst machen. Aber stattdessen fühlt es sich wie Ankommen an.

Vorsichtig nähere ich mich ihren Lippen, ohne die letzten Millimeter zu überwinden, die uns von einem richtigen Kuss trennen. Ich zwinge mich, mich zusammenreißen, weil es das einzig Richtige ist. Und gleichzeitig gibt es nichts, was ich weniger will.

Ich presse meine Stirn gegen ihre, versuche mich daran zu erinnern, dass wir es langsam angehen lassen wollten. Aber die Absicht verschwimmt. Mein Herz tut es. Ich gebe auf, streiche mit der Nase an ihrer Wange entlang, suche ihre perfekten Lippen. Verzweifelt. Sehnend. Als wäre alles, was ich jemals wollte, sie. Auch wenn ich es bis jetzt nicht einmal wusste.

Aber kurz bevor ich meine Lippen auf ihre pressen kann, schlägt plötzlich *Poison Heart* von den Ramones mit seinen harten Gitarrenriffs zwischen uns. Mein Handy. Widerstrebend lasse ich zu, dass Hope ein Stück von mir abrückt. Und mir so die Möglichkeit gibt, den Anruf entgegenzunehmen. Ich versuche mich zu sortieren, einzusortieren, wie das zwischen uns nach so kurzer Zeit so stark sein kann, und ziehe noch immer unsortiert das Telefon aus der Hosentasche. Amber. Verärgert fahre ich mir durch die Haare. Das darf nicht wahr sein. Sie hatte schon immer ein mieses Timing, aber das übertrifft alles.

Trotzdem bin ich auf eine verdrehte Art froh darüber, dass sie mich nach der tagelangen Funkstille anruft. Denn das bedeutet, es geht ihr zumindest so gut, dass sie ein Telefon bedienen kann. Das reicht, um mich nicht mehr zu sorgen, sondern wieder ausschließlich wütend zu sein.

Mit einem Augenverdrehen drücke ich sie weg, auch wenn mir klar ist, dass der Moment längst unwiderruflich zerstört ist. Wie eine Seifenblase hat Amber ihn platzen lassen.

Hope rutscht von der Küchenzeile und pustet sich die Haare aus der Stirn. »Du hättest ruhig rangehen können.« Sie versucht beiläufig zu klingen, aber es gelingt ihr nicht, ihre Enttäuschung zu verbergen, dass wir gestört wurden. Verdammte

Scheiße, ich kann sie verstehen. Auch wenn ich denke, dass Amber uns vielleicht sogar einen Dienst erwiesen hat. Es ist wahrscheinlich vernünftiger, wenn wir das Tempo etwas drosseln.

»War nicht wichtig«, winke ich ab und schlucke das miese Gefühl herunter, sie zu belügen, indem ich Amber nicht erwähne. Es ist keine Lüge. Ich lasse lediglich Informationen aus. Diese ganze Sache mit Amber ist einfach so verdammt abgefuckt. Und ich kann Hope wohl kaum zwischen Spaghettisoße und Spülbecken beibringen, dass ich vorbestraft bin. Ich muss es ihr sagen, aber nicht hier. Nicht jetzt. Nicht so.

Hope dreht mir den Rücken zu, stellt sich auf Zehenspitzen und angelt zwei tiefe Teller von dem unteren Regalbrett.

Von hinten trete ich an sie heran, nehme ihr das Geschirr ab und atme den Duft nach Wildblumen ein, der sie umgibt.

Schweigend decken wir den Tisch – ein altes Ölfass mit Glasplatte, das zwischen den Sesseln vor der bodentiefen Öffnung des Strohabwurfs steht. Hope erzählt von Ivy und von der Arbeit bei der Zeitung mit Quentin, während ich die Nudeln abgieße und Soße, Scampi und Pasta auf den Tellern drapiere. Ich stelle sie auf dem Tisch ab und ziehe Hope in meine Arme, bevor sie sich setzen kann.

»Tut mir leid«, sage ich. »Der Anruf war ein echter Killer.« Amber hat den Moment zerstört. Dabei hätte er uns gehören sollen. Nur uns. Hätte ich meine Ex blockiert, würde ich Hope jetzt küssen. Aber ich bin nicht in der Lage, einen klaren Schnitt zu machen, weil Amber es trotz dreitausend Meilen zwischen uns mühelos schafft, meinen Beschützerinstinkt zu triggern. Weil sie sich ständig in die größte Scheiße manövriert und unfähig ist, sich selbst wieder daraus zu befreien. Einem Psychiater würde zu dieser Form von Abhängigkeit bestimmt jede Menge netter Diagnosen einfallen.

»Aber stell dir vor, dieses Date wäre so ganz ohne Pannen verlaufen – das wäre doch echt Angst einflößend.« Das wäre es tatsächlich. Denn dann würde ich unwiederbringlich auch noch den winzigen Teil meines Herzens an Hope verlieren, der ihr noch nicht gehört.

KAPITEL 25

Hope

»Der totale Horror. Da muss ich dir recht geben.« Ich schlinge meine Arme um Cooper. »Ohne Schlammschlachten und Faustkämpfe würde ich mich bestimmt nach zwei Sekunden mit dir zu Tode langweilen.« Das Gefühl, das er in mir auslöst, die Worte, die er findet, die Ruhe, die ich in seiner Nähe empfinde, obwohl er alles in mir in Aufruhr versetzt, sein Lachen, das mehr in seinen Augen liegt als auf seinen Lippen – das alles würde ausreichen, um mich niemals zu langweilen. Nicht in einer Millionen Jahren.

Cooper gibt mir einen Kuss auf den Haaransatz und zieht mich dann zum Tisch. »Dann sollte ich besser dafür sorgen, dass dieses Essen das schlimmste Essen überhaupt wird.«

Ich setze mich und hebe einen der Scampi hoch, den Cooper in der Pfanne gebraten und oben auf die Spaghetti in frischer Tomatensoße gelegt hat. »Deine Chancen stehen gut. Denn wenn ich ehrlich bin, hasse ich Meeresfrüchte.«

Er zieht eine Augenbraue nach oben. »Warum lässt du mich dann seelenruhig dein Essen damit ruinieren?« Umgehend bugsiert er die drei Riesenscampi von meinem Teller auf seinen und sieht mich dabei vorwurfsvoll an. »Du musst mir so etwas doch sagen.«

»Ja.« Ich rolle Nudeln auf und stecke mir die erste Ladung in den Mund. Es schmeckt so lecker, als hätte ich in meinem Leben noch nie etwas Ausgefalleneres und Besseres gegessen als Spaghetti mit Tomatensoße, auf denen bis eben noch eklige Scampi lagen. Vielleicht war ich aber auch einfach noch nie so hungrig wie jetzt gerade. Ich schlucke die Nudeln hinunter und sehe Cooper direkt an. »Aber wenn ich dich gewarnt hätte, dann hättest du mich nicht retten können.«

Cooper legt seine Gabel zur Seite und wischt sich den Mund mit einem Stück Küchenrolle ab, das ich zu einer Serviette umfunktioniert neben seinen Teller gelegt habe. Dann nimmt er meine Hand und fährt sanft die Linien meiner Finger nach. »Du bist atemberaubend, mutig und weißt beängstigend viel über Autos. Ich mag deine eigene Sicht auf die Welt, wenn du durch deine Kamera Dinge siehst, die sonst niemandem auffallen.« Er lächelt. »Du vertrittst deine Meinung, zur Not auch mit dem Ellbogen, was beängstigend und gleichzeitig echt sexy ist. Aber neben all diesen Dingen und der Tatsache, dass du verdammt süß bist, wenn du den englischen Schuhkarton anschreist, bist du die mit Abstand stärkste Person, die mir je begegnet ist.« Er lacht leise. »Mit Ausnahme von Eddie Hall vielleicht.«

Ich weiß nicht, was ich sagen soll. Cooper findet mich atemberaubend. Seine Worte treiben mir das Blut in die Wangen. Allerdings habe ich keinen blassen Schimmer, wer dieser Eddie Hall ist. Und das sieht Cooper mir wohl auch an.

»Dein Fachwissen in Bezug auf die mögliche Konkurrenz ist anscheinend lückenhaft.« Er grinst und erklärt. »Hall ist der stärkste Mann der Welt. Ein echtes Biest.« Er führt meine Hand an seine Lippen. »Was ich sagen will, ich rette dich jederzeit sehr gern vor fiesen Krustentieren, aber du würdest das auch ganz wunderbar allein schaffen. So wie du alles schaffst. Selbst so eine Scheiße wie das mit deinem Dad. Du brauchst niemanden, der dich rettet, Hope.«

Noch nie hat mir ein Junge so ein Kompliment gemacht. Meine Ex-Freunde haben mir gesagt, dass ich hübsch sei. Aber nie hat mich jemand für meine Stärke oder meinen Mut gemocht.

»Du bist auch nicht übel«, murmle ich verlegen und stochere unsicher in meinen Nudeln herum. »Du kochst definitiv die weltbesten Spaghetti. Und du bist immer da, wenn ich dich brauche. Als würdest du dich immer im genau richtigen Moment zu mir beamen. Das ist ein wirklich sehr cooles Superheldengadget.« Ich nicke bekräftigend. »Und du hast es irgendwie geschafft, Quentins Freund zu werden.«

Cooper grinst. »Vermutlich hat Quentin eine engere Bindung zu seinem Goldfisch als zu mir. Er hat es nicht so mit Menschen. Aber ich kann verdammt ehrgeizig sein. Ich kriege ihn schon noch dazu, mich zu mögen. Dich konnte ich schließlich auch überzeugen und du hast mich bei unserem ersten Treffen immerhin fast k. o. geschlagen.«

Ich lache und dann essen wir schweigend.

Aber es ist eine angenehme Stille. Sie ist gefüllt mit uns. Und dieses Uns fühlt sich verdammt perfekt an. Egal wie unperfekt jedes einzelne unserer Dates ist, Cooper stiehlt mir mit jedem einzelnen mein Herz.

Kurz überlege ich, ihm zu erzählen, weswegen ich so wütend auf Mom bin. Vielleicht wüsste er, wie ich diese verfahrene Situation entschärfen könnte. Ohne Mom für immer zu verlieren. Und ohne mich, Dad und meine Prinzipien zu verraten. Ich öffne bereits den Mund, atme tief ein. Aus. Dann wieder ein. Aber am Ende sage ich doch nichts. Das erste Mal seit langer Zeit geht es nicht um Mom oder Dads Tod oder um all die Scheiße, die seitdem passiert ist. Und wenn ich ehrlich bin, will ich wenigstens für den Moment, dass es so bleibt. Ich will, dass Cooper mich so unverwandt ansieht, wie er es tut, seitdem wir zu essen begonnen haben. Mit diesem speziellen Cooper-Blick. Nachdenklich. Ruhig. Während ich in einem unkontrollierten Gefühlstsunami stehe und keinen Bissen mehr herunterbekomme.

Ich schiebe den Teller von mir und nehme die Kamera in die Hand, versuche all seine Facetten in einer Aufnahme festzuhalten. Die Sonne geht in seinem Rücken unter und zaubert ein magisches Gegenlicht. Mehrfach drücke ich auf den Auslöser, während Cooper scheinbar unbeirrt zu Ende isst.

Dann trägt er unser Geschirr in die Küche und ich schlendere unterdessen zum Geländer hinüber, das den Blick auf die Werkstatt unter uns erlaubt. Ich lehne mich dagegen und ein Lächeln gleitet über meine Lippen, als sich Cooper neben mich stellt und sich im selben Moment all meine Zellen nach ihm ausrichten. Als wäre er ein Magnetfeld. Und meine Reaktion auf ihn die physikalische Konsequenz.

»Zeigst du mir, was du mit den Schubladen vorhast?«

Er nickt, nimmt meine Hand und zieht mich zur Treppe. Aber bevor wir hinuntergehen, bleibt er stehen und dreht sich zu mir um. »Welches sind deine Lieblingsblumen.«

Ich bin zu verwirrt, um darüber nachzudenken, und antworte spontan. »Alle Wildblumen. Kalifornischer Mohn, Carolina-Lilien, New-England-Astern, Wilder Flieder und Küsten-Malven.«

Er vergräbt sein Gesicht an meinem Haar. »Wildblumen«, flüstert er und atmet tief ein. Er lacht leise. »Natürlich. Warum sonst solltest du wie das gesamte Wildflower-Programm riechen?«

Ein staatliches Programm, das die Highways entlang der Küste mit Wildblumen bepflanzt und North Carolina für die farbenprächtigsten Panoramastraßen berühmt gemacht hat. Ich wundere mich, dass er davon gehört hat. »Warum willst du das wissen?«

»Weil ich generell alles über dich wissen will.« Er grinst mich an und läuft schließlich vor mir her in die Werkstatt, während ich das Gefühl nicht loswerde, dass mehr dahintersteckt.

Cooper holt zwei der großen Schubladen von der Ladefläche und säubert sie zunächst. Das Holz, die Beschläge. Er arbeitet konzentriert, sieht sich die Schublade von allen Seiten an. Ohne den Blick von dem Möbelteil vor sich zu nehmen, greift er in ein Regal neben sich und stellt eine Bluetooth-Box an, die er mit seinem Handy koppelt. Wenig später legen sich die warmen Klänge eines alten Country-Klassikers zwischen uns. Cooper schleift einige Schrammen ab, fährt mit dem Daumen darüber, bessert nach. Es ist einnehmend, ihn so zu sehen. Sexy, wenn er so konzentriert ist, grüblerisch und irgendwie geheimnisvoll. Mein Gott, ich höre mich wirklich an wie ein Groupie.

»Kann ich dir irgendwie helfen?«

Er nickt und drückt mir das Schleifpapier in die Hand. »Gleich. Moment noch.« Und dann schnappt er sich einen Hammer und zerschlägt die Schublade, die wir mühsam gerettet und die er eben noch liebevoll glatt geschliffen hat. Er schlägt einfach die Rückseite ab. Mit zwei gezielten Schlägen an jeder Seite.

»Was?«, stoße ich entsetzt hervor. »Wolltest du die Dinger nicht retten, anstatt sie zu zerstören?«

Er grinst und beugt sich in diesem Moment über mich, um etwas aus dem Regal hinter mir zu angeln. Sein Atem ist warm und riecht nach frischen Tomaten.

Ich lege meine Hand an seine Seite, um ihn zu stützen, und merke, wie sich meine Finger in dem Stoff seines Shirts verkrallen. Und während ich noch damit zu kämpfen habe, was seine plötzliche Nähe in mir ausgelöst hat, richtet Cooper sich bereits wieder auf und hält triumphierend eine Stichsäge hoch.

Jetzt zersägt er die Schublade auch noch. Ich sehe wohl einigermaßen entsetzt aus, denn er streicht mir beruhigend über den Arm, bevor er die Säge anwirft. »Warte es ab. Das wird super«, brüllt er über den Lärm der Maschine hinweg.

Ich befürchte, das sieht die arme Schublade anders. Zweifelnd beobachte ich, wie er rund zwei Drittel der Tiefe kappt.

»Würdest du die Kanten abschmirgeln? Dann kümmere ich mich um die nächste.«

Er wartete meine Antwort gar nicht ab, sondern läuft los und holt zwei weitere Schubladen. Die zerlegt er auf genau dieselbe Weise. Eine Weile arbeiten wir so nebeneinanderher. Und auch wenn ich keine Ahnung habe, was für eine Vision Cooper verfolgt, habe ich Spaß. Ich fühle mich wohl. Hier. Mit ihm. Und die Arbeit gefällt mir. Sie entspannt mich, und je glatter das Holz wird, das ich schleife, umso mehr glättet sich auch mein Inneres.

Cooper summt die Melodie des Songs mit, während er nun Löcher in die Seitenteile bohrt, Holzstifte setzt und schließlich die Rückwand wieder anbringt.

Ratlos sehe ich ihn an. »Jetzt haben wir eine kurze Schublade.« Keine Ahnung, wieso wir eine halbe Ewigkeit gearbeitet haben, nur um jetzt dasselbe Möbelstück zu haben wie zuvor.

»Abwarten«, erinnert er mich und bringt nun eine Folie im Inneren der Schubladen an. Danach folgt eine Bilderrahmenaufhängung an der Rückseite. Als Cooper mit allen vier Schubladen fertig ist, schichtet er sie auf seine Arme. Der Stapel ist so hoch, dass ich ihn durch das Scheunentor ins Freie lotsen muss, weil er nichts mehr sieht.

Draußen befestigt er eine Schublade nach der anderen in unterschiedlichen Höhen links und rechts vom Tor an der Scheunenwand. Dann verschwindet er sekundenlang in der Scheune und kehrt schließlich mit einem Sack zurück. Er öffnet ihn und beginnt, großzügig Blumenerde in den Schubladen zu verteilen.

»Das werden Pflanzkästen«, sage ich wenig geistreich und betrachte das fertige Gesamtbild jetzt aus einer völlig neuen Perspektive. Es sieht umwerfend aus. Selbst jetzt schon, wo noch keine Blumen darin wachsen.

Cooper schlingt seinen Arm um mich und nickt begeistert. »Ich dachte, wir pflanzen Kalifornischen Mohn, Carolina-Lilien, New-England-Astern und Küsten-Malven darin.«

»Und Wilden Flieder«, vervollständige ich die Liste und falle ihm um den Hals. Nie hätte ich gedacht, dass man etwas so Tolles aus einem im Graben versenkten Stück eines Möbels zaubern könnte. Wir haben das getan. Zusammen. Und etwas geschaffen, was bleibt und uns immer an diesen Tag erinnern wird. »Es ist echt spektakulär cool.«

Eine Weile stehen wir selbstvergessen da und betrachten unsere geretteten Schubladen, aber irgendwann löse ich mich und blinzle in die tief stehende Sonne.

»Ich sollte langsam nach Hause.« Frustriert stoße ich die Luft aus, weil ich lieber bleiben würde. Aber das würde noch eine offene Front an der Mom-Kriegslinie bedeuten. Und das kann ich absolut nicht gebrauchen.

»Dann hole ich mal deine Sachen aus dem Trockner und fahre dich besser nach Hause«, sagt Cooper und lächelt, obwohl ich sehen kann, dass er ebenfalls wünschte, ich könnte noch bleiben.

KAPITEL 26

Cooper

Hope sitzt auf dem Beifahrersitz und starrt aus dem Fenster über die Wiesen neben der Fahrbahn. Vor uns liegt die Brücke, die von Morehead City auf die Outer Banks führt. Von hier aus sind es vielleicht noch zehn Minuten, bis wir den Straßenabschnitt erreichen, an dem Hope aus meinem Wagen steigen wird. Fünfzehn, wenn ich noch langsamer fahre als jetzt. Allerdings stellen wir schon jetzt eine Verkehrsbehinderung dar, weil ich beständig rund zehn Meilen unter dem Tempolimit liege. Es ist mir scheißegal. Ich reduziere die Geschwindigkeit noch ein wenig und Hopes Lächeln zeigt, dass es ihr auffällt und dass sie genau weiß, warum ich wie ein verdammter Sonntagsfahrer über den Highway krieche. Ich sehe auf unsere miteinander verschränkten Finger, streiche sanft mit dem Daumen an ihrem Handballen entlang und erzeuge eine Gänsehaut.

»Wenn du so weitermachst, hält dich noch der Sheriff an und lässt dich pusten«, frotzelt sie mich.

Das wäre mir egal. »Soll er doch. Das bringt mir noch ein paar Minuten mehr mit dir.«

Sie lacht. »Du könntest frech werden und uns damit noch mehr Zeit ergaunern.«

»Oder ich treibe es bis auf die Spitze und sorge dafür, dass sie uns einbuchten.« Wer, wenn nicht ich sollte wissen, dass man über den Knast besser keine Scherze macht. Schuldbewusst ziehe ich ihre Hand an meine Lippen und platziere einen Kuss darauf, bevor ich zurückrudere. »Allerdings haben sie in der Regel getrennte Zellen für Männer und Frauen. Das wäre also nicht zielführend.« Hört sich an, als wäre ich ein verdammter Experte, was den Knast angeht. Natürlich entgeht Hope nicht, was zwischen den Zeilen mitschwingt. Sie sieht mich fragend an. »Das lernst du in jedem zweitklassigen Gangsterfilm«, weiche ich aus.

»Du magst also Gangsterfilme.«

Kein Stück. »Ich mag Filme im Allgemeinen. Was ist mit dir?«

»Ich stehe auf Liebesschnulzen. Auf die schlimme Sorte, die einen für immer für die normale Männerwelt versaut.« Hope grinst und dann fahren wir schweigend, bis ich den Wagen wenig später an der Abzweigung zu Hopes Straße anhalte. Von hier aus sieht man lediglich Bäume und ein Stück Asphalt, das sich dahinter verliert. Mir wäre wohler, wenn ich sie bis vor die Haustür bringen und sichergehen könnte, dass sie wohlbehalten dort ankommt. Aber ich verstehe, dass sie in der aktuell angespannten Lage mit ihrer Mom kein Risiko eingehen will. Außerdem würde sie jedem, der ihr was tun will, ordentlich den Arsch versohlen.

Hope steigt aus und auch ich rutsche langsam von meinem Sitz. Die Fahrertür werfe ich hinter mir zu. Hope hat mittlerweile den Wagen umrundet und schlüpft in meine Arme. Eine Weile schmiegt sie sich an mich und ich gebe ihr zarte Küsse aufs Haar. Ihre Hände verkrallen sich in meinem Shirt. Sie löst ihr Gesicht von meiner Brust und sieht mich fest an.

Mein Atem stockt, denn mir ist klar, was gleich passieren wird. Ich habe davon geträumt, Hope zu küssen. Mehr als einmal. Eigentlich habe ich an kaum etwas anderes gedacht, seitdem ich sie auf dem Flur der Uni wiedergesehen habe. Heute in meiner Küche wäre es fast passiert. Dabei habe ich mir geschworen, dass ich nichts überstürzen würde. Nur leider macht Hope es mir so gut wie unmöglich, mich an meine Vorsätze zu halten.

Sie umfasst mein Gesicht, streicht über die Bartstoppeln, bis sie meine Lippen berührt.

Mir entweicht ein kehliger Laut, den ich selbst nicht einordnen kann. Es ist irgendetwas zwischen einem anständigen und überaus sinnvollen Nein und einer Aufforderung, uns beiden endlich Erlösung zu verschaffen. Meine Hände umfassen Hopes Hüften, aber ich halte sie nicht auf, als sie sich langsam auf die Zehenspitzen stellt und ihre Lippen sich meinen nähern.

»Ich weiß, du wolltest mich erst küssen, wenn es mir besser geht.« Sie schluckt, sieht mich aber unverwandt an. »Aber ich glaube, dass es mir erst besser geht, wenn du mich küsst«, murmelt sie. »Und zwar, weil es dabei nur um uns geht. Und um niemanden sonst.«

Und verdammt, das will ich. Dass sich ihre Welt um uns dreht. So wie sich meine längst um sie dreht. Behutsam senke ich meine Lippen auf ihre. Sie sind warm und weich. Sinnlich und so einnehmend, dass ich darin versinke. Sie schmecken nach allem, was ich für Hope empfinde. Nach mehr. Einem Mehr, das meine Brust fast zum Platzen bringt.

Hope seufzt und erwidert den Druck meiner Lippen, streicht über meine Mundwinkel und schmiegt dabei ihren Körper an meinen. Dieser Kuss ist so ganz anders als unser erster Kuss. Er ist tiefer, unwiederbringlicher, bedeutungsvoller als die pure Leidenschaft damals, die uns die Füße weggerissen hat. Dieser Kuss bringt uns ebenfalls zu Fall. Aber auf vollkommen andere Weise.

Ich erforsche jeden Zentimeter ihrer Lippen, küsse ihre Wangen, ihre Nase, ihre Augenlider und lasse meine Lippen dann zurück zu ihrem Mund wandern. So könnte ich für immer mit

Hope hier stehen. Sie einfach nur küssen und mir würde absolut nichts fehlen.

Aber nach einigen Minuten löst Hope sich von mir. Sie legt ihre Handflächen auf meine Brust, schafft Abstand und gibt mir einen letzten Kuss dort, wo sich Shirtkragen und Haut treffen. »Ich muss gehen«, sagt sie leise. Es hört sich an wie eine Entschuldigung.

Mein Kinn berührt ganz leicht ihr Haar, als ich sie eng an mich ziehe und sachte nicke. Sie muss sich nicht entschuldigen. Ich weiß, dass sie gehen muss, damit sie keinen Ärger bekommt, aber es fällt mir, verteufelt noch mal, schwer, sie tatsächlich loszulassen. Trotzdem gelingt es mir, sie ein Stück auf Abstand zu schieben. Ich angle zwei der kleineren Schubladen von der Ladefläche, die wir gemeinsam zu Pflanzkästen umgearbeitet haben. »Mit denen kannst du deine Mom besänftigen, falls sie den Kontrollzilla auspackt. Behaupte einfach, du hättest sie von einem Typen an deiner Uni, der so was als Hobby macht.« Ich zwinkere ihr zu. Das ist immerhin keine Lüge. »Sehen wir uns morgen früh und fahren ins Shake Shacks?«

»Danke.« Sie nimmt mir die Schubladen ab. »Ist das etwa ein weiteres Date?«

»Wie gesagt, ich bin unverhältnismäßig hartnäckig. Ich gebe nicht auf, bis ich meiner Freundin das beste schlechteste Date der Welt beschert habe.« Innerlich zucke ich zurück. Habe ich sie gerade allen Ernstes als meine Freundin bezeichnet? Das fällt wohl im Allgemeinen nicht unter ich lasse sie das Tempo bestimmen. Andererseits hat sie eine Scheißflagge in mein Herz gerammt und es damit als ihr Territorium markiert. Ob das nun zu schnell geht, ob ich damit einverstanden bin oder nicht – das sind die Fakten. Sie meine Freundin zu nennen, ist da nur die logische Konsequenz.

»Deine Freundin kann es nicht erwarten, morgen früh mit dir

auf das weltschlechteste Date zu gehen«, erwidert sie lächelnd. »Aber du musst nicht immer ganz hier rausfahren. Ich kann Mom fragen, ob sie mich mit nach Newport nimmt, und wir gehen dort frühstücken.«

Sanft streiche ich ihr eine Haarsträhne hinters Ohr und folge dann ihrer Gesichtslinie bis zum Kinn. »Ich mag das Shake Shacks. Und die Outer Banks. Aber vor allem mag ich dich, Hope. Und du hasst es, mit deiner Mom in einem Auto eingesperrt zu sein. Also lass mich das für dich tun, okay?«

Sie senkt den Blick, sieht mich dann wieder an. »Okay.« Sie küsst mich, dreht sich um, und bevor ich noch etwas sagen kann, ist sie schon hinter den Bäumen verschwunden.

KAPITEL 27

Hope

Wir haben uns geküsst. Präzise betrachtet war es nicht unser erster Kuss und er war bei Weitem nicht so heiß wie der erste. Trotzdem hat es sich magisch angefühlt. Tiefgreifend.

Ich schließe die Augen und speichere das Gefühl, das bei dem Gedanken an Coopers Lippen durch meinen Körper schwappt. Jedes Fünkchen guten Gefühls wird notwendig sein, wenn ich gleich auf Mom treffe.

Aber sie kommt mir nicht wie erwartet schon auf der Veranda entgegen, wo ich die Pflanzschubladen abstelle. Nicht an der Tür. Sie passt mich auch nicht im Flur ab. Im Wohnzimmer läuft der Fernseher, was bedeutet, dass sie zu Hause ist.

»Bin wieder da«, rufe ich laut genug, dass sie es hören kann, und springe dann die Treppe immer zwei Stufen auf einmal nehmend hinauf und schaffe es tatsächlich unbehelligt bis in mein Zimmer.

Lächelnd verbinde ich das Handy mit meiner Anlage und spiele die Playlist ab, die Cooper und ich beim Kochen gehört haben und die er mit mir geteilt hat. Ich schäle mich aus den Klamotten, die nach einem fremden Haushalt riechen, nachdem Cooper sie gewaschen hat, und werfe sie auf den Fußboden. Dann schlüpfe ich in mein Schlafshirt und weiche Jersey-Hotpants und setze mich mit meinem Handy aufs Bett, um Cooper eine Nachricht zu schreiben: *Das war wirklich mein mit*

Abstand schlimmstes Date ever. Erst hast du mich in einen Graben voller Schlamm gezogen. Dann musste ich mit dir kochen, und für dich Schubladen abschleifen, um später Wildblumen hineinzupflanzen. Meine Lieblingsblumen. Ich meine, das ist echt eklig romantisch. Igitt. Ach ja, und der Kuss am Ende hat es auch nicht rausgerissen. Ich dachte, das solltest du wissen.

Mit geschlossenen Augen lausche ich der Musik, erinnere mich an jede Sekunde des vergangenen Tages. Nicht ein einziges Mal habe ich in dieser Zeit an Dad gedacht. Da war nur Cooper. Und das Gefühl, das er in mir auslöst und das mich komplett vereinnahmt. Die Erkenntnis versetzt mir einen Stich, auch wenn es das ist, was Dad vermutlich für mich gewollt hätte. Dass ich weitermache, das Leben genieße, mich verliebe.

Das Vibrieren meines Handys reißt mich wenige Minuten später aus meinen Gedanken. Cooper hat mir geantwortet: *Du hast recht. Es war so furchtbar und schrecklich, dass ich keine Sekunde davon aus dem Kopf bekomme.*

Ich überlege gerade, was ich antworten soll, als es an meine Tür klopft. Aber Mom stürmt nicht wie sonst mit diesem ersten Klopfen ins Zimmer, sondern wiederholt das zaghafte Geräusch, als ich sie nicht hereinbitte.

Ich tippe eine knappe Antwort an Cooper in mein Handy, dass meine Mom etwas von mir will, ich mich auf morgen freue, und wünsche ihm eine gute Nacht. Dann schiebe ich das Handy unter das Kopfkissen, sodass Mom es nicht sehen kann, sollte Cooper noch etwas antworten, und verbanne den seligen Ausdruck von meinem Gesicht.

»Komm rein.«

Und tatsächlich betritt Mom erst nach dieser Aufforderung mein Zimmer.

»Darf ich?«, fragt sie und deutet auf den Platz neben mir. Von ihrer Hand baumelt Dads geliebte olivgrüne Anglerweste.

Die mit den vierzehn Taschen, auf die er so verdammt stolz gewesen ist. Auf der rechten Seite hatte er immer die Haken und Köder zum Fliegenfischen verstaut und auf der linken Seite einen kleinen Vorrat meiner Lieblings-M&Ms.

Ich nicke und Mom setzt sich neben mich. Sie legt die Weste auf ihren Schoß und streicht in einer geistesabwesenden Geste über den rauen Stoff. Ein Hauch von Seegeruch steigt auf und verteilt sich gemeinsam mit glücklichen Erinnerungen in meinem Zimmer. Dad und ich, als wir die alte Blechdose geangelt haben und ich vor Lachen fast ins Wasser gefallen bin. Dieses Stück Müll war das Einzige, was wir je gefangen haben. Mittlerweile weiß ich, dass Dad nie vorhatte, tatsächlich einen Fisch aus dem Wasser zu ziehen, wenn ich dabei war. Er wusste, wie leid mir die Tiere taten. Ich erinnere mich an Mom, wie sie uns mit einem riesigen Carepaket und einem Lächeln an der Tür verabschiedete, wenn wir zu unseren Abenteuern am See aufbrachen. Und wie sie nach unserer Rückkehr mit sanften, kühlen Händen die Millionen Mückenstiche, die auf meinem ganzen Körper verteilt waren, einsalbte. Mit den Bildern kehrt der Kloß in meinen Hals zurück, der sich den ganzen Tag über in Coopers Gegenwart nicht einen Moment an die Oberfläche getraut hat.

Vorsichtig lege ich meine Finger neben Moms Hand auf das verblichene grüne Nylon. Eine Weile ringt sie offenbar mit sich, doch dann beginnt sie zu sprechen.

»Die habe ich heute gefunden, als ich ein paar der Kartons ausgepackt habe, die noch in der Garage standen.« Sie lächelt wehmütig. »Sie hat mich zum Nachdenken gebracht. Über das, was du zu mir gesagt hast.« Sie fährt mit den Fingerspitzen eine der Nähte nach. »Und ich finde, du hast recht. Ich habe Probleme, dich loszulassen. Weil du meine Kleine warst. Bist«, verbessert sie sich. »Weil ich für dich da sein und dich beschützen will. Das Wissen, dass dein Dad mit jedem Schritt, den er gemacht hat, sein Leben riskierte, sobald er die Basis in Richtung eines Krisengebietes verlassen hat, hat in mir das Bedürfnis verstärkt, wenigstens dich festzuhalten.« Sie hebt die Hände und lässt sie wieder sinken. »Du wirst immer mein kleiner Pumpkin sein, auch wenn du mittlerweile fast erwachsen bist. Trotzdem hätte ich dich nie so einengen dürfen. Ich hätte dir mehr vertrauen und ich hätte dir die Wahrheit sagen müssen. Dann würden wir jetzt nicht streiten. Das möchte ich ändern. Für dich, Hope. Für mich. Aber vor allem für uns. Ich kann dich nicht verlieren und es tut mir alles so unendlich leid. All die Fehler, die ich gemacht habe.«

Ich weiß nicht, was ich sagen soll. Da steht so viel zwischen uns. Und doch liebe ich sie. Damit habe ich nie aufgehört. Das könnte ich wohl nicht einmal, wenn sie noch schlimmere Dinge getan hätte. Meine Finger rutschen auf der Angelweste näher neben ihre. So als ob mein Unterbewusstsein schon entschieden hätte, ihr eine Brücke zu bauen.

»Ab jetzt werde ich dir mehr Freiraum lassen. Versprochen.« Sie hebt ihr Handy hoch und ruft die Tracking-App auf. In den Einstellungen hebt sie die Blockierung auf, die es mir bis jetzt unmöglich gemacht hat, das Ding von meinem Handy zu löschen. Sie lächelt mich vorsichtig an. »Und noch viel wichtiger ist, dass ich dir verspreche, keine Geheimnisse mehr vor dir zu haben. Ab jetzt erzählen wir uns alles Wichtige, was meinst du?«

Ich nicke schwach, denke an Cooper und daran, dass ich ihr dann konsequenterweise auch von ihm erzählen müsste, denn er ist mir verdammt wichtig, bleibe aber stumm. Noch bin ich nicht bereit, ihn mit ihr zu teilen. Selbst jetzt nicht, wo sie echte Einsicht zeigt.

»Wir dürfen uns nicht noch weiter voneinander entfernen,

versprichst du mir das? Für nichts und niemanden auf der Welt. Es geht jetzt nur um dich und mich. Dieses Aneinander-vorbeileben muss ein Ende haben. Lass uns wieder mehr Zeit miteinander verbringen. Wieder Sachen zusammen unternehmen. Nur wir beide.«

Tränen steigen in meine Augen. Weil das hier genau die Nähe zu Mom ist, die ich so vermisst habe. Weil ihre Worte nur bedeuten können, dass sie die Sache mit dem Prius-Mann endlich beendet hat, weil ich ihr wichtiger bin. Weil Dads alberne alte Weste ihr gezeigt hat, was sie vergessen hatte. Wir sind ihre Familie. Und weil es für Dad dennoch zu spät ist.

Mom schiebt ihre Hand über meine und ich lasse es zu. »Ich habe unerhört viel Popcorn mit Karamell gemacht, Cola kalt gestellt und *Dirty Dancing* rausgesucht. Was hältst du von einem legendären Mutter-Tochter-Filmabend?«

Ich weiß, ich sollte standhaft sein und ihre Entschuldigung nicht so einfach annehmen. Viel eher müsste ich mir von ihr erklären lassen, wie es so weit kommen konnte. Wie sie Dad betrügen und ihn damit ins Ausland treiben konnte, wo er umgebracht wurde. Ich müsste Dad gegenüber loyal sein. Aber ich bin so verdammt müde, weiter zu streiten. Und ich liebe Mom. Sie ist die einzige Familie, die ich noch habe. Dad würde sich mit Sicherheit wünschen, ich könnte ihr irgendwann vergeben. Deswegen gebe ich nach und stehe auf.

»Aber ich nehme das Popcorn. Sonst isst du mir wieder alles weg.«

KAPITEL 28

Cooper

Hopes Wagen ist noch immer in der Werkstatt. Deswegen hole ich sie nach wie vor jeden Morgen an unserem Treffpunkt ab. Die Zeit bis zu unseren ersten Kursen verbringen wir im Shake Shacks und reden über Musik, Filme, ihren Dad. Über die Dinge, die sie hasst, und Sachen, die sie gern verändern würde – auf der Welt, bei der Gazette, in ihrem Leben. Nur ihre Mom spart sie sorgsam aus unseren Gesprächen aus und ich dränge sie nicht, mir zu erzählen, was eigentlich zwischen ihnen vorgefallen ist und sich gerade langsam wieder einrenkt. Wenn sie bereit ist, mir mehr zu erzählen, wird sie das tun.

Sie fragt mich ebenso viele Dinge. Alberne. Ernste. Tiefgründige. Normalerweise lasse ich andere Menschen nicht so tief in meine Seele blicken, aber ihr antworte ich irritierend ehrlich. Ich vermisse meine Mom. Wenn ich könnte, würde ich sie fragen, ob sie den Arsch offen hatte, einen kleinen Jungen einfach zurückzulassen. Blau ist meine Lieblingsfarbe – wie das Meer und der Himmel. Ich stehe auf Comics und auf Platten. Das ist oldschool, aber ich mag das leichte Kratzen von Vinyl. Die nicht ganz perfekten Aufnahmen, die irgendwie realer sind als die heutigen digitalen Tonträger. Mein Lieblingstier ist der Wüstenhund, was Hope zum Lachen bringt. Dass meine Wahl auf genau dieses Tier gefallen ist, weil sie in Familien leben und aufeinander aufpassen, erkläre ich ihr nicht. Stattdessen setze ich noch einen drauf, indem ich ihr gestehe, dass ich mal eine Schwäche für Miley Cyrus hatte, was echt übel ist.

Nach der Uni, wenn Hope und Q in der Redaktion fertig sind, hängen wir meist mit ihm ab, spielen eine Runde Basketball oder fahren ans Meer, bevor ich Hope zu Hause absetze. Ihre Mom und sie haben sich einigermaßen zusammengerauft. Das ist gut, auch wenn es bedeutet, dass unsere Zeit dadurch begrenzt ist. Hope will den wackligen Frieden derzeit nicht überstrapazieren. Und das verstehe ich.

Seitdem wir heute Morgen im Shake Shacks sitzen, hat Amber mir bereits vier Nachrichten geschickt. Und das, obwohl es durch die Zeitverschiebung an der Westküste erst sieben Uhr morgens ist. Die Uhrzeit ist dabei besorgniserregender als die Tatsache, dass sie mir überhaupt schreibt. Trotzdem habe ich das Handy nach der ersten Nachricht umgedreht und ignoriere das aufdringliche Brummen jeder weiteren eingehenden Nachricht.

Hope bemerkt es, fragt aber nicht nach, wieso ich mein Handy schon wieder ignoriere. Sie vertraut mir. Das ist gut. Und gleichzeitig weiß ich nicht, ob ich dieses Vertrauen verdiene. Denn trotz all der Gespräche habe ich ihr noch immer nichts von meiner Vergangenheit erzählt. Nichts von Amber, die es offensichtlich darauf anlegt, mir den Tag zu versauen, indem sie mich mit Textnachrichten bombardiert.

Sie will, dass ich sie anrufe. Es ist dringend. Sie braucht mich und ist total wütend, weil ich sie ghoste. In Ambers Welt sind ihre Bedürfnisse immer brandwichtig. Und sie braucht mich immer dann, wenn ich ihr aus der Scheiße helfen soll. Keine Ahnung, wie sie sich das vorstellt. Ich befinde mich an der Ostküste. Sie an der Westküste. Wahrscheinlich denkt sie, ich würde einfach zurückkommen, nur weil sie mich darum bittet, und ich würde für ihren Scheiß mein neues Leben über den Haufen werfen. Das Traurige ist, vor ein paar Monaten hätte sie damit zu hundert Prozent recht gehabt. Aber das war, bevor ich beschlossen habe, dass ich mich von jetzt an um mich selbst kümmern will. Das war, bevor ich Hope kannte. Und wenn ich eins noch weniger will, als dass Amber mein Leben versaut, dann ist es, dass sie das auch mit Hopes Leben tut.

»Hey.« Hope legt mir ihre Hand aufs Knie und drückt leicht zu. »Wo genau bist du?«

Sie hat recht, ich bin nicht hier mit ihr im Shake Shacks. Das hat Amber also schon mal erreicht. Und es ärgert mich, aber bevor sich die Wut in mir ausbreiten kann, beugt Hope sich zu mir und gibt mir einen sanften Kuss, der alles in den Hintergrund rücken lässt.

Die Sonne, die durch das Fenster des Restaurants meinen Rücken wärmt. Die aufdringlichen Gerüche aus der Küche. Das Surren der wieder funktionierenden Klimaanlage. Amber. Ganz besonders sie und das bescheuerte Gefühl, für sie verantwortlich zu sein.

»Wohin verschwindest du, wenn du so weit weg bist?«, flüstert Hope dicht an meinen Lippen.

Ich schiebe meine Hand über ihre und starre auf den schmalen Ring, den Hope an ihrem Zeigefinger trägt anstatt wie üblich am Ringfinger. »Nach Los Angeles, denke ich.« Ich atme tief durch. »Den Typen, der ich dort war, mag ich nicht besonders.«

Hope rutscht näher an mich heran und streicht mir über die Wange. »Ich mag ihn. Vielleicht bin ich aber auch befangen, weil ich so ziemlich jeden Teil von dir mag.« Sie errötet leicht und reibt sich verlegen über die Stirn.

Auch wenn sie das gar nicht mit Bestimmtheit sagen kann, solange sie nicht die ganze beschissene Wahrheit kennt, ziehe ich sie an mich und küsse sie.

***

Quentin und Hope stecken gerade die Köpfe zusammen und Q schlägt grinsend mit ihr ein. Die beiden verstehen sich so gut, dass ich spontan eifersüchtig darauf werde, dass er bei jedem unserer Spiele mit Hope ein Team bilden darf. Andererseits hat es definitiv Vorteile, bei einer Kontaktsportart im gegnerischen Team zu sein.

»Was ist jetzt?«, ruft sie mir zu. »Greifst du an? Oder traust du dich nicht?«

Ich lasse den Basketball mehrfach aufprallen und grinse. Ich liege meilenweit vorn. Sie und Q können mir nicht mehr gefährlich werden, aber ich liebe es, dass Hope trotzdem nicht aufgibt und kämpferisch das Kinn vorschiebt.

Mitten in der Bewegung halte ich inne und erstarre. Fuck. Habe ich gerade allen Ernstes das L-Wort benutzt. Aber es stimmt. Ich liebe nicht nur Hopes Art. Ich liebe sie.

Sie stemmt ihre Hände in die Hüften und sieht mich fragend an. »Was ist? Hast du ein Gespenst gesehen?«

So ähnlich. Ich lasse den Ball fallen und gehe auf sie zu. Meine Kehle ist trocken und mein Puls rast. So reagiere ich immer auf sie. Trotzdem ist es dieses Mal anders. Denn mit der Erkenntnis, dass ich sie liebe, ist mir, verdammt noch mal, bewusst geworden, wie hart es mich treffen würde, wenn sie nicht mit all der Scheiße klarkäme, die Teil meines Lebens ist. Was im Umkehrschluss bedeutet, ich muss es ihr endlich sagen, denn schon jetzt bekommen wir beide mehr als ein blaues Auge, sollten wir dadurch eine Bruchlandung erleiden. »Ich muss mit dir reden.«

Hope lacht. »Jetzt? Wir stecken mitten in einem Spiel.«

»Ich kann sowieso nicht mehr«, schnauft Q und lässt sich auf den Boden fallen. Er wedelt mit der Hand, als wollte er uns verscheuchen. »Redet ruhig. Ich belausche euch auch nicht. Dafür rauscht das Blut in meinen Ohren viel zu laut.«

»Nicht hier.« Ich schüttle den Kopf und ergreife ihre Hand. »Kommst du noch mit zu mir?«

Sie nickt. »Ist alles okay?« Unsicher streicht sie sich die Haare hinter die Ohren und ich wünschte, ich könnte sie beruhigen. Aber das Problem ist, das kann ich nicht. Denn ich habe keine Ahnung, wie sie darauf reagieren wird, dass ich im Knast war, und zwar nicht wegen einer Kleinigkeit, sondern weil ich einem Polizisten das verdammte Nasenbein gebrochen habe. Und dabei spielt es keine Rolle, ob ich das beabsichtigt hatte oder nicht. Ich habe es getan und bin damit kein Stück besser als mein Vater.

KAPITEL 29

Hope

Cooper spricht auf der gesamten Fahrt keinen einzigen Ton. Selbst das Radio lässt er aus, sodass die Stille zwischen uns anwächst und zu einem monstergroßen Hindernis wird. Er hält den Pick-up vor der Scheune an, schlägt aber den Weg zum See ein, anstatt das Gebäude zu betreten. Anscheinend braucht er Raum für das, was er sagen will, und es macht mir Angst, dass es offenbar zu groß für die Scheune ist.

Am See angekommen, setzt er sich in das Gras, das mit Pfeilkraut und Farnen durchsetzt ist. Einige Wildblumen lockern das Grün auf.

Ich lasse mich neben ihm nieder, ziehe die Beine an und schlinge meine Arme darum. »Du machst mir Angst«, sage ich.

»Du mir auch«, erwidert Cooper und lächelt schwach. Er nimmt meine Hand und streichelt sie hingebungsvoll, als bräuchte er noch Zeit, um die richtigen Worte zu finden.

Gern würde ich ihm sagen, dass, egal, was er mir sagen will, nichts meine Gefühle für ihn ändern wird. Aber kein Laut dringt aus meinem Mund, als ich ihn öffne, und bevor ich meine Stimme finde, beginnt Cooper zu sprechen.

»Ich habe nicht geplant, jemanden wie dich zu treffen.« Er zerwühlt seine Haare und schüttelt den Kopf. »Das hier sollte ein Neuanfang werden, ich wollte mich auf mich konzentrieren, Mac das Gefühl geben, dass ich es wert bin, so viel Zeit und

Mühe in mich investiert zu haben. Ich wollte vergessen, was war.« Er zieht meine Hand zu sich und platziert einen Kuss darauf, der ein Kribbeln durch meinen Körper schickt. »Aber dann habe ich dich vor dem Blue Taps gesehen und, Scheiße, das alles war nicht mehr wichtig.«

Das ist in etwa die schönste Liebeserklärung, die mir je jemand gemacht hat. Ich rutsche näher an ihn heran, streiche ihm durch die Haare, aber Cooper schüttelt meine Hand ab.

»Aber jetzt denke ich, du solltest wissen, was ich getan habe, wer ich bin. Und warum ich Los Angeles verlassen habe.« Er atmet tief ein und es scheint, als würde dabei die Last dieser Welt auf seinem Brustkorb liegen.

»Wenn du es mir erzählen willst, ist das okay.« Eindringlich sehe ich ihn an. »Aber du musst das nicht tun. Ich muss nicht wissen, was war, um zu wissen, wer du bist.«

Er lacht tonlos auf. »Wie kannst du das sagen, solange du nicht weißt, was passiert ist?«

Ich will etwas erwidern, aber er gibt mir keine Gelegenheit, denn in diesem Moment lässt er meine Hand los, verschränkt die Arme vor der Brust, als müsste er sein Herz vor meiner Reaktion auf die nächsten Worte schützen, die er zwischen uns wirft.

»Ich war im Knast.«

Ungläubig starre ich ihn an. Gedankenfetzen wirbeln durch mein Hirn. Mein Herz pocht viel zu schnell.

»Und bevor du fragst, ich war nicht unschuldig oder so was. Es gibt keine verdammte Entschuldigung dafür, dass ich jemanden verletzt habe.«

Ich versuche nicht durchzudrehen. »Wen?«, stoße ich hervor. Das kann nicht stimmen. Das muss ein kranker Scherz sein.

»Einen Fremden und einen Polizisten.« Er lässt geräuschvoll

die Luft aus seinen Lungen entweichen. »Er hat versucht mich festzunehmen, weil ich auf den anderen Typen eingeschlagen habe.«

Das passt nicht zu Cooper. Nicht zu dem Cooper, den ich kennengelernt habe. Ich habe ihn damals hinter dem Blue Taps geschlagen und er hat nicht mal für den Bruchteil einer Sekunde aggressiv auf diesen Angriff reagiert. Da war nicht einmal Wut. Er ist ein guter Mensch. Besser als so ziemlich jeder andere, den ich kenne.

»Ich kann verstehen, wenn du jetzt lieber gehen möchtest, aber ich musste es dir erzählen, bevor das zwischen uns noch ernster wird.«

»Noch ernster? Dafür ist es wohl zu spät, denke ich.« Meine Stimme wirkt gequält. »Außerdem werde ich nicht gehen. Auf keinen Fall. Aber ich möchte, dass du mir alles erzählst. Ich muss das verstehen.«

Cooper nickt und scheint erleichtert, dass ich nicht schreiend weglaufe. »Okay.« Er pustet sich die Haare aus der Stirn. »Ich habe dir gesagt, dass ich eine Weile woanders gelebt habe. Mein Dad, also Mac, bei dem ich jetzt hier auf der Ranch lebe, ist nicht mein richtiger Vater. Er war mit meiner Mom verheiratet und hat sich um mich gekümmert. Auch nachdem sie längst verschwunden war. Ich habe es ihm nicht gerade leicht gemacht, aber er ist manisch pflichtbewusst, also …« Er zuckt mit den Schultern. »Das ging eine ganze Weile gut, aber mit der Zeit haben wir uns immer öfter gestritten. Er hat mich nicht verstanden und ich habe mir nicht die Mühe gemacht, ihn zu verstehen. Ich wollte wissen, wo ich herkomme, wer ich bin, und dachte, diese Fragen könnte nur jemand beantworten, der wirklich mit mir verwandt ist. Also bin ich zu meinem leiblichen Vater gezogen.« Er rupft einige Grashalme ab und zerreibt sie zwischen seinen Fingern.

Er sagte, es war die schlechteste Idee seines Lebens. Daran erinnere ich mich.

»Chase ist nicht grad die Art Vater, die man in Bilderbüchern findet. Er wird vom Ärger angezogen wie Motten vom Licht. Und er hatte keine Antworten für mich. Mir war schnell klar, dass ich bei Mac hätte bleiben sollen. Der hat mir sogar angeboten zurückzukommen. Aber ich war zu stolz.« Er schüttelt den Kopf. »Ich wollte es allein schaffen. In der Zeit habe ich wie verrückt auf dem Bau geschuftet und das gesamte Geld gespart, um mich selbstständig zu machen. Ich dachte, ich könnte es hinkriegen.«

»Was ist passiert?« Bis jetzt habe ich mit angehaltenem Atem zugehört, aber nun ergreife ich Coopers Hand. Er sieht auf unsere miteinander verschränkten Finger und dann über den See.

»Chase hat gespielt. Schon immer. Mal war es besser. Mal schlechter. Ich hatte eine extrem schlechte Phase erwischt. Er hatte Schulden. Hohe. Irgendwann hat er herausgefunden, wo ich mein Geld versteckt hatte, und hat es geklaut, um seine Spielschulden zu begleichen.«

Ich ziehe scharf die Luft ein, spüre den Verrat, als wäre ich es, dessen Zukunftsträume durch den eigenen Vater begraben wurden. Cooper scheint über diesen Punkt schon hinaus zu sein. Seine Stimme ist flach, aber es schwingt kaum Wut darin mit.

»Die Kohle hat trotzdem nicht gereicht. Eines Abends sind die Typen bei uns zu Hause aufgeschlagen, um das noch fehlende Geld einzutreiben.« Er ist so ruhig, als würde er mir von seinem Tag an der Uni erzählen, nicht von dem wahrscheinlich beschissensten Tag in seinem Leben. »Sie haben die Bude verwüstet und Chase zusammengeschlagen.« Er sieht mich jetzt an und ballt seine Hand zur Faust. »Ich habe ihm nicht geholfen. Ich bin nicht stolz drauf, aber ich habe mich im Garten versteckt und habe gehofft, dass sie verschwinden, sobald sie mit ihm fertig sind.«

»Das war vermutlich das Klügste, was du tun konntest.«

Er lacht tonlos auf. »Glaub mir, klug ist das Adjektiv, das am wenigsten zu dem passt, was ich an diesem Abend getan habe.« Er starrt in den Himmel. Seine Muskeln sind so angespannt, dass sie zittern. »Chase und ich waren an diesem Tag nicht allein. Das Mädchen wollte ihm helfen. Ich habe versucht sie davon abzuhalten, zurück in dieses verfluchte Haus zu rennen. Solche Typen machen keinen Unterschied, ob Mann oder Frau. Sie hätten sie auf jeden Fall benutzt, um Chase einen Denkzettel zu verpassen.«

»Du hast sie beschützt«, bemerke ich und eine Welle aus Zuneigung für Cooper überrollt mich. Für seinen unerschütterlichen Beschützerinstinkt.

»Sie hat sich losgerissen. Ich konnte nicht verhindern, dass sie mitten in dieses Chaos gerannt ist. Einer der Typen hatte eine Knarre. Ich verstehe bis heute nicht, was sie vorhatte. Was sie gegen eine Pistole ausrichten wollte. Alles, was ich wusste, war, wenn ich ihr nicht helfe, hätten sie sie umbringen können. Also bin ich ihr hinterhergerannt. Das Überraschungsmoment war auf meiner Seite, sonst wäre das Ganze vermutlich anders ausgegangen. Ich konnte dem Typen die Waffe aus der Hand schlagen. Ich habe ihn geschlagen, auf alles eingeschlagen, was mir zu nahe kam. Erst als sie mich zu dritt zu Boden drückten und mir Handschellen anlegten, habe ich aufgehört.« Er fährt sich über die Augen. »Ich schwöre, ich habe nicht mal mitgekriegt, dass die Polizei gekommen ist. Ich wollte diesem Polizisten nicht das Nasenbein brechen, aber das ändert nichts daran, dass ich es getan habe. Ich hatte mich nicht unter Kontrolle. Und das Schlimmste ist, ich hasse Amber dafür, dass sie an diesem Tag wieder ins Haus gelaufen ist. Ich hasse Chase, dass er sein Leben nicht im Griff hatte und uns in diese Situation gebracht hat. Dabei bin ich der Einzige, der verantwortlich ist. Jeder einzelne Schritt, den ich gemacht habe, war meine Entscheidung. Nicht die von jemand anderem. Ich habe mich höchstpersönlich selbst in die Scheiße geritten.« Er ist lauter geworden und hat sich in Rage geredet, sodass seine Stimme in der Luft nachhallt. Wie ein Donner am Gewitterhimmel. Er fährt sich mit beiden Händen durchs Haar. »Es ist wichtig, was damals war. Weil es ein Teil von mir ist, Hope. Was wenn so etwas noch mal passiert? Außerdem bin ich vorbestraft. Das wird mich also für immer begleiten und …« Er zögert kurz. Sieht mich nicht an. »Ich verstehe, wenn du jetzt nichts mehr mit mir zu tun haben willst.« Als er ausatmet, lässt er sich auf den Rücken sinken.

Ich sehe ihn an, wie er vor mir im Gras liegt, und horche in mich hinein. Kann ich mit dem umgehen, was er mir gerade erzählt hat? Macht es einen Unterschied? Ändert es irgendetwas an meinen Gefühlen für Cooper? Definitiv. Aber nicht so, wie er denkt. Genau in diesem Moment sind sie stärker als je zuvor. Langsam lege ich mich neben ihn und berühre seine Wange, bis er den Kopf zu mir dreht.

»Du bist nicht diese eine falsche Entscheidung, die du irgendwann einmal getroffen hast. Was dich ausmacht, sind all die vielen richtigen, die du seitdem getroffen hast«, sage ich fest und sehe, wie Erleichterung an seinen Mundwinkeln zupft, auch wenn er noch nicht für ein richtiges Lächeln bereit ist. »Als ich damals vor dem Blue Taps saß, war ich am Ende. Es war der schlimmste Tag in meinem Leben, bis du aufgetaucht bist. Du bist nicht einfach in die Bar gegangen, obwohl jeder andere genau das getan hätte. Du hast dich zu mir gesetzt. Und das, obwohl ich dich geschlagen hatte. Du warst da, als niemand anders es war. Für mich wirst du immer dieser Mensch sein, der Licht und Wodka in meine dunkelste Stunde gebracht hat.«

Cooper lacht leise und ich liebe das Geräusch, das er damit zwischen uns legt.

»Und das ist genau, was ich will. Du bist, was ich will«, flüstere ich und küsse ihn.

Cooper schiebt seine Hand in meine Haare, erwidert meinen Kuss in einer verzweifelten Intensität.

Grashalme kitzeln meine Haut, als er hingebungsvoll jeden Zentimeter meiner Lippen erkundet. Ich rolle mich auf den Rücken und ziehe Cooper mit mir, sodass er halb über mir ist. Halb ist definitiv nicht genug. Ganz wäre gut. Mich mit Haut und Haaren in ihm zu verlieren perfekt.

Es ist, als würde Cooper mal wieder meine Gedanken lesen, denn in diesem Augenblick schiebt er sein Knie zwischen meine Schenkel und begräbt mich halb unter seinem Körper. Sein Brustkorb hebt und senkt sich hart und schnell. Seine Muskeln sind fest, die Haut heiß, und alles, woran ich denken kann, ist, dass ich dieses verfluchte Shirt loswerden will, das sie verhüllt. Ich zerre daran, bis Cooper es mit einer einzigen ungeduldigen Bewegung über seinen Kopf zieht. Den Kuss unterbricht er nicht länger als nötig. Mir ist heiß und das liegt nicht an North Carolinas Sonne, die vom Himmel auf uns hinabbrennt.

»Du bist unglaublich, Hope«, flüstert er. Sein Atem geht so schwer, dass er kaum zu verstehen ist. Seine Hand wandert an meinem Schenkel hinauf, schiebt sich unter den Rand meiner Jersey-Hotpants. Sein Mund liebkost jeden Zentimeter, der nicht von Kleidung bedeckt ist. Als er die Lippen leicht öffnet und seine Zungenspitze meine Haut berührt, erschauere ich.

Mit angehaltenem Atem presse ich mich an ihn, suche seine Lippen und wir verschmelzen erneut in einem wilden Kuss miteinander. Ich spüre Coopers Erregung. Nicht nur in seinen Küssen oder seinen rastlosen Händen, sondern an jedem Zentimeter unserer aneinandergepressten Körper. Laute entschlüpfen mir, die ich nicht kenne, als ich mich mit Cooper in einem Rhythmus bewege, der mich verschlingt.

»Cooper«, stöhne ich zwischen zwei Küssen, die Hände in seinen Haaren vergraben. »Vielleicht sollten wir …« Das zwischen uns fühlt sich an, als könnte es groß werden. Größer als alles, was ich bisher kennengelernt habe. Und ich habe Angst, dass wir es aus lauter Hast kaputt machen.

Cooper nickt. »… es langsam angehen lassen«, beendet er rau meinen Satz und zeigt damit, dass er dasselbe empfindet, auch wenn es ihm ebenso schwerfällt, sich von mir zu lösen. Schließlich rollt er sich neben mich. Den Kopf dreht er zu mir, sodass sich sein Blick in meinen brennt. Es ist der einzige Kontakt zwischen uns, während wir langsam wieder zu Atem kommen.

Auch wenn ich wünschte, ihm wieder so nah zu sein wie kurz zuvor, ist mir klar, dass wir mindestens fünf Schritte überspringen würden, sollten wir nur noch eine Minute so weitermachen. Und das zwischen uns ist zu wichtig, um es zu überstürzen.

»Das war unglaublich«, sagt Cooper schließlich mit einem leisen Lachen und verflicht unsere Finger miteinander.

Das war es und es fühlt sich immer noch unglaublich an, selbst wenn wir nur nebeneinander im Gras liegen und gemeinsam in den blassblauen Himmel sehen.

KAPITEL 30

Cooper

Ich bin nicht mehr derselbe Mensch wie noch vor einer halben Stunde. Das liegt zum einen daran, dass ich Hope gegenüber endlich ehrlich war. Aber vor allem daran, was nach meiner Beichte passiert ist.

Noch immer pulsiert Lust durch meinen Körper und allein der Gedanke, wie Hope ausgesehen hat, als sie sich in unsere wilden Küsse hat fallen lassen, sorgt dafür, dass sich das auch in absehbarer Zeit nicht ändern wird. Wie sie die Augen geschlossen und mich berührt hat. Ihr Körper dicht an meinen gepresst. Sie sah verboten schön aus in diesem Moment. Eigentlich sieht sie das in jedem einzelnen verdammten Moment.

»Woran denkst du?«, fragt sie schläfrig.

Ich antworte ihr nicht, streiche nur beruhigend an ihrer Wirbelsäule auf und ab und lächle, als ich damit eine Gänsehaut auslöse.

Ihre Hand liegt auf meiner Brust und malt Kreise auf meinen Rippen. »Sag schon.«

Indem ich meine Finger mit ihren verflechte, stoppe ich sie in ihrer Bewegung und damit das Prickeln, das meinen Körper in Brand setzt. »An dich.« Meine Stimme ist kratzig und lässt keinen Zweifel, wohin sich meine Fantasie in Bezug auf sie bewegt. »Und an all die Dinge, die wir noch tun werden.«

Sie verdreht die Augen und grinst. »Perversling.«

»Ich dachte an Spaziergänge, Brettspiele und Briefmarkensammlungen«, erwidere ich unschuldig. »Du bist hier die Einzige mit schmutzigen Gedanken.« Und weil das leider nicht stimmt und ich mein Hirn von der Vorstellung ablenken muss, wie es wäre, genau da weiterzumachen, wo wir vorhin aufgehört haben, taste ich nach ihrer Tasche, die irgendwo neben meinem Shirt im Gras liegen muss. Als ich sie gefunden habe, ziehe ich die Kamera heraus. »Darf ich?«

Sie nickt, sieht mir einen Augenblick zu, wie ich hilflos an den vielen Knöpfen herumdrücke, trotzdem kein vernünftiges Bild zustande bringe, und nimmt sie mir dann ab. Den Kopf auf meiner Brust gebettet, fummelt sie daran herum. Sieht aus, als würde sie ein verdammtes Raumschiff bedienen. »Was willst du denn eigentlich fotografieren?«

Keine Ahnung. Ist ja nicht so, dass ich Ahnung von Fotografie hätte oder ein Auge für Kunst. »Ich wollte die Welt so sehen, wie du sie siehst«, antworte ich deswegen ehrlich.

Sie lächelt und gibt mir den Fotoapparat zurück. »Ich habe dir den Autofokus eingestellt. Wenn du den Auslöser drückst, musst du zwei Sekunden warten, bis die Kamera das Bild von selbst scharf stellt, bevor du das Foto schießt.«

»Okay.« Ich nicke und mache ein Bild von unseren miteinander verschränkten Beinen, die von dichtem Gras und Blumen umgeben sind. Dann drehe ich die Kamera um, küsse Hope und drücke dabei auf den Auslöser.

Sie lacht. »Das Ding hat ein Objektiv drauf. Wahrscheinlich sieht man nur unsere Nasen.«

»Zwei wunderschöne Nasen«, gebe ich zu bedenken. »Bin gespannt, in welche Box du die legen wirst.«

Sie strahlt mich an, weil ich mich daran erinnere, dass sie Dinge, die sie beschäftigen, fotografiert, um sie physisch aus dem Kopf zu kriegen und abzulegen. Und ich hoffe doch sehr, dass ich sie so sehr beschäftige, dass das nötig ist.

»Du erinnerst dich daran.«

»Jepp«, erwidere ich schlicht. So wie an jedes andere Wort, das sie je zu mir gesagt hat. Ich rapple mich auf und nehme den alten Steg in den Fokus. Hope setzt sich ebenfalls auf und zeigt mir, wie ich einzelne Einstellungen verändern kann, um das Bild vollkommen anders wirken zu lassen. Es ist wirklich interessant und bringt Spaß, aber wenn ich ehrlich bin, kriege ich neben Hopes Atem auf meiner Haut und ihrem Körper dicht an meinem kaum etwas mit.

KAPITEL 31

Hope

In mir summt noch immer jede Zelle unsere Melodie.

Den Rest des Nachmittags haben wir am See verbracht. Ich habe Cooper ein wenig mit der Nikon fotografieren lassen und ihm die Fotos gezeigt, die ich für die aktuelle Ausgabe der Gazette geschossen habe. Wir sind schwimmen gegangen und dann hat er mir erzählt, wie die Geschichte in Los Angeles weiterging. Mac, der Ex-Mann seiner Mom, hat sich für ihn eingesetzt, sodass Cooper mit Sozialstunden und einem Eintrag ins Strafregister davonkam. Ihm wird das Ganze also immer nachhängen, aber er wurde zumindest nicht aus der Untersuchungshaft in ein richtiges Gefängnis überstellt, wo sie ihm vielleicht weiß Gott was angetan hätten. Ich will lieber gar nicht drüber nachdenken und bin Mac unendlich dankbar, dass er anscheinend immer für Cooper da ist. Egal aus welchen Gründen, für mich macht ihn das zu einem meiner neuen Lieblingsmenschen.

Der Umstand, dass Cooper seinen Wagen gerade vor Larrys Werkstatt anhält, reißt mich aus meinen Gedanken. Larry hat mich heute angerufen und mir gesagt, dass er den Mini endlich fertig repariert hat. Allerdings machte er mir keine allzu großen Hoffnungen, dass er noch lange leben wird, und meinte, ich sollte das Auto am besten mit Samthandschuhen anfassen, wenn ich diesen Zeitpunkt so lange wie möglich hinauszögern will. Aber vorerst kann ich damit nach Hause fahren, wo Mom auf mich wartet. Sie wollte dringend, dass ich heute rechtzeitig zum Essen da bin, und ich will ihr diesen Gefallen tun, um den wackligen Frieden nicht zu gefährden. »Danke fürs Bringen.« Ich beuge mich zu Cooper hinüber und küsse ihn.

Er erwidert den Kuss, lässt ihn sekundenlang ausufern und gibt mir dann stöhnend einen Klaps auf den Schenkel. »Mach schon, verschwinde, sonst …«

Er führt den Satz nicht zu Ende, aber das Dunkel seiner Augen jagt Hitze durch meine Adern.

»Hast du morgen Lust auf eine Überraschung?«, frage ich, während ich aus dem Wagen aussteige.

Er nickt. »Wenn die Überraschung etwas mit dir zu tun hat, immer.«

»Super. Dann hole ich dich ab.« Ich freue mich auf das freie Wochenende mit ihm. »Jetzt, wo ich endlich wieder ein Auto habe.«

Er runzelt die Stirn. »Den Schuhkarton würde ich zwar nicht unbedingt als Auto bezeichnen, aber wenn du drauf bestehst, würde ich mich in mein Schicksal fügen.«

»Tue ich.« Ich nicke. »Dann komme ich zur Ranch.«

»Wann?«

Ohne ihm eine Antwort zu geben, verschwinde ich durch das Rolltor in Larrys Garage. Ich werde Cooper mit Sicherheit nicht erzählen, dass ich vorhabe, ihn noch vor Sonnenaufgang abzuholen. Er ist ein bekennender Morgenmuffel und würde mir die Überraschung, die ich für ihn geplant habe, bestimmt ausreden wollen, wenn er wüsste, dass wir dafür so früh rausmüssen.

Larry ist nicht in seinem Büro, aber Gustavo, sein Angestellter, händigt mir den Schlüssel für mein Auto aus und erinnert mich daran, dass ich sanft mit dem Getriebe und dem Motor umgehen muss. Ich kann mir ein Grinsen nicht verkneifen, als mir bewusst wird, dass es jetzt einen menschlichen, großen Cooper und einen Mini Cooper in meinem Leben gibt.

Der Wagen springt brav an, als ich ihn wenig später starte, und auch auf dem Weg bis raus auf die Outer Banks benimmt er sich tadellos. Während der Fahrt versuche ich Ivy zu erreichen. Sie ist meilenweit hinter den Entwicklungen in meinem Leben zurück und ich muss sie dringend auf Stand bringen. Aber wie so oft in letzter Zeit landet mein Anruf auf der Mailbox. Weder die Sache mit Cooper noch die mit Mom ist etwas, was ich einer Maschine erzählen will. Also hinterlasse ich meiner besten Freundin nur eine Nachricht, dass sie mich zurückrufen soll.

Am Haus angekommen, parke ich direkt hinter Moms Wagen in der Einfahrt. Die Nachbarn feiern irgendeine Party. Die Straße steht voll geparkter Autos. Teilweise von außerhalb. Ein Typ hat seinen Mietwagen sogar direkt auf unserem Grünstreifen abgestellt.

Nachdem ich die Veranda erklommen habe, laufe ich an den Schubladenpflanzkästen vorbei, die Mom und ich gemeinsam am Haus angebracht und bepflanzt haben. Cooper ist es gelungen, die, die nicht bei mir oder ihm hängen, in einem kleinen Laden direkt am Pier in Kommission zu geben. Und sie verkaufen sich so gut, dass er bereits Nachschub liefern musste.

Ich rieche bis zur Haustür, dass Mom den Grill angeschmissen hat. Das ist ungewöhnlich. Eigentlich war das immer Dads Ding. Mom stand schon immer auf Kriegsfuß mit dem Grill. Sie hat die Kohle einfach nie zum Brennen gebracht. Nicht mal mithilfe einer ganzen Flasche flüssigen Grillanzünders.

Das hat sich offenbar geändert. Sie hat sich verändert. Genau wie ich. Und ich bin froh, dass wir uns dabei endlich wieder aufeinander zubewegen und uns nicht ganz verloren haben. Ein wichtiger Schritt war unser Gespräch. Ein weiterer, dass wir uns beide seitdem Zeit füreinander nehmen, uns aber auch Freiräume erlauben.

Ich werfe meine Tasche auf einen der Deckchairs und laufe dann ins Innere des Hauses. Auf der Kücheninsel steht ein Teller mit Fleisch bereit, das gleich gegrillt werden soll, und ein bunter Salat. Mom hat ihn mit essbaren Blüten verziert. Normalerweise liegt Mom nichts an so einem Kram, aber sie weiß, wie sehr ich Wildblumen liebe. Es ist schön, dass sie mir mit solchen Kleinigkeiten eine Freude bereiten will. Ich schnappe mir eine Tomate und stecke sie mir in den Mund. »Mom, ich bin …« Der Rest des Satzes bleibt mir im Hals stecken. Genau wie die Tomate, an der ich mich verschlucke. Hustend und röchelnd starre ich den Prius-Mann an, der mit Dads alberner Grillschürze und seiner Grillzange bewaffnet in die Küche kommt und ebenfalls mitten in der Bewegung einfriert, als er mich sieht.

Die Zeit steht still. Keiner von uns sagt etwas. Ich glaub, ich habe aufgehört zu atmen. Die Ränder meines Sichtfelds fransen bereits aus, als ich mich mühsam zwinge, Luft zu holen. Und dann setzt die Wut ein. »Mom!«, brülle ich. Was will dieser Typ hier? Er hat nichts in unserem Leben verloren. »Mom!« Ich weiß, dass ich hysterisch schreie, kann aber nichts dagegen tun.

»Sie ist oben«, sagt er ganz ruhig und hebt beschwichtigend die Arme. »Sie hat sich beim Zubereiten des Salats bekleckert und wollte sich umziehen.«

Anstatt ihn aus dem Haus zu werfen, glotze ich ihn immer noch an. Dabei wäre ihn rauszuwerfen definitiv das einzig Richtige. Er trägt Dads Schürze, verdammt.

Endlich taucht Mom auf, aber anstatt den Prius-Mann wegzuschicken, legt sie ihm die Hand auf den Arm. Ihre Haare sind zerwühlt. Die Wangen rosig. Ein verliebtes Lächeln liegt auf ihren Lippen.

Und mit einem Schlag wird mir alles klar. Sie hat sich nicht bekleckert. Der Prius-Arsch ist auch nicht gerade erst ins Haus gestolpert. Er war mit ihr dort oben. Wahrscheinlich hatten sie Sex. Sie haben mich erst in einer Viertelstunde erwartet und ich muss wohl froh sein, sie nicht im Bett erwischt zu haben.

Was aber viel schwerer wiegt als dieser Gedanke: Mom hat nie mit diesem Idioten Schluss gemacht. Ich wollte ihre Worte so interpretieren. Dachte, sie hätte kapiert, wer ihre Familie, was wichtig ist. Aber das hat sie nicht. Zum zweiten Mal habe ich ihr vertraut, als sie sagte, sie würde sich für mich entscheiden. Und zum zweiten Mal verrät sie mich. Genau wie sie Dad verraten hat.

Eiskalte Wut steigt in mir auf.

»Das ist Vic«, stellt sie mir ihren Lover vor, als wäre es das Normalste der Welt. Der Prius-Mann hat also einen Namen. Ich bin entzückt.

»Hi, ich bin Victor«, wiederholt er mit einem milden Lächeln seinen vollständigen Namen und streckt mir die Hand entgegen.

Ich sehe sie untätig an. Dann ihn. Dann wieder Mom.

»Hope«, fordert Mom mich auf, endlich aus meiner Erstarrung zu erwachen und die üblichen Konventionen einer Begrüßung einzuhalten.

»Wie kannst du nur«, stoße ich hart hervor und ignoriere die Hand des Prius-Mannes.

Mom ist sichtlich verwirrt. Wie kann sie das hier *nicht* erwartet haben?

»Pumpkin«, stößt sie bestürzt hervor. »Wir waren uns doch einig, dass wir keine Geheimnisse mehr voreinander haben wollen. Vic und ich sind ein Paar. Er ist mir wichtig. Wir hätten längst mit dir darüber sprechen müssen und ich finde, es ist an der Zeit, dass ich ihn dir vorstelle. Es ist okay, wenn du das erst mal verarbeiten musst, aber ich wollte unsere Beziehung nicht länger geheim halten. Vor allem nicht vor dir.«

Ich gebe einen undefinierbaren Laut von mir.

»Vielleicht sollte ich besser gehen«, meldet sich der Prius-Mann zu Wort. Ich werde ihn niemals mit seinem Namen anreden. »Vielleicht ist das alles einfach noch zu frisch. Wir hätten ihr mehr Zeit geben sollen.«

Er sieht mich mitfühlend an und ist damit deutlich empathischer als Mom. Außerdem behält er eine angenehme Ruhe in all dem Chaos. Wenn er nicht er wäre und ich nicht ich, könnte er mir vielleicht sogar sympathisch sein. Aber wir sind wir. Und ich kann nicht anders, als ihn zu hassen. »Super Idee«, zische ich und sehe demonstrativ zur Tür. Denn er steht für alles, das meine löchrig heile Welt zerstört hat.

Er nickt, zieht sich die Schürze über den Kopf und will gehen, aber Mom hält ihn zurück. Ich kann es nicht fassen.

»Vic ist neben dir der wichtigste Mensch in meinem Leben«, sagt sie fest und so, als wäre das eine unumstößliche Tatsache, die verbietet, dass er geht. »Er hat mir geholfen, als Paul gestorben ist. Er ist immer für mich da. Und er ist ein wichtiger Teil meines Lebens. Er wäre bereit, ein Teil deines Lebens zu sein. Familie.«

Sie streckt die Hand nach mir aus, aber ich weiche zurück. Dieser Mann ist nicht meine Familie. Wird er nie sein.

»Wir haben doch beschlossen, dass wir uns erzählen, wenn es etwas Wichtiges in unserem Leben gibt. Das hier ist mir wichtig, Pumpkin.«

Genauso, wie wir uns geschworen haben, dass wir von jetzt an füreinander da sein werden. Dass wir uns auf uns konzentrieren. Dass es nur um sie und mich geht. Nicht um irgendeinen Typen, mit dem sie Dad betrogen hat. Ich wollte ihr verzeihen, dass sie unsere Familie damit zerstört hat. Aber sie tut es schon wieder.

»Außerdem dachte ich, dass es dir vielleicht leichter fällt, mir von dem Jungen in deinem Leben zu erzählen, wenn ich dir im Gegenzug Vic vorstelle.«

Der Junge in meinem Leben. Woher bitte weiß sie von Cooper? Für einen Moment gerate ich aus meinem wütenden Gleichgewicht.

Sie nestelt an ihrer Bluse herum. »Ich habe euch heute Morgen im Shake Shacks gesehen«, gibt Mom zu.

»Du bist mir gefolgt?« Sie hat uns beobachtet. Mich. Obwohl sie mir geschworen hat, mir mehr Freiraum zu lassen und ihren Kontrollzwang zu besiegen. Die nächste Lüge. Ein weiterer Stein in der Mauer, die zwischen uns wächst. Ich hätte die Scheißapp von meinem Handy löschen sollen, anstatt ihr zu vertrauen.

»Du warst in den letzten zwei Wochen fast jeden Tag dort«, rechtfertigt sie sich. »Ich wollte einfach wissen, was du dort treibst. Und dann habe ich dich mit diesem Jungen gesehen. Er saß mit dem Rücken zum Fenster, deswegen konnte ich nicht viel erkennen, aber ihr wirktet sehr vertraut und liebevoll miteinander. Du sahst glücklich aus.« Sie schüttelt den Kopf. »Warum stellst du ihn mir nicht vor? Seit wann erzählst du mir nicht mehr, wenn du dich verliebst?«, schiebt sie leise hinterher.

Ich will sie verletzten. So wie sie mich verletzt hat. Also gibt es auf ihre Frage nur eine mögliche Antwort. »Wann habe ich dir jemals solche Dinge erzählt, Mom?«, sage ich kühl. »Nie. Dafür war Dad da. Ihm konnte ich alles sagen. Ihn habe ich geliebt.«

Mom zuckt bei meinen letzten Worten zurück und ich sehe, wie ihr Tränen in die Augen steigen. Der Prius-Mann legt ihr den Arm um die Taille, streicht beruhigend an ihrer Seite entlang. Ich muss hier weg. Mom weinen zu sehen, ertrage ich jetzt einfach nicht. Zu sehen, wie er sie tröstet, noch weniger. Kopflos drehe ich mich um und renne nach draußen, zerre meine Tasche von dem Stuhl auf der Veranda und kümmere mich nicht darum, dass ich ihn ein Stück mitschleife, weil sich die Griffe an der Armlehne verfangen.

Mom brüllt mir hinterher, dass ich, verdammt noch mal, bleiben soll. Dass ich in dem Zustand nicht fahren darf. Dass wir klären müssen, was wie ein Meteorit zwischen uns geknallt ist. Aber ich höre nicht auf sie. Ich springe in meinen Wagen und stecke mit fahrigen Fingern meinen Schlüssel ins Zündschloss. Der Motor heult auf, und ehe ich mich versehe, jage ich das Auto die Straße hinauf. Der Mini protestiert, aber ich trete trotzdem grob das Gaspedal durch. Die Geräusche aus dem Motorraum klingen nicht gut. Larry hat gesagt, ich solle den Wagen schonen. Das hier ist das Gegenteil und sicher der Grund dafür, dass der Motor kurz vor dem Blue Taps stottert und schließlich ganz aufgibt. Ich lasse den Wagen auf dem Grünstreifen ausrollen, versuche ihn neu zu starten. Einmal. Zweimal. Dreimal. Obwohl mir längst klar ist, dass es nichts bringen wird. Der Wagen ist kaputt. Kaputt wie meine Beziehung zu Mom.

Mit zitternden Fingern lösche ich die Tracking-App von meinem Telefon und breche dann weinend über dem Lenkrad zusammen.

KAPITEL 32

Cooper

Nach meiner Entrümplungsaktion von neulich habe ich vermutlich genug Brennholz, bis ich irgendwann das Zeitliche segne. Obwohl Q und ich uns diese Woche bereits mehrfach auf der Wiese hinter der Scheune getroffen haben, um ein Feuer zu machen, ist der Haufen noch nicht wirklich kleiner geworden.

»Wieso warst du eigentlich an meinen ersten Tag an der Mount Olive so merkwürdig?« Ich nippe an meinem Bier und sehe Q fragend an.

Er trinkt Dr Pepper und versteckt sich sekundenlang hinter der Dose. Das Zeug ist widerlich süß, aber irgendwie passt es zu Q. Es ist genau wie er, anders.

»War ich merkwürdig?«, stellt er die Gegenfrage und stochert mit einem Ast in der Glut herum.

»Du warst unglaublich nervös. So habe ich dich danach nie wieder erlebt.«

Q zuckt zusammen. »Ach, das.«

»Jetzt komm schon, Q, spuck es aus.«

Er windet sich etwas und sieht mich dann ernst an. »Ab und an helfe ich in der Verwaltung. Natürlich darf ich nicht rumschnüffeln und das tue ich in der Regel auch nicht, aber deine Akte hatte eine der Mitarbeiterinnen liegen gelassen. Offen. Und da ist es mir eben ins Auge gefallen, dass du vorbestraft bist. Normalerweise ist das ein Ausschlusskriterium, um an der Mount Olive angenommen zu werden. Irgendwer muss da seinen Einfluss spielen lassen haben.«

Mac. Sekundenlang schließe ich die Augen. Er hat mir nie gesagt, dass es ihn gutes Zureden und vermutlich auch Geld gekostet hat, mich an der Uni unterzubringen.

»Ich hab das sofort abgehakt. Ging mich ja auch nichts an. Aber dann hast ausgerecht du mich auf dem Flur angesprochen und ich habe dich sofort wiedererkannt. Was soll ich sagen? Ich hatte eine Scheißangst. Du bist einen halben Kopf größer und …« Er macht mit einer Handbewegung klar, dass ich deutlich muskulöser bin als er. »Ich wusste, ich habe keine Chance gegen dich. Also dachte ich, ich bringe dich zu deinem Kurs und werde dann schleunigst wieder unsichtbar.«

»Aber das hat nicht geklappt.«

Er nickt. »Du kannst verdammt hartnäckig sein, wenn du etwas willst.« Er nimmt einen Schluck aus seiner Dose. »Und auch wenn ich immer noch nicht verstehe, warum du ausgerechnet mit mir befreundet sein willst, bin ich ziemlich froh, dass es so gekommen ist.«

Ich halte eine Hand näher an die Flammen und suche den richtigen Abstand zum Feuer, um dessen Hitze zu spüren. Q verdient die Wahrheit. Über das, was in Los Angeles passiert ist. Es wäre nur fair, wenn er auf Grundlage aller Informationen entscheiden kann, ob er diese Freundschaft, die ich ihm ja quasi aufgedrängt habe, überhaupt will. »Diese Sache, wegen der ich in L. A. verhaftet wurde …«

»Nicht«, unterbricht Q mich. »Ehrlich, ich will nicht wissen, was da schiefgelaufen ist. Es ist nicht wichtig. Weißt du, in der Mitte von Schwierigkeiten liegen Möglichkeiten. Du bist hier, was bedeutet, du hast die Möglichkeit erkannt, etwas zu ändern. Das ist alles, was ich wissen muss.«

»Hast du gerade Einstein zitiert?«, frage ich und kann mir ein Lachen nicht verkneifen.

»Du weißt, dass das von Einstein ist? In dir steckt wohl doch ein Nerd.« Q grinst breit. »Das erklärt in jedem Fall, warum du mich ausgewählt hast und nicht die netten Herren des Basketballteams.«

Darauf stoßen wir an und sehen eine Weile schweigend ins Feuer.

»Was ist eigentlich mit dieser Mia?«, breche ich schließlich die Stille. »Hope hat mir erzählt, dass du dich für sie interessierst.«

»Mia?« Er wiegt den Kopf hin und her. »Sie schreibt großartige Artikel«, sagt er dann betont unbeteiligt.

Ich gebe ihm einen sanften Schubs. »Ich rede nicht von ihren literarischen Fähigkeiten.« Mit einem Augenverdrehen greife ich nach seinem Handy, das neben ihm im Gras liegt. »Du brauchst echt Nachhilfe.«

»Was machst du da?«, fragt er alarmiert.

Auf seinem Handy sind jede Menge Apps, die mir nichts sagen und vermutlich die Airforce One vom Himmel holen könnten, wenn Q es darauf anlegte. Auf seinen Social-Media-Profilen herrscht absolute Funkstille. Er hat ganze sieben Freunde, denen er auf Instagram folgt. Vier Jungs, die in der Gazette arbeiten, einen älteren Jazz-Musiker, Hope und mich.

Q versucht sein Handy zurückzuerobern, aber ich wehre ihn ab und verschicke eine Freundschaftsanfrage an Mia.

»Cooper, bitte«, stöhnt er und nimmt die Flugzeug-Absturzhaltung ein, als er sieht, dass es bereits zu spät ist. Dem Mädchen seiner Träume eine Freundschaftsanfrage zu schicken, ist in Qs Welt offensichtlich gleichzusetzen mit einer Luftfahrt-Katastrophe.

»Ihr arbeitet zusammen für die Gazette. Sie wird denken,

dass du ihr deswegen eine Anfrage schickst. Das ist kein großes Ding, Q. Und so kannst du ein wenig über sie herausfinden, bevor du dich traust, mit ihr zu sprechen.« Sie hat seine Anfrage bereits akzeptiert und ich scrolle durch ihr Profil. »Hah«, rufe ich und halte Q das Telefon hin. »Sie steht auf Star Wars. Wenn das kein Wink des Schicksals ist.«

»Zeig.« Ungläubig beäugt Q den entsprechenden Post, während ich auf meinem Handy nach etwas suche, was ich erst neulich und mit halbem Auge in Macs Frühstückszeitung gelesen habe.

»Am Labour-Day-Wochenende zeigen sie im Fort Benjamin Park in Newport Star Wars 1 bis 3 im Open-Air-Kino«, lese ich triumphierend vor, nachdem ich fündig geworden bin.

Q ist noch immer von dem Umstand abgelenkt, dass Mia seine Freundschaftsanfrage angenommen und sich als Star-Wars-Fan entpuppt hat. »Klar, wir können hingehen«, murmelt er geistesabwesend. »Hätte nicht gedacht, dass du Lust auf so was hast.«

»Du gehst doch nicht mit mir dahin, Dummkopf. Du fragst Mia. Das ist die Gelegenheit, das ganze unnütze Wissen über fremde Galaxien mal sinnvoll einzusetzen.«

Vehement schüttelt er den Kopf und ich denke schon, er wird wieder seine Katastrophenhaltung einnehmen, aber stattdessen stößt er geräuschvoll die Luft aus. »Ich wüsste nicht mal, wie ich sie fragen soll. Oder worüber wir uns unterhalten sollten, wenn sie tatsächlich zusagt.«

»Ihr redet jeden Tag in der Redaktion miteinander. Das ist eine gute Basis und du bist ein Star-Wars-Almanach. Das packst du schon.« Ich nehme ihm sein Handy ab und tippe blitzschnell eine Nachricht an Mia.

»Bist du irre?« Dieses Mal ist Q schneller und erobert das Telefon zurück, bevor ich die Nachricht abschicken kann. »Du kannst ihr doch nicht einfach schreiben, ob sie Lust hätte, mit mir ins Kino zu gehen. So geht das nicht.«

Ich zucke die Schultern. »Du kannst es auch erst ins Klingonische übersetzen oder einen Jazz-Song daraus machen, aber ich denke, so versteht sie dich besser.«

Seine Augen verengen sich. »Wie kommst du darauf, dass ich auf Jazz stehe?« Er springt auf und wühlt mit einem Mal hektisch in seiner Hosentasche nach dem Autoschlüssel seiner Mom.

»Du folgst so einem alternden Jazz-Fuzzi auf Instagram, deswegen dachte ich …«

»Nimm nie wieder mein Handy«, unterbricht Quentin mich ungewohnt barsch. »Es gibt Sachen, die gehen dich nichts an. Und nur zu deiner Information, bei Star Wars gibt es keine Klingonen.«

»Hey, ich wollte dir nicht zu nahe treten.« Er hat recht, es geht mich nichts an. Freundschaft hin oder her. Aber so heftig, wie er reagiert hat, habe ich das Gefühl, dass da viel mehr dahintersteckt. Und das kann ich nicht einfach ignorieren. »Wer ist der Typ, Q?«

Er winkt ab. »Niemand. Vergiss es. Ich muss jetzt los.« Das Telefon mit der Nachricht an Mia steckt er unverrichteter Dinge wieder in die Tasche und will gehen.

Aber ich lasse ihn nicht einfach abhauen, sondern ziehe ihn in eine kurze Umarmung. »Egal weswegen du eben so ausgetickt bist, wenn du reden willst, ich bin hier.«

»Danke«, murmelt er.

»Und bitte gib dir 'nen Ruck, Q. Mia lernt nicht ständig neben dem Basketballplatz, weil die Betonmauer so spektakulär bequem ist.«

Mit einem undefinierbaren Geräusch dreht Q sich um und wirft auf dem Weg zum Parkplatz noch etwas Holz in das so gut wie niedergebrannte Feuer. Es sind die Reste der Schubladen, die ich mit Hope zu Pflanzkästen umfunktioniert habe. Ein Lächeln gleitet über mein Gesicht, als ich an die Schlammschlacht denke, die mit deren Rettung verbunden war.

Als hätte sie gespürt, dass ich gerade an sie denke, signalisiert *This is us* von Jimmie Allen einen Anruf von Hope.

»Hi«, sage ich, mehr nicht und warte auf ihr perfektes Hi, das immer auf meines folgt.

Dieses Mal nicht. Stattdessen höre ich an ihrem Atem, dass sie weint. Ich setze mich kerzengerade auf. »Hope? Was ist passiert? Bist du okay?«

»Hast du Wodka?«, fragt sie mit zittriger Stimme und das ist in diesem Moment wohl die aussagekräftigste Antwort überhaupt.

»Ja«, beeile ich mich zu sagen, denn es ist klar, dass sie jemanden zum Reden braucht. Und obwohl ich mir mehr als alles in der Welt wünschen würde, dass es ihr nicht schlecht ginge, freue ich mich unbändig darüber, dass ich es bin, den sie in dieser Situation anruft. »Wo steckst du?«, frage ich sanft. Sie hört sich nicht an, als sollte sie noch fahren.

»Vor dem Blue Taps.« Sie schluchzt leise.

Ich schütte Sand aus einem Eimer neben dem Feuer auf die glimmenden Reste und noch nicht entflammten Holzstücke des Lagerfeuers. Dann laufe ich zum Pick-up, um sie abzuholen. Eilig rutsche ich hinters Steuer und klappe die Sonnenblende herunter. Der Schlüssel, den ich immer dahinterklemme, fällt mir entgegen. Ich fange ihn auf und starte im nächsten Moment den Motor. »Bin schon unterwegs. Rühr dich nicht vom Fleck, okay?«

Sie lacht, und das Geräusch, das sie dabei erzeugt, macht mir echt Angst.

»Selbst wenn ich wollte, könnte ich nicht hier weg. Der Motor des Minis ist endgültig hinüber.«

Jetzt beginnt sie, richtig zu weinen, und ich wünschte, ich wäre schon dort, um sie in meine Arme zu schließen. Auch wenn ich mir ziemlich sicher bin, dass das Ableben des Schuhkartons nicht der einzige Grund für ihren Zusammenbruch ist. Wesentlich wahrscheinlicher ist, dass der Abend mit ihrer Mom in einem Desaster geendet hat.

Ich beiße die Zähne aufeinander und versuche ihre Mutter nicht zu hassen, aber es gelingt mir mehr schlecht als recht. Ich kann nicht damit umgehen, dass sie Hope nun schon zum zweiten Mal so bis in ihre Grundfeste erschüttert hat, dass ich sie vollkommen fertig vor dem Blue Taps auflese.

KAPITEL 33

Hope

Seitdem ich zu Cooper in den Wagen gestiegen bin, haben wir nicht ein Wort gesprochen. Er hat einfach nur meine Hand ergriffen und ist wortlos losgefahren. Zur Ranch. Und ich bin ihm unglaublich dankbar, dass er instinktiv zu wissen scheint, dass ich nicht nach Hause möchte.

Er parkt den Pick-up vor der Scheune, steigt aus und umrundet das Auto, um mir die Tür zu öffnen. Ich sitze noch immer auf dem Beifahrersitz und kann mich nicht rühren. Immer wieder sehe ich den Prius-Mann, wie er mitten in unserem Wohnzimmer steht. Wie Mom ihm erlaubt, Dads Platz einzunehmen. Am Grill. In ihrem Leben. In meinem. Da mache ich nicht mit. Niemals.

Cooper umfasst meine Taille und hebt mich aus dem Auto. Seine Nähe, seine Arme, sein Geruch sind wie eine Insel, an dessen Ufer meine Gefühle auslaufen wie Brecher nach einem Hurrikan.

Er bringt mich nicht in die Scheune, wie ich vermutet habe, sondern umrundet mit mir das Gebäude, hinter dem Unmengen an alten Möbeln und Holz aufgeschichtet stehen. In einigem Abstand befinden sich die Überreste eines Lagerfeuers, die Cooper wieder zum Brennen bringt. Davor, unmittelbar neben dem Feuer, liegt ein riesiger Sitzsack. Cooper zieht mich bis dahin, stoppt und drückt mich dann sanft darauf.

»Hältst du es einen Augenblick ohne mich aus?«

Ich nicke, obwohl sich die Bewegung fremd und taub anfühlt. Er gibt mir einen Kuss, sieht mich sekundenlang besorgt an und sprintet dann zur Scheune. Wenig später kommt er mit einer Flasche Wodka und Gläsern zurück. Er lässt sich neben mich plumpsen. Die Füllung des Sacks rückt er so, dass wir bequem und aufrecht sitzen. Das Feuer wirft ein warmes Flackern auf unsere Gesichter, als er die Flasche aufschraubt. Anstatt zu fragen, was geschehen ist, schenkt er uns zunächst Wodka in die Gläser und reicht mir eines. Er sagt nichts. Nicht einmal, als ich meines leere, bevor er überhaupt die Flasche verschlossen hat.

»Was ist passiert?«, fragt er, nachdem auch er an seinem Shot genippt hat, und streicht mir dabei über die Wange.

Ich finde meine Stimme nicht. Keine Worte.

»Hope? Langsam machst du mir Angst. Was ist los?« Cooper nimmt mein Gesicht zwischen seine Hände. Er hat wundervolle Hände. Groß. Stark. Und so sanft. Aber selbst seine Nähe schafft es heute nicht, mich Moms Verrat vergessen zu lassen.

Meine Gedanken drehen sich in Lichtgeschwindigkeit um jede Sekunde des heutigen Abends. Und jede Umdrehung beschwört weitere bittere Erinnerungen herauf, die wie Farbkleckse in der Dunkelheit zersplittern.

»Rede mit mir, Hope.«

Seufzend lege ich den Kopf in den Nacken und starre in den Himmel über uns. Kein einziger Stern ist zu sehen. Nur dunkle Wolken. Der Himmel sieht aus wie meine Beziehung zu Mom. Da ist einfach kein Licht. »Sie hat Dad betrogen«, beginne ich mit zitternder Stimme.

Cooper nimmt meine Hand und hält sie einfach nur fest. Wartet, bis ich weiterspreche.

»Das war kein Ausrutscher. Keine einmalige Sache. Diese

Sache läuft seit mindestens fünf Jahren. Auch wenn sie behauptet, es würde nicht stimmen. Ich habe sie gesehen. Mit ihm. Als ich zwölf war. Außer dir und Ivy habe ich das nie jemandem gesagt, weil ich glauben wollte, dass es ein einmaliger Fehler war. Ich habe gehört, wie sie ihm gesagt hat, dass sie sich für uns entscheidet. Für Dad und mich. Und gegen ihn.« Eine Träne rollt meine Wange hinab und Cooper wischt sie mit dem Daumen fort, ohne meine Worte durch irgendeine Floskel zu relativieren. Er stellt meine Aussage nicht infrage, findet keine zweifelhaften Entschuldigungen für Mom. Er ist einfach nur da und ich glaube, allein das bringt mich dazu, weiterzureden. »Aber sie hat all die Jahre gelogen. Wenn sie so getan hat, als wäre sie glücklich mit Dad und mir. Wenn sie so getan hat, als würde sie ihn lieben, und sich dabei heimlich mit diesem Typen getroffen hat.« Ich schnaube verächtlich und trinke einen Schluck.

»Glaubst du, dein Dad wusste, dass sie ihn betrügt?«, fragt Cooper leise.

»Ich weiß es nicht, aber selbst wenn nicht, hat er mit Sicherheit gespürt, dass etwas nicht stimmte. Er ist unglücklich gestorben. In dem Wissen, dass sie ihn nicht mehr geliebt hat. Sie hatte schon ein Haus gekauft, um sich aus ihrem Leben, aus unserem Leben zu stehlen. Mom hat ihn in diesem Haus mit diesem Typen betrogen.« Die Traurigkeit wird mit jedem Wort mehr zu Wut. »Und mich hat sie dazu gezwungen, mit ihr dort zu wohnen. Ich war so wütend auf sie, konnte mir nicht vorstellen, ihr das jemals zu verzeihen. Aber als Mom dann das Gespräch mit mir gesucht hat, habe ich mich daran erinnert, dass ich Dad immer wieder versprechen musste, wir würden zusammenhalten. Egal was kommt. Also wollte ich ihr glauben, dass sie ihre Fehler wiedergutmachen will. Dass sie verstanden hätte, was sie mir damit angetan hat. Was sie Dad angetan hat. Dass es ab jetzt nur noch um sie und mich gehen sollte. Es hat sich gut angefühlt, ihr wieder näherzukommen. Ich dachte, sie tut das für mich. Für uns.«

Cooper wartet ganz ruhig ab, bis ich weiterspreche.

»Aber sie hat es für ihn getan. Damit ich versöhnlicher gestimmt bin, wenn sie mir ihren Lover vorstellt und mich bittet, ihn in ihrem, in unserem Leben zu akzeptieren. Sie will, dass wir eine Familie werden. Kannst du dir das vorstellen?« Ich lache bitter. »Dabei hasse ich ihn.« Das ist die Wahrheit. Noch nie habe ich jemanden auf der Welt gehasst. Und ich will dieses Gefühl nicht. Aber es ist da. »Ich hasse diesen Mann«, stoße ich hart hervor. Vielleicht weil ich Mom nicht hassen kann. Und einen von ihnen muss es treffen, sonst platze ich. »Er hat Dads Grillschürze getragen.« Und das ist so sinnbildlich, dass es mir die Tränen in die Augen treibt. »Sie ersetzt ihn einfach«, flüstere ich.

Coopers Kiefer mahlen. Er sieht aus, als wäre er ebenso wütend wie ich. Dabei kennt er weder Mom noch diesen Victor. Aber anstatt mich zu trösten, drückt er nur meine Hand, steht auf und verschwindet wortlos in der Dunkelheit. Ich fühle mich augenblicklich einsam. Nachdem ich ihm all das erzählt habe, mich geöffnet habe, will ich einfach nicht allein sein.

Für den Moment erlaube ich mir, in Selbstmitleid zu zerfließen, doch dann höre ich Motorengeräusche und Sekunden später erfassen mich die Scheinwerfer von Coopers Pick-up. Er hält den Wagen direkt zwischen dem Feuer und dem Holzhaufen. Die Türen öffnet er und kommt dann zu mir. Er zieht mich in die Senkrechte und mit sich zum Heck des Wagens.

»Was hast du vor?«, frage ich einigermaßen verwirrt. Er gibt mir einen knappen Kuss als Antwort und öffnet die Klappe der Ladefläche. Zwischen allerlei Werkzeug und Kram zieht er einen Vorschlaghammer heraus. Ein riesiges Ding, das er mir in die Hand drückt.

»Warte hier«, wispert er in meine Haare und läuft dann zur Fahrertür. Er verschwindet halb im Wagen und im selben Moment dröhnen Bässe ohrenbetäubend laut aus dem Inneren.

»Dein Ernst?«, frage ich und ein verirrtes Lächeln schlingert über meine Lippen.

»Ich habe dir gesagt, die Musik von 6ix9ine eignet sich extrem gut, um Aggressionen und Wut abzubauen.« Er deutet auf den Vorschlaghammer. »Und der hilft auch.« Er erklimmt den Berg aus Möbeln und nicht mehr brauchbarem Holz. Auf halber Höhe sucht er festen Stand und wirft einige Teile vor meine Füße.

Mir ist klar, was er vorhat, und vielleicht hat er recht. Ich bin genau in der richtigen Laune, um etwas kaputt zu schlagen.

Als jede Menge Möbel um mich herumliegen, springt Cooper neben mich und nickt mir ermutigend zu. Die Klänge von 6ix9ines *Stoopid* begleiten meinen ersten Schlag. Zunächst noch zögerlich, passe ich mich schnell dem harten Rhythmus der Musik an. Cooper beobachtet mich nicht. Er macht mit. Ein Vierkantholz ersetzt den Vorschlaghammer in seiner Hand. Wie ein Wahnsinniger schlägt er genau wie ich auf die Sachen ein. Krachend brechen Türen, Tischbeine, Stühle und Bretter. Und mit jedem Teil, das zerbricht, fühle ich mich tatsächlich ein Stück befreiter, heiler.

Cooper scheint es ähnlich zu gehen. Seine Haare stehen in einem verschwitzten Chaos vom Kopf ab und ein zufriedenes Lächeln umspielt seinen Mund, als er in diesem Moment das Gesicht gen Himmel reckt. Wie ein Wolf das Mondlicht anheult, schreit er seine Wut, seinen Frust, aber auch die Euphorie, die das völlige Verausgaben hervorruft, der Dunkelheit entgegen.

Dann sieht er mich schwer atmend an und ich erkenne die Aufforderung in seinem Blick, es ihm gleichzutun. Ich versuche es. Aber meine Stimme ist nur ein kläglicher Laut, der halb in meiner Kehle stecken bleibt. Über das zersplitterte Holz höre ich Cooper näher kommen. Er stellt sich hinter mich, legt mir die Hände auf die Hüften.

»Niemand hört uns hier draußen«, flüstert er mir ins Ohr. »Mac ist arbeiten und die nächsten Nachbarn wohnen zig Meilen entfernt.« Sein Daumen fährt sanft über meine Schläfen. »Da drin vergiftet dich der Kram.«

Erste Regentropfen fallen in dem Moment auf uns, aber anstatt ins Auto zu flüchten, recke ich den Tropfen mein Gesicht entgegen. Der warme Sommerregen zerplatzt auf meiner Haut, als ich all meine Gefühle in meine Stimme packe, die Trauer um Dads Tod hinausschreie, die Wut wegen Moms Verrat, die Traurigkeit, weil ich denke, sie für immer verloren zu haben. Sie prallen an den Regentropfen ab und werden von der Nacht verschluckt, während Cooper mich hält. Selbst dann noch, als keine Kraft mehr in mir ist und ich vollkommen durchnässt in mich zusammensacke. Er führt mich zu seinem Pick-up und will mich in der Fahrerkabine vor dem Regen in Sicherheit bringen, aber ich schüttle den Kopf. Strecke meine Arme aus, lege den Kopf in den Nacken und drehe mich langsam um die eigene Achse, wie ich es als Kind oft getan habe. Ich öffne meinen Mund, schmecke den Regen, fühle die Tropfen auf meiner Haut. Ich liebe Sommerregen. Er ist selten. So verdammt selten.

Fast immer ist Regen kalt und grau. Er verwässert die Gerüche und die Farben. Ein Sommerregen hingegen ist leise, weich und warm. Er intensiviert die Aromen und Farbtöne. So wie dieser. Hier. Und jetzt.

Cooper nickt, als würde er verstehen. Er schließt die Türen des Pick-ups und geht dann mit mir zum Heck des Wagens. Er hilft mir auf die Ladefläche und schiebt sich zwischen meine Beine, sodass sich unsere Gesichter ganz nah sind.

Ich schlinge meine Arme um seinen Nacken, vergrabe meine

Hände in seinem nassen Haar. Sein Shirt klebt am Körper und zeigt seine harten Muskeln an Bauch und Brust. Tropfen hängen in seinen Wimpern und stehlen sich in den Kuss, den er mir gibt.

»Besser«, murmelt er an meinen Lippen.

Und ich nicke. Nicht weil ich denke, er erwartet es. Nicht weil irgendetwas von dem, was wir gerade getan haben, wirklich etwas an meiner Situation verändert hätte. Sondern weil ich mich tatsächlich besser fühle.

Ich lag am Boden und bin wieder aufgestanden. Vielleicht habe ich dafür Wodka gebraucht, einen Zentner Möbel, die ich zu Kleinholz geschlagen habe, und Cooper an meiner Seite. Aber langsam beginne ich ihm zu glauben, dass ich stark bin. Stark genug, um selbst Mom und diese beschissene ausweglose Situation mit ihr zu händeln. Aber nicht mehr heute.

Jetzt gerade will ich mich nur auf Cooper konzentrieren und auf den warmen Sommerregen auf unserer Haut. Ich streiche ihm über die feinen Bartstoppeln an seinem Kinn und erzeuge damit ein halbes Lächeln, das seine Augen zum Leuchten bringt.

Mit einer lässigen Kopfbewegung wirft er sich die nassen Haare aus der Stirn und wischt sich dann den Regen aus dem Gesicht. Gerade als seine Hand die Augen bedeckt, presse ich meine Lippen auf seine.

Cooper vergisst, die Bewegung seiner Hand zu Ende zu führen, und erwidert stattdessen meinen Kuss, intensiviert ihn. Er vergräbt seine Hände in meinem Haar, zieht mich enger an sich, raubt mir den Atem. Mit jedem einzelnen seiner Küsse, die immer wilder und ungezügelter werden.

Neben uns bezwingt der Regen nach und nach das Feuer. Die wirklich furchtbare Musik von 6ix9ine begleitet, gedämpft durch die geschlossenen Autotüren, die Bewegungen unserer

Körper, die immer stürmischer aufeinander reagieren. Und unser Atem sucht den stolpernden Takt des jeweils anderen.

Mein Shirt ist klatschnass und fast komplett durchsichtig, was Cooper ein leises Knurren entlockt, als sein Blick darauf fällt. Quälend langsam streicht er an meiner Seite hinauf, bis seine Hand schließlich meine Brust umschließt. Ich stöhne und verkralle mich in seinem Shirt, als er als Antwort darauf fest seinen Mund auf meinen presst und seine Zunge erneut meine Lippen teilt.

Erst das Aufleuchten eines Blitzes über uns und der unmittelbar darauf folgende Donner reißen uns aus der Hope-und-Cooper-Blase, in der wir uns befinden.

Cooper lehnt seine Stirn gegen mein Schlüsselbein und lacht, sodass sein Atem meine Haut in Flammen setzt. »Ich glaube, Thor will uns mitteilen, dass wir uns den Tod holen, wenn wir die ganze Nacht im Regen stehen und rumknutschen.« Er richtet sich auf, lässt mich aber nicht los, sondern folgt mit dem Daumen den Konturen meines Gesichts, küsst sich die Linie entlang, die sein Finger zuvor genommen hat, atmet meinen Geruch ein und entlockt mir damit ein heiseres Seufzen. Als würde es ihm nicht reichen, mich anzusehen. Als wäre ein Sinn nicht genug. Als bräuchte er alle fünf, um das Bild von mir so weit abzuspeichern, dass er sich endlich von mir lösen kann.

Erst als der aufkommende Wind über unsere nassen Körper weht und ich unkontrolliert zu zittern beginne, trennt Cooper sich schließlich widerwillig von mir und macht einen Schritt zurück. Er hilft mir von der Ladefläche des Pick-ups hinunter und zieht mich dann hinter sich her in die schützende Scheune, die Treppe hinauf, wo wir atemlos stehen bleiben.

Während ich mich rückwärts auf das Bad zubewege, ziehe ich mir mein vollkommen durchnässtes Shirt über den Kopf und lasse es auf den Boden fallen. Dann öffne ich meine Hose und sehe Cooper dabei unverwandt an. Er steht noch immer wie festgenagelt an der Treppe und starrt mich an. Als wäre ich gleichzeitig das Schönste, aber auch Angsteinflößendste auf der Welt.

KAPITEL 34

Cooper

Unsere Küsse auf der Ladefläche des Pick-ups waren heiß. Was Hope jetzt tut, überfordert meine Synapsen. Holy Shit. Sie steht nur in einem schlichten schwarzen BH und einem dazu passenden Höschen vor mir. Die Haare kleben ihr nass auf der leicht gebräunten Haut. Jeder Zentimeter ihres Körpers ist pure Versuchung. Ihr Blick setzt meine Körperfunktionen außer Kraft. Ich kriege keine Luft. Es ist, als hätte ich spontan verlernt, wie man atmet.

Sekundenlang presst sie ihre Lippen auf meinen Mund, bevor sie wortlos mein Shirt nimmt und es mir über den Kopf streift. Es landet wie schon ihre Klamotten auf dem Holzboden, wo sich winzige Pfützen bilden. Inseln aus Wasser, die für immer Erinnerungsringe auf diesem Boden hinterlassen werden.

Ich helfe ihr, auch meine Hose loszuwerden.

Nur mit Unterwäsche bekleidet, zieht Hope mich in das winzige Bad. Und ich Idiot folge ihr. Dabei sollte ich ihre emotionale Schräglage nicht ausnutzen. Denn wenn ich es tue und sie das Ganze morgen bereuen sollte, wird mich das umbringen.

Sie schließt die Tür und ich stelle die Dusche an, suche meinen Fingern Beschäftigung, die nichts mit Hope zu tun hat. Es dauert eine Weile, bis das Wasser heiß wird und Dampf den Raum füllt. Hope prüft die Temperatur des Wassers und öffnet dann ihren BH.

Ich ziehe scharf die Luft ein, als sie das Stück Stoff auf den Boden fallen lässt. Ihre Brüste sind fest und perfekt geformt. Perfekt wie der Rest von ihr. Sie berührt ihren Slip, will auch ihn ausziehen, aber ich stoppe sie, indem ich einen Schritt auf sie zumache und sie unter den Wasserstrahl schiebe.

Ich bin hart und mir ist nur allzu bewusst, dass sich die Boxershorts, die ich noch trage, nicht wirklich gut dazu eignen, das zu verbergen. Lust pulsiert durch meinen Körper und wird unerträglich, als Hope ihre Arme um meine Mitte schlingt. Sie lässt ihre Hand unter dem Bund meiner Shorts verschwinden, umfasst meinen Hintern und drängt mich so noch näher an sich.

Als sie beginnt, mich einzuseifen, stoppe ich sie, indem ich ihre Handgelenke ergreife und ihr einen knappen Kuss gebe. »Ich versuche echt mich zu benehmen, aber auch ich habe meine Grenzen«, stöhne ich gequält.

»Dann lass es.« Sie sieht mich mit einem Blick an, der heißer ist als alles, was ich je gesehen habe. »Benimm dich nicht«, bittet sie mich leise.

»Bist du sicher?«, antworte ich rau. »Vielleicht sollten wir … ich meine, du bist total durcheinander. Wir müssen nichts überstürzen.« Um meine Worte zu unterstreichen, ziehe ich sie in meine Arme, bis ihr Gesicht an meiner Brust ruht. Eine Geste, die im krassen Gegensatz zu dem Hurrikan steht, der durch meine Adern brandet.

Sekundenlang schmiegt sie sich in die Bewegung, aber dann beginnt sie, meinen Oberkörper zu küssen. »Ich will das hier. Ich will dich«, murmelt sie an meiner Haut. »Noch nie war ich mir bei irgendetwas sicherer.« Und mit jedem winzigen Kuss, den sie auf meiner Haut platziert, glaube ich ihr mehr, dass sie, verflucht noch mal, sehr genau weiß, was ihr guttut.

»Es geht um uns. Nur um uns«, flüstert sie.

Zärtlich umfasse ich ihr Gesicht, schiebe sie langsam rückwärts, bis uns die Wand aus Buntglassteinen stoppt. Wasser rinnt unaufhaltsam über unsere Körper, als sie mich küsst. Bis nichts mehr von mir übrig bleibt.

KAPITEL 35

Hope

Taumelnd und unter hitzigen Küssen haben wir es irgendwie von der Dusche bis zu Coopers Bett geschafft. Die Körper noch feucht vom Wasser, nur von Handtüchern verhüllt, stehen wir neben der Matratze.

Sekundenlang lösen wir unsere Lippen voneinander, ringen nach Atem. Cooper berührt dabei liebevoll mein Gesicht, bevor er seine Hände in meinen Haaren vergräbt und mich mit sich auf die Matratze zieht.

Ich gleite auf seinen Schoß, spüre seine Härte durch den Handtuchstoff und atme rau ein.

Coopers Küsse werden immer fordernder. Meine sind längst jenseits von fordernd. Ganz langsam öffnet er mein Handtuch und wirft es achtlos hinter uns. Ich bin bis auf den Slip vollkommen nackt und dieser Umstand lässt mich erzittern, noch bevor Cooper mich berührt. Als er schließlich seine Hand auf meinen Bauch legt, spürt er meinem stolpernden Atem nach, der ganz plötzlich aussetzt, weil er seine Hand quälend langsam nach oben schiebt. Erschauernd erwarte ich, dass er meine Brüste berühren wird, aber stattdessen streicht er über mein Schlüsselbein bis zu meinem Kinn und zieht mich in einen tiefen Kuss. Seine Zunge teilt meine Lippen und beginnt einen atemlosen Tanz mit meiner. Und mitten in diesem Kuss, in den wir beide fallen, umschließt er plötzlich meine Brust, reibt sanft über meine Spitzen. Und ich reagiere mit einer Heftigkeit, die ich nicht von mir kenne.

Er schiebt seine Arme unter meinen Po, hebt mich an und legt mich nur Sekunden später rücklings auf die Matratze. Sein Brustkorb berührt bei jedem hektischen Atemstoß meine Haut.

Erneut beginnt Cooper, meine Brüste zu reizen. Streicht, knetet, reibt mich, bis ich mich ihm entgegenwölbe und seine Lippen einfordere.

Er küsst sich meinen Hals hinab und ich schnappe nach Luft. Meine Hände vergrabe ich in seinen Haaren und folge ihm, als er erst meinen Bauch mit Küssen bedeckt, dann meine Leiste, die empfindliche Haut unter meinem Bauchnabel und mir dabei meinen Slip auszieht.

Sein Atem streift meine empfindlichste Stelle, als er sich an meinem Körper wieder nach oben schiebt. Ich beiße mir in den Handrücken, um nicht vor Lust laut zu stöhnen. »Du bist so schön«, murmelt er an meinen Lippen, küsst mich. Dann meinen Hals. »Das ist echt nicht fair.« Er lacht leise und das Vibrieren streift meine Brustwarze, um die er in diesem Moment seine Lippen legt. Seine Hand folgt meiner Körperlinie bis zu meinem Schenkel. So stürmisch seine Küsse sind, so sanft und bedacht streichelt er die Außenseite meiner Schenkel, meinen Po, schließlich die Innenseite der Schenkel. Ich halte es nicht mehr aus, lege meine Hand über seine und sorge dafür, dass er mich dort berührt, wo sich die Hitze sammelt, die er zwischen uns legt.

Er reibt mich, reizt jeden Millimeter und dringt schließlich mit dem Finger in mich ein.

»Cooper«, stöhne ich. Ich will ihn in mir spüren. Und tatsächlich lässt er kurz von mir ab, um etwas aus einer der Weinkisten neben dem Bett zu holen.

»Ich will nicht, dass du denkst, ich hätte es hierauf angelegt«, sagt er und hält ein Kondom zwischen uns hoch.

»Du bist vorbereitet. Das ist gut«, flüstere ich. »Außerdem hoffe ich, dass du vorhattest, das hier irgendwann in absehbarer Zeit zu tun, sonst bekomme ich am Ende noch Komplexe.«

Er lacht, aber das Geräusch geht in dem Zischen unter, als ich das Handtuch an seiner Hüfte hinabschiebe und seine Erektion umfasse. Mit geschlossenen Augen stürzt er sich in einen leidenschaftlichen Kuss. Ich berühre noch immer seinen Penis, bewege meine Hand auf und ab, streichle ihn, reibe seine Spitze. Seine Bauchmuskeln sind angespannt, sein Atem geht flach. Cooper beißt sich auf die Lippen, und ohne seinen Kuss zu unterbrechen, streift er sich das Kondom über und gleitet zwischen meine Schenkel. Seine Hand liegt an meiner Wange. Er überflutet mich mit winzigen, atemlosen Küssen und dringt dann in mich ein. Mit einem heiseren Keuchen vergräbt er sein Gesicht an meinem Hals und beginnt, sich in mir zu bewegen. Ich umfasse seinen Po, dränge ihn tiefer, bestimme unseren Rhythmus, während sich das Verlangen bereits als heißer Klumpen in meinem Inneren zusammenballt. Ich stöhne an Coopers Haut, will auf ihn warten, aber da zerbirst meine Lust bereits, schwemmt das Beben in jeden Teil meines Körpers. Ich löse mich auf, zerfalle in winzig kleine Atome, die allein ihm gehören.

Als mein Orgasmus abebbt, liege ich zitternd in Coopers Armen. Er ist noch immer in mir, verharrt aber ganz still und sieht mich an. Beinahe ehrfürchtig. Wahrscheinlich hat er mich die ganze Zeit angesehen. Auch als ich gekommen bin. Normalerweise wäre mir das schrecklich peinlich, aber Cooper lässt keinen Platz dafür, weil er mich in diesem Moment so zärtlich küsst, als würde er mich für das, was er gerade gesehen hat, nur noch mehr lieben.

Ich werde niemals genug von dem Gefühl bekommen, ihm

so nah zu sein. Zärtlich fordere ich ihn auf, nicht aufzuhören. Unter Küssen beginnt er, sich erneut in mir zu bewegen. Sein rauer Atem streift meine Lippen und jagt ein unbeschreibliches Gefühl aus abebbender Lust und neu entfachter Hitze durch meinen Körper. Schnell werden Coopers Bewegungen stürmischer. Ich schlinge meine Beine um seinen Hintern. Genau in dem Moment, in dem ein tiefes Stöhnen über seine Lippen bricht und an meinem Hals strandet. Ich umklammere ihn und er mich, während er zuckt, stöhnt und sich mit jeder bittersüßen Bewegung noch tiefer in mich schiebt. Ihn so zu sehen, ist heiß. Ich küsse sein Ohr. Seine Schulter. Seinen Oberarm. Bis er wieder in der Lage ist, mich anzusehen und meine Lippen zu suchen. Und während er ruhig und zärtlich seinen Mund auf meinen drückt, zieht er sich aus mir zurück und gleitet neben mich. Er streift sich das Kondom ab, verknotet es und schlägt ein Papiertuch darum, bevor er es neben das Bett wirft. Ich bekomme das alles kaum mit, so sehr bin ich damit beschäftigt, mich zu sortieren, mein Herz zur Ruhe zu rufen.

»Ich liebe dich«, murmelt Cooper leise, als er mich in seine Arme zieht und seine Beine mit meinen verknotet, als müsste er mir so nah sein wie nur irgend möglich. Dabei spielt er gedankenverloren mit einer meiner Haarsträhnen.

»Ich liebe dich auch.« Meine Hand platziere ich auf seinen Brustkorb und lege mein Kinn darauf. »Wobei unsere Dates in letzter Zeit schon sehr kitschig und langweilig sind. Ich meine, 6ix9ine?« Ich ziehe eine Augenbraue nach oben und lasse zu, dass mich Coopers Lachen mit fortreißt.

Wir sind einander so nah, dass Brausepulverbläschen durch meinen Körper tanzen und ich nicht zur Ruhe komme, obwohl ich vollkommen erschöpft bin. Aber nach und nach hüllt mich das unbändige Gefühl ein, wir wären eins. Eine Einheit. Und Cooper meine Familie. Und mit seinem unverwechselbaren

Geruch nach Holz und Ozean in der Nase, seinem Körper an meinem und unseren Herzen, die perfekt synchron schlagen, schlafe ich schließlich ein.

***

Ich werde in Coopers Armen wach. Sein Körper ist eng an meinen gepresst. Sein Atem aber geht ruhig und regelmäßig. Er schläft und ich drehe mich vorsichtig in seinen Armen, sodass ich ihn ansehen kann.

Sein markantes Gesicht. Die von der Sonne ausgeblichenen Haare. Seine Lippen, die es schaffen, mit jedem Kuss ein kleines Stück meiner Welt zu verrücken. Die kleine Narbe an seiner linken Augenbraue. Ich frage mich, ob die vom Tag seiner Verhaftung stammt und wie viel ich nicht über ihn weiß, obwohl es mir vorkommt, als würde ich ihn in- und auswendig kennen. Sanft berühre ich ihn, streiche über die alte Wunde.

Cooper entfährt ein Seufzen. Dann blinzelt er mich an. »Morgen«, murmelt er und küsst mich, die Augen noch halb geschlossen. Ein sanfter, schlaftrunkener Kuss, der mich zum Lächeln bringt.

»Morgen«, sage ich, als er mich wieder freigibt. Ich streiche ihm durch die Haare und rücke noch ein wenig näher an ihn heran.

»Wie geht es dir?«

Cooper sieht mich ernst an. Und ich erkenne die eigentliche Frage dahinter, ob ich die Entscheidung von letzter Nacht bereue.

»Hast du vielleicht Durst?«, fragt er, als ich nicht sofort antworte. »Oder Hunger? Ich könnte uns frische Bagels holen fahren. Oder ich mache uns Rührei. Pancakes gingen auch.«

Ich umfasse sein Gesicht und gebe ihm einen Kuss, um ihn zu

stoppen. »Ich brauche nichts«, murmle ich an seinen Lippen. Das stimmt nicht ganz. »Außer dir«, berichtige ich mich und ein Grinsen erhellt sein Gesicht. Ich küsse es weg, indem ich Leidenschaft zwischen uns lege. Und mit ihm hoffentlich Coopers Sorge auslösche, ich könnte an uns zweifeln.

KAPITEL 36

Cooper

Wir hatten zweimal Sex an diesem Morgen. Und es ist erst halb acht. Das sollte definitiv genügen, um mein Verlangen nach Hope zu stillen. Aber Fakt ist, mit ihr zu duschen, erzeugt das Gegenteil.

Und wenn sie wie jetzt in ihrer wieder trockenen, knappen Jeans und einem engen Top an meiner Küchenzeile steht und Rühreier brät, bin ich so was von verloren.

Ich streiche ihr die Haare über die Schulter nach vorn und küsse ihren Nacken. Eine Gänsehaut überzieht ihre Haut und entlockt mir ein zufriedenes Grinsen. Immerhin geht es ihr anscheinend genau wie mir.

Sie dreht sich um und schert sich kein Stück mehr um die Eier, sondern küsst mich. So hemmungslos, dass ich sofort wieder hart werde. Irgendwie schaffe ich es, die Eier zu retten, indem ich die Pfanne beiseiteschiebe und erst dann meine Hände über ihre Seiten gleiten lasse.

Sie biegt mir ihren Körper entgegen und dirigiert meinen Kopf und damit meine Lippen, meine Zunge und meinen abgehackten Atem in Richtung ihrer Brüste.

Aber bevor ich ihr Top beiseiteschieben kann, wird plötzlich das Scheunentor geöffnet und Qs Stimme dringt zu uns herauf.

»Ich brauche eine Papiertüte zum Reinatmen. Hoffentlich hast du so etwas hier, denn sonst kollabiere ich«, schimpft er, während er die Treppe erklimmt und Hope und ich in aller Eile versuchen nicht so auszusehen, als wären wir gerade im Begriff gewesen, genau in der Küche Sex zu haben, in die Q jetzt stolpert.

»Das ist ganz allein deine Schuld. Wie konnte ich mich von dir überreden lassen, Mia diese verfluchte Nachricht zu schreiben? Wahrscheinlich, weil du Einsteinzitate kennst. Was mich nicht beeindrucken sollte, es aber getan hat.« Er holt tief Luft. »Ich drehe echt durch, Cooper.«

»Wäre mir gar nicht aufgefallen«, kommentiere ich seinen Überfall und fahre mir durch die Haare. Er hat die Nachricht also doch abgeschickt. »Das, wobei unsere Berechnungen versagen, ist Schicksal. Und ich bin sicher, Mia ist dein Schicksal.«

»Hör auf, Einstein zu zitieren«, stöhnt Q. »Und dann auch noch falsch. Er sprach von Zufall, was bedeutet, ich bin offiziell verloren.«

In diesem Moment entdeckt er Hope und zuckt zusammen. Wahrscheinlich hatte er nicht vor, diese Sache mit noch mehr Personen als mir zu teilen. »Was macht sie hier?« Q guckt auf seine Uhr und dann uns an. »O Mann«, entfährt es ihm dann, weil ihm wohl klar wird, in was er hier hineingeplatzt ist. Anstatt endlich zur Begrüßung einzuschlagen, hebt er die Hand zum vulkanischen Gruß. Eine Eins-a-Übersprungshandlung, die mich zum Lachen bringt. »Ihr habt rumgemacht«, fasst er unnötigerweise zusammen. »Und ich bin dazwischengeplatzt.« Er sieht sich hektisch um. Wahrscheinlich nach einem Loch, in dem er verschwinden kann.

»Erwischt.« Hope lacht lässig und schämt sich kein Stück für die rosige Färbung ihrer Wangen oder das fiebrige Verlangen in ihren Augen. »Aber da du uns jetzt sowieso schon gestört hast, kannst du auch mit uns frühstücken. Denn eins ist ja wohl klar, ich will alles über die Mission Mia erfahren.«

»Bist du sicher?« Q sieht von ihr zur Treppe und dann zurück zu Hope, was wohl seinen inneren Kampf widerspiegelt, entweder aus dieser für ihn peinlichen Situation zu fliehen oder aber zu bleiben, weil er jemanden zum Reden braucht.

Hope nimmt ihm die Entscheidung ab, indem sie ihn anstrahlt, voller Begeisterung »Klar« ruft und bereits einen dritten Teller vom Regalbrett angelt. Sie häuft Eier, Toast und winzige Tomaten auf alle drei und balanciert sie zum Tisch vor dem Strohabwurf. Mit dem Fuß kicke ich eine noch unbenutzte Weinkiste zu ihr, damit wir eine dritte Sitzgelegenheit haben.

»Setzt du dich nicht zu uns?«, fragt Q und schaufelt bereits Rührei in sich hinein.

»Doch, komme gleich«, murmle ich gequält. Sobald man mir nicht mehr ansieht, dass Q gern eine Weile später hätte eintrudeln können.

Hope knabbert an einem gebutterten Toast und lacht leise. »Ich glaube, Cooper braucht noch ein, zwei Minuten.«

KAPITEL 37

Hope

Quentin ist in Mia verknallt. Und die beiden haben ein Date. Denn ich gehe fest davon aus, dass sie zusagen wird. Das Problem ist, Quentin dreht jetzt schon durch. Wenn wir nicht zulassen wollen, dass er die nächste Woche durchgehend mit einer Papiertüte vor Mund und Nase herumläuft, sollten Cooper und ich ihn ablenken. Ich brauche Ablenkung.

Während ich aufspringe und das Geschirr in die Spüle räume, erinnere ich mich an meinen eigentlichen Plan für heute. Den Sonnenaufgang haben wir verpasst, aber wer sagt denn, dass die Sonnenuntergänge auf den entlegenen Inseln der Outer Banks nicht genauso spektakulär sind? »Wir fahren heute alle zusammen nach Corolla?«, entfährt es mir. Mehr Feststellung als Frage.

Cooper sieht mich irritiert an. Quentin, als hätte ich eine Meise.

»Das sind fast drei Stunden Fahrt«, sagt er und ich sehe an seinem Blick, dass meine Idee in seiner Kosten-Nutzen-Rechnung durchgefallen ist.

Cooper hingegen steht auf und beginnt sofort, Dinge in die Weinkiste zu werfen, auf der er bis eben saß. Getränke, Wolldecken, einige Lebensmittel. Er ist dabei.

»Du machst nur bei dem Kram mit, weil du keine Ahnung hast, was für eine elende Fahrerei das ist«, brummt Quentin.

»Und weil du total verknallt und deswegen nicht zurechnungsfähig bist. Ich meine, was genau willst du da überhaupt, Hope?«

»Es wird dir gefallen. Glaub mir.«

In gespielter Verzweiflung verdreht Quentin die Augen und stößt die Luft aus. Er will gerade noch ein absolut überzeugendes Quentin-Gegenargument bringen, als Cooper ihn in den Schwitzkasten nimmt und damit zum Verstummen bringt.

»Wir machen einen Ausflug. Also spann die Lauscher auf, sieh zu und lerne für dein Date mit Mia. Wir sind nämlich Profis, was Romantik angeht.« Dabei zwinkert er mir zu und wir brechen beide in schallendes Gelächter aus.

Quentin versteht nicht, warum wir lachen. Er sieht uns an, als wären wir nicht ganz bei Trost. »Okay«, stimmt er widerwillig zu. »Schadet vielleicht echt nicht, all den Mist mal für einen Tag hinter sich zu lassen.«

Cooper sieht ihn aus zusammengekniffenen Augen an, als würde er auf eine Erklärung warten, was genau Quentin damit meint. Aber er bohrt nicht nach, als der sich ohne ein weiteres Wort abwendet und zum Pick-up trottet.

»Stimmt irgendetwas nicht bei ihm?«, frage ich, als Q außer Hörweite ist.

Cooper zuckt die Schultern. »Ich weiß nicht.«

Und ich sehe, dass er sich Sorgen macht, auch wenn er in diesem Moment das Gesicht zu einem Grinsen verzieht, weil Quentin abrupt vor unserem Möbelgemetzel hält.

»Was ist denn hier passiert?«, fragt er entsetzt und deutet auf das zersplitterte Holz neben dem Pick-up.

»Romantik«, erwidert Cooper todernst, zwinkert mir zu und steigt in den Wagen. Ich rutsche neben ihn auf den Beifahrersitz und Quentin quetscht sich kopfschüttelnd mit der Proviantkiste auf die schmale Rückbank des Pick-ups.

»Ich muss verrückt sein, mit euch Irren wegzufahren.«

Ich lache. »Lieber verrückt als langweilig.« Dann suche ich die Route auf meinem Handy raus und lotse Cooper auf die Interstate, die uns erst in Richtung Westen bis nach New Bern bringen wird und schließlich nördlich zurück an die Küste. Als wir die Interstate erreichen, rufe ich Larry an und bitte ihn, den Mini beim Blue Taps abzuholen und sich um die Überreste zu kümmern. Ich kann mich nicht ewig an den Wagen klammern. Er ist einverstanden und verspricht, dass er sich zeitgleich nach einem neuen fahrbaren Untersatz für mich umsehen wird. Ich bedanke mich. Obwohl kein Auto der Welt mit dem Mini Cooper mithalten kann, brauche ich einen Wagen, mit dem ich zur Uni fahren kann. Cooper hat mir zwar angeboten, mich vorerst überallhin zu fahren, aber das ist keine Dauerlösung.

Bei Manteo setzen wir auf die Outer Banks über und fahren auf dem festen Strand die Küste entlang, bis wir Corolla erreichen. Der letzte belebte Flecken, bevor das Currituck National Wildlife Refuge beginnt.

Cooper parkt den Wagen vor einer Sanddüne, die uns etwas Schatten bietet. Wir breiten die zwei Decken aus, die er zu Hause noch auf die Ladefläche geworfen hat, und stellen Getränke und Essen darauf. Unterwegs haben wir Dr Pepper für Quentin besorgt, was ihn insgesamt etwas versöhnlicher gestimmt hat, frischen Käse, Obst, Brot und herrlich kühle Cola. Als alles aufgebaut ist, gehen wir erst mal zum Wasser.

Erst weigert sich Quentin zu baden, aber als Cooper ihm droht, ihn mitsamt seiner Klamotten reinzuschmeißen, gibt er nach und schält sich umständlich aus seinen Sachen. Unter der Leinenhose trägt er eine Darth-Vader-Boxershorts, was mir unwillkürlich ein Lachen entlockt.

Cooper ist bereits im Wasser und spritzt Quentin nass, der

sich noch ziert. Meine Jeans habe ich ausgezogen, das Shirt behalte ich aber an. Langsam wate ich in den flach abfallenden Ozean. Das Wasser ist hier nicht tief und die Temperaturen angenehm. Ich lasse mich auf dem Rücken treiben, sehe Quentin und Cooper zu, wie sie sich gegenseitig untertauchen und miteinander raufen. Quentin wirkt ausgelassen – und trotzdem frage ich mich, was er auf dem Herzen hat und uns nicht erzählen will.

Als er schließlich aufgibt, sich heftig atmend auf den Strand fallen lässt und sich dann zu den Decken zurückschleppt, um sich von der Sonne wärmen zu lassen, schwimmt Cooper zu mir herüber. Er wartet, bis ich mich aufrichte und Arme und Beine um ihn schlinge. Erst dann küsst er mich.

»Warum sind wir hier?« Er sieht sich um. »Ich meine, es ist wunderschön, aber das Strandfeeling hätten wir auch in Port Haven haben können.«

»Warte es ab«, sage ich und gebe ihm mehrere kurze Küsse.

Aber Cooper löst sich von mir und sieht mich ernst an. »Ich frage mich nur, ob wir hier sind, weil du deiner Mom aus dem Weg gehst.«

Ein Schatten legt sich über die Unbeschwertheit, die mich bis eben fest im Griff hatte. »Vielleicht ein bisschen«, gebe ich zu.

»Irgendwann müsst ihr miteinander sprechen.«

Ich weiß, worauf er anspielt. Auf der Fahrt hierher hat Mom mich mindestens ein Dutzend Mal angerufen und ich habe sie jedes einzelne Mal weggedrückt.

»Sag ihr wenigstens, dass es dir gut geht.« Er fährt mit seiner Nase an meiner Schläfe entlang. »Es geht dir doch gut?«

Ich nicke. Es geht mir besser, als es das unter den Umständen vermutlich sollte. Cooper macht mich glücklich. Und nur heute möchte ich dieses Glück einfach auskosten. Ohne an Mom zu denken. Oder an den Prius-Mann. Und daran, dass ich keine Ahnung habe, wie es jetzt weitergehen soll.

KAPITEL 38

Cooper

Es ist bereits halb acht und wir haben noch eine dreistündige Rückfahrt vor uns. Trotzdem habe ich es nicht eilig, von hier wegzukommen.

Hope sitzt zwischen meinen Beinen, den Rücken gegen meine Brust gelehnt, die Finger mit meinen verschränkt, und streitet sich mit Q darüber, ob Sonnenuntergänge pure Zeitverschwendung sind. Die Diskussion endet damit, dass Hope ihn mit Schilfgras bewirft, das sie neben uns aus der Düne rupft.

»Er hat keine Ahnung. Wie könnte das hier Zeitverschwendung sein?«, flüstere ich Hope ins Ohr und presse meine Lippen auf ihr Haar. Es ist vielleicht schnulzig, aber es stimmt. Keine Sekunde, die ich mit ihr verbringe, ist vergeudet. Mit Hope zusammen am Ozean zu sein, ist wie Weihnachten, Ostern und all meine Geburtstage zusammen. Dieser Moment erhält einen ganz besonderen Platz dort, wo ich die besten aller Erinnerungen ganz fest verwahre. Für Tage, an denen es beschissen läuft. Denn davon gibt es leider zu viele. Das Meer wirft das Farbenspiel des Himmels in Gold, Violett und Rottönen zurück. Wir sind ganz allein am Corolla Beach und der Moment ist so perfekt, dass selbst Q aufhört zu maulen. Er summt die Melodie irgendeines Klassikstücks. Ist absolut nicht meine Musik. Zu tragend. Aber hier und jetzt passt es.

Plötzlich richtet sich Hope ruckartig in meinen Armen auf

und ein leises Quietschen entfährt ihr. Sie presst sich die Hand auf den Mund und zeigt mit der anderen zur Wasserlinie hinunter. »Deswegen hab ich euch hergebracht«, wispert sie.

Eine Herde frei laufender Pferde trabt nur wenige Yards entfernt am Wasser entlang. Wie auf einer Kitschpostkarte erkennt man nur ihre Silhouetten im untergehenden Sonnenlicht. Auf unserer Höhe bleiben sie stehen, strecken witternd die Nüstern in die Luft. Das Spiel ihrer Ohren zeigt, dass sie uns bemerkt haben, aber noch verharren sie.

Hope tastet nach ihrer Kamera und ich reiche sie ihr, darauf achtend, den Moment durch keine unbedachte Bewegung zu zerstören. Vorsichtig nimmt sie sie entgegen, stellt daran herum und drückt schließlich den Auslöser. Ihr angehaltener Atem entweicht, als sich rund ein Dutzend Aufnahmen später die Herde in Bewegung setzt, erst in Trab fällt und dann im Galopp durch das flache Wasser davonstiebt.

»Ich dachte, diese Wildpferdgeschichte wäre nichts weiter als ein Märchen.« Q pfeift durch die Zähne und trinkt seine Dr-Pepper-Dose in einem Zug aus. Als wäre es Whiskey, den er auf das Erlebnis kippt.

»Wildpferde, hm?«, murmle ich an Hopes Wange. »Ich wusste gar nicht, dass du ein Pferdemädchen bist.«

»Bin ich nicht.« Sie dreht sich halb zu mir um und küsst mich. Aus den Augenwinkeln sehe ich, wie Q aufsteht und zum Wagen geht, um sich noch was zu trinken zu holen. Hope löst ihre Lippen von meinen. Ihre Hand aber liegt noch immer an meiner Wange. »Dad hat mir hiervon erzählt. Er wollte immer mit mir herfahren, damit wir sie mit eigenen Augen sehen. Aber ich habe ihn jedes Mal vertröstet. Fand anderes wichtiger.«

Und jetzt ist es zu spät, um dieses Erlebnis mit ihm zu teilen. Dafür hat sie mir diesen besonderen Moment geschenkt. Uns.

Ich küsse sie. Lange und zärtlich. »Wahrscheinlich sollte ich dich nicht so küssen, denn ich bin mir ziemlich sicher, dass dein Dad dir zusieht. Immer. Was dann vermutlich bedeutet, dass mir für diesen Kuss ein Tritt aus dem Jenseits bevorsteht.«

Sie lächelt. »Du hast mich schon unsittlicher berührt, Cooper Oak Hayes.«

»Na toll«, stöhne ich. »Jetzt hast du ihm auch noch meinen kompletten Namen verraten. Und dass wir Sex hatten.« Ich verdrehe verzweifelt die Augen. Wahrscheinlich trifft mich morgen der Blitz, oder so was in der Art.

Hope lacht leise und kuschelt sich in meine Arme. »Wie kommt es eigentlich, dass du einen so normalen ersten Namen hast und dann diesen völlig abgespacten zweiten?«

»Chase hat auf Cooper bestanden. Das Einzige, wofür ich ihm dankbar bin. Wenn es nach meiner Mom gegangen wäre, würde ich wahrscheinlich wie ein ganzer Mischwald heißen.« Ich schiebe meine Hand unter ihr Top und lasse sie auf ihrem Bauch liegen, wo sie sich im steten Rhythmus von Hopes Atem hebt und senkt. »Was ist mit dir? Irgendwelche peinlichen Zweitnamen?«

»Nein«, erwidert sie eine Spur zu schnell und beißt sich dann auf die Lippen

»Jetzt sag schon«, fordere ich sie auf, aber sie schüttelt entschlossen den Kopf. Dann muss ich wohl zu anderen Mitteln greifen. Ich schlinge meinen Arm um ihren Oberkörper, fixiere sie und beginne, sie zu kitzeln.

Hope windet sich, gackert und hebt schließlich die Arme. »Ich gebe auf«, stößt sie noch immer kichernd hervor.

»Was macht ihr da?« Q lässt sich wieder neben uns in den Sand plumpsen. »Oder, nein, warte. Ich will es wahrscheinlich gar nicht wissen«, setzt er nach und hält sich die Augen zu.

Cooper bringt ihn dazu, die Hand wieder zu senken. »Wir

erzählen uns nur gegenseitig unsere peinlichen Zweit-, Dritt- und Viertnamen, und Hope hat sich soeben ergeben, mir ihren mitzuteilen.«

»Ich heiße Quentin Bradbury. Ich brauche keinen weiteren Namen, um aufgezogen zu werden«, stößt Q trocken hervor.

Wir lachen und dann holt Hope tief Luft. »Ich habe keinen zweiten Namen, aber meine Mom nennt mich Pumpkin.«

Ungläubig starre ich sie an.

»Immer. Sogar in der Öffentlichkeit«, umreißt sie das Ausmaß.

»Das ist übel«, bringe ich jetzt hervor und muss grinsen, weil es gleichzeitig in etwa das Süßeste ist, was ich je gehört habe. Es wird so einen Spaß machen, sie damit aufzuziehen. »Ich könnte dir mein Oak abtreten, wenn das hilfreich ist.«

Sie schlägt mir spielerisch gegen die Brust, gibt mir einen Kuss und steht dann auf. »Was haltet ihr stattdessen von einem Foto und dann sollten wir langsam los.«

»Super Idee.« Q springt ebenfalls auf und stakst durch den Sand zu Hope, die sich mit dem Rücken zum Wasser gedreht hat, in dem das Farbenspiel langsam verblasst. »Ich erfriere nämlich.«

»Es sind einundzwanzig Grad, du Stubenhocker«, entgegne ich und rapple mich auf. Hope baut eine Erhebung in den Sand, legt ihre Sweatshirtjacke darüber und platziert die Kamera so, dass der Selbstauslöser uns alle drei im Fokus hat. Dann sprintet sie zurück zu uns. Das Ganze wiederholen wir mehrfach. Auf einigen Fotos blödeln wir herum. Auf anderen küsse ich Hope und schiebe Q vermeintlich aus dem Bild. Auf wieder einem anderen schließe ich beide in meine Arme. Am Ende besteht Q darauf, noch ein Bild von uns als Paar zu machen. Natürlich kommt er deutlich besser mit der Ufo-Kamera zurecht als ich und schießt eine ganze Serie von uns. Es ist, als hätten wir so zumindest Fragmente dieses perfekten Tages eingefangen.

Dann packen wir zusammen und gehen zum Wagen. »Kannst du den ersten Teil der Strecke fahren?« Ich werfe Q die Schlüssel zu und klettere auf die Rückbank, als ich sehe, dass er einverstanden ist. Um die kompletten drei Stunden Rückfahrt zu packen, bin ich nach letzter Nacht und dem heutigen Tag einfach zu fertig. Q ist ein guter Fahrer. Er wird meine Kiste schon heil lassen und uns in einem Stück Richtung Heimat bringen. Hope setzt sich auf den Beifahrersitz, streckt aber ihre Hand nach hinten, als Q losfährt. Ich ergreife sie, lehne erschöpft meinen Kopf gegen das Fenster und dämmre bereits weg, bevor wir das Festland erreichen.

KAPITEL 39

Hope

Kurz vor Mitternacht erreichen wir die Ranch von Coopers Dad. Quentin parkt den Pick-up neben dem Auto seiner Mom und atmet geräuschvoll aus. »Da wären wir.«

Ich fahre mir mit meiner freien Hand über die Augen. Die andere baumelt noch immer von Coopers fest umschlossen im Dunkeln hinter dem Beifahrersitz.

»Unser Held hat den Rest des Trips verschlafen, fürchte ich. Ich will lieber gar nicht wissen, warum ihr so fertig seid.«

»Tut mir leid«, murmle ich und deute auf das Lenkrad. »Warum hast du mich nicht geweckt? Ich hätte einen Teil der Strecke fahren können.«

»Es war ein echt schöner Tag.« Er lächelt. »Dafür hat es sich gelohnt, Dornröschen und dich nach Hause zu fahren.« Dann öffnet er die Tür. »Sag ihm, dass ich echt froh bin, dass ihr mich hierzu überredet habt.« Ein Schatten huscht über sein Gesicht, weicht aber den Bruchteil einer Sekunde später einem schiefen Grinsen. »So habe ich auf jeden Fall die doppelte Jahresration an Frischluft abbekommen. Meine Mom wird begeistert sein.« Er hebt die Hand zum Abschied, steigt aus, läuft zu seinem Wagen und fährt davon. Als die Rücklichter hinter der Scheune verschwinden, drehe ich mich zu Cooper um. Seine Gesichtszüge sind vom Schlaf entspannt, sein Mund leicht geöffnet und sein Oberkörper ist so weit in sich zusammengesackt, wie es der

Sitz erlaubt. Meine Hand hat er nicht losgelassen. Ich hebe sie an und küsse seine Fingerknöchel. So lange, bis er wach wird, sich von mir löst und sich mit der Hand über das Gesicht reibt. Gerade fit wirkt er noch immer nicht. Ich schlüpfe zwischen Fahrer- und Beifahrersitz hindurch auf die Rückbank und schiebe mich auf Cooper Schoß. Instinktiv schließt er seine Arme um mich und ich kuschle mich an ihn. Eine Weile verharre ich so, aber auf Dauer wird es in der Enge des Fonds ungemütlich. Ich lasse meine Finger durch sein Haar gleiten und küsse seinen Hals. Ich öffne meine Lippen. Meine Zungenspitze berührt Coopers Haut und entlockt ihm ein kehliges Stöhnen. Noch immer sind seine Augen geschlossen, aber er vergräbt seine Hände in meinen Haaren und zieht mich an seine Lippen, küsst mich mit einer Leidenschaft, die ein heißes Ziehen durch meinen Körper jagt.

Atemlos stoppt er kurz darauf seinen Kuss. »Q?«, fragt er leicht orientierungslos.

Ich schüttle den Kopf. »Er ist weg. Nach Hause.«

»Gut«, murmelt Cooper zufrieden und stürzt uns in den nächsten Kuss. Dabei schiebt er seine Hand unter mein Top. Er will es abstreifen, stößt sich aber an der Decke. Er versucht es anders und verkeilt sein Knie mit dem Vordersitz. »Verdammt«, schimpft er und schüttelt den Kopf. »Das, was ich mit dir tun möchte, ist in diesem Scheißding von Auto nicht möglich. Wir sollten dringend sehen, dass wir reinkommen.« Mit den Worten öffnet er die Tür und zieht mich hinter sich her in die Scheune. Allein bei dem Gedanken, wo ich gleich überall seine Lippen spüren werde, wird mir ganz schwindelig. Kaum im Inneren, drängt Cooper mich gegen die Wand neben dem Tor und gibt mir einen harten, fordernden Kuss. Er löst sich erst von mir, als er die Tür verschlossen hat. Er schließt sonst nie ab. Wahrscheinlich ist sein Dad zu Hause und er will kein Risiko eingehen, dass wir von ihm überrascht werden. Unter weiteren Küssen schiebt Cooper mich die Treppe hinauf und stoppt erst, als meine Kniekehlen die Bettkante berühren. Ich lasse mich nach hinten auf die Matratze sinken und die Art, wie er mich ansieht – todernst und voller Verlangen –, bringt mich zum Erzittern. Ganz langsam und ohne den Blick von ihm zu lösen, ziehe ich mir das Shirt aus, dann den BH. Cooper sagt nichts, sieht mich nur an.

Dann entledige ich mich auch noch meiner Hose und des Slips. Jetzt liege ich vollkommen nackt vor ihm und es ist das unglaublichste Gefühl überhaupt, denn ich sehe genau, wie schön er mich findet. Trotz aller Makel, die ich habe.

Fast schon andächtig hebt er mein Bein an und streicht sachte daran entlang, passiert meine Mitte und gleitet dann weiter bis zu meinen Brüsten. Ich wünschte, er würde an den Stellen, die ihn bebend erwarten, haltmachen und mir den Atem rauben, aber stattdessen steht er auf und zieht sich ebenfalls aus, während er mich die ganze Zeit über fixiert. Dann angelt er nach einem Kondom und zieht es sich über. Erst jetzt rutscht er neben mich.

»Ich will dich«, murmelt er heiser und ich nicke. Weil ich ihn auch will. Jede meiner Zellen erwartet ihn.

Ich atme zischend aus, als er ohne weiteres Vorspiel in mich eindringt und beginnt, sich in mir zu bewegen. Es dauert nur wenige kraftvolle Stöße, bis sich Coopers ganzer Körper anspannt und er bebend in mir kommt. Jede Sekunde seines Höhepunkts ist wie ein Tropfen, der in diesen heißen See aus Sehnsucht und Verlangen in meinem Inneren tropft. Keuchend biege ich mich ihm entgegen, auch als Cooper längst erschöpft innehält. Er streicht mir die Haare aus der Stirn.

»Erinnere mich daran, dass wir nie wieder so einen langen Ausflug machen, bei dem wir nicht allein sind«, murmelt er. »Den ganze Tag lang wollte ich das hier tun, aber ich konnte ja schlecht Q traumatisieren.« Er lacht leise. »Deswegen hatte ich es jetzt wohl etwas eilig.« Er küsst meinen Hals, mein Schlüsselbein und knabbert dann sanft an meiner Brustwarze. Ich stöhne gequält auf und wünschte, er würde sich wieder in mir bewegen. Aber er ist fertig und das macht meinen Wunsch zumindest in nächster Zeit unmöglich. Er zieht sich aus mir zurück und gleitet halb von mir herunter. Ich lege mir dir Hand über die Augen, um ihn nicht sehen zu lassen, wie enttäuscht ich deswegen bin. Aber Cooper zieht sie fort.

»Sieh mich an«, fordert er mich auf. »Ich will dich sehen, wenn ich nachhole, was ich gerade vor lauter Übereifer verpasst habe«, flüstert er und schließt im gleichen Moment seine Lippen um meine Brustwarze, während seine Hand meine Mitte erobert. Langsam, aber bestimmt liebkost er mich, reizt mich, bis ich schließlich komme. Dann schließt er mich in seine Arme und so schlafen wir ein – nackt und eng aneinandergekuschelt.

KAPITEL 40

Cooper

Ich schwebe auf Wolke sieben. Dabei bin ich nicht der Typ, der schwebt. Oder daran glaubt, dass Gefühle so groß sein können, dass sie Wolken erreichen. Tja, da habe ich mich wohl getäuscht.

Hope hat meinen Wagen genommen und ist zu sich nach Hause gefahren. Ihre Mom arbeitet heute Vormittag und sie will ein paar Sachen holen. Wir haben besprochen, dass sie vorerst bei mir bleibt. Irgendwann muss sie mit ihrer Mutter sprechen, aber ich will ihr die Zeit geben, die sie braucht, um bereit für dieses Gespräch zu sein. Und ich bin egoistisch genug, mich über die Nähe zu ihr zu freuen, solange sie deswegen bei mir ist.

Ich sehe Q die Auffahrt zur Scheune heraufrumpeln und laufe ihm entgegen. Die Stoßdämpfer seines altersschwachen Wagens sind sicher nicht für Straßen dieser Art gemacht.

Auf halber Strecke erreiche ich ihn. Er bremst ab und ich steige ein. »Hi, Q«, sage ich und warte, bis er mit mir einschlägt, obwohl er eigentlich mit einem umständlichen Wendemanöver beschäftigt ist.

»Hi, Dornröschen«, erwidert er, streng konzentriert darauf, dass er den Wagen seiner Mom nicht gegen den Weidezaun setzt.

Ich mag es, wenn er sich traut, seinen Sarkasmus auszupacken. Er ist dann echt lustig. Und es gefällt mir, dass er mir immer mehr von sich zeigt. »Wegen gestern. Danke, dass du gefahren bist. Ich war echt hinüber.«

»Schon gut.« Er kurbelt das Fenster hinunter. »Kein Ding. Die Sache heute allerdings.« Er macht eine diffuse Handbewegung, die ihn, mich und das Auto umfasst. »Was soll ich bitte in einer Autowerkstatt? Und warum musste ich meine Mom überreden, den Bus zu nehmen, damit ich ihr Auto haben kann? Du hast selbst eins.«

»Ich weiß nicht, was Hope dir erzählt hat, warum sie bei mir ist.«

»Nichts.« Q setzt sein Diva-Gesicht auf. »Mir erzählt nie jemand was.«

»Ich rede gerade mit dir«, erinnere ich ihn und er verstummt tatsächlich. »Ich kann dir nicht sagen, was mit Hope ist, weil sie dir das selbst erzählen sollte, und zwar, wenn sie so weit ist. Aber ich kann dir sagen, dass sie verdammt viel durchmacht in letzter Zeit und dass sie wie verrückt an ihrem Wagen hängt.«

»Das kaputte Ding, das sie telefonisch an die Schrottpresse weitergeleitet hat?«

»Genau das. Ich habe es gekauft.«

Q sieht mich an, als hätte ich nicht mehr alle beieinander. »Was willst du damit? Es ist unwiederbringlich kaputt.«

»Ich habe keine Ahnung«, antworte ich ehrlich. »Erst mal rette ich es. Dann sehen wir weiter. Mir wird schon was einfallen. Aber auf jeden Fall brauche ich deine Hilfe.«

»Okay«, brummt er argwöhnisch, aber ich sehe, dass er sich im Grunde freut, mir und damit Hope helfen zu können.

* * *

Die Verhandlungen mit Larry waren deutlich einfacher, als das Winzauto mit Q in eines der alten Stallgebäude neben der Scheune zu verfrachten. Ich werde ihn dafür zum Essen und auf einen Zuckerschock auf Dr-Pepper-Basis einladen. Aber er nimmt die Dose nicht entgegen, die ich ihm hinhalte. »Ist alles okay?«

Quentin nickt unbestimmt. »Wir sind doch so etwas wie Freunde, oder?«, fragt er plötzlich.

»Ich würde das ›so etwas‹ weglassen. Wir sind definitiv Freunde. Immerhin hast du mir gerade geholfen, diesen Schrotthaufen in die Scheune zu bringen. Also ja«, stimme ich zu und stelle die Dose Dr Pepper zwischen uns auf einen der Felsbrocken, die vor der Scheune liegen.

Q lacht nicht. Sieht aus, als hätte es sich eine Gewitterfront in seinen Augen gemütlich gemacht.

»Was ist los, Q? Du bist schon seit Tagen ständig so komisch. Machst du dir immer noch einen Kopf um das Date mit Mia?«

»Ich werde es wahrscheinlich vermasseln, aber darum geht es gerade nicht.« Er atmet tief durch, beißt sich auf die Lippe und redet erst weiter, als er die Luft geräuschvoll wieder hat entweichen lassen. »Wenn ich dich um einen Gefallen bitten würde …?«

»Würde ich Ja sagen. Jederzeit. Egal, was es ist«, beende ich den Satz und setze mich neben die Dose auf den Felsbrocken. Kondenswasser perlt am Blech ab und verdunstet, sobald es auf den Stein trifft. »Also, worum geht es?«

Q braucht einige Sekunden. Als wäre er sich nicht sicher, ob er die Frage wirklich formulieren will. Aber dann tut er es doch.

»Ich bräuchte jemanden, der mich diesen Samstag nach Rockmount fährt.«

Das Viertel von Raleigh ist übel. Richtig übel. Die Typen, die da abhängen, verspeisen Jungs wie Quentin und mich zum Frühstück. »Was zum Henker willst du ausgerechnet in dieser abgefuckten Gegend?«

»Ich habe etwas Dringendes zu erledigen.« Wieder mauert Q und ich habe keine Ahnung, was in ihm vorgeht.

»In Rockmount?« Ich sehe ihn zweifelnd an.

»Du hast gesagt, du würdest mir helfen, egal was es ist?«

»Damit meinte ich nicht, dass wir uns zum Spaß im Getto abknallen lassen.« Das ist Irrsinn und seinem Blick nach zu urteilen, ist Q das sehr bewusst. Dass er trotzdem hinwill, lässt nur einen Schluss zu. »Steckst du in Schwierigkeiten?«, stelle ich die Frage, von der ich inständig hoffe, er wird sie mit Nein beantworten.

Zu meiner Erleichterung schüttelt er den Kopf. »Nein, das ist es nicht. Ich brauche nur jemanden, der mich fährt.«

»Das ist eine furchtbar miese Idee. Du bist ein Genie, was bedeutet, du weißt das, und deswegen verstehst du, dass ich dich auf keinen Fall dorthin fahren kann.«

»Super«, murmelt er gekränkt. »Dann nehme ich wohl den Bus.«

Seine Mom hält ganz offensichtlich genauso viel von seinem Plan wie ich und überlässt ihm das Auto nicht für eine solche Kamikazeaktion. »In der Gegend im Star-Wars-Shirt mit den öffentlichen Verkehrsmitteln zu fahren, dürfte Selbstmord bedeuten.« Überhaupt dorthin zu fahren, ist idiotisch. »Was hast du denn vor, um Himmels willen?«

»Ich muss ihn sehen«, stößt er leise hervor.

Keine Ahnung, von wem er spricht. »Wer zum Teufel ist er?«

Quentin lässt sich schwer gegen das Scheunentor sinken. »Mein Vater. Ich suche schon eine ganze Weile nach ihm. Ich dachte, gerade du könntest das verstehen.«

Ich brauche einen Moment, um Qs Worte zu verarbeiten. Wir sind uns wohl ähnlicher, als ich dachte.

»Mom hat mir nie viel über ihn erzählt, außer dass er eine Menge schlechter Entscheidungen getroffen hat und kein Umgang für mich wäre. Aber er ist mein Dad und ich will ihn kennenlernen.«

»Ich verstehe, warum, aber …« Aber nach allem, was er mir bisher erzählt hat, scheint es, als wäre Qs Dad ein verdammtes Abziehbild von Chase. Was, wenn er ihm wehtut und ihn genauso in die Scheiße reitet, wie Chase es bei mir getan hat? »… aber vielleicht solltest du deiner Mom vertrauen und es einfach gut sein lassen?« Ich versuche Chase und die Parallelen zu Qs Leben aus dem Kopf zu kriegen. Es gelingt mir nicht.

Quentin beißt die Zähne hart aufeinander. »Du brauchst es ja nicht für eine gute Idee zu halten. Alles, was ich will, ist deine Unterstützung. Als Freund. Ich bin erwachsen und habe ein Recht, zu wissen, was mein Vater für ein Mensch ist.«

Mein Schatten fällt auf sein Gesicht, als ich aufstehe und einen Schritt auf ihn zumache. »Als Freund sage ich dir, lass es. Ich weiß, wie die Scheiße laufen wird, und ich wäre ein mieser Kumpel, wenn ich dich nicht davon abhalten würde. Ich kann das nicht tun.« Ich fahre mir durch die Haare, um mich zu sammeln. »Er wird dir keine deiner Fragen beantworten, Q. Er wird nur dein Leben ins verfluchte Chaos stürzen.«

»Also ist deine Antwort Nein?« Q bemüht sich nicht, die Enttäuschung in seiner Stimme zu verbergen, und dreht sich halb zum Stallgebäude um, in das wir den Mini verfrachtet haben. »Die nächste Scheiß-wir-schwänzen-die-Uni-und-retten-ein-Auto-Aktion kannst du allein machen«, stößt er wütend hervor.

»Q«, versuche ich es noch mal, aber er drängt sich bereits an mir vorbei und läuft steif zu seinem Wagen.

»Ich dachte echt, wir wären Freunde«, würgt er hervor. Ich weiß nicht, ob zu mir oder mehr zu sich selbst.

Ich will ihm erklären, dass wir genau das sind. Dass es kein verfluchter Freundschaftsdienst wäre, wenn ich ihm dabei helfe, seinen Nichtsnutz von einem Dad zu treffen – sondern das Gegenteil.

Aber er schiebt sich bereits hinters Lenkrad, wirft die Tür zu, ohne mich noch einmal anzusehen, und startet den Motor. Staub hüllt mich ein, als er noch auf dem Hof beschleunigt und dann die Einfahrt hinabbrettert, sodass die Stoßdämpfer quietschend protestieren.

Ich verschränke die Arme im Nacken und atme tief durch. Warum versteht Q nicht, dass ich nur das Richtige tun will. Das Beste für ihn, und das ist nun mal nicht, ihn ins offene Messer laufen zu lassen.

Eine Weile hocke ich auf dem Stein vor der Scheune, die Augen geschlossen, die Sonne im Gesicht, und versuche mir keine Sorgen um Q zu machen, Chase aus dem Kopf zu bekommen, nicht an die Vergangenheit zu denken, die ich nicht mit nach North Carolina nehmen wollte. Doch ich bin wenig erfolgreich und froh, als Mac auftaucht.

»Na, wie läuft es bei dir?« Er setzt sich neben mich. »Ich habe gesehen, dass dein Freund gefahren ist, und dachte, ich komme dich mal besuchen. Ist alles in Ordnung bei euch? Er hatte einen ganz schönen Zahn drauf.«

Ich nicke. »Wir hatten Streit. Aber Q wird sich schon wieder beruhigen.« Leider bin ich mir da nicht so sicher, wie ich es gern wäre. »Hoffe ich«, brumme ich deswegen.

»Wenn du darüber reden willst?« Er winkt ab, als ich ihm Qs Dr Pepper anbiete.

Seufzend werfe ich die Dose zurück zwischen die größtenteils geschmolzenen Eiswürfel in der Kühlbox. »Er sucht seinen Dad, den er nie kennengelernt hat.«

»Was du gut verstehen kannst.« Mac formuliert es nicht als Frage, dennoch nicke ich.

»Und er erwartet, dass ich ihm dabei helfe. Aber sein Dad lebt in Rockmount und ist laut seiner Mom ein übler Typ, der viel zu gut in die Gegend passt.«

Mac lächelt. »Und deswegen wolltest du ihm das Ganze ausreden?«

»Du denkst, das hätte ich nicht tun sollen?«

Mac wiegt den Kopf hin und her. »Ich kann dir nur sagen, dass ich damals versucht habe dich abzuhalten, und wir wissen beide, wie das geendet hat. Vielleicht muss er das selbst herausfinden.« Er legt mir seine Hand aufs Knie. »Und wenn du denkst, der Typ ist eine Gefahr für deinen Freund, hilfst du ihm sicher mehr, indem du an seiner Seite bist.«

»Ich würde ihm das Ganze lieber ausreden.«

Mac steht auf. »Hätte ich dir damals deinen Umzug zu Chase ausreden können?«

Durch kein Argument der Welt. Ich seufze, nicke, weil ich weiß, worauf er hinauswill, und weil ich dennoch nicht bereit bin, Q in sein Unglück rennen zu lassen und ihm dabei noch die Hand zu halten.

»Was Chase angeht«, sage ich und klopfe auf mein Handy, das sich in meiner Hosentasche befindet. Ich hätte längst mit Mac darüber sprechen sollen. Ich weiß, dass er sich Sorgen macht, seitdem er beim Frühstück gesehen hat, dass Chase mir geschrieben hat. »Er hat mich kontaktiert. Ein paarmal. Ich habe es dir nicht erzählt, weil ich dich nicht beunruhigen wollte, aber du solltest wissen, ich bin durch mit ihm. Egal wie oft er noch versucht mich zu kontaktieren.«

»Das ist gut.« Mac wirkt ehrlich erleichtert.

»Ich weiß, das hier ist eine Chance. Ich will diesen Neuanfang. Das Studium. Die Ranch. Die Möglichkeit, später etwas

Eigenes zu haben. Ich will das alles. Ohne Chase. Für mich. Außerdem …« Ein Lächeln rutscht über meine Lippen. »… es gibt da seit Neuestem ein Mädchen.«

Mac sieht mich an und lacht. »Wer hätte das gedacht. Du siehst aus, als wärst du tatsächlich verliebt.« Er legt seine Hand auf meine Schulter. »Und es scheint, als würde sie dir helfen, hier Fuß zu fassen. Das ist gut.«

»Ja«, erwidere ich schlicht.

»Ich freue mich für dich.« Er legt seinen Strenger-Vater-Gesichtsausdruck auf. »Aber pass auf, dass du dich nicht wieder verlierst, und warum hast du sie mir nicht längst vorgestellt?«

»Mache ich und werde ich.« Sobald sich der Ärger mit ihrer Mom gelegt hat und Hope bereit ist. »Versprochen.«

»Okay. Ich freue mich drauf. Aber ehrlich gesagt bin ich nicht nur zum Plaudern rübergekommen.«

»Weswegen sonst?«

Mac streicht an seinem Bart entlang. Er zögert. »Es geht um Ava. Weißt du, sie macht mich sehr glücklich. Und ich sie hoffentlich auch. Das Problem ist, sie hat mich gebeten, ihr beim Aufbau einiger Möbel zu helfen, und ich habe zwei absolut linke Hände, was sie vermutlich nicht besonders attraktiv finden wird.«

»Das ist die Untertreibung des Jahrhunderts«, erwidere ich schmunzelnd. Ich soll ihm also helfen, Möbel für seine große Liebe aufzubauen. Das lag auf meiner Prioritätenliste nicht besonders weit oben. Andererseits wäre es ein Schritt, um ihm zu zeigen, dass ich Ava an seiner Seite akzeptiere. Und es wird mich von Quentin und der Frage ablenken, ob Mac recht hat und ich ihn doch besser bei dieser hirnrissigen Aktion unterstützen sollte. Also stehe ich auf. »Ich packe ein paar Werkzeuge zusammen, dann können wir fahren. Aber wir müssen deinen Wagen nehmen. Meinen habe ich meiner Freundin geliehen.«

Mac nickt beeindruckt. »Du scheinst wirklich verliebt zu sein, wenn du ihr deinen Wagen überlässt.« Er lacht leise und geht dann voran zum Haus. Auch, wenn ich nicht eitel bin, was meinen Wagen angeht, hat er recht. So habe ich vor ihr noch für kein Mädchen empfunden. Mit einem Lächeln schreibe ich Hope, dass ich noch etwas mit Mac zu erledigen habe, es aber nicht erwarten kann, sie später zu sehen, und folge ihm dann.

KAPITEL 41

Hope

Cooper hat mir seinen Wagen geliehen, damit ich heute zu Moms Haus fahren und ein paar Sachen holen kann. Wechselwäsche, meinen Laptop und die Uni-Unterlagen. Dadurch verpasse ich zwar meine heutigen Kurse und die Redaktionssitzung der Gazette, aber ich laufe Mom nicht über den Weg, die laut Schichtplan bis nachmittags arbeiten wird.

Coopers Pick-up parke ich in der verwaisten Auffahrt und gehe schnell ins Haus. Je zügiger ich das hier erledige, umso schneller bin ich wieder bei Cooper. Mit wenigen Sätzen überwinde ich die Treppe und gehe in mein Zimmer. Wahllos schmeiße ich Kleidung in die Sporttasche, die ich unter dem Bett hervorziehe. Obenauf lege ich noch meinen Waschbeutel mit den wichtigsten Dingen für die nächsten Tage.

Bevor ich alle erforderlichen Ladekabel und Anschlüsse in meinen Rucksack stopfe, übertrage ich schnell die Bilder von Kamera und Handy auf den Laptop, um sie dann auf einen Stick zu ziehen. Ich will Cooper mit den Fotos überraschen.

Zum Glück muss ich dafür die Flut aus Bildern gar nicht komplett sichten. Schon in der Vorschau ist klar zu erkennen, welche so düster sind, dass ich sie ohne weitere Umschweife in den Ordner mit dem schwarzen Titelbild verschiebe, den ich nach Dads Tod in meiner iCloud angelegt habe. Das letzte Bild dieser Art kommt von meinem Handy und zeigt die Umrisse eines Typen vor einem zornig dunklen Himmel und wogendem Dünengras. Das Bild, das ich vor Ivys Haus geschossen habe. Irgendetwas hält mich davon ab, auch dieses Bild hinter dem Schwarz des Ordners verschwinden zu lassen. Vielleicht liegt es an dem Kontrast, den dieses Bild zu dem Foto schafft, das als Nächstes in der Vorschau zu sehen ist.

Es zeigt Cooper, wie er den Kurs verlässt, in den er mir an unserem ersten Tag an der Mount Olive gefolgt ist. Damals habe ich ihn aus einem Impuls heraus fotografiert. Weil er etwas in mir bewegt hat. Jetzt kann ich ihm zeigen, wie sehr er schon damals meine Welt erhellt hat. Nichts könnte das besser als diese beiden Bilder, die so gegensätzlich sind, als wären sie das Negativ des jeweils anderen. Das eine dunkel, zornig und voller Trauer. Das andere hell und lichtdurchflutet wie ein perfekter Hoffnungsschimmer. Ich stecke einen leeren USB-Stick in den Port und verschiebe alle weiteren Aufnahmen darauf. Als der Transfer abgeschlossen ist, beschrifte ich den Stick mit einer Kombination unserer beider Vornamen. CoHo-Box. Dann klappe ich den Laptop zu und verstaue ihn mitsamt dem Zubehör, der Kamera und meinem Handy in meiner Tasche. Meine Uni-Unterlagen schiebe ich hinterher und werfe sie mir dann über die Schulter. Die Reisetasche zerre ich die Treppe hinunter und wuchte sie auf die Ladefläche des Pick-ups.

Eilig setze ich den Wagen zurück und verlasse kurz darauf die Outer Banks in Richtung Ranch. In Newport kaufe ich ein paar Dinge zum Abendessen ein und rufe Larry an. Ich weiß, dass es keinen Sinn ergibt, aber ich will ihn fragen, ob er den Mini doch wieder hinbekommen könnte. Egal wie teuer und aufwendig es wird.

Er meldet sich nach dem siebten Klingeln. Wahrscheinlich hing er wieder kopfüber im Motorraum eines Wagens oder musste erst mit dem Rollbrett unter einem der Autos hervorkommen. Auf jeden Fall hört er sich an wie nach einem Dauerlauf, als er »Larry Kings Garage« in den Hörer bellt.

»Hi, Larry. Ich bin es. Hope.«

Seine Stimme wird augenblicklich weicher. »Hope. Was kann ich für dich tun?«

»Ich habe noch mal über den Mini nachgedacht und mich gefragt, ob wir ihn nicht doch retten könnten. Ich weiß, es ist unsagbar teuer und langwierig, weil die Ersatzteile schwer zu bekommen sind, und er hat so viele Baustellen, dass es sich nicht lohnt.« Ich hole tief Luft. »Aber das Auto erinnert mich an Dad. Und ...« Ich blinzle die Tränen weg, die mir in die Augen treten. »... ich fange an, ihn zu vergessen«, schiebe ich leise hinterher. Er war schon monatelang im Einsatz, als er gestorben ist. Ich bin daran gewohnt, dass Bruchstücke meiner Erinnerungen in dieser Zeit verblassen. Aber jetzt wird Dad nicht zurückkommen, um die Lücken zu füllen. Das Auto aber kann ich festhalten und damit vielleicht auch ein Stück von ihm.

»Das Problem ist Folgendes ...«, beginnt Larry und ich sehe ihn vor mir, wie er sich mit dem verölten Lappen im Nacken kratzt.

»Ich würde dir jeden Cent, den du da reinsteckst, zurückzahlen«, unterbreche ich ihn. »Wenn nötig in Raten, und ich könnte dir in der Werkstatt helfen, um einen Teil der Schulden zu bezahlen.«

»Das Geld ist mir egal«, brummt Larry. »Darum geht es nicht und das weißt du hoffentlich. Aber der Wagen ist bereits weg. Tut mir leid, Kleines. Es ist zu spät. Aber ich gucke mich nach einem fahrbaren Untersatz für dich um. Wir finden da was.«

Ein Auto. Es ist nur ein Auto. Ich nicke und spüre, wie meine Wangen feucht werden. Mitten auf einem Supermarktparkplatz zu sitzen und wegen eines Blechhaufens zu heulen, ist absolut unzurechnungsfähig. »Schon gut. Und danke«, quetsche ich brüchig hervor, verabschiede mich und lege auf. Ich sollte zusehen, dass ich nach Hause komme. Zu Cooper. Er kann mit Sicherheit dafür sorgen, dass ich keinen Gedanken mehr an ein dämliches Auto verschwende.

KAPITEL 42

Cooper

Mac fährt beständig unter der Geschwindigkeitsbegrenzung und ich würde ihn am liebsten schütteln, damit er endlich mehr Gas gibt. Zum einen, weil mich sein provozierend langsames Fahren wahnsinnig macht. Zum anderen will ich unbedingt für Hope da sein, wenn sie zurückkommt. Ihre Sachen von zu Hause zu holen, hat sie sicher aufgewühlt. Sollte sie ihrer Mom dabei begegnet sein, wird sie mich umso mehr brauchen.

Aber mir ist klar, dass Mac wissen wollen wird, warum ich es so eilig habe, wenn ich ihm meine Ungeduld zeige. Und dann müsste ich ihm sagen, dass Hope nicht nur meine Freundin ist, sondern bereits auf unbestimmte Zeit bei mir in der Scheune wohnt, was in seinen Augen vielleicht überstürzt erscheinen könnte.

Vielleicht kann ich ihm anbieten, auf dem Rückweg zu fahren, ohne dass er Verdacht schöpft. Das würde zumindest etwas Zeit rausholen.

»Ist es nicht wunderschön?«, fragt Mac in diesem Moment und verringert die Geschwindigkeit noch mal, um auf das glitzernde Wasser rechts und links der Brücke zu deuten, die sich über den Sund spannt.

Ich nicke und lasse das Fenster ganz herunter. Mit der Hand mache ich eine wellenförmige Bewegung, als würde sie auf dem Fahrtwind surfen, und atme tief die salzgeschwängerte Luft ein.

»Du liebst das Wasser.« Es ist keine Frage. Mac weiß, was mir der Ozean bedeutet. Ich weiß nicht, wie oft er mich am Wasser aufgelesen hat, wenn ich nicht zur verabredeten Zeit nach Hause gekommen bin. Ich habe einfach dort gesessen und nachgedacht. Irgendwie war es schon immer der Ort, an dem meine Gedanken nicht gegen Mauern gerannt sind.

»Als ich hergezogen bin, habe ich mir auch ein paar Häuser auf den Outer Banks angesehen«, fährt er fort.

»Warum hast du dich für die Ranch entschieden?« Das habe ich mich bereits an meinem ersten Tag in North Carolina gefragt.

Er zuckt mit den Schultern. »Sie liegt näher an der Klinik. Und ich wollte einen Neuanfang, nicht einen Ozean gegen den anderen tauschen und ständig an das erinnert werden, was ich zurückgelassen habe.«

Ich blinzle verwirrt. Eigentlich dachte ich, Mac zu kennen, zu wissen, was in ihm vorgeht. Ich war und bin seine Verantwortung, seitdem Mom sie ihm ungefragt aufgebürdet hat. Wir haben eine Verbindung, weil ich in seinem Haus aufgewachsen bin, aber ich hätte nie gedacht, dass es ihn verletzt hat, als ich zu Chase gezogen und damit aus seinem Leben verschwunden bin.

»Die Ranch hat definitiv Vorteile«, sage ich und versuche mir nicht anmerken zu lassen, dass mich Macs Geständnis, er habe mich vermisst, aufwühlt. »Du hast eindeutig weniger Moskitos als die armen Schweine auf den Outer Banks.«

Er nickt und legt mir sekundenlang die Hand in den Nacken. Schwer und warm, bevor er sie wieder fortnimmt, um an der Kreuzung nach Norden abzubiegen. Die Straße führt direkt am Wasser entlang und schlängelt sich an teuren Häusern mit Blick auf den Sund vorbei.

Diesen Teil der Insel kenne ich kaum. Mit Hope habe ich nur die ozeanzugewandte Seite erkundet. Die einzigen Punkte, die mir wirklich vertraut sind, sind das Shake Shacks und jeder Zentimeter rissigen Asphalts der Straße, auf der unser Treffpunkt liegt.

Als Mac einer Wasserader ins Innere der Insel folgt, werden die Häuser kleiner, unscheinbarer. Hier blättert Farbe von der einfachen Verbretterung und die Gärten wirken nicht mehr, als würde dreimal die Woche ein Landschaftsgärtner alles mit dem Lineal stutzen. Mac erzählt mir, wie er Ava bei der Haussuche geholfen hat und wie wohl sie sich auf den Outer Banks fühlt. Wir passieren einen winzigen Supermarkt, der sich neben einen Waschsalon und zwei Fischrestaurants quetscht. Dann streifen wir die Ausläufer von Port Haven. Die Kirche des kleinen Küstenstädtchens reckt ihren strahlend weißen Turm in den blauen Himmel und wirft einen lang gezogenen Schatten auf das flache Gebäude der inseleigenen Grundschule. Direkt daneben liegt eine nostalgisch wirkende Feuerwache.

Weiter die Straße hinunter erkenne ich die bunten Wimpel der Hauptstraße und den dahinterliegenden Pier. Dort gibt es diverse Klamotten- und Wassersportgeschäfte, den Einrichtungsladen, in dem ich meine Sachen seit Neuestem in Kommission gebe, eine Bäckerei und diverse Restaurants. Mac lässt all das hinter sich und biegt in einen nicht befestigten Weg ein, der vom Strand weg zur Sundseite der Insel verläuft. Der Sand und Schotter knirscht unter den Rädern seines Wagens, bis er schließlich einige Meilen später vor einem zweistöckigen, weißen Holzhaus hält. Hopes Zuhause muss ganz in der Nähe sein, aber ich kann mich auch irren. Dadurch, dass wir von der anderen Inselseite gekommen sind, fehlen mir die Orientierungspunkte. Das Gebäude selbst ist nicht besonders groß, aber es liegt wunderschön. Direkt an einer der Wasseradern des Sunds. Der Garten fällt leicht zum Wasser hin ab und riesige alte Eichen und Zypressen spenden Schatten. Das gesamte Haus ist von einer breiten Veranda umgeben, auf die ich Mac folge, nachdem ich mir das Werkzeug von der Rückbank geschnappt habe. Während er aufschließt, fällt mein Blick auf die vielen Blumen, mit denen die Veranda vollgestopft ist. Einige davon stecken in zwei Pflanzkübeln, die an der Hauswand montiert sind. Alte Schubladen. Mein Magen flattert für einen Moment. Ich habe Hope genau solche mitgegeben.

Das muss nichts bedeuten. Mittlerweile hat der Laden am Pier ein gutes Dutzend der Teile verkauft. Ich sollte mich daran gewöhnen, dass ich in dieser kleinen Welt, in der ich jetzt lebe, häufiger über meine Sachen stolpere. Vielleicht hat sogar Mac die Dinger für Ava gekauft, ohne dass er wusste, dass sie von mir stammen? Zuzutrauen wäre es ihm.

Also, warum zögere ich, statt Mac ins Haus zu folgen? Wieso würde ich die Dinger am liebsten von der Wand nehmen und sicherstellen, dass sich keine Macke an der Rückseite befindet? Hope hat sie in die Schublade gehauen, die wir gemeinsam gebaut haben. Solange es nicht um Motoren geht, ist sie in Verbindung mit Werkzeug eine echte Katastrophe.

»Was ist los?«, fragt Mac, weil ich wie ein Irrer auf den Stufen der Veranda stehe und mich nicht rühre.

»Nichts. Komme schon.« Ich muss mich zusammenreißen. Das bescheuerte Gefühl abstellen, dieses Haus könnte Hopes sein. Das ihrer Mom. Nur weil Ava zufällig dieselben Pflanzkästen besitzt und in derselben Ecke der Outer Banks wohnt. Das ist idiotisch.

Aber ich entspanne mich erst, als ich hinter Mac das Haus betrete und einen Blick in den Wohnraum werfe. Eine furchtbare senfgelbe Couch dominiert den Raum. Eindeutig nicht das Ding, auf dem ich Hope nach unserem ersten Treffen die halbe Nacht in meinen Armen gehalten habe.

»Wo müssen wir hin?«, frage ich erleichtert.

»Nach oben.« Mac deutet in den ersten Stock und geht voraus. »Am besten, ich zeige dir erst mal alles.« Oben angekommen, biegt er in ein geräumiges Schlafzimmer ab. Eine bescheuert große Anzahl an Zierkissen ist auf dem breiten Bett drapiert. Als wäre das hier eines der durchgestylten Häuser in diesen Einrichtungszeitschriften, die Amber immer gelesen hat. »Sieht nicht aus, als müsste hier noch viel gemacht werden.«

»Das Schlafzimmer ist so weit fertig, aber Avas Badezimmer muss gestrichen werden. Ich dachte, das kann ich erledigen, während du dich um die Möbel im Zimmer ihrer Tochter kümmerst, okay? Mit einem Pinsel kann ich nicht viel zerstören.«

»Klingt nach einem Plan. Lass mal sehen.« Ich schiebe mich an ihm vorbei und zucke zusammen. Der Anblick des Bads ist wie eine harte Linke, die mich in den Magen trifft. Schwer lasse ich mich gegen den Türrahmen sinken, schließe die Augen. Aber als ich sie wieder öffne, ist da immer noch derselbe kackbraune Farbton, der in furchtbaren Schlieren mit fünf anderen Tönen konkurriert. Woher ich weiß, dass es genau sechs Farbschichten sind, mit denen Ava das Bad verunstaltet hat?

Weil Hope es mir erzählt hat. Und sie hat recht, es sieht wirklich aus wie ein körperverletzend hässliches Achtzigerjahre-Batikshirt.

»An deinem Gesichtsausdruck kann ich ablesen, dass du verstehst, warum hier dringend gestrichen werden muss.« Mac lacht unbeschwert. »Dann zeig ich dir mal deinen Arbeitsplatz.«

Ich will ihm nicht folgen, nicht bestätigt sehen, was längst mehr als eine böse Vorahnung ist. Noch kann ich mir einreden, dass dieses beschissene Badezimmer und die Pflanzkübel nur Zufall sind, aber sobald ich Hopes Zimmer sehe, wird es dafür zu spät sein. Wenn ich ehrlich bin, funktioniert es schon jetzt nicht mehr. Mein Herz pocht ataktisch in meiner Brust. Ich kriege keine Luft und bitte Mac, dem ich wie betäubt ins Zimmer folge, das Fenster zu öffnen. Vielleicht vertreibt das den Geruch nach Wildblumen, der mir entgegenbrüllt, dass sich gerade einfach alles verändert.

Scheiße, es gibt sicher viele Mädchen, die nach Blumen riechen. Das ist kein Beweis, dass dies Hopes Zimmer ist.

Ich muss sichergehen und zwinge mich, den Blick von den rustikalen Holzdielen zu lösen, mich umzusehen, während Mac mir ausführlich erklärt, was aufgebaut werden muss und wo die Möbel stehen sollen. Ich höre nicht zu.

Mein Blick ist fest auf einen Zettel gerichtet, der zwischen einer Vielzahl von Fotos über dem Bett hängt. Meine Worte stehen darauf und meine Nummer.

Auch ohne die Bilder anzusehen, die Hope zeigen, gibt es keinen Zweifel mehr daran, dass das Schicksal ein ätzendes Miststück ist, weil es ausgerechnet uns zueinandergeführt hat. Erst vor dem Blue Taps. Und dann an der Uni. Als würde es darauf bestehen, dass wir zueinanderfinden. Nur damit es uns jetzt das Herz brechen kann. Denn genau das wird passieren, wenn Hope erfährt, wer ich bin. Der Sohn des Mannes, den sie auf der Welt am meisten hasst. Wie konnte ich nicht darüber stolpern, als sie mir erzählt hat, dass der Prius-Mann Victor heißt? Victor MacArran. Für mich und seine Freunde ist er Mac. Schon immer. Ich kenne niemanden, der ihn Victor nennt. Jetzt schon. Ava.

Hope wird nicht damit umgehen können. Verdammt, ich kann nicht damit umgehen, wenn sie mich wegen dieser Scheiße verlässt.

»Dann lasse ich dich mal machen.« Mac zieht einen Pinsel aus der Hosentasche und deutet in Richtung von Avas Schlafzimmer. Ich sehe ihm wortlos nach und kann nicht verstehen, wie er so tun kann, als wäre alles in bester Ordnung. Dabei ist nichts in Ordnung. Mac war der Einzige, der mich nie enttäuscht hat. Mom hat mich verlassen. Chase war ein verdammtes Desaster. Er hat mich belogen, bestohlen und mich hängen lassen. Mac hingegen war immer ehrlich und integer, eine Konstante. Bis jetzt. Denn in diesem Moment reiht er sich in meine Sammlung elterlicher Katastrophen ein.

Er hat Hope das angetan. Wenn ich sie verliere, dann weil er gelogen und betrogen hat. Es verrückt etwas zwischen uns, das nie wieder an seinen Platz rutschen wird. Und ich kann das im Gegensatz zu der ganzen Scheiße, die Chase getan hat, nicht wegstecken. Nicht weitermachen. Das hier trifft mich auf einer ganz anderen Ebene. Mit der Wucht einer Abrissbirne.

Ich bin kurz davor, zusammenzuklappen. Aber dafür ist Hopes Zimmer der denkbar schlechteste Ort. Ich sollte nicht mal hier sein. Nicht mitten in ihrem Zimmer stehen, ohne dass sie weiß, dass ich hier bin. Sie darf die Wahrheit unter keinen Umständen so erfahren. Indem sie mich hier vorfindet. Sie wollte heute hierherkommen und ihre Sachen abholen. Eigentlich müsste sie das schon erledigt haben, aber wer sagt denn, dass sie nicht noch mal zurückkommt? Oder aufgehalten wurde und jeden Moment hier reinplatzt? Wenn sie mich hier sieht, wird sie mir mit Sicherheit nicht glauben, dass ich bis vor zwei Sekunden keine Ahnung hatte, dass Mac der verhasste Prius-Mann ist. Sie würde denken, ich hätte sie verarscht und belogen. Das ist alles so verdammt abgefuckt. Ich sollte verschwinden, aber das geht genauso wenig. Mac würde eine Erklärung fordern, warum ich mich nicht an den Plan halte. Und ich bin zu sehr durch den Wind, um mich jetzt mit ihm auseinanderzusetzen. Es bleibt mir nichts anderes übrig, als erst die Möbel aufzubauen, bevor ich hier verschwinden kann.

Hastig mache ich mich an den Kleiderschrank, aber ich bin nicht bei der Sache und schlage die Dübel zu fest ins Holz. Es hilft nicht, meine Frustration zu mildern. Nur das weiße Furnier splittert ab. Ich habe eine Scheißangst, Hope zu verlieren und genauso zu zersplittern.

Trotzdem werde ich ihr die Wahrheit sagen müssen. Sie sollte selbst entscheiden, ob sie damit klarkommt, dass ich Macs Stiefsohn bin und sie ständig Gefahr laufen wird, ihm zu begegnen, wenn wir zusammen sind. Ich muss ehrlich sein, denn das Schlimmste bei der ganzen Sache mit ihrer Mom und Mac war für Hope, dass Ava sie belogen hat. Ich werde nicht denselben Fehler begehen. Lügen sind definitiv schlimmer als die unbequeme Wahrheit.

Das stimmt alles, aber die Angst, ich könnte Hope verlieren, drückt dennoch penetrant gegen meine Magenwand. Sie hasst alles und jeden, der zu Mac gehört. Mir ist kotzübel.

Ich kann es ihr nicht sagen.

Hope ist im Moment, verdammt noch mal, nicht bereit, zu ihrer Mom zurückzukehren. Wenn ich ihr aber alles sage, wird sie Abstand von mir brauchen, und dann hat sie niemanden, bei dem sie unterschlüpfen kann … Das ist bestenfalls ein netter Versuch, meinen egoistischen Wunsch zu rechtfertigen, einfach alles zu verschweigen und sie weiter zu lieben, als wüsste ich von nichts.

Aber vielleicht ist es wirklich nicht so dumm, noch ein paar Tage zu warten, bis ich es ihr sage. Wenn ich erst mit Mac rede, kann ich eventuell bewirken, dass er zu sich kommt und einsieht, wie krank das alles ist. Vielleicht gelingt es mir, dass er sich zurückzieht, damit Hope und ihre Mom noch eine Chance haben. Dann hätten vielleicht auch wir eine.

Außerdem wäre es sicher nicht schlecht, bis zum Labour-Day-Wochenende zu warten. Bis Ivy nach Hause kommt und ihr beistehen kann, wenn die Wahrheit Hopes Leben auf links dreht. Sie hätte jemanden, selbst wenn sie mich dann nicht mehr sehen will. Ich schließe die Augen, denn mir wird klar, dass genau das passieren wird. Ich werde sie verlieren. Scheiße. Scheiße. SCHEISSE.

KAPITEL 43

Hope

Cooper ist mit Mac zu dessen Freundin gefahren, um seinem Dad zu helfen, irgendwelche Möbel aufzubauen. Sie sind gegen Mittag aufgebrochen. Jetzt ist es fast sieben. Und das, obwohl Cooper mir geschrieben hat, dass er es nicht erwarten könne, mich danach zu sehen, und dass er sich beeilen wollte.

Wahrscheinlich hat Mac ihn noch zum Essen eingeladen oder sie trinken zusammen ein Bier nach getaner Arbeit. Auch wenn ich ihn vermisse, freue ich mich für Cooper, dass er ein wenig Vater-Sohn-Qualitätszeit mit Mac hat. Soviel ich verstanden habe, war Mac die einzige Konstante in Coopers Leben. Der einzige Elternteil, den Cooper wirklich liebt und der ihm dieses Gefühl ebenfalls entgegenbringt.

Meine Bücher liegen wie ein Fächer ausgebreitet um mich herum auf dem Bett. Wenig erfolgreich versuche ich mich aufs Lernen zu konzentrieren. Normalerweise fällt mir das leicht. Ich tue es gern. Aber heute zerfasert die Sehnsucht nach Cooper meine Aufmerksamkeit.

Ich lache über mich selbst und lasse mich hintenüber auf die Matratze kippen. Wenn mir jemand vor einem Monat erzählt hätte, ich würde heute so verdammt verliebt sein, dass ich keinen klaren Gedanken mehr fassen kann, nur weil ich ein paar Stunden von Cooper getrennt bin, hätte ich ihm einen Vogel gezeigt.

Ich schreibe Ivy eine Nachricht, dass ich noch durchdrehe

und dieses Kotzverliebtsein mit Sicherheit keine meiner Kernkompetenzen mehr wird.

Sie antwortet sofort: *Ich bin so gespannt auf Mister Sexy. Noch eine Woche, dann checke ich ihn auf seine Tauglichkeit. Kann es nicht erwarten, dich zu zerdrücken, Butternut.*

Ich auch nicht und genau das schreibe ich Ivy. Dann lege ich das Handy beiseite und stehe auf. Die Bücher räume ich in eine der Weinkisten, die Cooper für mich frei gemacht hat. Dann gehe ich in die Küche und beschließe, dass ich uns etwas zum Abendessen koche. Das wird mich eine Weile beschäftigen. Außerdem habe ich Hunger. Ich werde ohne Cooper essen und er kann sich seine Portion später warm machen. Auf keinen Fall will ich ihm ein schlechtes Gewissen machen, weil ich mit dem Essen auf ihn gewartet habe, während er mit seinem Dad unterwegs war.

Ich verbinde mein Handy mit Coopers Bluetooth-Box, stelle eine meiner Country-Playlists an und beginne zu schnippeln.

Eine Dreiviertelstunde später habe ich gekocht, gegessen und sitze wieder auf dem Bett. Noch immer ist Cooper nicht zurück. Langsam beginne ich, mir Sorgen zu machen, will ihm aber auch nicht das Gefühl geben, er müsste den Abend mit Mac abbrechen, weil ich plötzlich zu klammern beginne. Das ist total bescheuert.

Nachdem ich mein Telefon entsperrt habe, scrolle ich durch Facebook und Instagram, lese die neuesten Posts von Ivy und einigen anderen. Aber dann lande ich unweigerlich auf Coopers Profil. Sein letzter Post ist der unserer ineinander verschränkten Hände vor dem Sonnenuntergang am Corolla Beach.

Ich entwickle mich noch zu einer manischen Stalkerin. Das hört genau jetzt auf. Seufzend schließe ich Instagram und klicke dann Netflix an. Die App fragt mich, ob ich den Stream weiterführen will, den ich zuletzt geöffnet hatte, aber das ist eine

Serie, die ich gemeinsam mit Cooper gucke. Also entscheide ich mich für irgendeinen Film, der derzeit in den Top Ten ist. Der Streifen hat mehr Brutalität als Handlung und schafft es nicht wirklich, mich abzulenken. Trotzdem sehe ich ihn bis zum Schluss. Jetzt ist es bereits nach zehn und das ungute Gefühl, etwas muss passiert sein, dehnt sich in meiner Brust aus.

Cooper schreibt sonst ständig kleine Nachrichten. Sogar während unserer Kurse, wenn ich mich nicht ablenken lassen sollte. Aber jetzt, wo ich auf ihn warte – nichts. Das passt einfach nicht zu ihm. Ich beschließe, ihm jetzt doch zu schreiben. Überlege. Tippe: *Geht es dir gut? Ich habe nichts von dir gehört und mache mir Sorgen.* Frustriert lösche ich die Nachricht. Das ist Klammern der übelsten Sorte.

Ich mache mir Sorgen. Ist alles in Ordnung? Verdammt. Nein. So ist es nicht wirklich besser.

Ist bei dir und Mac alles okay? Klingt, als würde ich davon ausgehen, dass sie sich an die Gurgel gehen, wenn ich nicht aufpasse.

Wie läuft es mit Mac?, schreibe ich schließlich und schicke die Nachricht ab, bevor ich sie wieder löschen kann. Ich warte, drehe das Handy in meiner Hand um die eigene Achse. Es kommt ... keine Antwort. Die blauen Häkchen zeigen, dass er die Nachricht gelesen hat, und das zittrige Gefühl in mir dehnt sich aus. Etwas stimmt nicht. Da bin ich mir sicher. Obwohl es wesentlich wahrscheinlicher ist, dass Cooper einfach auf Mac konzentriert ist und mir deswegen nicht antwortet.

Um mich abzulenken, ziehe ich mich aus und streife mir eines seiner Shirts über. Dann gehe ich Zähne putzen und schlüpfe schließlich ins Bett. Das Licht lösche ich und versuche zu schlafen, anstatt weiter zu warten. Ich schließe die Augen, aber mein Herz rast und meine Gedanken kommen nicht zur Ruhe.

Eine Stunde später höre ich endlich, wie das Scheunentor leise aufgeschoben wird und Cooper die Treppe erklimmt. Seine Schritte klingen schwer und zögernd. Aber vielleicht bilde ich mir das auch nur ein.

Er kommt zum Bett und setzt sich auf die Kante. Wortlos. Sein Rücken ist rund, als würde ein Betonklotz auf ihm lasten. Ich richte mich halb auf und erwarte, dass er sich zu mir umdreht, mich anstrahlt und mich in seine Arme zieht. Ich will sein perfektes »Hi« hören, seinen Atem spüren und dann seine Lippen, die meine Befürchtungen zum Teufel jagen.

Aber er dreht sich nicht um. Er sitzt einfach nur da und starrt ins Dunkel. Vielleicht ist er betrunken.

»Cooper?«, frage ich leise, aber er reagiert nicht. Erst als ich seinen Arm berühre, zuckt er zusammen und wendet mir das Gesicht zu. Den Blick starr auf die Bettdecke geheftet. Er sieht mich nicht an. Wieso sieht er mich nicht an?

Meine Kopfhaut kribbelt und mein Mund ist staubtrocken. »Alles okay?« Bitte sag, dass alles gut ist.

Er nickt. Ich müsste erleichtert sein, aber ich weiß mit derselben Sicherheit, dass er lügt, wie ich weiß, dass ich ihn liebe. So sehr, dass die Distanz, die von ihm ausgeht, körperlich wehtut.

»War nur ein verdammt langer Tag«, murmelt er und seine Stimme ist so flach, dass ich sie kaum wiedererkenne. Flach, aber nicht verwaschen. Er hat also nicht getrunken.

Ich setze mich jetzt vollständig auf und rutsche näher an ihn heran. »Hattest du Streit mit Mac?«

Ein Kopfschütteln, das mir entgegenbrüllt: Das hier hat nichts mit Mac oder dem Abend zu tun, den sie gemeinsam verbracht haben. Es geht um uns. Mir ist kalt. Ich will es nicht wissen, aber ich muss fragen. »Geht es um mich? Hab ich irgendetwas falsch gemacht?« Ich beiße mir auf die Unterlippe. »Wenn dir das zu viel ist.« Ich mache eine zittrige Pause. »Zu schnell. Zu eng. Das wäre völlig okay. Ich muss nicht bleiben.« Es würde mich treffen, wenn er mich wegschickt. Auch weil ich keine Ahnung habe, wohin ich in dem Fall gehen sollte, aber es wäre verständlich. Wir sind gerade erst zusammengekommen und wohnen bereits gemeinsam hier. »Aber du musst mit mir reden. Bitte.«

»Du denkst, ich will dich nicht hierhaben?«, fragt er erschrocken und endlich sieht er mich an. Seine Gesichtszüge werden weich. »Auf keinen Fall.« Er schlingt seine Arme um mich, presst mich so fest an sich, als müsse er seine Worte unterstreichen.

Von mir aus könnten wir für immer in dieser Umarmung verharren und die Welt aussperren. All die ätzenden Probleme.

Nach einigen Sekunden löst Cooper sich jedoch. Aber nur so weit, dass er mich küssen kann. »Du musst mir glauben, dass mir das mit uns niemals zu viel sein wird«, flüstert er an meinen Lippen. »Versprich mir das, ja?«

Stumm nicke ich und schmiege mich in die Berührung seiner Hand, die er in meine Haare geschoben hat.

»Ich liebe jede Sekunde, die ich mit dir zusammen sein darf. Ich liebe dich. Uns«, sagt er leise. »Heute war einfach ein beschissener Tag. Aber jetzt bin ich hier. Bei dir.«

Und der Kuss, den er mir gibt, zeigt, dass diese Tatsache ausreichen könnte, um wettzumachen, was auch immer heute schiefgelaufen ist. Zwischen zwei Küssen hält Cooper kurz inne und ich denke schon, er will noch etwas sagen, aber dann senkt er seine Lippen wieder auf meine.

Dieses Mal bin ich es, die unseren Kuss unterbricht. »Ich habe was zu essen gemacht. Spaghetti mit Tomatensoße und ekligen Krustenviechern.« Mit einem Lächeln streiche ich ihm durch die Haare. »Ich könnte dir etwas davon warm machen.«

Aber er schüttelt nur stumm den Kopf und presst seine Lippen erneut auf meine. Es liegt eine Verzweiflung in diesem Kuss, die mir Angst macht. Trotzdem erwidere ich das Spiel seiner Zunge, stürze mich kopfüber in das Gefühl, das seine Nähe in mir erzeugt. Als wir uns irgendwann atemlos voneinander lösen, glaube ich, Tränen in seinen Augen zu sehen. Aber ich bin nicht sicher und Cooper gibt mir keine Chance, meinen Eindruck zu bestätigen oder zu revidieren, weil er den Blick senkt.

Ich lege ihm meine Hand an die Wange, streiche zärtlich über die hellen Bartstoppeln. »Cooper?«, fordere ich ihn leise auf, mir zu sagen, was, verdammt noch mal, passiert ist.

»Nicht«, erwidert er schwach, lehnt seine Stirn an meine und zieht mich auf seinen Schoß.

Ich verstehe, dass er nicht darüber reden will. Akzeptiere es widerwillig und tue das Einzige, was ihm jetzt vielleicht helfen kann. Ich lasse ihn vergessen, ersetze die Erinnerungen des heutigen Tages durch neue. Von uns.

Sanft drücke ich ihn auf die Matratze, übernehme die Führung, sorge dafür, dass er sich fallen und all das hinter sich lässt, was ihn bedrückt. Mit meiner Zunge. Meinen Händen. Meinem Körper. Wir lieben uns stumm, und als Cooper wenig später in meinen Armen kommt, presst er sein Gesicht an meinen Hals, seinen Körper so fest an meinen, als würde er am liebsten in mich hineinkriechen, und ich halte ihn. Ich halte ihn, bis wir erschöpft und eng aneinandergekuschelt einschlafen.

KAPITEL 44

Cooper

Ich bin nicht in der Lage, Hope anzulügen.

Gestern Nacht hätte ich ihr um ein Haar alles gesagt. Ich bin jetzt kurz davor. Aber das wäre nicht nur selbstmörderisch, sondern auch verdammt egoistisch. Also versuche ich mich auf die Straße zu konzentrieren, während ich den Wagen Richtung Uni lenke, und trete mir innerlich in den Arsch, mich endlich zusammenzureißen. Es gelingt mir sogar, ihr zuzulächeln, aber es fühlt sich verkrampft und falsch an.

Dabei geht es nur um fünf Tage. Fünf Tage, dann landet Ivy und Hope hat ihre beste Freundin wieder. Dann kann ich ihr alles sagen und hoffen, dass sie versteht, warum ich gewartet habe. Mit etwas Glück wird sie mir sogar verzeihen, wer ich bin. Wem mache ich etwas vor? Selbst in einem Paralleluniversum wäre das mehr als unwahrscheinlich. Sie hasst Mac und alles und jeden, der ihn umgibt.

Ich drehe das Radio lauter, trommle den harten Beat eines Rocksongs aufs Lenkrad und beiße die Zähne zusammen.

Mein Handy auf der Mittelkonsole beginnt zu vibrieren. Ich nehme es hoch und würde es im selben Moment am liebsten gegen die Windschutzscheibe schmettern. Amber.

Mir fehlt die nötige Selbstbeherrschung, sie wie sonst einfach zu ignorieren. Obwohl Hope direkt neben mir sitzt und es definitiv ein selbstzerstörerischer Impuls ist, den Anruf anzunehmen, tue ich genau das. Ich bin ein Idiot. Immerhin habe ich Hope nichts von meiner kranken Verbindung zu Amber erzählt. Ich habe sie als Chase' Freundin ausgegeben und mir eingeredet, es wäre keine Lüge, weil es zumindest in großen Teilen der Wahrheit entspricht.

»Cooper. Endlich. Sag mal, hast du den Arsch offen, mich wochenlang zu ghosten? Weißt du eigentlich, was für eine Scheiße hier ...«

»Ruf nicht mehr an. Lass mich, verdammte Scheiße noch mal, in Ruhe«, blaffe ich in den Hörer, bevor sie reagieren kann, drücke ich sie weg und werfe das Telefon zurück auf die Mittelkonsole.

Hope sieht mich an, als würde sie den Menschen nicht kennen, der gerade neben ihr sitzt. Und sie hat recht. Sie kennt den L.-A.-Cooper nicht. Ich habe versucht ihr zu erklären, wer ich war, was ich getan habe, wie ich drauf war, und sie hat mir gesagt, dass es keine Rolle spiele. Aber das tut es, denn egal wie sehr ich mich bemühe, diesen Teil meines Lebens abzustreifen – er ist da. Er wird immer da sein. Ein Teil von mir. Der Teil, den Hope mit Sicherheit nie lieben wird. Den genetischen Arschtritt, den Chase mir mitgegeben hat.

Frustriert fahre ich mir durch die Haare und schüttle den Kopf, als könnte ich das alles einfach abschütteln.

»Was ist denn nur los?« Sie legt mir ihre Hand auf den Arm. »Du bist vollkommen anders, seitdem du gestern nach Hause gekommen bist. Sag mir, was passiert ist, Cooper. Bitte.« Sie nimmt meine Hand und ich sehe stumm zu, wie sie ihre Finger mit meinen verflicht.

Ich wollte sie nie belügen, aber das war, bevor die Scheißwahrheit als Alternative flachfiel. »Es ist nichts«, erwidere ich deswegen rau und ringe mir ein Lächeln ab.

Sie glaubt mir nicht. Natürlich. Sie ist ja nicht blöd. Aber zum Glück biege ich in diesem Moment in Qs Einfahrt ein und beende damit vorerst unser Gespräch.

Q kommt aus dem Haus und wirkt irritiert. Als würde ich plötzlich aufhören, ihn abzuholen, nur weil wir uns gestritten haben.

Er steht unschlüssig auf der Auffahrt, als würde er ernsthaft überlegen, lieber zu Fuß zu gehen.

»Was ist los, Quentin?«, ruft Hope ihm durch das halb geöffnete Fenster zu. »Steig ein, sonst kommen wir zu spät. Außerdem will ich alles über den Mia-Date-Plan wissen.«

Das ist der Satz, der ihn dazu bringt, auf den Rücksitz zu krabbeln.

Das erste Mal bin ich unendlich froh, dass er die Gabe hat, so etwas Simples wie ein Date in Nanopartikel zu zerlegen und rund drei Dutzend Listen für die Durchführung anzulegen. Den gesamten Rest des Wegs bringt er Hope auf den neuesten Stand seiner Planung. Mich straft er hingegen mit Nichtachtung. Ich kann damit umgehen. Hauptsache, er schafft es, sie durch seine absurden Ausführungen abzulenken.

An der Uni angekommen, stelle ich den Pick-up auf meinem üblichen Parkplatz ab und steige aus. Q schält sich, immer noch analysierend, aus dem Fahrzeug, als ich es bereits umrundet habe und Hope die Beifahrertür öffne. Ich will sie in meine Arme ziehen, sie küssen, aber Q funkt dazwischen.

»Du solltest dich losreißen«, sagt er knapp. »Rechnungswesen und Statistik«, erinnert er mich.

Das Erste, was er seit unserem Streit zu mir sagt, und dann ist es ausgerechnet das. Ich verdrehe die Augen und stöhne gequält, während Q sich von Hope verabschiedet und bereits losläuft.

»Kann es sein, dass ihr Streit habt?«, fragt Hope. »Er wartet doch sonst immer auf dich.«

Ich schließe Hope in meine Arme. »Wir sind sieben Minuten zu spät. Du weißt ja, wie er ist, wenn es um seinen Zeitplan geht.« Am liebsten würde ich ihr erzählen, dass wir uns tatsächlich gestritten haben, worüber, und ich will ihre Meinung dazu hören, aber Q hat diese Sache nur mir anvertraut. Ich kann Hope nicht einfach über seinen Kopf hinweg sein Geheimnis verraten.

Sie schiebt ihre Hand mit einem leisen Lachen unter mein Shirt und streicht über meinen nackten Rücken.

»Bist du deswegen so komisch gewesen?«, fragt sie leise.

Weil eine Antwort eine weitere Lüge bedeuten würde, küsse ich sie. Ein sanfter, unverrückbarer Kuss, der ihr hoffentlich zeigt, wie viel sie mir bedeutet. »Ich muss jetzt los«, sage ich und versuche zu lächeln. Aber anstatt zu gehen, gebe ich ihr noch einen Kuss. Und noch einen. »Wirklich«, murmle ich an ihren Lippen und ziehe sie ein letztes Mal in meine Arme, vergrabe meine Nase in ihrem Haar und atme ihren Duft ein. »Wir sehen uns später.« Dann reiße ich mich los und folge Q zum Hauptgebäude, ohne mich noch einmal umzudrehen.

KAPITEL 45

Hope

Ich grüble seit fünf Tagen darüber nach, was in dieser Nacht passiert sein könnte. Ob es an der angespannten Stimmung zwischen ihm und Quentin liegt. Oder er hatte doch Ärger mit seinem Dad. Ich wollte mit Cooper sprechen, aber dann habe ich mich an sein raues »Nicht« erinnert, mit dem er mich in dieser Nacht gebeten hat, nicht weiter nachzubohren.

Cooper hat mich nie gedrängt, über irgendetwas zu reden, zu dem ich nicht bereit war. Nicht damals vor dem Blue Taps oder irgendwann danach. Er war einfach nur für mich da. Und auf genau dieselbe Art und Weise will ich für ihn da sein. Deswegen habe ich beschlossen zu warten. Bis er bereit ist, mit mir zu reden. Wenigstens hat er sich wieder gefangen. Ist wieder der alte Cooper. Bis auf die Momente, in denen er sich unbeobachtet fühlt, sein Blick abwesend wird und seine Gesichtszüge hart. Ich wünschte, er würde sich mir anvertrauen, aber das ist nichts, was ich erzwingen kann oder will.

Wir sitzen schweigend vor dem Flughafengebäude im Wagen und warten, dass Ivy herauskommt. Ich habe mit ihr verabredet, dass wir auf dem Parkplatz auf sie warten. Im absoluten Halteverbot direkt vorm Terminal, damit sie ihre Koffer nicht kilometerweit bis zum nächsten Parkhaus schleppen muss.

Cooper fährt sich nervös durch die Haare. Das siebte Mal in den letzten fünf Minuten. Sein Bein zittert in einem unruhigen

Tremor. Er weiß, wie viel mir Ivys Urteil bedeutet, was offensichtlich einen gewissen Druck ausübt. Das ist süß und ein bisschen verrückt.

»Sie wird dich lieben«, beruhige ich ihn.

Cooper verzieht das Gesicht zu einer schiefen Grimasse. »Ich komme mir vor, als würdest du mich deinen Eltern vorstellen.« Er zuckt zusammen, nimmt meine Hand und drückt einen Kuss auf meine Finger. »Ich wollte nicht … Ich bin ein nervliches Wrack. Entschuldige.«

»Schon gut.« Ich zupfe an seinem Hemd. »Hatte ich übrigens erwähnt, dass Ivy Hemdträger abartig spießig findet.« Er sieht mich so erschrocken an, dass ich glucksen muss.

»Nein, hast du nicht. Scheiße, Hope, und damit rückst du jetzt raus. Sie ist schon gelandet und kann jeden Moment hier sein.« Er zerrt sich das Hemd über den Kopf, knüllt es zusammen und stopft es in die Ablage der Fahrertür. »Besser?«, fragt er und streicht das schlichte, schwarze Shirt glatt, das er darunter trägt.

»Du hast wirklich Angst vor ihr«, bemerke ich verblüfft. »Das mit dem Hemd war ein Scherz.«

»Nicht lustig«, brummt er und küsst mich. Als wäre ich das Einzige, das ihn vom Durchdrehen abhalten könnte.

Erst ein unkontrolliertes Klopfen an der Scheibe und das Ivy-typische Quietschen bringt mich dazu, die Lippen von seinen zu lösen.

»Iv«, brülle ich, drücke die Tür auf und schmeiße mich in ihre Arme.

»Butternut«, lacht sie und dreht mich mitsamt einem Wust an Taschen um die eigene Achse.

»Hi«, begrüßt Cooper sie nun auch. Er ist aus dem Wagen gestiegen und streicht sich leicht verlegen über die Lippen, mit denen er mich eben noch geküsst hat.

»Du bist also Hopes perfektes Hi.« Sie runzelt die Stirn, mustert ihn, sieht mich prüfend an. Dann wieder ihn. Und macht dabei das perfekte *Die-Patin*-Gesicht.«

Ich muss mir auf die Lippen beißen, um nicht laut loszulachen, weil Cooper ihr Auftreten bierernst nimmt und aussieht, als würde er gleich in Panik die Flucht ergreifen.

Ivy erlöst ihn schließlich, indem sie lacht und ihn in eine ihrer typischen, luftabdrückenden Umarmungen schließt. »Ich mache doch nur Spaß. Hope ist so verliebt, dass du ein guter Typ sein musst. Allerdings bin ich gespannt, was du sonst noch so draufhast, außer zwei Buchstaben sexy zu verbinden, umwerfend zu küssen, immer das Richtige zu sagen, und all den anderen verliebten Kram, mit dem Hope mich foltert, seitdem sie dich kennt.«

»Eigentlich waren das schon all meine Skills.« Entschuldigend zuckt Cooper die Schultern.

Ivy kneift die Augen zusammen. »Du bist lustig«, stellt sie fest. Dann wendet sie sich vorwurfsvoll an mich. »Dass er Humor hat, hast du vor lauter Schwärmerei über seinen Hintern verschwiegen.«

»Ivy, bitte«, stöhne ich.

»Sie hat von meinem Hintern geschwärmt?«, fragt Cooper amüsiert.

Ivy nickt ernst. »Ich bin für immer traumatisiert. Aber ich würde dir vergeben, wenn du dich dafür an den Kodex hältst.«

»Was für einen Kodex?« Cooper lehnt sich gegen den Pickup und sieht sie interessiert an.

Ich versuche meiner besten Freundin mit einer eindeutigen Handbewegung das Wort abzuschneiden. Diesen Kodex, festgehalten auf eisverschmiertem Papier, haben wir als Kinder aufgestellt. Das war in unserem ersten Jahr an der Junior High, als unser Mitschüler Matthew sich unsterblich in Ivy verliebt hat.

Wir fanden das supereklig und haben uns geschworen, niemals einen Mann zwischen uns kommen zu lassen. Da waren wir zwölf. Sie kann das unmöglich wieder auskramen und Cooper davon erzählen.

»Der Kodex«, fährt sie ungerührt fort. »Besagt leider, dass du im Zweifelsfall niemals ihre erste Wahl sein wirst. Denn das bin ich. Du müsstest dich mit dem zweiten Platz begnügen. Immer.« Sie grinst ihn gewinnend an. »Besonders, wenn es um einen Erdbeermilchshake mit zwei Strohhalmen im Shake Shacks geht.«

Er lacht und nickt dann entgegenkommend. »Ich überlasse dir liebend gern den zweiten Strohhalm. Aus Respekt vor dir würde ich es sowieso nie wagen, mich zwischen euch zu stellen.«

»Respekt oder Angst?«, fragt sie triumphierend.

»Angst habe ich auf jeden Fall vor den ganzen Taschen.« Er deutet mit dem Kinn auf den Gepäckhaufen, den Ivy auf den Gehsteig geworfen hat. »Sieht aus, als würdest du zurück nach North Carolina ziehen und nicht nur ein Wochenende bleiben.«

Ivy sieht ihn aus zusammengekniffenen Augen an. »Gerade lief es so gut zwischen mir, Hopes Nummer eins, und dir, sexy Hintern, und schon machst du alles kaputt.« Sie macht eine bedeutungsvolle Pause und plötzlich prusten beide gleichzeitig los.

Ivy mag ihn und das macht mich glücklich. Auch weil Cooper recht hat. Sie ist derzeit die einzige Familie, der ich ihn vorstellen kann. Ich lächle zufrieden und gemeinsam beginnen wir, ihr Gepäck auf die Ladefläche des Pick-ups zu laden.

»Fährst du diese coole Kiste?«, fragt Ivy mich, als wir fertig sind, und wendet sich an Cooper, bevor ich dazukomme zu antworten. »Du lässt sie doch fahren? Oder bist du einer dieser Typen, die ihr Auto mehr lieben als Sex?«

»Definitiv nicht mehr als Sex, nein«, erwidert Cooper lachend und wirft mir einen anzüglichen Blick zu, der Ivy ein glucksendes Würgegeräusch entlockt. Er drückt mir die Schlüssel in die Hand. »Fahr du. Und Nummer eins?« Er wartet, bis Ivy ihn ansieht. »Setz dich zu ihr nach vorn. Ihr habt sicher jede Menge zu besprechen.«

Ich schiebe mich hinters Lenkrad und warte, bis Ivy neben mich rutscht. »Ich sage ja, er ist toll«, flüstere ich, bevor Cooper hinten einsteigt und die Tür zuwirft. Sie drückt meine Hand und nickt. »Er ist wirklich süß«, formt sie mit den Lippen.

Dreißig Minuten später erreichen wir Ivys Elternhaus. Wir steigen aus und ich verabschiede mich von Cooper.

Sekundenlang schlingt er seine Arme um mich und küsst mich in dem geschützten Raum unserer Körper. Dann gibt er mich frei, bevor es allzu unangenehm für Ivy werden kann, die neben uns steht und wartet, dass ich ihr mit den Taschen helfe. Ich vermisse Cooper bereits in dem Moment, in dem er sich zwei widerwillige Schritte von mir entfernt. Aber ich freue mich auch auf den Abend mit Ivy. Wir haben so viel nachzuholen. Ich muss ihr von der Sache mit Mom erzählen und dass ich deswegen bei Cooper wohne. Sie wird jede Einzelheit wissen wollen und ich freue mich darauf, endlich mit jemandem zu reden, dem ich alles sagen kann, dem ich erzählen kann, was ich empfinde. »Rufst du mich an, wenn ich dich später abholen soll?«, fragt Cooper.

»Keine Chance«, mischt sich Ivy ein, bevor ich antworten kann. »Wir haben geteiltes Sorgerecht und dieses Wochenende gehört sie ganz mir.«

»Ich habe Iv ewig nicht gesehen«, stimme ich meiner besten Freundin zu.

»Okay«, sagt Cooper und wirkt seltsam mitgenommen. »Ich dachte irgendwie, dass du trotzdem bei mir übernachtest.«

Und ich dachte, er wüsste, wie wichtig mir die kurze Zeit ist, die mir mit Ivy bleibt. Für mich war klar, dass ich heute Nacht bei ihr schlafen würde. Auch wenn wir nicht darüber gesprochen haben. Uns bleiben all die übrigen Tage, wenn sie zurück in Montana ist.

»Morgen früh muss ich Zeit mit meiner Familie bei einem vermutlich ungenießbaren Sonntagsfrühstück verbringen«, offeriert Ivy ihm ein Friedensangebot. »Dann kannst du sie wiederhaben.«

Ich stöhne und puste mir die Haare aus der Stirn, weil die beiden über mich verhandeln, als wäre ich ein Irish Setter, mit dem man Gassi gehen muss.

»Also dann morgen früh. Schreib mir«, gibt Cooper sich seufzend geschlagen und küsst mich zum Abschied ein letztes Mal.

KAPITEL 46

Cooper

Es ist Samstag. Heute wollte Q seinen Dad besuchen. Und auch wenn es mir zusetzt, dass ich noch immer nicht mit Hope gesprochen habe und vor morgen auch nicht dazukommen werde, weil sie bei Ivy übernachtet, muss ich mich jetzt auf ihn konzentrieren. Auf ihn und diese absolut irre Aktion, zu der ich mich durchgerungen habe, weil er, verflucht noch mal, mein Freund ist.

Dabei ist fraglich, ob er meine Hilfe überhaupt noch will. Wir haben seit unserem Streit kaum gesprochen. Ich werde es wohl drauf ankommen lassen müssen. Den Pick-up stelle ich am Straßenrand ab, um den Wagen seiner Mom in der Einfahrt nicht zu blockieren.

Die amerikanische Flagge hängt träge in der Hitze des Vormittags. Die Jalousien sind geschlossen. Wie immer, wenn ich Q bringe oder abhole. Kein Laut dringt an meine Ohren, als ich dem schmalen Weg zur Haustür folge. Ich klingle und warte. Es dauert eine ganze Weile, bevor sich die Tür zögerlich einen Spaltbreit öffnet.

»Ja?« Das muss Qs Mom sein. Sie hat dasselbe Lächeln wie er und ist etwas jünger, als ich erwartet hätte. Vielleicht fünf Jahre jünger als Mom, auch wenn ich schlecht im Schätzen bin. Die Art, wie sie die Tür umklammert, lässt Rückschlüsse darauf zu, wie selten sie Besuch bekommt und wie wenig sie damit gerechnet hat.

»Guten Morgen«, begrüße ich sie und strecke ihr meine Hand entgegen. »Ich bin Cooper, ein Freund von Q … ich meine, Quentin. Wir studieren beide an der Mount Olive.«

Sie zögert, zieht dann aber die Tür halb auf und schüttelt meine Hand. »Quentin hat mir von dir erzählt.« Sie lächelt sanft. »Du fährst ihn ab und zu nach Hause, nicht wahr?«

Ich nicke. »Ihr Haus liegt auf dem Weg.« Und wir sind Freunde. Für Q würde ich auch über Raleigh fahren. Genau genommen ist das genau das, was ich heute vorhabe, aber ich bezweifle, dass sie von Qs Plänen weiß. Und ich werde mich sicher nicht verquatschen. »Ist er da?«

»Er ist im Keller.« Sie öffnet die Tür ganz und bittet mich herein. »Ich habe keine Ahnung, was genau er dort treibt, aber wenn er in seiner Welt ist, bekommt er nichts mit. Nicht einmal die Türklingel.«

Das Innere des Hauses ist superordentlich und geschmackvoll eingerichtet. Die Türen zum Garten stehen offen und widerlegen meine Annahme, die Rollläden der Front wären heruntergelassen, um die Hitze auszusperren. Wahrscheinlicher ist, dass Qs Mom versucht die Welt aus ihrem Leben auszuschließen, und der üppig grüne Garten voller Blumen und mit einem hohen, blickdichten Bretterzaun umgeben, ihr Rückzugsort ist. Unwillkürlich frage ich mich, ob diese zurückgezogene Art zu leben etwas mit Qs Vater zu tun hat. Die Stimme in meinem Inneren wird lauter, die störrisch dabei bleibt, ich würde Q bei einem gewaltigen Fehler unterstützen.

»Was willst du denn eigentlich von Quentin? Habt ihr noch was vor?«, reißt mich seine Mom aus meinen Gedanken.

»Ich wollte ihn fragen, ob er mir auf der Ranch bei etwas helfen kann.« Ich hasse es zu lügen. Fühlt sich an, als würde ich derzeit nichts anderes tun.

»Es ist schön, dass er endlich Freunde gefunden hat, die ihn mal dazu bringen, das Haus zu verlassen.« Sie legt mir ihre Hand auf den Arm und öffnet die Kellertür für mich. »Ich wünsche dir viel Glück dabei, ihn von seinem Rechner zu lösen.«

Der Keller schluckt mit jeder Treppenstufe, die ich tiefer steige, mehr von dem Sonnenlicht, das durch die breite Fensterfront zum Garten ins Erdgeschoss dringt. Unten angekommen, ist es stockdunkel, bis auf das Flimmern von drei Bildschirmen. Q sitzt mit dem Rücken zu mir davor, Kopfhörer auf den Ohren, und hackt wie ein Besessener auf die Tastatur ein. Irgendwelche Hieroglyphen. Keine Ahnung, was das ist, aber ich vermute, er programmiert irgendetwas.

Ich berühre ihn an der Schulter und fühle mich augenblicklich an meinen ersten Zusammenstoß mit Hope erinnert. Q springt nämlich auf, dreht sich um und holt dabei in einer fließenden Bewegung aus, um mir im selben Moment seine Tastatur gegen den Arm zu schlagen. Immerhin ist er nicht so treffsicher wie Hope und hat nicht dieselbe Schlagkraft. Trotzdem bringe ich mich lieber in Sicherheit, indem ich ein paar Schritte rückwärtsweiche. »Aua«, stoße ich hervor und reibe mir über den Arm. »Was ist nur mit euch Leuten in North Carolina los, dass ihr immer sofort zuschlagt, wenn man euch höflich antippt?«

Q schüttelt verständnislos den Kopf. Natürlich. Er kennt Hopes und meine Kennlerngeschichte nicht. »Was … was zum Henker willst du hier?«, stößt er, die Tastatur noch immer vor sich hochhaltend, hervor. Dann sieht er zwischen mir und der Kellertreppe hin und her. »Hat meine Mom dich gesehen?«

Ich nicke. »Ich bin nicht hier eingestiegen, sondern habe gut erzogen geklingelt. Natürlich hat sie mich gesehen.«

»Klar.« Er wischt sich über die Stirn und legt endlich seine Waffe weg. Seine Haut hat eine unnatürliche Farbe, da sie nur von den Bildschirmen beleuchtet wird. Er beginnt, Klamotten von einem Stuhl auf das Bett zu schmeißen, und hält dann inne, als würde ihm erst jetzt wieder einfallen, dass er sauer auf mich ist und mir ganz sicher keinen Stuhl anbieten sollte. »Wieso bist du hier?«

»Du hast gesagt, du bräuchtest jemanden, der dich am Samstag fährt.« Ich breite die Arme aus. »Es ist Samstag. Und da bin ich.« Ich lächle schief, aber Q erwidert es nicht.

Er legt die Sachen in seiner Hand wieder auf den Stuhl zurück. »Du hast ziemlich klar gemacht, dass du nichts davon hältst.« Die Stimme senkt er und wirft einen vorsichtigen Blick zur Treppe.

Seine Mom weiß also wirklich nichts davon. Das erklärt auch, warum er sie nicht nach dem Auto gefragt hat, um selbst zu fahren. »Ich halte immer noch nichts von dieser Sache.« Ich fahre mir durch die Haare. »Es ist eine Scheißidee, aber ich verstehe, warum du es trotzdem durchziehen willst.« Das tue ich wirklich. Mac hat damals alles getan, um mir verständlich zu machen, dass ein Leben bei Chase keine Option wäre, aber ich musste es selbst sehen. Es kapieren. Auf die schlimmste Weise. Erst dann habe ich den Absprung geschafft. »Also bin ich dabei.« Ich atme tief durch. »Jetzt lass mich nicht so zappeln, Q«, brumme ich, als er noch immer keinen Schritt auf mich zumacht. »Es tut mir leid, dass ich nicht sofort zugestimmt habe, aber ich hatte meine Gründe.« Q braucht ganz offensichtlich mehr, um zu verstehen, also atme ich tief durch. »Du hast damals am Lagerfeuer gesagt, du müsstest nicht wissen, warum ich im Knast war. Aber ich denke, das stimmt nicht.« Ich lasse mich auf den Stuhl sinken, auf dem noch immer Qs Sachen liegen. »Ich wollte genau wie du unbedingt meinen biologischen Vater kennenlernen. Irgendwie dachte ich, er könnte all meine Fragen beantworten, wir könnten eine Beziehung aufbauen, die echter ist als das, was mir mein Stiefvater geben konnte. Ich habe mir gewünscht, dass ich mich in ihm wiedererkennen würde. Aber Scheiße, Q, da war nichts. Uns haben nur Gene verbunden und die machen ihn nun mal nicht zu einem Dad, sondern nur zu genau dem Menschen, der er schon war, als er aus meinem Leben verschwunden ist. Zu einem Arschloch, das mich in den Knast gebracht hat. Als du meintest, du willst deinen Dad sehen, dachte ich einfach, es wäre das Beste, es dir auszureden.« Ich verstumme, stehe auf und tigere durch das Kellerloch, in dem Q sich deutlich wohler zu fühlen scheint als ich.

Es dauert quälend lange Minuten, bis er endlich antwortet. »Was hat dich dazu gebracht, deine Meinung zu ändern?«

Ich halte inne. »Mein richtiger, unrichtiger Dad, würde ich sagen. Er ist ziemlich gut darin, einen in die richtige Richtung zu schubsen. Er hat mir klargemacht, wie wichtig das für dich ist und dass ich dich unterstützen sollte, selbst wenn ich es für eine Scheißidee halte. Außerdem denke ich, dass es besser ist, ich bin an deiner Seite, solltest du auf die Schnauze fallen.«

Quentin nickt, aber dann verdüstert sich sein Gesicht. »Was hast du meiner Mom erzählt. Warum du mich abholst? Doch wohl hoffentlich nicht die Wahrheit?«

Ich schüttle den Kopf. »Auch wenn du es ihr dringend sagen solltest. Ich werde es sicher nicht tun. Sie denkt, ich bräuchte deine Hilfe auf der Ranch.«

»Das ist gut.« Quentin nickt, schüttelt dann aber den Kopf. »Ich habe sie noch nie angelogen. Ich rede mit ihr. Bald. Aber erst mal muss ich das hinter mich bringen.«

»Also dann.« Ich schiebe Q vor mir her zur Treppe. »Lass uns endlich los?«

***

Anfangs hat Quentin ununterbrochen geredet, aber je näher wir Rockmount kommen, umso stiller wird er. Seit der vorletzten Kreuzung hat er gar nichts mehr gesagt. Das Navi zeigt nur noch rund eine Viertelmeile bis zum Ziel an.

Als wir ankommen, halte ich den Wagen am Straßenrand an und klopfe Q gegen den Oberschenkel. »Wir sind da«, bemerke ich unnötigerweise.

Für Rockmount sieht das Haus, in dem sein Dad eine Wohnung hat, einigermaßen manierlich aus. Zwar sind die Mauern mit Graffiti übersät, aber der Gehweg ist nicht vermüllt und es lungern auch keine zwielichtigen Gestalten herum.

»Ich glaube, ich kann das nicht.« Q nimmt seine Flugzeugabsturzhaltung ein.

Er kann jetzt nicht aufgeben. So kurz vorm Ziel. Also steige ich aus, umrunde den Wagen und öffne seine Tür. »Doch, du kannst das«, sage ich bestimmt und zerre ihn unbarmherzig aus dem Wagen. Dann lege ich ihm eine Hand links und eine rechts auf die Schulter. »Du willst ihn kennenlernen. Wir stehen vor seinem Haus. Also klingle. Ich kann dir das nicht abnehmen, aber ich bin hier, okay?« Ich fühle mich wie der Coach unseres Highschool-Basketballteams, als er uns für das Finale der Meisterschaft motivierte.

Q nickt unbestimmt, rührt sich aber nicht. »Was ist, wenn er mich nicht sehen will? Er hat sich nie bei Mom oder mir gemeldet. Dafür gibt es sicher Gründe.«

Wahrscheinlich ist er ein verfluchter Mistkerl und hat einen Sohn wie Q nicht verdient, aber das sage ich natürlich nicht. Ich muss aufhören, meine eigenen Erfahrungen auf Q zu projizieren. »Du kannst es nur rausfinden, indem du jetzt da reingehst und mit ihm sprichst.« Sanft schubse ich ihn in Richtung Eingangstür und lehne mich an den Wagen, bereit zu warten. Wir haben verabredet, dass Q allein geht und mir eine Nachricht schickt oder anruft, sollte er Hilfe benötigen. Das ist eine Sache zwischen ihm und seinem Dad. Da will ich nicht im Weg sein.

Noch einmal wirft er mir einen Hilfe suchenden Blick zu, aber dann strafft er seine Schultern und verschwindet tatsächlich im Hausflur.

KAPITEL 47

Hope

Ivy und ich haben uns ein riesiges Decken-und-Kissen-Lager auf der Veranda aufgebaut. Zwischen uns liegt eine Pizza mit doppelt Käse. Über uns leuchten die Sterne, die hier am Strand der Outer Banks immer ein wenig heller sind als auf dem Festland. Selbst heller als über Moms Haus.

»Du übernachtest also schon bei ihm?« Ivy beißt gerade in ein weiteres Stück Pizza, obwohl sie schon beim vorletzten behauptet hat, sie würde platzen. »Ich will alle Details. Alle. Vor allem, wie deine Mom das Ganze überwacht.« Sie lacht, hört jedoch auf, als ich nicht einstimme.

»Ich …«, ich zupfe an dem Pizzakarton herum. »… eigentlich übernachte ich nicht nur bei Cooper. Es ist eher so, dass ich bei ihm wohne.«

Ivy verschluckt sich. »Ihr wohnt zusammen? Ihr kennt euch doch kaum. Und deine Mom hat noch keinen Herzinfarkt?«

»Im Grunde bin ich nur zu ihm gezogen, weil ich mich vorher mit Mom zerstritten habe.« Ich verstumme, weil Lyle, der auch über das Labour-Day-Wochenende aus Boston gekommen ist, mit seinen Kumpels über die Veranda zum Strand abzieht. Wenig später weht Musik über die Dünen zu uns.

»Und geht dir das zu schnell?« Ivy kuschelt sich in ihre Decke und guckt in die Sterne. Umständlich lege ich mich so neben sie, dass sich unsere Köpfe berühren.

»Verrückterweise nicht. Aber ich mache mir manchmal Sorgen, ob es ihm vielleicht zu schnell gehen könnte.« Auch wenn er neulich Nacht das Gegenteil behauptet hat. Die Ereignisse mit Mom und dem Prius-Mann haben dazu geführt, dass aus Coopers Plan, es langsam angehen zu lassen, verflucht schnell etwas verflucht Ernstes geworden ist. Ich erzähle Ivy alles. Von dem Streit mit Mom. Wie sehr Cooper für mich da war. Von seiner Möbelzerstöridee und dass ich seitdem bei ihm wohne. Ich rede so lange, bis sie alle Einzelheiten kennt und tief seufzt. »Jackpot, Baby«, murmelt sie und gibt mir einen High Five. »Ich glaube nicht, dass du dir Sorgen machen musst, dass dein sexy Hintern dir nicht komplett verfallen ist.« Sie grinst und dann erzählt sie mir von Missoula. Gegen Mitternacht holen wir uns Eis aus dem Gefrierfach und verschlingen so viel davon, dass wir beide Bauchweh bekommen und uns frierend in die Decken kuscheln. Wir lachen, machen jede Menge Friend-Selfies, schwelgen in Erinnerungen an all die Dinge, die wir zusammen erlebt haben, und machen Pläne für die Semesterferien. Gegen vier Uhr morgens stolpert Lyle in unser provisorisches Verandabett. Er ist total betrunken und wir erlauben ihm, in unserer Mitte zu liegen. Nüchtern würde er nie zugeben, wie viel Spaß es ihm macht, mit uns herumzualbern, bis wir schließlich zu dritt in einem Deckenberg einschlafen.

KAPITEL 48

Cooper

Das gestrige Treffen mit Qs Dad war gut. Besser als erwartet, wobei ich den Teufel tun und eine Prognose abgebe werde. Q hingegen ist hin und weg und kriegt sich gar nicht mehr ein, weil sein Vater sich echt gefreut hat, ihn zu sehen. Ich bin trotz des positiven ersten Treffens nach wie vor skeptisch. Dexter, so heißt Qs Dad, war viele Jahre lang drogensüchtig, was auch der Grund war, warum Qs Mutter den Kontakt zu ihm unterbunden hat. Jetzt ist er seit drei Jahren clean. Für ihn spricht, dass er seine Lage realistisch bewertet und sich durchaus bewusst darüber ist, dass er trotz der letzten drei Jahre noch lange nicht der Vater für Q sein kann, der er gerne wäre. Deswegen hat er bis jetzt auch keinen Kontakt zu seinem Sohn gesucht. Nächste Woche fahren wir wieder hin. Bis dahin will Q mit seiner Mom reden und hat mich gebeten, dabei zu sein.

Natürlich werde ich für ihn da sein, aber davor muss ich selbst ein schwieriges Gespräch führen. Vor einer Viertelstunde habe ich Hope bei Ivy abgeholt, die jetzt Familienzeit absitzen muss. Ihre Worte, auch wenn ich glaube, dass sie jeden Moment des Familienknasts lieben wird.

Ich halte den Wagen vor einem Diner, in dem es laut Yelp die besten Pancakes Newports geben soll. Hope soll etwas im Magen haben, bevor ich mit ihr an den See fahre, um ihr das zu sagen, was ich ihr eigentlich schon gestern Abend erzählen wollte. Ich bilde mir ein, dass es einen Unterschied macht, ob sie gestärkt ist oder nicht. Vielleicht verschaffe ich mir aber auch nur mit aller Kraft noch etwas Galgenfrist. Eine Stunde, in der noch alles gut sein wird, bevor ich die Bombe zünde.

Ich steige aus, umrunde den Wagen, bin aber zu langsam, um Hope die Tür aufzuhalten. Sie ist bereits auf den Asphalt gesprungen und strahlt mich an. An dieses Lächeln werde ich mich nie gewöhnen. Nie daran, dass es mir gilt. Mit einer Heftigkeit, die ihr ein Japsen entlockt, ziehe ich sie in meine Arme und lege meine Lippen auf ihre. Sonnenstrahlen verfangen sich in dem Kuss und schaffen einen perfekten Moment. Trotzdem fühle ich mich, als würde ich jede Sekunde heulend zusammenbrechen. Denn diese Perfektion wird zerbersten. Blinzelnd ziehe ich mich zurück, ergreife ihre Hand und drehe mich zum Diner um.

Wir entfernen uns gerade vom Pick-up, als ich sie sehe. Amber. Sie steht etwa zwanzig Yards entfernt auf der anderen Straßenseite. Vor einem Waschsalon mit Neonwerbung und dreckigen Scheiben. Das kann nicht sein. Ich blinzle, aber Amber ist immer noch da, mustert uns durchdringend.

Und dann ruft sie quer über die Straße nach mir. Es ist nur mein Name. Ein Wort. Aber die Art, wie sie es betont, kündigt eine ihrer berüchtigten Szenen an, inklusive Vorwürfen, jeder Menge Drama und dem einen oder anderen Ausraster. Ich weiß das, weil ich es Hunderte Male miterlebt habe. Bevor wir zusammengekommen sind. Während unserer Beziehung. Danach. Allerdings habe ich Probleme zu verarbeiten, dass das hier passiert. In meinem neuen Leben. In dem sie nichts zu suchen hat.

Unwillkürlich lasse ich Hopes Hand los. Ein Reflex, um sie zu schützen. Denn Amber lebt dafür, alles in den Abgrund zu ziehen, was in meinem Leben gut ist. Allerdings hat Amber längst verstanden, dass Hope und ich zusammen hier sind. Dass wir zusammengehören.

Zielstrebig steuert sie auf uns zu und mir ist klar, dass sie auf Hope losgehen wird, sobald sie uns erreicht. Ich muss etwas unternehmen. Jetzt.

»Geh zurück zum Wagen«, belle ich Hope an. Als sie nicht antwortet, drehe ich mich zu ihr um, obwohl dafür eigentlich keine Zeit ist. Aber ich muss sichergehen, dass sie Amber keine Möglichkeit gibt, sich in ihr zu verbeißen. »Hast du mich verstanden? Bleib dort. Rühr dich nicht. Ich bin gleich zurück.«

Ich sehe die Fragen in ihrem Blick, ob ich noch alle Tassen im Schrank habe, so mit ihr zu sprechen. Was, verdammt noch mal, los ist. Wer dieses Mädchen ist und woher, verdammt noch mal, ich sie kenne. Ob wir etwas miteinander haben. Ich kann sie ihr nicht beantworten. Nicht jetzt.

Ich lasse sie einfach stehen, laufe Amber entgegen und packe sie am Arm, als wir in der Mitte der Fahrbahn aufeinanderprallen.

»Was tust du hier?«, zische ich und zerre sie hinter mir her in eine schmale Straße rechts vom Waschsalon. Meine Finger drücken zu fest zu, aber ich lockere meinen Griff nicht, aus Angst, was sie tun könnte. Meistens ist Amber nur manipulativ, aber wenn sie etwas wütend macht, kann sie gewalttätig werden.

Hope kann sich selbst verteidigen. Der Gedanke beruhigt mich ein bisschen, aber nicht genug, um mich zu entspannen. Deswegen lasse ich Amber selbst dann nicht los, als ich stehen bleibe.

»Ich mag es, wenn du so böse bist«, schnurrt sie und tut so, als würde es sie anmachen, dass ich sie noch immer festhalte.

Sie mag es nicht. Kein Stück. Aber sie hat irgendwann gelernt, dass Typen wie Chase und ihr Dad schneller die Lust verlieren, wenn es ihr nichts ausmacht, schlecht behandelt zu werden.

»Du hast dich kein Stück verändert.« Sie lehnt sich rückwärts gegen die Wand und sieht mich lasziv an. Amber hat diese billige Masche nicht nötig und doch ist sie fest in ihrem Repertoire verankert. »Du weißt, darauf fahre ich total ab.«

»Lass die Scheiße, Amber.« Mit der freien Hand fahre ich mir durch die Haare. »Warum bist du hier?«

Mir ist schon klar, dass sie wegen mir gekommen ist. Nicht weil das Wetter in North Carolina so überragend oder der Strand schöner ist als in Los Angeles. Die Frage ist, was will sie von mir?

»Du hast meine Nachrichten nicht beantwortet. Und nach meinem letzten Anruf …« Sie sieht ehrlich geknickt aus.

»Ich bin dir scheißegal. Also, weswegen bist du hier?«

»Du bist mir nicht scheißegal. Das warst du nie. Und wirst du auch nie sein.« Sie macht große Augen. Rehaugen. Wie Wild im Scheinwerferlicht eines herannahenden Dreißigtonners. Sie gibt mir das Gefühl, ich wäre dieser Laster. »Du weißt, dass ich dich liebe. Wir gehören zusammen. Du kannst mich nicht einfach aus deinem Leben werfen. Ich bin hier, weil du genau das die letzten Wochen getan hast. Du hast mich geghostet. Das hat mich fertiggemacht.« Sie sieht mich eindringlich an. »Sag, dass du mich liebst, Coop.«

»Damit haben wir aufgehört, lange bevor du mit Chase ins Bett gegangen bist.« Ich versuche ruhig zu bleiben, aber es gelingt mir nicht. »Lange bevor du mich betrogen und ihm verraten hast, wo er mein Geld findet. Bevor du ihm geholfen hast, mich zu bestehlen. Bevor ich wegen euch und euren Scheißproblemen im Knast gelandet bin. Ich bin fertig mit euch«, stoße ich zu laut hervor.

»Ich habe Fehler gemacht«, gibt sie reumütig zu, weicht aber nicht zurück. »Aber ich brauche dich. Das weißt du.« Sie schlägt die Augen nieder. »Also, was muss ich tun, damit du mir verzeihst? Ich mache, was du willst. Hauptsache, du kommst zurück.«

Als ich L. A. verlassen habe, war sie mit meinem Vater zusammen. Was für eine kranke Scheiße zieht sie hier bitte ab? »Schickt Chase dich?«

»Natürlich nicht.« Sie wirkt ehrlich schockiert, dass ich so etwas denke. »Mit Chase habe ich doch nur etwas angefangen, weil ich so verdammt einsam war, nachdem du Schluss gemacht hast.« Sie legt mir ihre Hand auf die Brust und lächelt wissend. »Wir gehören zusammen. Ich brauche dich.« Als ich nicht nachgebe und ihre Hand von mir schiebe, macht sie eine wegwerfende Handbewegung zu meinem Pick-up, an dem Hope steht und versteinert zu uns herüberblickt. »Warum wehrst du dich so dagegen? Ist es wegen ihr?«

»Es geht nicht um sie. Ich habe einfach deine kranken Spielchen satt, Amber.« Ich entferne mich einen Schritt von ihr und lasse ihren Arm los. »Fahr zurück zu Chase und sag ihm, er soll sich aus meinem Leben verpissen. Ein für alle Mal.«

»Ich habe es dir schon gesagt: Er hat mich nicht geschickt.« Tränen treten ihr in die Augen, aber ich nehme ihr nicht ab, dass sie echt sind. »Coop, ich bin es, die dich braucht. Ich bin am Arsch ohne dich.«

Ich atme tief durch. »Du schaffst das. Du bist wie eine verdammte Katze mit sieben Leben, die immer auf den Füßen landet.«

»Vielleicht eine hinkende mit einem abgefahrenen Schwanz und zerfetzten Ohren.« Sie lächelt. »Zu schwach, um sich allein zu retten.«

Ich schüttle den Kopf. »Ich kann dir nicht helfen.«

»Du kannst. Und du musst. Du steckst da mit drin, verdammt. Die Typen von damals … ich habe sie an den Hacken und die spaßen nicht. Sie geben mir keinen Aufschub mehr, seitdem du den einen krankenhausreif geschlagen hast.« Sie streicht sich die blonden Haare mit den lila gefärbten Spitzen hinters Ohr. »Ich brauche Kohle, sonst bringen die mich um. Das ist kein verdammter Bluff und das weißt du.«

Ich schließe die Augen, vertreibe die Bilder dieses Abends. Mir ist klar, warum Amber sie heraufbeschwört. Sie weiß, was sie sagen muss, damit ich nachgebe. »Ich bin pleite. Ihr habt mir alles gestohlen, was ich hatte«, stoße ich resigniert hervor. Und selbst wenn es nicht so wäre, würde ich ihr das Geld nicht geben. Es sind Chase' Schulden. Es ist ihr Leben. Ich habe nichts damit zu tun. Daran ändert auch der Knoten in meinem Magen nichts, der versucht meinen Entschluss zu zerlöchern.

»Mac hat die Kohle. Du könntest ihn fragen. Oder du nimmst es dir einfach. Ich meine, der ist so stinkreich, dass es ihm nicht mal auffallen würde«, bettelt Amber.

»Du reist durch das ganze verdammte Land, um mir vorzuschlagen, dass ich Mac beklauen soll?« Ich lache tonlos auf. Das ist so verkorkst. »Er ist der Letzte, dem ich so etwas antun würde.« Weil er der Einzige ist, der je für mich da war.

»Ich weiß nicht mehr weiter. Du kannst mich nicht wegschicken. Was soll ich denn jetzt bitte tun?« Sie streicht meinen Arm hinauf und will sich an mich schmiegen, aber ich stoppe sie.

»Es tut mir leid, dass du da mit drinhängst, aber du bist die Einzige, die etwas daran ändern kann. Ich kann dir nicht helfen.« Ich berühre ihre Schulter, aber es ist kein Schritt auf sie zu. Es ist ein Abschied. Ein endgültiger. »Du musst dir selbst helfen. Geh zur Polizei und zeig diese Typen an. Verschwinde aus der Stadt und fang irgendwo ein neues Leben an. Ohne Arschlöcher darin, die dich nur ausnutzen.« Ich sehe mich um. »Zu gehen, war die beste Entscheidung, die ich hätte treffen können, Amber. Und das werde ich mir nicht kaputt machen lassen.« Nicht von ihr oder Chase. Und auch nicht von der Tatsache, dass Mac der Prius-Mann ist und Hope ihn abgrundtief hasst. Ich werde Hope bitten, mit mir zusammen in die Nähe der Uni zu ziehen. Ein eigenes kleines Apartment, weit weg von allem, sodass sie hoffentlich vergessen kann, wer mich großgezogen hat.

Ich mache einen Schritt rückwärts. Ambers Blick flackert, weil ihr klar wird, dass ich es das erste Mal wirklich ernst meine. »Ich will dich nicht mehr in meinem Leben. Ich will ihn nicht mehr darin«, sage ich bestimmt.

Amber lacht schrill. »Also sind Chase und ich die Arschlöcher, die du aus deinem Leben radierst? Und sie? Sie ist der Vorstadtengel, der dich gerettet hat, oder was?«

Ich schüttle den Kopf. »Nein.« Ich sehe sie fest an. »Man muss sich selbst retten.«

Amber schnaubt und verdreht die Augen bei meinen Worten, sagt aber nichts mehr.

»Mach's gut, Amber«, sage ich sanft. Ich liebe sie. Genauso sehr, wie ich sie hasse. Und es tut mir weh, dass ich vermutlich nie erfahren werde, ob sie den Absprung schafft. Aber ich wünsche es ihr mehr als alles andere. Ich drehe mich um und laufe zurück zum Wagen. Zurück zu Hope.

KAPITEL 49

Hope

Ich bin so dumm. So verdammt dumm. Jetzt ergibt alles einen Sinn. Coopers merkwürdiges Verhalten neulich Nacht. Dass er nicht mit mir darüber sprechen wollte. Wie er mich losgelassen hat, als hätte er sich verbrannt. Genau in dem Moment, als er sie gesehen hat. Sein Ton, als er mir befohlen hat, zurück zum Wagen zu gehen. Die Art, wie er das Mädchen fast schon brutal mit sich gerissen hat. Das war ein Cooper, den ich einfach nicht wiedererkannt habe. Aber ganz offensichtlich lag ich mit allem falsch, was ihn betrifft. Insbesondere mit uns. Ivy lag falsch. Er ist mir nicht verfallen. Vielleicht gab es in seinen Augen nie ein Uns.

Mir ist kalt. Meine Kopfhaut kribbelt unangenehm. Zittrig schließe ich meine Hand um den Spiegel. Ich muss mich irgendwo festhalten. Sonst falle ich. Um. Ins Bodenlose. Und die Genugtuung, dass er mich zerstört hat, weil er mich mit ihr betrogen hat, werde ich Cooper nicht geben.

Er läuft über die Straße auf mich zu, fährt sich durch die Haare und wirft mir ein halbes Lächeln zu. Dieses halbe Lächeln, das normalerweise ausreicht, um mich einzunehmen. Ich strecke das Kinn vor und verschließe, was es selbst jetzt noch in mir anrichtet.

»Tut mir leid«, stößt er hervor. »Ich musste das klären. Was hältst du davon, wenn wir nach Hause fahren und einfach da frühstücken? Am See. Ich möchte mit dir allein sein, reden.«

Er tut so, als wäre nicht gerade dieses Mädchen hier aufgetaucht. Von der er mir nicht erzählt hat. Mit der er offensichtlich neulich die Nacht verbracht hat. Plötzlich ergibt alles einen Sinn. Ich starre ihn an. Er hat den Türgriff schon in der Hand, hält aber inne, als ich mich nicht rühre, nichts sage.

»Hope«, flüstert er. Es klingt wie ein Flehen, ich möge die Augen vor dem verschließen, was gerade passiert ist, was er getan, wie er sie behandelt hat, einfach einsteigen und so tun, als wäre nichts geschehen. Aber das kann ich nicht.

»Wer war das?«, frage ich tonlos.

»Amber.« Er stößt die Luft zusammen mit ihrem Namen aus.

Die Freundin seines Dads. Er ist in den Knast gegangen, um sie zu beschützen. Wie konnte ich so dumm sein und glauben, dass er das für ein Mädchen getan hat, das ihm nichts bedeutet? »Ihr wart zusammen«, bringe ich krächzend hervor. Die Worte fühlen sich an wie flüssiger Teer, der in meinem Mund verklumpt. »Du hast mich angelogen, als du sagtest, sie wäre die Freundin deines Dads.« Das darf nicht sein. Er weiß, wie wichtig mir die Wahrheit ist.

Sein Kopf schnellt in die Höhe. Er sieht mich mit großen Augen an und schüttelt den Kopf. »Das würde ich n…« Er bricht den Satz ab, setzt zweimal an, bevor er schließlich fortfährt. »Ich habe nicht gelogen. Genau genommen habe ich nur nicht erwähnt, dass wir auch etwas miteinander hatten. Bevor sie dann mit Chase in die Kiste ist.«

Er klingt nicht so, als wäre ihm das egal. Mir ist so schlecht, dass ich mich am liebsten übergeben würde. Aber mein Magen ist leer. Also bleibt mir nur, mich unendlich schwach zu fühlen. »Das ist dasselbe wie lügen«, stelle ich heiser klar. Ich muss hier weg. Aber meine Beine tragen mich nicht. »Und da sie extra von Los Angeles hierhergekommen ist, ist ihr wohl nicht bewusst, dass die Sache zwischen euch beendet ist.« Die Art, wie sie ihn berührt, die Vertrautheit, mit der sie seine Nähe gesucht hat, haben das eindrucksvoll gezeigt.

Er schüttelt den Kopf. »So ist das nicht.« Er setzt zu einer Erklärung an, die sich wie die nächste Lüge anfühlt. Das ertrage ich nicht.

»Als du neulich Abend nicht nach Hause gekommen bist und so vollkommen anders warst …«, schneide ich ihm das Wort ab. Sehnsüchtig warte ich darauf, dass die Wut einsetzt, mich rettet, aber das tut sie nicht. Ich fühle mich einfach nur elend. »Das hatte nichts mit Quentin zu tun. Du warst bei ihr, oder?« Tränen ersticken meine Stimme. Ich will seine Antwort nicht hören. Am liebsten würde ich mir die Hände auf die Ohren pressen und mich hier und jetzt auf dem rissigen Asphalt zusammenrollen, aber das geht nicht.

»Nein.«

Wenn er wirklich nicht bei ihr war, würde er mir in die Augen sehen. Aber er senkt den Blick. Er sieht mich nicht an. Und in mir zerbricht etwas.

Ich schluchze. »Dann sag mir, wo du warst! Sag mir, wo, verdammt noch mal, warst du in dieser Nacht?« Ich weiß nicht, ob ich ihn anflehe, all meine Vermutungen zu entkräften. Oder ob ich will, dass er ehrlich ist. Denn das ist mit Sicherheit nicht dasselbe.

Anstelle einer Antwort stützt Cooper sich auf der Kühlerhaube auf. »Komm mit nach Hause«, bittet er so eindringlich, dass es körperlich wehtut. »Dann erklär ich dir alles.«

Will er mich nach Hause bringen, um genug Zeit zu haben, sich eine Antwort zu überlegen, die mich beruhigt? Und wenn ich jetzt nachgebe, werde ich ihm dann glauben? Einfach weil ich wünschte, es wäre wahr? »Nein«, würge ich hervor, bevor ich mich umdrehe und losrenne. Weg von ihm. Weg von dem Schmerz, der in seiner Nähe unerträglich wird.

»Verfluchte Scheiße, Hope, lass es mich doch erklären. Gib mir eine Chance, verdammt.« Ich höre seine Schritte hinter mir. Wie er schnell aufholt. Aber selbst wenn ich ihn nicht hören würde, wüsste ich, dass er ganz nah ist. Das statische Summen, mit dem mein Körper auf ihn reagiert, setzt ein. Wie immer in seiner Nähe. Als würden sich meine Zellen einfach weigern zu akzeptieren, was mein Verstand längst begriffen hat. Cooper hat mich betrogen. Er hat mich belogen. Ich bin nicht einmal sicher, ob es überhaupt irgendetwas zwischen uns gab, das echt war.

Bevor er mich erreicht, wirble ich herum und sage noch einmal Nein. Wie eine Schallplatte mit einem hässlichen Sprung. Ein Nein, das Cooper dazu bringt, stehen zu bleiben. Die Hand, die er nach mir ausgestreckt hat, fällt kraftlos gegen seinen Oberschenkel. Was immer er auch sagen wollte, die Worte bleiben ungesagt. Tränen stehen in seinen Augen.

Ich habe Cooper nie weinen sehen. Nicht einmal, als er mir damals am See von Chase erzählt hat, von diesem Abend in Los Angeles. Für einen kurzen Moment bringt es mich in Schieflage, aber dann drehe ich mich um und laufe. So lange, bis ich Stunden später Ivys Haus erreiche.

KAPITEL 50

Cooper

Ich sitze im Wagen und starre auf die Straße vor mir. Keine Ahnung, wie viel Zeit vergangen ist. Aber da es langsam dunkel wird, sitze ich wohl schon eine ganze Weile hier.

Ich habe Hope geschrieben, dass sie mir bitte sagen soll, wo sie ist. Dass ich dorthin komme und ihr alles erkläre. Mittlerweile ist es mir scheißegal, wo sie erfährt, wer ich bin. Aussichtsloser als jetzt kann es kaum werden. Sie hat nicht geantwortet.

Dann habe ich sie gebeten, mir wenigstens zu schreiben, ob sie okay ist, sicher. Vielleicht bei Ivy, die sich den Wagen ihrer Eltern geliehen und sie zu sich gebracht haben könnte. Auch darauf keine Antwort. Scheiße verdammt.

Dabei habe ich diese Nachricht vor Stunden geschickt. Mehrfach. Stalkermäßig oft. Mein Herz klopft stoisch ruhig in meiner Brust. Immer im Rhythmus. Dabei ist das so falsch wie nur irgendetwas. Wie kann es bitte so verdammt unbeeindruckt sein, während ich vollkommen aus dem Takt bin?

Ich nehme das Handy in die Hand, starre auf das Display, das keine neuen Nachrichten anzeigt. Meine Hand verkrampft sich um das Gehäuse, als wollte ich es zwingen, endlich zu piepen. Natürlich ohne Erfolg.

Seufzend öffne ich unseren Chatverlauf, in dem sich die Nachrichten von mir stapeln. Keine von ihr. Ich zögere, aber dann ringe ich mich doch durch, es noch einmal zu versuchen.

Hi

Ich lege die Arme auf das Lenkrad, lasse meinen Kopf dazwischen baumeln. Ich kann nicht auf die drei Punkte warten, die anzeigen, dass Hope vielleicht doch reagiert. Ich zwinge mich, nicht hinzusehen, mein Zeitempfinden auf Eis zu legen und einfach darauf zu vertrauen, dass sie antworten wird. Weil ich ihr wichtig bin. Weil das zwischen uns besonders war. Wenn sie den ersten Schock verdaut hat, wird sie sich daran erinnern und mir hoffentlich zuhören.

Sollte das erst in Tagen sein. Ich warte. Genau hier. In meinem Wagen. Mitten in Newport. Vor einem verfluchten Waschsalon mit dreckigen Scheiben.

Es dauert lange. Wirklich lange. Aber keine Tage. Vielleicht Stunden. Möglicherweise waren es auch nur Minuten, die sich wie Stunden angefühlt haben, aber als mein Telefon mit einem knappen Signalton eine Nachricht ankündigt, zucke ich zusammen.

Hi

Es ist Hope. Und noch nie haben sich zwei Buchstaben perfekter angefühlt. Egal, wie zerrüttet ich bin. Sie geben mir Hoffnung.

Sag mir bitte, wo du bist. Dann komme ich vorbei. Lass uns reden, ja?

Unendliche Minuten passiert nichts, dann erscheinen drei Punkte. Kurz nur, dann ploppt die Nachricht auf.

Ich kann nicht.

Verfluchte Scheiße.

Sprich mit mir. Es ist nicht, wie du denkst. Ich weiß, das klingt nach einer billigen Ausrede, aber bitte gib mir eine Chance, es dir zu erklären.

Dieses Mal schreibt sie länger und ich versuche das als gutes Zeichen zu deuten. Sonst würde ich durchdrehen. Ich schwöre, ich werde nicht damit umgehen können, wenn sie mich einfach aus ihrem Leben streicht.

Ich weiß nicht, was ich denken soll. Ob ich dir vertrauen kann. Was ich glauben soll. Ob ich mir selbst trauen kann. Ich brauche Zeit. Ich melde mich.

Das ist kein Nein. Mir entweicht der angehaltene Atem. Sie meldet sich, sobald sie sich sortiert hat. Mehr werde ich nicht erreichen. Mehr habe ich vermutlich auch nicht verdient.

Okay. Ich bin hier und warte auf dich.

Mit Wodka, denke ich grimmig. Alkohol fühlt sich gerade wirklich sehr verlockend an. Aber ich sollte wohl nüchtern bleiben. Bereit für den Fall, dass sie auftaucht. Für das Gespräch, das ich vorher noch führen muss. Mit Mac.

Kraftlos lasse ich das Handy sinken, stecke den Schlüssel ins Zündschloss und starte den Motor. Auch wenn es nicht weit ist bis zur Ranch, kommt mir die Strecke ewig lang vor. Als das Grundstück endlich vor mir auftaucht, lasse ich die Einfahrt zur Scheune links liegen und biege kurz darauf in die Auffahrt vom Haupthaus ein. Ich habe nicht genug Kraft für lange Strecken, also parke ich den Pick-up direkt vor der Tür. Dann rutsche ich aus dem Wagen und schleppe mich die Veranda hoch. Drinnen brennt Licht und ich hoffe inbrünstig, dass ich nur auf Mac treffe. Ava kann ich bei dem Gespräch, das ich mit ihm führen muss, nicht gebrauchen.

Ich drücke die Tür auf, schließe sie wieder und lehne sekundenlang meine Stirn gegen das Holz. Wieso fällt es mir so verdammt schwer, ihn damit zu konfrontieren?

Vielleicht, weil dann real wird, dass er nicht so unfehlbar ist, wie ich ihn immer gesehen habe. Und vielleicht brauche ich diesen perfekten Vaterersatz. Gerade jetzt.

Stöhnend fahre ich mir durch die Haare und atme. Ich. Atme. Kann. Atme. Keinen. Atme. Mehr. Atme. Verlieren.

»Alles okay?« Macs Stimme ist warm, vertraut. Verdammte Scheiße, er ist mein sicherer Hafen. Meine Anlaufstelle. Der einzige Punkt, an dem mein Leben vertäut ist.

Ich nicke. Dabei ist gar nichts okay.

»Hast du getrunken?« Er kneift die Augen zusammen und mustert mich eingehend.

Ich fühle mich zwar wie nach einer Kneipentour durch sämtliche Kaschemmen Newports, aber ich bin leider verdammt nüchtern. Ich schüttle den Kopf.

»Was ist los?« Mittlerweile ist Mac ehrlich besorgt. Er zieht mich in eine knappe Umarmung und führt mich dann zum Sofa, aber ich lasse mich nicht daraufsinken. Ich bleibe daneben stehen.

Mac ist schon auf halbem Weg in Richtung Polster, richtet sich aber wieder auf, als er sieht, dass ich seinem Beispiel nicht folge. »Was ist passiert, Cooper?«

»Ava«, stoße ich hervor. »Du sagtest, ihr wärt erst seit Kurzem zusammen. Seit wann kennst du sie schon?«

Er ist irritiert. »Seit ungefähr sechs Jahren. Wir haben uns bei einem Ärztekongress kennengelernt.« Er schüttelt den Kopf. »Wieso willst du das wissen?«

»Da war sie noch verheiratet«, sage ich tonlos. Das ist keine Frage. Ich brauche keine Antwort. Die kenne ich bereits.

»Ja. Wir haben uns trotzdem ineinander verliebt. Keiner von uns hatte das geplant.«

»Bist du nie auf die Idee gekommen, dass du eine Familie zerstörst, wenn du eine verheiratete Frau vögelst?« Die Wut hilft mir, weiterzureden. »Hast du nie an ihren Mann gedacht? An ihre Tochter?«

»Kannst du mir mal bitte erklären, was hier los ist?« Mac schüttelt den Kopf, hält meinem Blick aber stand. »Und um deine Frage zu beantworten: Natürlich habe ich darüber nachgedacht. Und Ava konnte auch an nichts anderes denken. Deswegen haben wir das Ganze beendet, bevor es richtig begonnen hatte. Ich wäre fast daran kaputtgegangen.«

Noch jetzt höre ich den Schmerz in seinen Worten. Hört sich wie die Wahrheit an. Mac ist kein guter Lügner. Im Gegenteil. Er ist, verflucht noch mal, hundsmiserabel darin. Oder will ich einfach nur glauben, er wäre kein rücksichtsloses Arschloch?

»Worum geht es hier?«

Ich lache voller Bitterkeit. »Es geht darum, dass mir eure Scheiße jetzt auf die Füße fällt.« Ich verschränke die Arme im Nacken. »Avas Tochter. Sie heißt Hope.«

Mac weicht einen Schritt zurück.

»Sie ist das Mädchen, in das ich mich verliebt habe. Wir haben uns am Tag der Beerdigung ihres Dads kennengelernt. Sie war vollkommen fertig, weil sie an diesem Tag nicht nur ihren Dad verloren hat, sondern auch ihre Mutter. Weil sie kurz zuvor herausgefunden hat, dass ihre Mom ihre Familie aufgegeben hat, um einen anderen Typen zu ficken, während ihr Dad im Krieg draufgegangen ist.« Ich stoße ihm gegen die Brust. Halbherzig. »Du bist dieser Mistkerl. Ihre Mom hat sie wegen dir belogen. Immer und immer wieder. Selbst als Hope ihr die Chance gegeben hat, die Wahrheit zu sagen, hat sie behauptet, sie wäre erst mit dir ins Bett gegangen, als sie und ihr Dad bereits getrennt waren. Aber Hope hat euch gesehen. Vor fünf Jahren schon. Sie weiß, dass ihr lügt. Sie hasst dich. Also, was glaubst du, Mac, wie hoch ist die Wahrscheinlichkeit, dass sie damit klarkommt, dass wir zusammengehören? Wie wahrscheinlich ist es, dass sie weiter mit mir zusammenbleibt, wenn sie von dieser Scheiße erfährt?« Ich habe keine Luft geholt, habe ihm alles an den Kopf geknallt. Aber ich fühle mich kein Stück besser.

Mac sagt nichts, sieht mich nur an. Dann zuckt sein Blick zu einem Punkt hinter mir und die Farbe weicht aus seinem Gesicht. Etwas, das ich mit all meiner Wut, mit dem ganzen Packen an Vorwürfen nicht geschafft habe. Wie in Zeitlupe drehe ich mich um und folge seinem Blick zu der halb offenen Terrassentür.

»Hope«, flüstere ich und in meiner Stimme schwingt das Ende mit, das in ihren Augen steht.

KAPITEL 51

Hope

Ich kann mich nicht rühren. Dabei will ich einfach nur noch weg von hier. Ich will nicht hinsehen. Aber mein Blick ist starr auf Cooper gerichtet, der im Wohnzimmer des beeindruckenden Hauses steht. Zusammen mit ihm.

Was glaubst du, Mac, wie hoch ist die Wahrscheinlichkeit, dass sie damit klarkommt …?

Der Mann, der vor ihm steht, ist der Prius-Mann. Und Cooper hat ihn Mac genannt. Sein Mac und der Mann, der meine Familie zerstört hat, sind ein und dieselbe Person.

Diese Tatsache allein hätte ausgereicht, um meiner Lunge den Sauerstoff zu entziehen. Aber es ist schlimmer. Cooper hat es gewusst. Er hat mich belogen. Schon wieder! Und das legt mein Innerstes in Schutt und Asche. Da ist nur noch Abgrund. Das absolute Nichts.

Der Prius-Mann ist Coopers Dad. Mein Kopf summt. Das Arschloch ist sein Vater. Mein Herz hämmert. Er hat es gewusst. Ich klammere mich an der Terrassentür fest. Er hat es mir verschwiegen. Keuchend atme ich aus, schüttle den Kopf. Ich dachte, die Sache mit dem Knast wäre krass. Ich hatte Angst, Amber würde uns zu Fall bringen. Aber das hier, ist so viel schlimmer. Das Ende. Das restliche Vertrauen, das ich zu ihm hatte, wird von dem Vakuum aufgesogen, das sich mit jeder Sekunde unaufhörlich zwischen uns ausbreitet. Taumelnd weiche ich einige Schritte zurück, sehe, wie Cooper auf mich zustürzt, und drehe mich um. Ich renne, stolpere, tränenblind.

Cooper läuft neben mir her. Seine Lippen bewegen sich, aber ich höre ihn nicht. Seine Hand, mit der er mich zurückhalten will, schlage ich weg. Das Warum, das in meinem Schädel hämmert, übertönt alles.

Ivys Wagen steht vor der Scheune. Ich reiße die Fahrertür auf, aber Cooper hält mich davon ab einzusteigen. Er zieht mich am Arm zu sich herum und wirft die Tür wieder zu.

»Du kannst so nicht fahren.«

Ich fühle mich, als wäre ich an den Grund des Ozeans gesunken. Als würde eine meterhohe Wassersäule Coopers Worte verzerren.

»Bitte, Hope. Hör mir doch erst mal zu. Und wenn du danach immer noch wegwillst, fahre ich dich. Oder ich hole Ivy her und sie kann dich mit zu sich nach Hause nehmen. Aber ich lasse dich in deinem Zustand nicht fahren.«

Er übt leichten Druck aus und ich lasse zu, dass er mich in seine Arme zieht. Ich weine. Ich spüre es nicht. Sehe nur die Spuren auf Coopers Shirt, während ich sekundenlang zulasse, dass er mich tröstet. Dabei ist er der Grund, aus dem ich mich leer und verbrannt fühle. Aber er riecht wie immer. Er fühlt sich an wie immer. Wie kann alles anders sein? Alles, bis auf Cooper und mein Herz, das noch immer für ihn schlägt?

Kraftlos schiebe ich ihn von mir. Mache einen Schritt rückwärts. Weg von ihm. Als müsste ich genügend Abstand zwischen uns legen, um uns zu beenden.

Aber Cooper gibt noch nicht auf. Er steht vor der Fahrertür, sodass ich nicht einsteigen und verschwinden kann.

»Ich war nicht mit Amber zusammen an dem Abend«, sagt er und sucht meinen Blick. »Du hast mich gefragt, warum ich so komisch war.« Er fährt sich durch die Haare. »An dem Tag habe ich erfahren, was Mac getan hat. Dass er der Prius-Arsch ist. Ich bin durchgedreht, weil ich wusste, dass ich es dir sagen muss. Und weil ich Angst hatte, dass genau das hier passieren würde.«

»Fünf Tage«, stoße ich hervor. »Du hast es fünf Tage gewusst. Und es mir nicht gesagt. Ich habe dich gefragt, was los ist, und du hast nichts gesagt.«

Er sieht mich stumm an und nickt. »Ich hatte Angst«, flüstert er. »Du hast gesagt, du hasst ihn.« Er sieht mich flehend an. »Ich wollte dich nicht verlieren, weil ich ihn liebe.«

Mein Atem stolpert. »Das hast du nicht«, erwidere ich schließlich brüchig. »Du hast mich nicht verloren, weil dein Vater ein Mistkerl ist und du ihn trotzdem liebst. Es sind die Lügen. Jeder belügt mich. Ich kann das nicht mehr.« Ich kann ihn nicht länger ansehen.

»Ich wollte es dir sagen.« Cooper schlägt gegen die Karosserie. »Verdammte Scheiße, ich hätte es dir gesagt. Ich wollte doch nur warten, bis Ivy hier ist. Damit sie für dich da sein kann, falls du mich nicht mehr willst.«

Vielleicht stimmt das. Das Problem ist, das ändert nichts. Lügen kann man nicht wieder zurücknehmen. Vertrauen nicht einfach wiederherstellen. Denn es zerbricht nicht, wie alle immer sagen. Dann könnte man es reparieren. Seine Lügen löschen unsere Basis aus. Das Vertrauen in ihn verschwindet in dem Nichts, das in mir herrscht. Ich fühle mich so leer. Jede Zelle, die von Cooper infiziert war, taumelt.

Ich schiebe mich an ihm vorbei ins Auto.

Cooper streckt die Hand nach mir aus, will mich aufhalten, aber ich ertrage es nicht, wenn er mich jetzt berührt. Dad hat immer gesagt, Ivy und ich müssten die Übungen zur Selbstverteidigung so lange üben, bis sie uns in Fleisch und Blut übergegangen sind. Damit wir sie auch in Extremsituationen abrufen können. Ohne nachdenken zu müssen.

Das hier ist eine Extremsituation. Ich denke nicht. Instinktiv stoße ich Cooper mit einem gezielten Schlag gegen die Brust von mir, verschaffe mir genügend Abstand und Zeit, um ins Auto zu springen, und verriegle die Türen.

Flüchte, wann immer und sobald du kannst.

Und das tue ich. Ich flüchte. Aus tränenblinden Augen sehe ich, wie Cooper im Rückspiegel verzweifelt in den Sand kickt und seine Hände auf den Oberschenkeln aufstützt, als würde er nach Atem ringen. Ich beschleunige den Wagen, bringe Abstand zwischen mich und ihn. Ich fahre, bis ich in einen kleinen Feldweg einbiegen und schließlich von der Hauptstraße verborgen stehen bleiben kann. Sekundenlang sitze ich wie betäubt da. Dann ziehe ich die Beine auf den Sitz, schlinge die Arme um meine Knie und weine. So wie ich noch nie geweint habe. So heftig, dass es körperlich wehtut. Um alles, was ich verloren habe. Um Dad. Um Mom. Und um Cooper.

KAPITEL 52

Cooper

Der Staub, den Hopes Wagen aufgewirbelt hat, hat sich längst wieder gelegt, als ich mich auf den Boden sinken lasse. Die Sonne brennt. Insekten surren durch das hohe Gras. Der Geruch von Wildblumen liegt in der Luft. Als wäre ein Stück von Hope geblieben.

Dabei ist sie fort. Ich presse die Hände gegeneinander, versuche ruhig zu atmen. Der Wut, der Traurigkeit, der absoluten Hilflosigkeit nicht noch mehr Boden zu schenken.

Schritte hinter mir lassen mich zusammenfahren. Es ist Mac.

»Cooper?«, fragt er leise, aber ich antworte nicht. Ich bin zu wütend auf ihn. Dabei war er es nicht, der Hope belogen hat. Er hat Fehler gemacht, aber er hat uns nicht gegen die Wand gefahren. Das war ich ganz allein, als ich mich dafür entschieden habe, ihr nicht die Wahrheit zu sagen. Ich fahre mir durch die Haare und lassen dann die Hände über den angezogenen Knien baumeln.

Mac steht eine Weile unschlüssig neben mir, aber anstatt wieder zu gehen, setzt er sich schließlich mit seinem schweineteuren Anzug zu mir in den Staub.

»Darf ich es dir erklären?« Als ich nicht antworte, fährt er fort. »Ich habe Ava auf einem Ärztekongress vor fast sechs Jahren kennengelernt. Sie war einfach …« Er atmet geräuschvoll aus. »Sie war alles, was ich bis dahin vermisst hatte, ohne es überhaupt zu wissen. Sie hat mich fasziniert, herausgefordert und sie war so unglaublich schön. Und das Verrückteste war, dass sie sich genauso in mich verliebt hat wie ich mich in sie. Für einen kurzen Zeitraum waren wir egoistisch, haben uns in dieses Gefühl fallen lassen und nicht über die Konsequenzen nachgedacht. Aber das ging nicht lange gut. Ava hatte Angst, ihre Familie zu verlieren. Sie war nicht glücklich in ihrer Ehe, aber sie wollte dafür kämpfen, es wieder zu werden. Damit ihre Tochter mit Vater und Mutter aufwachsen konnte, in einer heilen Familie. Und ich habe ihren Wunsch respektiert, auch wenn es mir schwerfiel.«

Ich sehe ihn noch immer nicht an.

»Mehr als einmal habe ich mir gewünscht, ich wäre nicht so furchtbar verständnisvoll gewesen. Ich wollte sie zurück, uns nicht aufgeben. Das waren egoistische Gedanken, auf die ich nicht besonders stolz bin. Einmal bin ich sogar hergeflogen und stand zwei Stunden mit meinem Mietwagen vor ihrem Haus, bevor ich mich zusammengerissen habe und wieder gefahren bin.«

»Warum erzählst du mir das?«

Mac berührt kurz meinen Arm, lässt die Hand dann aber wieder sinken. »Ich will, dass du dir alles anhörst und dir dann selbst ein Bild machst. Hope kennt nur Bruchstücke und ich verstehe, warum sie die falschen Schlüsse daraus gezogen hat.« Er wirft einen Stein ins Gras und putzt sich die Hand an seiner Hose ab. Ein heller Staubfilm bleibt im Gewebe hängen. »Aber ich will, dass du verstehst, wie es wirklich war. Ava hat mich verlassen, um bei Paul zu bleiben und Hope ein stabiles Umfeld zu geben. Die beiden waren seit der Highschool ein Paar, beste Freunde, die irgendwann ein Plus hinter diese Freundschaft gesetzt haben. Sie waren in keiner Beziehung, haben sich kein gemeinsames Leben vorgestellt. Ava hat ihn geliebt.« Mac sieht mich unsicher an. »Aber eher so, wie du Amber liebst. Man ist bereit, viel zu tun für einen Menschen, der einem so viel bedeutet. Doch Avas Gefühle reichten nicht unbedingt für eine gemeinsame Zukunft. Aber dann wurde sie schwanger. Sie hat sich dafür entschieden, das Kind zu bekommen und ihre Tochter gemeinsam mit Paul großzuziehen. Die beiden haben geheiratet, weil es das Beste für Hope war. Es gibt Schlimmeres, als das Leben mit seinem besten Freund zu teilen. Ava hat das lange Zeit gereicht.«

»Aber es fehlten der Goldglitter und die Engelschöre?«, frage ich und schaffe es nicht, den Sarkasmus aus meiner Stimme zu vertreiben.

»Kein Glitter und keine Engelschöre«, bestätigt Mac. »Und dann haben wir uns getroffen und plötzlich war alles anders. Ava hat lange dagegen angekämpft, aber nicht nur ihr fehlte etwas. Paul ging es nicht anders. Deswegen haben sich die beiden vor rund einem Jahr in Freundschaft getrennt. Genau so, wie sie auch zusammengekommen waren. Paul wollte es Hope erst nach ihrem Abschluss sagen, warten. Ava war nicht damit einverstanden, hat aber schließlich zugestimmt, sie nicht vor den Prüfungen damit zu belasten. Aber dann wurde Paul in einen Einsatz geschickt und das Gespräch wieder verschoben. Ava hat die Zeit bereits genutzt, um ein Haus zu finden, in das sie mit Hope ziehen wollte, sobald sie nach Pauls Rückkehr ihre Trennung offiziell gemacht hätten.« Er räuspert sich. »Ich habe sie vor etwa einem Dreivierteljahr auf einer Tagung wiedergesehen. Sie hat mir gesagt, dass sie und Paul jetzt getrennt leben, und wir haben das Wochenende zusammen verbracht. Danach, ich weiß auch nicht. Ich hing in der Luft, aber ich wusste, ich wollte wissen, wohin das mit uns führt. Und unser altes Haus in Orange County war so verdammt leer. Du hast bei Chase gelebt und wolltest nicht zurückkommen. Also habe ich mich um eine Stelle hier in der Nähe beworben und bin hergezogen. Seitdem sind wir zusammen und wir sind glücklich, aber Hope hat recht: Wir haben sie belogen. Wir haben unsere Beziehung vor ihr geheim gehalten, weil Ava und Paul es ihr sagen wollten. Und dann ist er gestorben und der Zeitpunkt war noch falscher als vorher. Trotzdem war es nicht richtig, die Dinge so zu handhaben. Aber Ava hat es aus den richtigen Gründen getan. Sie wollte Hope nur beschützen und trotzdem glücklich sein.«

Rechtfertigen gute Gründe eine Lüge? Das wäre gut. Weil es bedeuten würde, Mac wäre kein Mistkerl, Ava die sympathische Frau, als die ich sie kennengelernt habe. Und mein Gewissen Hope gegenüber wäre ebenfalls rein. Aber das ist Wunschdenken. Eine Illusion, die der Realität nicht standhält. Lügen bleiben Lügen.

»Ich brauch etwas Zeit für mich«, murmle ich und stehe auf. Mac rappelt sich ebenfalls auf.

»Du siehst nicht mehr aus, als würdest du mich am liebsten mit dem Gartenrechen vierteilen«, bemerkt er vorsichtig.

Mir ist klar, dass er eine Absolution von mir erwartet, aber ich weiß nicht, ob ich ihm vergeben kann. Ob ich mir selbst vergeben kann. Also nicke ich ihm nur knapp zu, drehe mich um und gehe zur Scheune. Ich schiebe mich durch das Tor, schließe es hinter mir ab und trotte die Treppe hinauf. Staubig, wie ich bin, lasse ich mich aufs Bett fallen und bleibe einfach liegen. Ich reagiere nicht auf die Nachrichten, die in den nächsten Stunden auf meinem Handy eingehen. Nicht auf das leise Klopfen und Macs Rufen, dass er Essen für uns beide gemacht habe. Als die Dämmerung den Himmel silbrig färbt und einen neuen Tag androht, liege ich noch immer genauso da. Unfähig, mich zu bewegen, zu denken, zu fühlen. Denn ich weiß, wenn ich aufstehe, mein Hirn seine Arbeit aufnimmt und ich die Gefühle nicht länger unterdrücke, wird es schlimm. Richtig schlimm. Episch. Ein Wort, mit dem ich Hope kurz nach unserem Kennenlernen beschrieben habe. Ich hätte nie gedacht, dass ich es je für unser Ende benutzen müsste.

KAPITEL 53

Hope

Es ist bereits dunkel, als ich den Wagen vor dem Grundstück der Johnsons parke. Im Haus brennt Licht und durch die Fenster sehe ich Ivy, die sich mit ihrer kleinen Schwester und Becks um Popcorn streitet, das in einer großen Schüssel auf ihrem Schoß thront. Hale und Kim sitzen eng umschlungen neben ihren Kindern und konzentrieren sich auf den Film, der über den Fernseher flimmert. Lyle scheint nicht da zu sein.

Ich wünschte, ich könnte einfach zu ihnen hineingehen und mich von ihrer Familienidylle trösten lassen, aber ich kann nicht. Es ist, als würde ich mich in einer Parallelwelt befinden. Als läge eine Membran zwischen ihnen und mir, die ich unmöglich überwinden kann. Wie in diesem Gruselschocker, den Cooper und ich neulich zusammen gesehen haben. Ich wende mich ab. Zu Mom kann ich auch nicht, also schlage ich den ausgetretenen Pfad zum Strand ein, die Arme fest um meine Mitte gepresst. Die Nähe des Ozeans kann mir vielleicht etwas Frieden zurückgeben. Rechts und links von mir ragen Dünen in den Nachthimmel, als ich mich in den vom Tag noch warmen Sand sinken lasse.

Genau hier habe ich vor einigen Wochen nach dem Streit mit Mom gestanden. Damals dachte ich, es könnte nicht schlimmer werden, aber es kann. Es ist schlimmer. Um Welten schlimmer. Anstatt wie damals auf das Wasser starre ich jetzt in die Dunkelheit. Dort wo die Wellen des Ozeans stetig gegen den nachtschwarzen Strand schlagen. Aber das Geräusch gibt mir heute keine Ruhe. Ich fühle mich zerschlagen und einsam. Verlassen von der Welt. Von Cooper. Wie konnte ich mich so sehr in ihm täuschen? Wieso musste er mich anlügen und damit alles kaputt machen?

»Hope?« Ivy kommt langsam näher und setzt sich neben mich. »Ich habe den Wagen gehört. Als du dann nicht reingekommen bist, habe ich mir gedacht, dass du hier bist.« Sie legt ihren Arm um mich und lehnt ihren Kopf an meinen. »Und dass es sicher nicht gut gelaufen ist. Was ist passiert?«

Nach der Sache mit Amber war es Ivy, die mich dazu gedrängt hat, zu Cooper zu fahren und mich mit ihm auszusprechen. Und ich dachte, sie hätte recht. Dass diese Sache zwischen uns zu besonders wäre, um sie einfach zu beenden. Ich wollte glauben, dass es eine Erklärung für alles gibt, aber das war, bevor ich herausgefunden habe, dass er nicht nur gelogen hat, was Amber betrifft, sondern vor allem, was den Prius-Mann angeht. Wenn ich daran denke, dass er es tagelang gewusst, mich tagelang belogen hat, wird mir schlecht. Ich schüttle den Kopf, anstatt zu antworten, und vergrabe mein Gesicht an ihrer Schulter. Schluchzer schütteln meinen Körper und Ivy gibt mir die Zeit, die ich brauche. Erst als ich mich wieder beruhigt habe, schiebt sie mich sanft von sich. Dann greift sie neben sich.

»Ich sehe bestimmt schrecklich aus«, murmle ich kläglich.

Sie streicht mir die losen Haare aus dem tränennassen Gesicht. »Tut mir leid, Butternut, das sagen zu müssen, aber du sahst tatsächlich schon mal besser aus«, gibt sie zu. Ehrlich wie immer. »Aber ich habe uns was mitgebracht. Das wird helfen.«

Sie bohrt eine Flasche mit glasklarer Flüssigkeit in den Sand zwischen uns. Wodka. Ein bitteres Lachen entfährt mir. Sogar der Alkohol, mit dem mich Ivy trösten will, erinnert mich an Cooper. Das ist nicht fair. »Du musst dich nicht mit mir betrinken, nur weil ich liebestot bin«, murmle ich.

Sie sieht mich fragend an. »Liebestot?«

Schulterzuckend schnappe ich mir die Flasche und drehe den Verschluss auf. »Was, bitte, ist denn sonst die Steigerung von liebeskrank?«

Bevor ich etwas trinken kann, entwendet Ivy mir die Flasche. »Liebestot trifft es sehr gut.« Ihr Blick ist düster, als sie die Flasche ansetzt.

Ich bin irritiert. Ivy ist zwar empathisch, aber irgendetwas sagt mir, dass sie nicht wegen mir und Cooper so neben der Spur ist. »Weswegen trinkst du?«

»Erinnerst du dich noch an die Sportlerwade?«, fragt sie zerknirscht .

»Evan?« Ich nicke. »Was ist mit ihm?«

Ivy fährt sich durch die Haare. »Er ist mein Grund und das Schlimmste ist, ich hätte es verhindern können, wenn ich mich nur an meine eigenen Regeln gehalten hätte. Verdammt, es gibt ja Gründe, aus denen ich die aufgestellt habe, ich blöde Kuh.« Sie nimmt mehrere tiefe Schlucke und gibt mir dann prustend die Flasche zurück. »Ich hätte ihn damals rausschmeißen sollen. Genau wie ich es vorhatte.«

Ich war so beschäftigt mit mir selbst und Cooper, dass ich nicht einmal mitbekommen habe, dass meine beste Freundin zum ersten Mal ihr gut gehütetes Herz verloren hat. »Du hast dir die ganze Zeit über meine Dramen angehört und nichts von ihm erzählt.«

Ivy stöhnt. »Weil es total kitschig und absolut bescheuert ist. Außerdem sind deine Sorgen viel größer als mein blöder Liebeskummer.«

»Wir erzählen uns alles. Immer. Selbst wenn gerade die Welt untergeht«, erinnere ich sie.

Ivy nickt. »Tut mir leid.« Sie blinzelt mich zerknirscht an. »Irgendwie war es komisch, am Telefon davon zu erzählen, dass ich mich seit Neuestem wie ein verknallter Teenie benehme. Und als ich dann hier war, gab es so viel anderes. Aber jetzt habe ich es dir ja gesagt. Zumindest in Kurzform.«

»Und wie ist die Langform?« Ich dränge Cooper, Mom und all den Mist für den Moment in den Hintergrund, um mich ganz auf meine beste Freundin zu konzentrieren.

»Er ist ein Idiot. Ende der Geschichte. Mehr gibt es selbst in der langen Version nicht zu sagen.« Sie wischt sich eine Träne aus dem Augenwinkel und schiebt das Kinn vor.

»Ivy!«, erinnere ich sie daran, wer vor ihr sitzt.

Seufzend gibt sie nach. »Ich habe ihn an der Uni kennengelernt und wir hatten dieselben Regeln. Keine Beziehung. Keine Gefühle. Nur Sex. Was gut ist, weil es für weniger Komplikationen sorgt«

»Hört sich nicht an, als wäre dein Plan aufgegangen?«

»Ich wollte nicht mehr als ein oder zwei Nächte, aber er hat darauf bestanden, mich wiederzusehen. Irgendwie ist daraus mehr geworden. Wir haben plötzlich ständig zusammen abgehangen und dann mochte ich ihn mit einem Mal mehr, als gut ist.« Sie knibbelt an ihrem Shirt herum. »Ich dachte sogar, ihm würde es genauso gehen wie mir. Ich bin so eine Idiotin.«

Ich nehme sie in den Arm. »Was ist dann passiert?«

»Gar nichts.« Sie fährt sich wütend durch die Haare. »Ich denke, er hat Panik bekommen, weil er gemerkt hat, dass sich mein dämliches Herz nicht an die Absprachen hält, und ist abgetaucht.«

»Was meinst du mit abgetaucht?« Das dürfte in Zeiten von Social Media verflucht schwierig sein.

»Seine Profile sind offline. Er geht nicht ans Handy, reagiert auf keine meiner Nachrichten und ich bin dumm genug, trotzdem immer wieder nachzusehen, obwohl ich weiß, was das bedeutet. Aber ich werde nicht wegen so eines Idioten weinen. Solltest du auch nicht. Was hat Cooper überhaupt angestellt?«

Ich setze die Flasche an die Lippen und nehme einen großen Schluck. Dann erzähle ich ihr alles. Als ich fertig bin, haben wir bereits die halbe Flasche vernichtet.

»Ich bleibe dabei«, sagt Ivy, nachdem ich fertig bin. »Er verdient deine Tränen nicht, aber ich trete ihm gern für dich in die Eier. Oder noch besser, wir haben Spaß und vergessen die blöden Typen.« Sie kneift die Augen zusammen und schüttelt trotzig den Kopf. »Das schreit nach einem Mädels-Veranda-Abend.« Sie kippt noch etwas Wodka hinunter und reicht mir dann die Flasche.

Nachdem ich getrunken habe, legen wir die Köpfe aneinander und schweigen eine Weile, während ich mich frage, wie mein Leben dermaßen in Schieflage geraten konnte. Ich war doch glücklich. Ich hatte alles. Aber nichts davon ist mehr übrig. Nichts außer Ivy, die übermorgen zurück nach Montana fliegen wird und damit ebenfalls aus meinem Leben verschwindet. Aber heute Abend ist sie hier. Wir sind zusammen. Ich rapple mich auf und ziehe meine beste Freundin und die halb leere Flasche in den Stand. Dann schleppen wir uns Arm in Arm zurück zur Veranda. Denn eine Veranda-Freundinnen-Party braucht nun mal eine Veranda.

Ich weiß nicht, worüber wir lachen, als wir die Stufen hinaufpoltern und dabei hinfallen. Aber dank des Wodkas vergesse ich langsam, warum ich so verdammt traurig war. Was ein Segen ist.

Ivys Familie ist bereits schlafen gegangen. Im Haus ist es dunkel und wir bemühen uns wirklich, leise zu sein, aber es ist unmöglich, nicht zu kichern, denn Ivy sieht aus wie Charlie Chaplin, als sie jetzt Decken und Kissen aus ihrem Zimmer holt, mit dem Berg auf ihrem Arm zurückkommt und dabei die Hälfte der Einrichtung umschmeißt. Wahrscheinlich weckt sie ihre Familie wieder auf. Zumindest alle bis auf Becks. Der würde auch dann noch selig schlummern, wenn eine Horde Navy Seals sein Zimmer stürmen würde.

Die Decken wirft Ivy auf den Holzboden, hält sich die Hände vor den Mund, um das unkontrollierte Prusten zu dämpfen, und lässt sich dann auf den Haufen Stoff fallen. Den Wust breitet sie aus, indem sie Arme und Beine bewegt, als würde sie einen Schneeengel machen.

Ich will mich neben sie legen, schlage aber unsanft mit dem Knie auf dem Boden auf. Es tut schweineweh, aber ich kann nicht aufhören zu lachen. Vielleicht, weil es besser ist, als zu weinen. Und alles zwischen diesen beiden Extremen ist gerade unmöglich.

Noch immer lachend kuschle ich mich in Ivys Arme.

»Jungs sind eine verdammt blöde Erfindung«, murmelt Ivy plötzlich ernst. Ihre Stimme zittert und ich brauche nicht hinzusehen, um zu wissen, dass sie weint. Ivy weint nie. Selbst als ihr Trevor in der Middle School zugesetzt hat, hat sie keine Träne vergossen. Und er hat es wirklich auf die Spitze getrieben. Vorsichtig berühre ich ihr Gesicht, wische die Tränen fort und gebe ihr einen Kuss auf die Wange. Dann drehe ich mich auf den Rücken und umschlinge ihre Hand. Solange wir in den Himmel starren, sieht niemand unsere Tränen. Und solange unsere Hände miteinander verflochten sind, halten wir uns aneinander fest. Ivy und Hope gegen den verdammten Rest der Welt. So war es schon immer.

KAPITEL 54

Cooper

Ein merkwürdiges Bitzeln feuert das kleine Männchen in meinem Schädel an, meine Hirnrinde mit der Spitzhacke zu malträtieren. Blinzelnd sehe ich mich um und entdecke Q, der keine dreißig Zentimeter neben dem Bett auf einem Stuhl hockt. In der Hand hält er ein Glas Wasser, in dem sich ohrenbetäubend laut eine Tablette auflöst.

»Ich dachte, die wirst du nach gestern brauchen.«

»Hm«, brumme ich, drehe mich auf den Rücken und sperre das Sonnenlicht, Q und die Schmerztablette aus, indem ich meinen Arm über die Augen lege.

Seufzend stellt Q das Glas auf den Boden neben das Bett, geht aber nicht. Er ist nicht gerade der Typ, der einen Wink mit dem Zaunpfahl wahrnimmt. Nicht einmal, wenn der Pfahl ein Vierkantholz ist. »Verschwinde, Q. Du hast Kurse.«

»Wir haben Kurse«, berichtigt er mich. »Und bevor du nicht wieder du selbst wirst und mit mir zur Uni fährst, gehe ich nirgendwohin.«

Gestern fand ich seine Fürsorge noch ganz süß. Aber da war ich auch betrunken. Ich saß am Feuer, als er vorbeikam, und habe die Welt verflucht. Es war irgendwie gut, nicht länger allein zu sein und mir stattdessen anzuhören, wie Qs zweites Treffen mit seinem Dad verlaufen ist. Ich schäme mich etwas, dass ich zu fertig war, um ihn zu begleiten, aber er hat es super ohne mich hinbekommen. Er hat geredet, ich habe getrunken und am Ende hat er mich die Treppe raufgeschafft. Allerdings habe ich ihn nicht eingeladen, die Nacht als Wachposten neben meinem Bett zu verbringen. Er braucht mir auch nicht zu sagen, was ich längst weiß: Ich muss Hope vergessen. Weitermachen. An meine Zukunft denken. Zur Uni gehen. Ich kann nicht ewig durchhängen. Mir nicht ewig mit jeder Faser meines bescheuerten Herzens wünschen, dass sie zu mir zurückkommt. Denn das wird nicht passieren. Sie war mehr als deutlich. Sie kann das mit uns nicht mehr.

Und es gibt kein Argument, das sie umstimmen könnte. Ich habe es versucht. Mit Nachrichten. Dutzenden, auf die sie nicht geantwortet hat. Ich bin zu Ivy gefahren, die längst wieder in Montana ist. Ihre Mom meinte, Hope wäre wieder bei sich zu Hause. Ich glaube kaum, dass Hope das weiße Haus am Sund so bezeichnen würde. Trotzdem bin ich hingefahren, aber sie hat mir nicht geöffnet. Und selbst wenn sie es getan hätte, glaube ich kaum, dass es einen Unterschied gemacht hätte. Es gibt nichts, was ich sagen könnte, um meine Fehler ungeschehen zu machen. Ich habe es verbockt. So einfach ist das. So endgültig.

Trotzdem kann ich mir nicht vorstellen, zur Tagesordnung überzugehen, als wäre nichts passiert. Noch nicht. »Gib mir noch einen Scheißtag«, brumme ich.

»Das hast du gestern auch schon gesagt.« Q greift mir unter den Arm und zerrt mich erbarmungslos in die Senkrechte. »Du hast auch nicht lockergelassen, als es darum ging, mich dazu zu bringen, an Dexters Tür zu klingeln. Also komm endlich.«

Die Sache mit seinem Dad war eine vollkommen andere Nummer als das hier. »Lass das«, knurre ich und mache mich unwillig los. Ich bleibe aber auf der Bettkante sitzen, anstatt mich direkt wieder auf die Matratze fallen zu lassen. Allerdings nur, weil mein Magen die plötzliche Lageveränderung nicht ganz so witzig findet. Ich stöhne und fahre mir über die Augen.

»Du siehst aus, als würdest du gleich kotzen«, bemerkt Q alarmiert. »Brauchst du einen Eimer?«

Ich schüttle den Kopf. Keine gute Idee. Ich halte still und schiebe ein undeutliches Nein hinterher. »Eine Dusche vielleicht.«

»Großartige Idee.« Q steht auf und stellt den Stuhl beiseite. Dann hält er mir den Arm hin. Als wäre er ein Krankenpfleger und ich todkrank. Meine Güte, genau so fühlt es sich an. Trotzdem ignoriere ich ihn und stehe allein auf. Ich bin zwar etwas wackelig auf den Beinen, aber ich schaffe es unfallfrei bis ins Bad.

»Dein Dad war ein paarmal hier.« Q ist mir gefolgt und steht in der Tür, die ich nicht hinter mir geschlossen habe. »Er macht sich Sorgen. Und er sagte, du kannst jederzeit rüberkommen, wenn du was essen oder reden willst.«

Ich werfe einen kurzen Blick über die Schulter, während ich pinkle und mich dabei an der Wand abstütze. »Ich will nicht essen. Und ich will nicht reden.«

»Falls doch. Er ist da.« Q hält mir erneut das Glas mit der aufgelösten Schmerztablette unter die Nase. »Er sah echt besorgt aus.«

Nachdem ich mir die Hände gewaschen habe, nehme ich es mit einem Augenverdrehen entgegen. »Fahr endlich zur Uni, Q. Ich komme klar. Und Mac auch.« Um meine Worte zu unterstreichen, stürze ich den Inhalt des Glases hinunter und drücke es Q dann wieder in die Hand. »Siehst du. Ich habe artig meine Medizin genommen. Jetzt gehe ich noch duschen und dann arbeite ich etwas. Dabei würdest du mir sowieso nur unter den Füßen rumstehen.«

Q nickt, überlegt und nimmt dann tatsächlich seine Jacke vom Treppengeländer. »Ich komme heute Abend wieder.«

Auch wenn mein erster Gedanke ist, dass ich lieber allein wäre und nicht sein verdammtes Sozialprojekt sein will, ist der zweite, dass ich mich über sein Angebot freue. Q ist für mich da, so wie ich für ihn da war. Das ist, was Freunde tun. Seitdem Hope aus meinem Leben verschwunden ist, war er jeden Tag hier. Er hat sich alles angehört, als ich reden musste. Er hat mit mir geschwiegen, als ich nicht mehr darüber reden konnte. Und er hat versucht beim Trinken mit mir mitzuhalten. Dabei dürften ihn die Mengen Dr Pepper, die er anstelle von Bier und Whiskey runtergekippt hat, nahe an ein Zuckerkoma gebracht haben.

Er ist bereits halb die Treppe runter, als ich mich gegen den Türrahmen lehne. »Q?«

Er dreht sich um und sieht mich fragend an.

»Danke.« Ich mache eine umständliche Handbewegung, die meinen traurigen Arsch und das Chaos in der Scheune umfasst. »Für alles.«

Ein Lächeln gleitet über Qs Gesicht. »Ist alles ein ausgeklügelter Plan, um mir deine Allianz zu sichern.«

Ich grinse. »Gegen die dunkle Seite der Macht?«

Er nickt, hebt die Hand und verschwindet im Erdgeschoss. Kurz darauf fällt gleißendes Sonnenlicht durch das Scheunentor und dann bin ich allein.

Ich stand ewig unter der Dusche und habe mir die Muskeln vom heißen Wasser massieren lassen. Als der Warmwasserbereiter leer war, stand ich noch mal so lange unter dem kalten Strahl. Das war scheißkalt, aber es hat meine Lebensgeister aus dem Tiefschlaf gerissen. Die Tablette hat mittlerweile auch ihre Wirkung entfaltet und der Kopfschmerz ist nur noch ein dumpfes Pochen. Ich fühle mich wieder fast wie ein Mensch. Aber nur fast.

Es ist sehr verführerisch, mich einfach wieder ins Bett zu legen und so lange an die Decke zu starren, bis es moralisch nicht mehr verwerflich ist, sich zu betrinken. Aber zum einen muss ich den ersten Kundenauftrag, den ich hier in North Carolina bekommen habe, fertigstellen. Zum anderen sollte ich das bisschen Energie nutzen, das in mir herumdümpelt, und endlich mit Mac sprechen. Es ist nicht fair, ihn weiter in dem Glauben zu lassen, das alles stünde zwischen uns.

Ich ziehe ein Shirt aus einer der Kisten und eine frische Jeans. Als ich beides übergezogen habe, laufe ich durch den Garten zum Haupthaus. Es ist heiß. Nicht nur warm, sondern wüstensiedend heiß. Die Temperaturen sind definitiv etwas, an das ich mich vermutlich nie gewöhnen werde. In Los Angeles ist es auch warm, aber zum einen gibt es immer eine leichte Brise, die vom Pazifik über die Stadt weht. Zum anderen ist die Luft nicht so feucht wie in einer beschissenen Sauna.

Ich drücke die Terrassentür auf und bin so froh, in das gekühlte Innere des Hauses zu gelangen, dass ich nicht mal einen Gedanken daran verschwende, wie ich Mac nach allem am besten begegnen soll.

»Cooper.« Mac sitzt am Frühstückstisch. Im selben Moment, in dem er meinen Namen sagt und in einer Bewegung zwischen Aufstehen und Sitzenbleiben verharrt, zieht er den Stuhl neben sich nach hinten. »Magst du dich zu mir setzen?«, schiebt er vorsichtig hinterher.

Er denkt, ich bin ihm noch immer böse. Vielleicht sollte ich das sein. Aber erstens bin ich viel zu fertig dazu. Und zweitens hat er nichts anderes getan, als sich in die falsche Person zu verlieben. Und das kann ich ihm wohl kaum vorwerfen. Immerhin ist das ansonsten meine Kerndisziplin. Seufzend setze ich mich neben ihn und sehe ihn an, bis ein erleichtertes Lächeln über seine Lippen gleitet.

»Ist zwischen uns alles in Ordnung?«, fragt er leise, und als ich nicke, zieht er mich in eine knappe Umarmung. »Willst du etwas essen?« Er mustert mich prüfend. »Du solltest was in den Magen bekommen. Siehst ziemlich fertig aus.«

Ich schüttle den Kopf.

»Hör zu, Cooper.« Mac faltet die Zeitung zusammen, die er vor meinem Eintreffen gelesen hat. »Mir ist schon klar, dass du ein erwachsener Mann bist und vermutlich keine Tipps mehr von mir entgegennehmen willst. Noch dazu von einem, dessen Liebesleben überhaupt erst zu dem Schlamassel geführt hat, aber ich habe das Gefühl, das sagen zu müssen. Jeder hat schlimme Phasen. Das passiert. Und ich verstehe, dass die Sache mit Hope hart für dich ist, aber es wird ein Danach geben. Und das bedeutet, du solltest etwas essen. Wieder zur Uni gehen. Du musst weitermachen.«

Ich schließe die Augen und schlucke schwer und schüttle kaum merklich den Kopf.

»Ich war noch nicht fertig.« Mac legt mir seine Hand auf die Schulter. »Es sei denn, du bist nicht in der Lage, sie zu vergessen. Dann ist sie vielleicht diese eine Liebe, um die es sich zu kämpfen lohnt. Dann gib sie nicht auf, sondern kämpf. Aber tu etwas. Hör auf, dich weiter kaputt zu machen und den Kopf in den Sand zu stecken.«

Ein tonloses Lachen entfährt mir. Als wüsste er, wie es ist, um die Liebe zu kämpfen. Ich habe es getan. Bei Mom. Bei Dad. Bei Hope. Und ich habe jedes verdammte Mal verloren. »Du hast doch damals auch nicht gekämpft. Um Mom.« Ich schleudere ihm die Worte an den Kopf. Zu hart. Zu laut. Er hat einfach keine Ahnung.

Mac zuckt nicht einmal zurück. Er sieht mich ernst an und nickt. »Wir hätten dieses Gespräch vielleicht schon vor Jahren führen sollen. An was erinnerst du dich von damals?«

Ich ziehe die Schultern hoch. Ich bin nicht gerade in der Verfassung, jetzt auch noch in meiner beschissenen Vergangenheit herumzuwühlen, aber Macs Blick ist unerbittlich, also schließe ich sekundenlang die Augen. Bilder von Mom wirbeln durch meinen Kopf. »Sie ist gegangen«, sage ich tonlos. Ohne sich zu verabschieden. Eines Nachmittags, als ich aus der Schule kam, war sie einfach weg. Mac hatte Nachtschicht und ich weiß noch genau, wie ich auf der Treppe saß und hoffte, sie würde zurückkommen. Ich dachte, sie wäre vielleicht verletzt. Ich habe mir Vorwürfe gemacht, dass ich nicht da war, um auf sie aufzupassen. Mac kam um kurz nach Mitternacht nach Hause. Da war seine Schicht eigentlich noch lange nicht zu Ende. Ich saß noch immer auf dieser bescheuerten Treppe. Mir war kalt und ich habe geheult. Mac hat mich schweigend in den Arm genommen und mich in mein Bett getragen. Dabei war ich schon zehn Jahre alt und viel zu groß und schwer, um getragen zu werden.

Als er mich zudeckte, sagte er mir, Mom ginge es gut, aber dass sie für länger verreist wäre. Ich habe die Endgültigkeit in seiner Stimme gehört. Da wusste ich, sie würde nie mehr wiederkommen.

Mac nickt. »Sie ist gegangen. Weißt du, deine Mom und ich haben uns wirklich geliebt. Für einen kurzen Zeitraum konnte ich sie glücklich machen. Ich dachte, es würde mir für immer gelingen, aber ich hatte sie bereits verloren – lange bevor sie gegangen ist. Sie ist ein Freigeist. Niemand, den man festhalten kann. Da gab es nichts mehr, um das ich hätte kämpfen können.«

»Wie kannst du das wissen? Du hast es ja nicht mal versucht. Und wie heuchlerisch ist es bitte, mir jetzt zu raten, um Hope zu kämpfen, wenn du damals einfach aufgegeben hast?«

Macs Blick ruht auf mir. »Ich habe nie aufgegeben. Nur war

es nicht deine Mom, die mir so wichtig war, dass ich bis zum bitteren Ende gekämpft hätte.«

»Was willst du damit sagen?« Meinen Worten fehlt die Kraft. Ich fühle mich wieder wie mit zehn. Da ist dieses widerliche Gefühl des Verlassenseins. Das Gefühl, nicht genug zu sein, damit meine Eltern mich lieben. Im Grunde wären sie genetisch dazu verpflichtet gewesen und trotzdem sind beide einfach abgehauen. Der Einzige, der immer da war, war Mac.

»Das bedeutet, ich habe gekämpft. Nur nicht um Ellen. Ich habe sie ziehen lassen, ohne ihr Steine in den Weg zu legen, weil sie mir im Gegenzug das Sorgerecht für dich übertragen hat. Ich habe um dich gekämpft, Cooper. Und ich habe bis heute nie damit aufgehört.« Er grinst schief. »Dabei verstehst du es echt, es einem so schwer wie möglich zu machen. Als du zu Chase gegangen bist, dachte ich wirklich, ich hätte dich verloren.«

Aber er hat mich trotzdem nicht aufgegeben. Er ist vor meiner Schule aufgetaucht, wollte mich überreden, mit nach North Carolina zu gehen, wieder zu ihm zu ziehen. Er hat sein Angebot wiederholt – mehr als einmal. Er ist in ein verdammtes Flugzeug gestiegen und hat mich aus dem Knast geholt, als ich mich durch meine Sturheit in die Scheiße geritten hatte.

»Du hast mir das nie gesagt«, krächze ich und blinzle meine Gefühle weg. Ich sehe Mac nicht an, aber ich höre an seiner Stimme, dass ein Lachen darin mitschwingt.

»Vielleicht hätte ich das tun müssen. Aber hast du ernsthaft gedacht, ich wäre so pflichtbewusst, dass ich deine Launen deswegen ertragen habe?« Mac zieht mich sekundenlang in seine Arme, bevor er mich wieder freigibt. »Du hast den Basketballkorb in unserer Auffahrt mit einem Baseballschläger kaputt geschlagen, als ich dir verboten habe, weiter für die Schulmannschaft zu spielen, bis deine Noten besser würden. Dabei hast du so ein Spektakel verursacht, dass Miss Grayson von gegenüber die Polizei verständigt hat, weil sie dachte, nach dem Korb würdest du mich umbringen. Und das war noch eine deiner harmlosen pubertären Protestaktionen. Das macht man nur mit, wenn man unter unzurechnungsfähiger Vaterliebe leidet.« Er schiebt mir das Rührei zu und lehnt sich dann in seinem Stuhl zurück. »Und jetzt iss endlich etwas und dann überlegen wir uns, wie du Hope zurückgewinnen kannst.«

Ich streite nicht ab, dass ich sie tatsächlich so sehr liebe, dass ich um sie kämpfen will. Selbst wenn ich wieder und wieder verlieren werde. Ist sowieso offensichtlich.

KAPITEL 55

Hope

Mom sitzt mir gegenüber am Tisch und schiebt sich eine Gabel mit Lasagne in den Mund. Mein Lieblingsgericht. Sie hat es extra für mich gekocht. Ich weiß, was sie vorhat. Sie versucht mich mit Essen zu manipulieren, damit ich ihr vergebe. Früher hat das vielleicht funktioniert. Aber da ging es auch nur um belanglose Streitereien zwischen uns. Lustlos schiebe ich die Nudelplatten auf dem Teller hin und her.

»Willst du nichts essen?«, fragt Mom sanft und legt ihre Gabel beiseite.

Ich will nicht mal hier sein. Ich will nicht, dass Mom diesen Scheiß-verständnisvollen-Mom-Blick auf mich richtet. Denn sie versteht rein gar nichts. Sonst hätte sie mein Leben nicht zerstört. Alles wäre gut, wenn sie nur nie etwas mit diesem Prius-Typen angefangen hätte. Dann wäre Dad vielleicht noch am Leben. Auf jeden Fall aber wäre er nicht mit dem Gefühl gestorben, betrogen und belogen worden zu sein. Ich würde mich nicht genauso fühlen. Hätte Mom ernst gemeint, was sie damals vor dem Café zu Mac gesagt hat, dann hätte sie ihn nie wiedergesehen und Cooper hätte keinen Grund gehabt, mich zu belügen. Ich schließe die Augen und schiebe die Tatsache beiseite, dass ich ihn dann vermutlich nie kennengelernt hätte.

»Ich bin satt und muss noch meinen Artikel für die Uni-Zeitung fertigkriegen.« Ungeduldig stoße ich den Stuhl nach hinten, obwohl ich in Wahrheit gerade gar keinen Kopf für die Arbeit an der Gazette habe, stelle meinen Teller in die Spüle und will gehen, als Mom mich aufhält.

»Hope?« Sie versperrt mir den Fluchtweg. »Können wir bitte reden?«

»Es gibt nichts zu bereden.« Ich funkle sie zornig an und blinzle wütend die Tränen weg, die mir in die Augen steigen. »Denn da ist nichts mehr. Weil du alles kaputt gemacht hast. Alles, was mir je etwas bedeutet hat.«

»Sag so etwas nicht.« Mom sieht wild entschlossen aus. Als würde es ausreichen, die Tatsachen zu leugnen, damit alles wieder gut wird. »Ich wollte nie, dass all das passiert.«

»Ist es aber.« Ich blicke sie kalt an. Selbst meine Tränen fühlen sich an wie Eiskristalle. »Und das ist deine Schuld. Also lass mich durch. Ich will allein sein.«

Aber anstatt beiseitezugehen, schlingt Mom ihre Arme um mich und ich kann nicht anders, als dem vertrauten Gefühl ihrer Umarmung für einen Moment nachzugeben. Ein Schluchzen entfährt mir. Sie fühlt sich so sehr nach Mom an. Nach Trost. Nach Geborgenheit. Nach allem, was sie nicht mehr für mich sein sollte. Nicht nach dem, was sie getan hat.

»Lass mich los«, stoße ich fest hervor, als ich mich mit meiner letzten Kraft von ihr löse, mich an ihr vorbeidrängle und die Treppe hinaufhaste. Die Tür stoße ich mit dem Fuß zu. Ich hasse das alles einfach. Dieses Haus. Diese illoyalen Gefühle, die mir jegliche Kraft rauben. Aber am meisten hasse ich, dass ich weder Mom noch Cooper hassen kann. Dabei ist das die einzig logische Konsequenz, wenn ich nicht zulassen will, dass sie mir auch noch den Rest meines Herzens brechen.

Mom klopft. Sie ist mir gefolgt und wiederholt leise meinen Namen. Das Holz dämpft ihre flehende Stimme.

Meine Antwort ist eindeutig. Ich drehe den Schlüssel im Schloss und warte, bis sich ihre Schritte schließlich wieder entfernen. Wenig später höre ich die Haustür gehen, dann die Reifen ihres Wagens auf dem Kies, als sie ihn aus der Einfahrt lenkt. Ihre Schicht beginnt in einer Stunde. Das bedeutet, die nächsten zwölf Stunden bin ich allein. Das sollte mich erleichtern, aber da ist nur Leere. Ich berühre die Fotos über meinem Bett, versuche mich an die Momente zu erinnern, die sie abbilden, scheitere aber. Frustriert drehe ich mich auf den Rücken und starre eine gefühlte Ewigkeit nur an die Decke, wo Sonnenlichtsprenkel tanzen. Ivy schickt mir mehrere Bilder von sich, die mich zum Lachen bringen sollen und es normalerweise wohl auch täten. Deswegen zwinge ich mich zu einem Selfie, auf dem ich schauspielerische Höchstleistung vollbringe und tatsächlich fröhlich wirke. Ich schicke es ihr zu und verabschiede mich mit der Ausrede, ich müsste lernen. Keine Lüge, ich müsste wirklich dringend den Stoff nachholen, den ich in den letzten Tagen verpasst habe. Seufzend ziehe ich das Anatomiebuch, das auf dem Boden liegt, aufs Bett und versuche nicht daran zu denken, wie Cooper an meinem ersten Tag in der Uni in genau diesen Kurs hereingeplatzt ist, um mit mir zu sprechen.

Ich lese die Worte aus dem Fachbuch, aber sie verschwimmen, formen sich zu Erinnerungen an Cooper, der mich zum Lachen gebracht und die Trauer in mir beiseitegeschoben hat. Ich beiße mir auf die Lippen, aber ich lese jeden Satz mindestens viermal und habe den Sinn des Textes selbst dann nicht verstanden. Erleichtert schleudere ich das Buch von mir, als es wenig später an der Tür klingelt. Ich rapple mich auf und laufe die Treppe hinab. Nach einem vorsichtigen Blick aus einem der Fenster ist klar, dass es nicht Cooper, sondern nur der Postbote ist.

Ich öffne die Tür, leiste eine Unterschrift und nehme das Paket entgegen, das mir der Postbote entgegenhält. Zunächst denke ich, Mom hat bei irgendeinem Onlineversand Klamotten oder Deko für das Haus gekauft, aber auf dem Adressaufkleber steht neben ihrem Namen auch meiner. Und der Absender ist die United States Army. Mein Atem stockt und mein Herz macht beständig Doppelschläge. Das müssen Dads restliche Sachen sein. Bisher haben wir nur die Dinge bekommen, die er bei dem Einsatz bei sich trug. Alles Übrige sollte uns zugeschickt werden. Sanft streichle ich über den Karton. Sie haben gesagt, es könnte einige Wochen dauern, und in all dem Chaos habe ich es aus den Augen verloren. Aber jetzt stehe ich auf der Veranda vor Moms Haus und halte einen Karton im Arm, in dem alles steckt, was von Dads Leben noch übrig ist.

Wie betäubt setze ich mich auf einen der Deckchairs. Das Holz unter meinen nackten Füßen ist warm. Die Luft drückend heiß und feucht. Insekten surren zwischen den Blüten der Pflanzen, die Mom auf der breiten Holzumrandung platziert hat. All das nehme ich mit einer Intensität wahr, die das Gewicht des Kartons auf meinen Beinen dennoch nicht in den Schatten stellt. Eine ganze Weile sitze ich bloß da, versuche mich zu sammeln, mir nicht zu wünschen, Cooper wäre hier und würde diesen Moment allein durch eine Berührung oder ein halbes Lächeln weniger schwer machen. Schließlich atme ich tief durch und entferne behutsam das Klebeband. Ich warte, bis ich mich bereit fühle, und schlage dann die Enden des Kartondeckels auf. Mein Herz brennt und Tränen rinnen mir über die Wangen, als meine Fingerkuppen Dads altes North-Carolina-Tar-Heels-Basecap berühren. Bevor er zur Army gegangen ist. Bevor Mom mit mir schwanger wurde, hat Dad begonnen, an der North Carolina University in Chapel Hill zu studieren und für das College-Footballteam zu spielen. Seitdem war er Fan des Teams und hat dieses blöde Cap immer getragen. Mom meinte, es wäre ein

Wunder, dass er es zumindest zum Schlafen auszog. Ich hebe es aus dem Karton und rieche an dem festen Stoff. Es riecht nicht nach ihm. Eher neutral. Etwas enttäuscht fahre ich die Buchstaben N und C nach, die ineinander verschlungen das Zentrum des Caps bilden, und setze es schließlich auf. Als Nächstes lege ich seine Sonnenbrille, seine Uhr und das Portemonnaie auf die Lehne des Deckchairs.

In seiner Geldbörse sind genau sechzehn Dollar, ein noch verpacktes Kaugummi, sein Ausweis und zwei Fotos. Das eine zeigt mich in der Wildblumenwiese. Dasselbe Bild, das auch über meinem Bett hängt. Das andere zeigt ihn und Mom, lachend, verliebt, glücklich. Mom hätte das, was sie verband, niemals mit Füßen treten dürfen. Ich klappe das Portemonnaie zu, um nachzusehen, was sich noch in dem Karton befindet. Ein Buch. Natürlich ein Krimi. Dad stand total auf alles, was entfernte Ähnlichkeit mit Sherlock Holmes hatte. Etwa auf einem Viertel des Buches zeigt eine eingeknickte Seite wie weit er mit dem Lesen gekommen ist. Ich atme zitternd aus, streiche die Seite erst glatt und knicke sie dann wieder um, bevor ich das Buch zur Seite lege. In einem Briefumschlag befinden sich die Manschettenknöpfe seiner Ausgehuniform. Erst jetzt wird mir klar, dass er seinen Ehering nicht getragen hat. Vielleicht ist das während eines Einsatzes nicht erlaubt. Aber müsste er dann nicht trotzdem bei seinen persönlichen Dingen vom Stützpunkt dabei sein? Vielleicht habe ich recht und er wusste, dass Mom ihn betrogen hat. Möglicherweise hat er ihn weggeschmissen, als er davon erfuhr.

Als Letztes fische ich sein Smartphone aus dem Karton. Der Akku ist leer. Ein Ladekabel ist nicht dabei, aber er hat dasselbe Modell wie ich. Eilig werfe ich alle Gegenstände zurück in den Karton und laufe in mein Zimmer.

Mit zittrigen Fingern schließe ich das Telefon an mein Ladekabel an und warte, bis es mich nach der PIN fragt. Ich habe keine Ahnung, wie Dads Code lautet. Alles, was ich weiß, ich muss das Ding entsperrt bekommen. Darauf sind Dads Fotos. Sie werden mir zeigen, was Dad gefühlt hat, wie es ihm ging, bevor er gestorben ist. Was ihm wichtig war. Ich versuche es mit seinem Geburtsdatum. Noch habe ich zwei Versuche. Nur zwei. Fieberhaft überlege ich und tippe schließlich das Hochzeitsdatum meiner Eltern ein und tatsächlich hebt sich die Sperre auf. Ich schluchze erleichtert auf und gleichzeitig bohrt sich tiefe Traurigkeit durch mein Innerstes. Er hat sie so sehr geliebt, hat noch so sehr an ihnen festgehalten, dass selbst so etwas Banales wie die PIN seines Handys die Liebe zu Mom zeigt.

Ich tippe seine Fotomediathek an und scrolle mich durch die Aufnahmen. Wilde von Partys auf dem Stützpunkt, die Dad und seine Kameraden bei ausgelassenen Trinkspielen und irren Verkleidungstänzen zeigen. Wunderschöne von der Landschaft, die die Zerrissenheit des Landes zwischen Krieg und Alltag zeigen. Da sind Fotos von Mom und mir. Von unserem Haus. Dem See, an den wir immer gefahren sind. Ich lache, ich weine, umklammere das Gehäuse, dessen Speicherchip mir ein Stück von Dad wiedergibt. Erst als ich mich durch seine gesamten Fotos gescrollt habe und die Videos anklicken will, bemerke ich einen separaten Ordner. Das Titelbild ist schwarz und mir wird augenblicklich klar, was das zu bedeuten hat. Ich selbst habe so einen Ordner auf meinem Handy. Ich weiß, dass viele Soldaten Videos oder Briefe, E-Mails oder so etwas für ihre Angehörigen vorbereiten. Dad hat immer zu mir gesagt, sich zu verabschieden wäre keine Vorsorge, sondern der erste Schritt in Richtung Katastrophe. Er war fest davon überzeugt, dass man mit genügend Optimismus heil zurückkehren würde. Deswegen bin ich davon ausgegangen, dass er keine Abschiedsbotschaft vorbereitet hätte. Aber ich habe mich geirrt. In dem Ordner befinden sich zwei Videoclips. Die erstarrten Anfangsbilder zeigen Dads Hand und seine Umrisse im Hintergrund. Ein Video trägt meinen Namen. Das andere Moms. Ich kann es nicht erwarten, Dads Stimme zu hören, ihn zu sehen. Sein Lachen und die vertraute Art, die mir immer das Gefühl gegeben hat, alles wäre möglich und würde wieder in Ordnung kommen. Das könnte ich gerade wirklich gut gebrauchen. Aber ich habe auch Angst, dass die Sehnsucht nach ihm unerträglich wird, wenn ich den Clip starte. Deswegen zögere ich, bevor ich schließlich mit pochendem Herzen den Play-Button anklicke.

Zunächst sieht man nur Dads Hand, die die Aufnahme startet, dann ihn. Er trägt das Tar-Heels-Cap und rückt es umständlich auf seinem Kopf zurecht. Dann überprüft er die Handyeinstellungen, den Bildausschnitt. Das Bild verwackelt kurz, bevor er sich auf seinem Stuhl zurücklehnt. Ich erkenne sein Zimmer auf dem Stützpunkt von den unzähligen Skype-Sitzungen wieder. Ein Container, den er sich so wohnlich wie möglich eingerichtet hat.

»Hi, Pumpkin. Mein süßer kleiner Pumpkin.« Liebe flutet seinen Blick. Und Tränen meinen. Ich blinzle sie verzweifelt weg und presse mir die Hand vor den Mund, weil ich kein Wort, keine Sekunde dieses Schatzes verpassen will. »Ich habe dir versprochen, dass ich immer zu dir zurückkommen werde. Und bis jetzt habe ich mich immer daran gehalten, aber wenn du dieses Video siehst, bedeutet es, dieses Mal habe ich es nicht geschafft und mein Versprechen gebrochen. Es tut mir leid, mein kleiner Kürbis. Trotzdem werde ich immer bei dir sein. Bei jedem Schritt deines Lebens. Und sei es nur durch deine Mom. Sie wird einen tollen Job machen, selbst wenn ich ihr nicht mehr helfen kann.« Wieder fährt er über den Schirm seines Caps, hebt es kurz an und atmet dann tief aus.

Er konnte wohl nicht ahnen, wie sehr Mom die Sache verkacken würde.

»Sei nicht zu streng zu ihr.« Er lächelt, als hätte er meine Gedanken bereits damals erahnt. »Wahrscheinlich hat sie mittlerweile mit dir gesprochen und dir gesagt, dass wir uns vor einiger Zeit getrennt haben und es einen neuen Mann in ihrem Leben gibt. Und ich kenne dich, Pumpkin, du wirst ihr die Schuld geben. Vermutlich an allem.« Er lacht leise. »Aber niemand hat Schuld. Keiner kann etwas dafür. Gefühle sind nicht planbar. Weder die, die plötzlich da sind, noch die, die nie eintreten. Deine Mom und ich lieben uns. Haben und werden wir immer. Aber wir waren nie verliebt. Wir waren nie so verrückt nach einander, dass wir nächtelang wach gelegen haben, nur um keine Sekunde mit dem anderen zu verpassen. Aber wir waren verrückt nach dir. Und das hat gereicht. Eine Zeit lang. Aber mit jedem Schritt in dein eigenes Leben ist uns beiden bewusst geworden, dass uns etwas fehlt. Vielleicht denkst du jetzt, dass unsere Familie eine Lüge war. Aber das war sie nicht. Wir haben versucht das Beste für dich zu tun, und das war richtig. Damals.« Er streicht sich unbestimmt über die Bartstoppeln, bevor er fortfährt. »Und genauso richtig ist es, dass deine Mom jetzt, wo du dein eigenes Leben beginnst, neu anfängt. Jeder von uns sollte einmal im Leben wirklich lieben. So wie deine Mom Victor liebt. Ich habe ihn kennengelernt und glaub mir, er macht deine Mom glücklich. Das ist alles, was ich immer wollte. Sie glücklich machen. Dich glücklich sehen. Deswegen bitte ich dich, sei mutig genug, dich auf diese neue Situation einzulassen. Gib Victor und ihr eine Chance. Du wirst sie beide brauchen, wenn du mich vermisst. Und sollte je ein Mensch in dein Leben treten, mit dem du jeden Blödsinn mitmachen würdest, nur um ihn zum Lachen zu bringen, dann sei mutig genug, ihn zu lieben, Pumpkin. Egal wie verrückt und unmöglich es auch erscheinen mag. Dass ich nur noch durch ein Video zu dir sprechen kann, zeigt, wie wenig Zeit uns manchmal bleibt, um so etwas Kostbares zu finden. Verschenk keine Sekunde. Mach nicht dieselben Fehler wie deine Mom und ich. Warte nicht zu lange.« Lächelnd murmelt er: »Ich höre mich an wie ein verfluchter Glückskeks.« Er beugt sich vor und will die Aufnahme unterbrechen, überlegt es sich dann aber anders. Während er sich wieder gerade hinsetzt, beginnt er, die ersten Takte von *Masterpiece* zu summen, und wenig später singt er mit seiner vollen, dunklen Stimme das komplette Lied. Erst als er fertig ist, räuspert er sich und rutscht wieder an die Stuhlkante. »Nur für den Fall, dass du mal nicht einschlafen kannst.« Ein Zwinkern. »Ich liebe dich, Pumpkin. Vergiss das nie. Und wenn du deinen Mut nach meiner Ansprache für einen Typen verschwendest, der es nicht wert ist, komme ich höchstpersönlich aus dem Jenseits und trete ihm in den Hintern.« Dann verdeckt seine Hand das Bild und die Aufnahme stoppt.

Ich starre auf das Standbild. Das Atmen fällt mir schwer. Mit dem Handrücken wische ich mir die Tränen aus dem Gesicht, aber neue strömen nach. Traurigkeit lähmt meinen Körper. Traurigkeit und Scham. Meine Gedanken rasen. Dad kannte Mac. Mom und Dad waren wirklich schon getrennt, als Mac mit Mom zusammengekommen ist. Dad war einverstanden damit. Ich ziehe die Beine an den Körper und klammere die Arme darum. Ich war so sauer auf sie, habe ihr kein Wort geglaubt, als sie versucht hat es mir zu erklären. Egal was sie gesagt hat, meine Meinung war so fest wie der Zement der Mauer, die ich nach Dads Tod zwischen uns errichtet habe. Ich dachte, das wäre ich Dad schuldig. Aber ich habe mich verrannt. Mom hat Fehler gemacht, aber ich war hart zu ihr. Zu hart. Das wird mir mit so einer Heftigkeit klar, als würde ebendiese Mauer nicht nur bildlich, sondern tatsächlich in meinem Inneren in sich zusammenstürzen. Ich hätte für Mom da sein müssen. Ein Teil von mir hat sich immer nach ihr gesehnt. Ich hätte auf ihn hören sollen. Dann wäre sie für mich da gewesen. Ich hätte sie nur lassen müssen. Das Handy noch immer in der Hand, stehe ich auf und renne nach unten. In der Schale neben der Tür liegen unsere Schlüssel. Aus einem ersten Reflex heraus schnappe ich mir den Schlüssel des Mini Coopers, werfe ihn aber zurück auf die Anrichte, als mir bewusst wird, dass der Wagen längst verschrottet ist. Larry hat mir zwar mehrere Anzeigen möglicher Gebrauchtwagen zugeschickt, die er mit mir ansehen wollte, aber ich habe ihm noch nicht geantwortet. Das bedeutete dann wohl, ich bin auf den Outer Banks gestrandet. Stöhnend wühle ich in meiner Shorts nach meinem Handy und wähle, sobald ich es gefunden habe, Quentins Nummer.

Er geht nach dem zweiten Klingeln dran. »Hey«, sagt er leise und schiebt dann ein »Was gibt es?« hinterher.

»Ich weiß, es ist viel verlangt, aber ich habe einen Notfall und bräuchte deine Hilfe.«

Er seufzt. »Wie sieht denn dieser Notfall genau aus?«

»Ich bin im Haus meiner Mom und brauche ganz dringend jemanden, der mich zu ihr fahren kann. Sie arbeitet im Krankenhaus. Bitte, Quentin, ich würde dich nicht fragen, wenn es anders ginge, aber könntest du mich hier abholen?« Ich halte den Atem an.

»Dein persönliches Quentin-Uber ist schon unterwegs«, sagt er. »Gib mir zwanzig Minuten.«

Ich lächle, weil er genau wie Ivy früher meine Rettung ist. Mein Quber.

KAPITEL 56

Cooper

Ich tauche unter. Kühles Seewasser schlägt über mir zusammen. Für einen Moment treibe ich schwerelos unter der Oberfläche, bevor ich wieder auftauche und mir die Haare aus dem Gesicht werfe.

Quentin ziert sich und ist nur bis zu den Knien in den See hineingewatet.

»Jetzt komm schon.« Ich spritze Wasser in seine Richtung, ernte aber nur einen ultrafiesen Darth-Sidious-Blick. »Immerhin hast du mich dazu überredet, Pause zu machen.« Ich schwimme zurück zum Ufer und klettere aus dem Wasser, um mir mein Shirt und die Jeans über die noch nasse Haut zu zerren.

»Weil du seit heute Morgen durchgearbeitet hast.« Er beäugt mich misstrauisch. »Und wie ich sehe, hast du vor, direkt damit weiterzumachen. Wenn du ab und an auch mal essen und schlafen würdest, müsste ich mich nicht wie eine Glucke verhalten«, brummt er.

Ich vergrabe mich seit meinem Gespräch mit Mac in den Stallungen und der Werkstatt. Vielleicht, weil ich mir einreden kann, Hope wird mir vergeben, wenn ich nur hart genug an meiner Überraschung für sie arbeite. Dabei ist es wahrscheinlicher, dass sie mich nicht einmal anhört. »Vielleicht kannst du mir helfen, das Ding zum Feinschliff in die Werkstatt zu schleppen?«, erwidere ich mit einem schiefen Lächeln. Die groben Arbeiten am Mini habe ich in den Stallungen gemacht, wo ich ihn übergangsweise untergestellt hatte.

Quentin stöhnt, folgt mir aber. »Manchmal frage ich mich, ob du mir liebeskummerverseucht nicht doch besser gefallen hast. Zu bewachen, dass du keine Alkoholvergiftung erleidest, war auf jeden Fall weniger anstrengend als das hier.« Er blinzelt in die Sonne. »Weißt du eigentlich, wie heiß es ist?«

»So heiß, dass ich gern aus dem Stall in meine Werkstatt umziehen würde. Dort gibt es nämlich einen Ventilator.« Mit einem Ruck ziehe ich die Stalltüren auf und halte mir die Hand über die Augen, als das einfallende Sonnenlicht von der Karosserie des Minis reflektiert wird. Zumindest von dem Teil, der noch existiert. »Fass du an der Scheibe an. Ich nehme die Kühlerhaube.« Den schwereren Teil. Trotzdem ächzt und schimpft Quentin den gesamten Weg über den Hof und hört auch nicht auf, als das Teil endlich auf der Werkbank in der Scheune steht.

»Was ist das?« Er zeigt auf einen Stapel Fotos.

Der Beweis, dass Hope und ich zusammengehören. »Fotos, die Hope gemacht hat, seitdem wir uns kennen. Sie hat sie auf einen USB-Stick gezogen.« Das ist die Box, in die sie uns gelegt hat, aber ich werde nicht zulassen, dass die Erinnerung an uns da drinbleibt. »Sie muss ihn oben liegen gelassen haben, als sie das letzte Mal hier war.« Ich ignoriere den Schmerz in meiner Brust, als ich an unser letztes Aufeinandertreffen denke. »Sie sieht die Welt durch ihre Bilder und ich will, dass sie uns sieht.« Mit einem Schulterzucken drehe ich mich um. Das ist der bescheidene Plan, um uns zu retten. Aber mehr habe ich nicht. Ich muss hoffen, dass es reicht. Oder wenigstens ein Anfang ist.

Quentins Telefon klingelt. Er meldet sich mit einem »Hey«

und dreht mir den Rücken zu. »Wie sieht denn dieser Notfall aus?«

Ich widme mich dem Auto und lasse ihm etwas Privatsphäre.

»Ich muss leider los«, eröffnet er mir in diesem Moment.

»Ich glaube zwar, dass du nur versuchst dich vor der Arbeit zu drücken, aber ich will gnädig mit dir sein.« Ich klopfe ihm auf die Schulter und gehe nicht auf die Grimasse ein, die er zieht.

»Kommst du später noch vorbei?«, frage ich, bevor er durch die Tür verschwindet. »Du könntest gucken, ob ich die Verlegung der Elektrokabel überlebt habe oder an einem Stromschlag krepiert bin. Wenn es schiefgeht, vermache ich dir mein Werkzeug.«

Quentin schnaubt und hält mir den Mittelfinger entgegen. Ich bin sicher, seine Mom wäre entsetzt von der Geste und würde diese Entwicklung sicher liebend gern Dexter in die Schuhe schieben. Q hat ihr mittlerweile gebeichtet, dass er seinen Vater wiedergesehen hat und auch weiterhin Kontakt halten will. Es hat sie getroffen und sie hat ziemlich deutlich gemacht, dass sie Dexter keinen Meter über den Weg traut, aber sie liebt Q genug, um ihn das tun zu lassen, auch wenn sie wenig begeistert ist. »Bis dann«, rufe ich ihm hinterher. Ich sehe ihm nach und konzentriere mich dann wieder auf mein Projekt. Mein Blick fällt auf die Fotos. Sekundenlang katapultiert mich das oberste Bild zurück an den Strand. Über meiner Silhouette ein zorniger Himmel. Wogendes Schilfgras. Ich hatte Hope den Rücken zugedreht. Mac hatte angerufen. Hope wusste nicht, wen sie damals fotografiert hat. Trotzdem gibt es dieses Bild. Von einem Fremden. Sie macht nur Bilder von Dingen, die sie berühren. Ich habe sie bewegt, ohne dass sie wusste, dass ich es bin, der dort oben stand. Und sie hat mich ebenfalls berührt. Sie hat mein ganzes Leben auf links gedreht. Wir haben eine Verbindung. Sie war schon da, als wir beide es nicht einmal ahnten. Sie muss jetzt noch da sein. Sie muss einfach.

KAPITEL 57

Hope

Mom steht hinter dem Empfang der Notaufnahme, als ich durch die Tür stürme. Ihre Augen weiten sich.

»Hope«, ruft sie besorgt. »Was ist passiert?« Ich sehe, wie ihr Blick über meinen Körper wandert und checkt, ob ich verletzt bin. Als sie mich erreicht, schließt sie mich erleichtert in die Arme. »Kein arterielle Blutung, kein Kopftrauma, Knochen scheinen auch heil zu sein«, hakt sie die schlimmsten Befürchtungen eine nach der anderen ab und schiebt mich schließlich auf Abstand. »Tut mir leid.« Sie lässt mich los. »Ich weiß, du möchtest nicht von mir in den Arm genommen werden. Das war nur der Schreck. Geht es dir auch wirklich gut?«

Vom medizinischen Standpunkt aus gesehen, ja. Also nicke ich. »Können wir irgendwohin gehen, wo wir allein sind?«

Mom sieht sich um. Die Notaufnahme ist relativ leer, aber dennoch sind wir nicht ungestört. »Ich frage eben Megan, ob sie kurz für mich übernimmt. Warte hier.«

Und genau das tue ich. Ich warte, bis Mom zurückkommt, mich in einen der Behandlungsräume führt und die Jalousien zum Gang verschließt.

»Du willst reden?« Ich höre Hoffnung in Moms Stimme, aber auch Unverständnis, warum ich nicht zu Hause mit ihr gesprochen habe, wo sie erst vor zwei Stunden versucht hat mich aus der Reserve zu locken. Ich weiß nicht, was ich sagen soll. Es gibt so viel, was ich sagen müsste und doch nicht kann. Die Mauer, die zwischen uns stand, ist zwar eingestürzt, aber da ist so viel Schutt, der uns noch immer trennt. Ich kann ihn einfach nicht überwinden. Das wird Zeit brauchen. Und ist ganz sicher nichts, was ich in einem Behandlungsraum mit türkisen Kacheln und dem Geruch nach Antiseptikum bewältigen will. Aber das war auch nicht der Grund, aus dem ich Quentin gebeten habe, mich herzufahren. Umständlich ziehe ich Dads Handy aus der Hosentasche und halte es Mom hin.

Anstatt etwas zu sagen oder es entgegenzunehmen, schlägt sie die Hände vor den Mund und Tränen steigen ihr in die Augen.

Es ist das erste Mal, dass ich ihr die Trauer um Dad glaube. Ich bin nicht länger allein damit. Und das ist so tröstlich, dass ich zittere. »Seine Sachen sind vorhin mit der Post gekommen. Er hat ein Video für dich aufgenommen.« Ich drehe das Telefon zu mir und öffne die Fotogalerie, wähle den schwarzen Ordner und gebe ihr dann das Handy.

Dieses Mal nimmt sie es, eine Hand noch immer vor den Mund gepresst. Sie setzt sich auf einen Drehhocker, der neben der Liege steht, während ich mich zur Tür umdrehe. Dieses Video ist für Mom. Sie sollte diesen Moment allein mit Dad haben. So wie ich vorhin. Aber ihre Stimme hält mich zurück.

Sie schluchzt leise. »Würdest du bleiben? Bitte.«

Und tatsächlich lasse ich die Tür los und gehe zurück. Weil Mom mich bittet und es keine Anweisung ist, um mich zu kontrollieren. Dad wollte, dass wir zusammenhalten. Ich will das für ihn tun. Für uns. Deswegen nehme ich ihre Hand und halte sie, als Mom das Video startet. Auch wenn uns immer noch zwei Schritte Distanz trennen.

Dad trägt dieses Mal kein Cap. Seine Haare kräuseln sich und die Geheimratsecken, mit denen Mom ihn immer aufgezogen hat, sind deutlich zu erkennen. »Ava, wir hatten ein tolles Leben zusammen. Vielleicht war unsere Beziehung nicht so wie andere, vielleicht haben wir einen Fehler gemacht, uns nicht früher einzugestehen, dass uns hauptsächlich Hope und unsere Freundschaft verbunden hat. Aber es war trotzdem eine gute Zeit. Jede Menge gute Erinnerungen, von denen ich keine einzige missen will. Aber Hope ist jetzt groß und braucht uns nicht mehr.« Er lächelt und wird dann wieder ernst. »Sie wird auf die Uni gehen, irgendwann heiraten, eine eigene Familie gründen. Deswegen ist es richtig, dass du einen Neuanfang wagst. Ich weiß, dass du noch immer mit dir und dieser Entscheidung haderst. Hör auf damit. Du strahlst, seitdem du Victor kennst. Er macht dich glücklich. Und das ist alles, was unser kleines Mädchen brauchen wird. Das ist alles, was ich brauche. Und genau das, was du brauchst.

Und da ist noch etwas. Ich habe immer behauptet, ich würde nichts von diesen furchtbar kitschigen Abschiedsbotschaften halten. Ich habe dir gesagt, ich würde keine aufnehmen, weil das nicht nötig wäre. Aber das stimmt nicht. Ich habe jedes Mal, wenn ich von euch fortmusste, so ein rührseliges Ding aufgenommen. Ich habe gelogen, um euch keine Angst zu machen. Warum ich dir das jetzt sage? Ich weiß, dass du dich fertigmachen wirst, weil wir Hope unsere Trennung so lange verschwiegen haben. Bitte tu das nicht. Wenn man jemanden liebt, muss man manchmal lügen. Manchmal verschweigt man Dinge, um auf den richtigen Zeitpunkt zu warten, damit die Wahrheit nicht ihre volle Wucht entfalten kann und das Leben nicht aus den Fugen gerät. Das ist, was ich damals bei euch getan habe. Das ist, was wir für Hope getan haben. Und wie könnte es ein Fehler sein, die zu beschützen, die man liebt? Versprich mir, weiter so gut auf unsere Kleine aufzupassen. Ich liebe dich.« Er beugt sich zur Kamera und platziert einen Kuss auf der Linse. Dann wird das Bild schwarz.

Mom weint, klammert sich an meiner Hand fest und stützt sich mit der anderen Hand, in der sie das Handy hält, auf ihrem Bein auf. Als hätte sie körperliche Schmerzen, weil sie ihn verloren hat.

Ich weiß, wie sich das anfühlt. In meiner Brust wütet derselbe Schmerz. Aber Dads Worte erzeugen nicht nur Schmerz, sondern auch Klarheit. Das Chaos in meinem Kopf lüftet sich wie der Himmel nach einem Sommerregen. Das, was Dad gerade über das Lügen gesagt hat, ist genau das, was Cooper getan hat. Er hat mich belogen und das wird nie richtig sein. Aber er hat es aus den richtigen Gründen getan. Er wollte mich beschützen, auf den richtigen Moment warten. Dad sagte, ich soll mutig sein und lieben, egal, was dagegenspricht, egal, wie verrückt es auch sein mag. Und genau das will ich. Mutig sein. Vorsichtig löse ich mich von Mom, gebe ihr einen Kuss auf die Wange und verlasse den Raum. Wie in Trance laufe ich durch die Notaufnahme zum Ausgang. Bis zur Ranch ist es von hier aus nicht weit. Ich kann ein Taxi nehmen. Ich würde sogar Victor bitten, es zu bezahlen, weil ich kein Portemonnaie dabeihabe, wenn ich nur zu Cooper gelange. Angst setzt sich in meinen Eingeweiden fest. Was wenn Cooper bereits mit uns abgeschlossen hat, wenn wir zu viel zerstört haben? Das Risiko muss ich eingehen. Ich will gerade ein Taxi heranrufen, als ich Quentin am Straßenrand erblicke. Ich hatte ihm gesagt, dass ich mit meiner Mom nach Hause fahren oder zu Larry gehen würde, um ihn um einen Leihwagen zu bitten. Er sollte längst auf dem Weg zu seiner Mom sein. Aber stattdessen zwinkert er mir zu, steigt wortlos in sein klappriges Auto und lässt den Motor an.

Zehn Minuten können verdammt lang sein. Besonders, wenn man wie ich ein so wichtiges Ziel vor sich hat und Quentin sich quälend genau an die Geschwindigkeitsbegrenzung hält.

»Kannst du nicht etwas schneller fahren?«

»Glaub mir, er ist nicht in Partylaune. Er wird zu Hause sein, vergraben in Arbeit. Wir haben alle Zeit der Welt.« Er wirft mir einen belustigten Blick zu und macht keine Anstalten, das Gaspedal weiter durchzudrücken.

Ich füge mich in mein Schicksal und warte mit pochendem Herzen, bis er in die Auffahrt zur Scheune abbiegt und im Schritttempo den unebenen Weg hinaufrollt. Ich bin kurz davor, schon hier aus dem Wagen zu springen und quer über die Wiese zur Scheune zu laufen, reiße mich aber zusammen. Als Quentin endlich vor der Werkstatt hält, stoße ich die Beifahrertür auf und renne zum Tor. Die Geräusche dahinter zeigen, dass Cooper tatsächlich da ist und arbeitet. Nur wenige Fuß trennen uns. Ich muss nur das Scheunentor aufziehen und ihm sagen, dass ich ihn liebe. Die ganze Fahrt über konnte ich es nicht erwarten, ihn zu sehen, aber jetzt, wo es so weit ist, lähmt mich die Angst, er könnte mich fortschicken. Vielleicht bin ich nicht so mutig, wie Dad denkt. Vielleicht kann ich das hier nicht.

»Jetzt geh schon«, flüstert Quentin hinter mir und gibt mir einen sanften Schubser. »Er hat dich vermisst.«

»Woher willst du das wissen?« Glücksgefühle kicken Adrenalin in meinen Kreislauf, nur weil es sein könnte, dass Quentin recht hat.

»Weil er dich ziemlich exzessiv auf dem Boden von Whiskeyflaschen gesucht hat.« Quentin lacht leise und zieht im nächsten Moment die Tür auf.

Ich bin noch nicht bereit. Aber dafür ist es jetzt zu spät. Mein Herz sackt eine Etage tiefer. Cooper steht mit dem Rücken zu mir an der Werkbank.

»Hi, Q, das ging schnell«, sagt er, ohne sich umzudrehen. »Dachte, du würdest erst später kommen. Gib mir noch eine

Viertelstunde, dann ist das Ding fertig und wir können drauf anstoßen.«

Das Ding ist der vordere Teil meines alten Wagens. Umgebaut zu einem Möbelstück. Halb Truhe, halb Regal. Mein Herz macht einen Satz. Ich dachte, er wäre längst verschrottet, aber Cooper muss ihn Larry abgekauft haben. Er hat ihn für mich gerettet. Liebe flackert durch jede meiner Zellen, breitet sich wie ein Flächenbrand bis in den entferntesten Winkel meines Körpers aus und wärmt mich. Ich mache ein paar Schritte ins Innere, um noch besser erkennen zu können, was er aus dem Mini Cooper gebaut hat. Unter der Kühlerhaube, dort, wo vorher der Motor war, befindet sich jetzt Stauraum. Für meine Bücher oder anderen Kleinkram. Von den originalen Scheinwerfern, die warm leuchten, winden sich Lichterketten bis zur Windschutzscheibe. Aber das ist es nicht, was mir den Atem raubt. Über das Glas sind Drähte gespannt, an denen Cooper Fotos angebracht hat. Fotos von uns. Die Fotos, die ich auf den USB-Stick gezogen hatte. Ich muss ihn hier liegen gelassen haben, an dem Tag, als alles zusammenbrach. Das sind wir. Er hat ein Uns geschaffen, ohne zu wissen, ob ich ihm je wieder eine Chance geben würde. Ich schluchze leise.

Ein Ruck geht durch Coopers Körper, als er mich hört. Er dreht sich um und starrt mich an. »Hope«, bringt er brüchig hervor. Am liebsten würde ich ihn auf der Stelle in meine Arme ziehen.

»Ich lass euch dann mal allein. Wenn ihr diese Romeo-und-Julia-Sache geklärt habt, findet ihr mich am See.« Mit den Worten entfernt Quentin sich und wir bleiben allein zurück.

Stille hängt zwischen uns. Staub, Hitze. Und Liebe. Ich dachte, ich könnte Cooper nicht mehr vertrauen. Dabei hätte es ausgereicht, ihm so nah zu kommen wie jetzt, und ich hätte die Sicherheit gespürt, dass alles noch da ist. Alles, was je zwischen uns war. Egal was passiert ist. Ich mache einen Schritt auf ihn zu. Wenn ich die Hand ausstrecken würde, könnte ich ihn berühren. Aber dann verliere ich vielleicht die Kraft zu sagen, weswegen ich gekommen bin. Deswegen rühre ich mich nicht und sehe stattdessen das Auto an. Mein Blick bleibt an dem Foto hängen, das ich mit dem Handy gemacht habe, als ich Ivy zu ihrem Elternhaus gefolgt bin. Nach dem Streit mit Mom. Der Umriss einer Person vor dem zornigen Himmel. Dünen und der raue Ozean im Hintergrund.

»Wieso hast du das aufgehängt?«, frage ich leise.

Seine Arme hängen kraftlos an den Seiten hinab. »Wieso hast du es geschossen?«, stellt er mir die Gegenfrage.

Ich denke einen Moment darüber nach. Ich habe eine Verbindung zu der Person gespürt, weil wir beide an diesem Tag auf den Ozean hinausgesehen habe. Als bräuchten wir ihn, um uns zu beruhigen. »An dem Tag ging es mir nicht gut. Ich war am Strand und dieser Mann auch. Ich hatte das Gefühl, als wären wir es vielleicht aus denselben Gründen. Irgendwie hat es mich getröstet, nicht allein zu sein.«

Er schnipst gegen das Foto. »Du hattest eine graue Wolldecke um die Schultern geschlungen. Dieselbe, mit der ich dich am Abend zuvor auf dem Sofa zugedeckt hatte. Du hast etwas gespürt, weil da etwas war. Denn der Typ war ich.«

Ich starre ihn fassungslos an.

»Da ist etwas zwischen uns, Hope. Es tut mir leid, dass ich dir nicht die Wahrheit gesagt habe. Ich hatte Angst, aber ich hätte dich trotzdem nicht belügen dürfen. Das ist mir klar. Ich verspreche, dich nie wieder so zu enttäuschen, aber ich kann nicht aufhören, um dich zu kämpfen. So funktioniert das nicht. Ich baue dir ein Auto ins Zimmer, damit du mich nicht vergisst. Und wenn das nicht reicht, einen ganzen Fuhrpark.«

Ich strecke meine Hand aus und berühre seinen Arm und diese winzige Berührung ist, wie nach Hause zu kommen. »Dieses Bild.« Ich deute auf das Foto, das ihn auf der Düne zeigt. »Ich wusste nicht, dass du das bist. Ich habe es nur deswegen auf den USB-Stick geladen, weil es das erste Foto war, das ich nach unserem Kennenlernen gemacht habe. Und es war das erste, das nicht mehr ausschließlich dunkel war. Weil ich in deiner Nähe nicht mehr nur traurig war. Ich konnte wieder atmen, mich an Dad erinnern, ohne dass da nur Schmerz war. Du hast mir geholfen und dafür werde ich dir immer dankbar sein.«

Er will etwas sagen, aber ich bedeute, ihm still zu sein. Ich bin noch nicht fertig. »Ich bin dankbar, dass du nicht schreiend weggelaufen bist, nachdem ich dich niedergeschlagen habe, oder irgendwann danach. Du warst immer für mich da, aber auch deswegen bin ich nicht hier.« Ich atme tief durch und schließe kurz die Augen, bevor ich ihn wieder ansehe. »Ich bin hier, weil ich alles tun würde, um dich lachen zu sehen. Selbst den größten Blödsinn. Die Schmetterlinge in meinem Bauch sind dauerhaft stockbesoffen. Und in der ersten Nacht, die ich hier bei dir verbracht habe, konnte ich nicht schlafen.« Ich spüre seinen Atem auf meinem Gesicht. Seine Hände, die meine Taille umfassen und mich näher an sich ziehen. So nah, dass ich seinen Herzschlag spüre. »Ich konnte nicht schlafen, weil ich keine Sekunde mit dir verpassen wollte. Deswegen bin ich hier. Mein Dad hat mir geraten, mutig zu sein, sollte je so ein Mensch in mein Leben treten.«

Ich warte darauf, dass Cooper mein Herz wieder zusammensetzt, indem er seine Lippen auf meine senkt. Darauf, dass er aus unserem alten Wir etwas Neues erschafft. So wie er es bei seinen Projekten tut. Aber anstatt mich zu küssen, flüstert er an meinen Lippen.

»Was genau bedeutet in dem Fall mutig sein?«

Ich verdrehe die Augen. »Dass ich dich liebe, verdammt.«

Und endlich küsst er mich. Sanfte, unverrückbare Küsse, die

er nur unterbricht, um mein Gesicht mit seinen Händen einzurahmen und mir mit dem Daumen über die Wange zu streichen. »Besser«, seufzt er zufrieden an meinen Lippen. »Das Fluchen kommt viel authentischer, wenn du ein wenig Schmiere auf der Wange hast.« Als er mich küsst, habe ich das Gefühl, dass mein Herz aufbricht. Und innen drin, da sind wir.

Epilog

Der Pier ist voller Menschen. Bunte Wimpel und Fähnchen flattern im Wind. Dazwischen sind Lichterketten gespannt, die das Port-Haven-Pier-Fest erleuchten werden, sobald die Frühjahrssonne mit ihren ersten wärmenden Strahlen untergegangen ist.

Halb North Carolina tummelt sich auf dem Festgelände, den Ozean im Rücken, umgeben von dem Geruch nach Zuckerwatte, Barbecue und sündhaft leckerem Fudge.

Cooper steht hinter mir und lacht über Quentins Versuche, es seinem Dad gleichzutun und zu den Klängen der Liveband abzugrooven, während ich einige Fotos schieße.

»Sieht aus, als hätte er einen epileptischen Anfall«, murmelt er an meinem Ohr. »Das Taktgefühl hat er definitiv nicht von Dexter.«

Ich nicke und drehe mich in seinen Armen, um ihn zu küssen. In all den Monaten ist der Wunsch, dies in jeder Sekunde tun zu wollen, kein bisschen schwächer geworden. In dem geschlossenen Raum seiner Arme berühren sich unsere Lippen. Ich schmecke Cooper und das ist besser als das Karamell-Brownie-Fudge von *Rolys Fudge Pantry*, das mit Sicherheit das beste der ganzen Welt ist. Für die Dauer des Kusses gibt es nur Cooper und mich, aber als er seine Lippen von mir löst, kehrt die Realität mit all ihren Geräuschen, den Gerüchen und Menschen zurück.

»Sie sind hier«, sage ich, als ich Mac und Ava entdecke, die sich über den Pier auf uns zubewegen.

»Bei dir klingt es, als wären sie Pennywise und Carrie, die vorhaben, das Pier-Fest ins Chaos zu stürzen.«

Als wären sie der pure Horror, dabei habe ich akzeptiert, dass sie ein Paar sind, dass Mom Victor MacArran braucht, um glücklich zu werden, und dass Dad damit einverstanden war. Ich will mich für Mom freuen, aber noch zieht sich mein Herz jedes Mal zusammen, wenn ich die beiden sehe. Es wird besser, aber es wird vermutlich länger als das letzte halbe Jahr brauchen, bevor es zur Normalität wird.

Sie kommen zu uns herüber, begrüßen Quentin und seinen Dad. Dann zieht Mom mich in ihre Arme. Mac hingegen gibt sich damit zufrieden, dass ich ihm nur die Hand schüttle. Er überlässt es ganz selbstverständlich mir, wie unsere Begrüßung aussieht, wofür ich sehr dankbar bin.

»Da ist eine Postkarte von Amber für dich gekommen.« Mac wühlt in seiner Jackentasche herum und fördert eine leicht zerknitterte Abbildung der San-Diego-Skyline zutage.

Seitdem Cooper weiß, dass Amber den Absprung geschafft hat und nicht mehr bei Chase in Los Angeles lebt, hat er sie überall geblockt. Er meinte, sollte sie es schaffen, sich wieder in Schwierigkeiten zu bringen, will er es lieber gar nicht wissen. Die Postkarte ist also ihre einzige Möglichkeit, ihn zu kontaktieren, und ich bete, dass alles okay ist.

Cooper nimmt Mac die Karte ab, dreht sie um und lacht. Dann hält er sie mir hin. Ein einziger Satz steht darauf.

San Diego Nightlife is fucking awesome.

»Sie wird sich nie ändern«, sagt er, aber da schwingt kein Drängen mehr in seiner Stimme mit, das ändern zu müssen.

Die Postkarte legt er auf das Geländer des Piers. Als wollte er Amber nicht einmal dadurch in sein neues Leben in North

Carolina lassen, dass er die Karte einsteckt. Aber ich liebe ihn für die Zuneigung, die er dennoch für sie hegt und die es ihm nicht erlaubt, ihre Karte in einem der vielen Mülleimer auf dem Pier zu entsorgen.

»Was hältst du davon, wenn wir Dexter und Q Gesellschaft leisten?« Als ich nicke, ergreift er meine Hand. »Wir sehen uns dann später«, ruft er Mac und Ava zu, während er mich bereits in Richtung Tanzfläche vor der provisorischen Bühne zieht.

»Viel Spaß, Pumpkin«, ruft Mom mir hinterher.

Ich verdrehe die Augen und spüre gleichzeitig, wie mein Spitzname aus Moms Mund Wärme in mein Herz legt. Sie winkt mir hinterher und verschwindet dann mit Mac in der Menge.

»Sie sind weg«, gebe ich Entwarnung. Cooper weiß, dass ich mich nach wie vor schwertue, was Mac und Mom angeht. Zu behaupten, er würde mit mir tanzen wollen, war ein Geniestreich, um mir Abstand zu verschaffen, bevor die Stimmung kippen kann. Aber anstatt aufzuhören, denkt er gar nicht daran, sich wieder mit mir an den Rand zu stellen und Dinge zu tun, die mir wesentlich mehr liegen als tanzen. Mit einer perfekten Fred-Astaire-Geste dreht er mich erst von sich weg und zieht mich dann ganz eng an seinen Körper.

»Ich kann das nicht«, protestiere ich lachend, weil ich ganz sicher nicht mal ansatzweise wie Ginger Rogers aussehe bei dem, was wir gerade tun.

Cooper schlingt die Arme um mich, zieht mich noch näher, sodass mein Hirn auf Notversorgung umschaltet, und wiegt mich sachte im Takt der Musik. »Tanzen ist ganz einfach, wenn man nicht darüber nachdenkt, wer einem zusieht«, raunt er leise an meinem Ohr. »Es geht nur um dich und mich. Es geht um uns, Hope.«

Ich vergrabe mein Gesicht an seinem Hals, atme Coopers Geruch ein und verliere mich in dem Rhythmus, den die Musik und sein Körper vorgeben. Ich verliere mich in ihm. Und in der Tatsache, dass er recht hat. Es geht um uns. Nur um uns. Ging es immer. »Ich glaube, ich mag Guerilla-Tanzen«, murmle ich und presse sanft meine Lippen auf seine Haut.

Danksagung

Bis aus Träumen, einer Idee und chaotischen Kritzeleien in einer Kladde ein Buch wird, braucht es viele wunderbare Menschen, denen ich danken möchte.

Lasse, Linus und Louis, ihr seid meine Welt, die Inspiration für so viele meiner Worte und immer da. Ihr seid meine *partners in crime*, meine Lieblingskinder. Danke, dass ich eure Mama sein darf.

Ohne meine Eltern wäre ich nicht ich. Und dieses Buch nicht so, wie es jetzt zwischen diesen zwei hübschen Buchdeckeln liegt. Mama, Papa, danke!

Kendra, meine große Schwester, du bist immer meine erste Leserin und machst mein Leben buchstäblich zu einem Ponyhof. Ohne dich hätte ich nie den Mut gehabt, zu schreiben, und ganz bestimmt nur halb so lustige Dialoge in meinen Büchern. Ich bin so gerne deine kleine Schwester. Danke!

Jana, du bist der Engel und der Teufel auf meiner Schreibschulter, der beste Motivationscoach überhaupt und mein liebster Schreib-Buddy. Es ist ein bisschen fucking Gatsby mit dir in einem Plotting-Kopf zu stecken. Danke!

Ricarda und Maja, unsere Schreibgruppe ist so wichtig. Nicht nur für meine Texte, sondern auch um zu lachen, miteinander mitzufiebern und Quatsch zu reden. Danke, dass ihr selbst in schwierigen Zeiten zum harten Kern gehört und immer da seid.

Ilona, dir danke ich, dass du da bist und mich bei allem unterstützt. Ich weiß, ich kann immer auf dich und unsere Freundschaft zählen. Du rennst sogar genauso langsam durch den Wald wie ich und behauptest aus Loyalität, du bräuchtest auch ein Sauerstoffzelt. Just for the record: Ich glaube dir kein Wort, aber ich habe dich sehr lieb dafür. Danke!

Luci, Kris, danke, dass ihr ein Teil der Hasengang seid. Too hip to hop.

Frau Schöbel von der Michael Meller Literary Agency, Ihnen danke ich für Regenbögen, Frühstücksgespräche, ein immer offenes Ohr, Ihre Unterstützung und die Begeisterung, mit der Sie für meine Bücher und meinen Traum kämpfen.

Christine, meine Lektorin, du machst das Beste aus meinen Texten, ohne mir meine Stimme zu nehmen. Das ist selten und so wertvoll. Danke, dass ich mit dir zusammenarbeiten darf! Ich hoffe, unser gemeinsamer Weg hält noch viele tolle Überraschungen parat.

Dem gesamten dtv-Team und insbesondere Sabine, Chariklia, Dominique, Steffi, Stefanie, Constanze, Julia, Nadine, Susanne und auch an dieser Stelle noch mal Christine danke ich für die tolle Zusammenarbeit, den Glauben an mich und meine Stoffe und dass ihr alles für den Erfolg meiner Romane gebt.

Und zu guter Letzt danke ich all meinen Leser*innen. Ohne euch könnte ich nicht tun, was ich am meisten liebe. Als ich angefangen habe zu schreiben, hätte ich nie zu hoffen gewagt, dass diese Reise einmal so unfassbar werden würde, und das verdanke ich euch. Ihr seid der Wahnsinn.